HEYNE‹

ELLA THOMPSON

RÜCKKEHR NACH SUNSET COVE

ROMAN

Lighthouse
SAGA

WILHELM HEYNE VERLAG
MÜNCHEN

Penguin Random House Verlagsgruppe FSC® N001967

3. Auflage
Originalausgabe 02/2019
Copyright © 2019 by Ella Thompson
Copyright © 2019 der deutschsprachigen Ausgabe by Wilhelm Heyne Verlag,
München, in der Penguin Random House Verlagsgruppe GmbH,
Neumarkter Str. 28, 81673 München
Printed in Germany
Redaktion: Friederike Arnold
Umschlaggestaltung: Eisele Grafik Design, München. Bigstock
(belander, CaptureLight, SvetlanaR, bioraven, Artenex, Anna Om), Shutterstock
(StevanZZ, Nisachon Poompuang)
Kartenillustration »Cape Cod«: Andreas Hancock
Satz: Buch-Werkstatt GmbH, Bad Aibling
Druck und Bindung: GGP Media GmbH, Pößneck

ISBN 978-3-453-42294-0
www.heyne.de

Ein einziger Verrat kann dein Leben vernichten –
wenn du es zulässt.

Prolog

Es hatte eine Zeit gegeben, da war das Überqueren des träge dahinfließenden Cape Cod Canal für Niclas Hunter der Inbegriff von Glück gewesen. Die Sommer seiner Jugend hatte er auf der Halbinsel verbracht. Ferien, Familienausflüge. Und später Segeltörns und Männerwochenenden mit seinen Collegekumpels. Früher war das Cape untrennbar mit guter Laune, dem Geruch nach Sonnencreme, salzigem Wind und kaltem Bier verbunden gewesen. Bis zu jenem verhängnisvollen Tag vor elf Jahren, der alles verändert und das ohnehin sehr fragile Geflecht seiner Familie zerschmettert hatte.

Seitdem war Cape Cod nicht mehr, was es zuvor gewesen war. Sunset Cove hatte seine Unschuld verloren. Die Hunters hatten der Wahrheit, vor der sie in Boston leicht die Augen verschließen konnten, ins Gesicht sehen müssen. Niclas war nur noch selten auf die Halbinsel zurückgekehrt. Bei keinem dieser Besuche beflügelte ihn mehr diese Mischung aus Vorfreude und Freiheit, wenn er seinen Wagen auf die Sagamore Bridge lenkte. Auch heute nicht.

Seine rechte Hand umklammerte das Lenkrad, während er sich mit der linken die brennenden Augen rieb. Müdigkeit und abgrundtiefe Erschöpfung waren die einzigen Emotionen, zu denen er im Moment fähig war. Unter normalen

Umständen würde er begeistert Fotos von dem dramatisch rot und lila leuchtenden Himmel und den schwarz dahinjagenden Wolken schießen. Er würde sich mit seinen Freunden zu einem Barbecue treffen. Zum Strand hinuntergehen, sich von den Böen treiben lassen und ein Sturmbier trinken.

Dieses Mal kam er nicht auf die Halbinsel, um zu feiern oder ein entspanntes Wochenende zu verbringen. Er war auf der Flucht. Vor seinem Job, der ihm mit einem Riesenknall um die Ohren geflogen war. Vor den hämischen Kommentaren und schadenfrohen Blicken seiner Kollegen und vermeintlichen Freunde. Nicht zuletzt vor der Presse – und irgendwie auch vor sich selbst, seiner Dummheit und seinem Versagen. Und vor der nagenden Angst, dass diese Dummheit einen Menschen das Leben kosten könnte. Dass eine junge Frau starb, weil durch sein Verhalten ein Mörder, der hinter Gitter gehörte, frei herumlief.

Er ließ Dennis und Eastham hinter sich und bog vor dem National Seashore auf die einsame Schotterstraße ab, die ihn nach Sunset Cove führte. Über den dunklen Himmel zuckten die ersten Blitze. Eine wunderbare Ergänzung zu seiner Stimmung. Niclas hatte nach der unwahrscheinlichsten aller Möglichkeiten gegriffen: sich im Sommerhaus zu verstecken. Hier konnte er in Ruhe seine Wunden lecken. Sunset Cove war jahrelang in seinem Bewusstsein so weit nach hinten gerückt, dass er es zunächst gar nicht als Rückzugsort betrachtet hatte. Und genau deshalb war es ein perfekter Unterschlupf.

Niclas stellte seinen Wagen vor den Garagen ab und stieg die großzügigen Stufen zur zweiflügligen Eingangstür von Sunset Cove hinauf. Er tippte den Code ein, atmete tief durch, stieß die schwere Eichentür auf – und blieb wie angewurzelt stehen. Anstatt dunklen Geistern und schmerzhaften Erinnerungen zu begegnen, erblickte er einen Hund. Einen großen Labrador, der breitbeinig mitten im lichtdurchfluteten Foyer stand. Er knurrte nicht, und doch erweckte er den Eindruck, dass er das Haus, wenn nötig, gegen Niclas verteidigen würde. Aus dem oberen Stockwerk drangen gedämpfte Geräusche. Niclas war sich sicher gewesen, niemanden aus seiner Familie in Sunset Cove anzutreffen. Er legte seine Hand dafür ins Feuer, dass seine Mutter keinen Schritt über die Schwelle des Strandhauses setzen würde. Sein Bruder Andrew war viel zu sehr damit beschäftigt, in einer Bostoner Klinik Leben zu retten, um hier rauszufahren. Damit blieb einzig sein Vater, der regelmäßig herkam. Aus Gründen, über die Niclas nicht nachdenken wollte. Deshalb hatte er die Assistentin seines alten Herrn vor der Fahrt angerufen. Es gab schließlich Dinge, bei denen man seine Eltern nicht ertappen wollte. Ihm war versichert worden, dass Theodor Hunter gerade dabei war, einen spektakulären Finanzdeal abzuschließen.

Mit einer langsamen Bewegung, um den Hund nicht zu reizen, zog Niclas sein Handy aus der Tasche. Sein Bruder war immer über jede Kleinigkeit informiert. *Hey, Drew. Haben wir im Moment einen Gast in Sunset Cove, von dem ich nichts weiß?* tippte er und schickte die Nachricht ab.

Es dauerte keine drei Sekunden, bis das Handy in seiner Hand vibrierte. »Ist das dein Ernst?«, ertönte die Stimme seines Bruders an seinem Ohr. Andrew klang sauer. Stinksauer. »Ich versuche seit gestern, dich zu erreichen. Genau wie der alte Mann und Mom. Jake hat es versucht …«

»Ja, und eine Million andere Leute auch«, unterbrach Niclas ihn. Der Hund legte den Kopf schief und betrachtete ihn neugierig. »Hör mal, wenn du mich anbrüllen willst, verschieben wir das lieber auf später. Ich stehe im Foyer von Sunset Cove und bin ganz offensichtlich nicht allein.«

Andrew schwieg einen Moment. Wahrscheinlich überlegte er. »Meines Wissens hast du das Haus ganz für dich. Der alte Herr steckt mitten in Firmenverhandlungen. Wer außer ihm würde schon freiwillig auf die Halbinsel fahren?«

Der Labrador ließ sein Hinterteil entspannt auf die italienischen Fliesen sinken und schlug einmal mit dem Schwanz auf den Boden. Er schien zu grinsen.

»Hier ist jemand.« Niclas trat endlich über die Schwelle. Er schnappte sich einen Golfschläger aus der Tasche, die hinter der Tür lehnte, und ging auf die Treppe zu. »Jemand duscht.«

»Ein Einbrecher, der duscht?«, erwiderte Andrew. »Sei bloß vorsichtig. Soll ich die Cops oder die Sicherheitsfirma anrufen?«

»Nein. Ich kümmere mich schon darum. Ich lege jetzt auf.«

»Wenn ich in zehn Minuten nichts von dir gehört habe, kontaktiere ich die Polizei. Also ruf mich an!«

Niclas drückte das Gespräch weg. Die Aufforderung seines Bruders bezog sich nicht nur auf den Einbrecher, das war ihm klar. Er seufzte innerlich, steckte das Handy ein und warf dem Hund noch einen wachsamen Blick zu. Er schien tatsächlich harmlos zu sein. Also ließ Niclas ihn links liegen und schlich nach oben. Die Geräusche kamen eindeutig aus dem Badezimmer rechts von der Treppe. Er hielt kurz inne. Die Tür war nur angelehnt, aber er konnte niemanden sehen. Er schloss seine Hände fest um den Golfschläger und stieß die Tür mit einer so heftigen Bewegung auf, dass sie gegen die Wand prallte.

Mit einem erschrockenen Laut fuhr der Eindringling herum. Niclas blinzelte. Hinter der Wand aus Glas stand eine Frau. Er konnte ihre große, schmale Gestalt deutlich erkennen. Langsam ließ er den Golfschläger sinken. Auch wenn das Wasser ihre Silhouette verschwimmen ließ, war er sich sicher, ihr noch nie begegnet zu sein. Das musste nichts heißen. Sie konnte eine der Geliebten seines Vaters sein. »Verdammt noch mal, wer sind Sie? Und was haben Sie in diesem Haus verloren?«

1

»Einen Moment.« Die Frau drehte sich um und stellte die Dusche ab. Niclas bekam ihre Kehrseite zu sehen. Ihr Haar war lang. Es reichte ihr fast bis zum Ansatz eines wirklich bemerkenswerten Hinterns. Da die Haare nass waren, konnte er ihre Farbe nicht genau bestimmen.

Unvermittelt drehte sich die Frau wieder um und ertappte ihn, wie er sie anstarrte. Peinlich berührt ließ er seinen Blick durch das Bad schweifen. Er griff nach einem Handtuch und warf es ihr zu, als sie aus der Dusche trat. Mit der linken Hand fing sie es auf und wickelte sich darin ein. Sie blickte ihn hochmütig mit ihren bernsteinfarbenen Augen an und reckte stolz das Kinn.

Um ihr zu zeigen, dass er sich von ihrer Arroganz nicht beeindrucken ließ, lehnte er sich mit der Schulter gegen den Türrahmen und zog die Augenbrauen hoch. »Ich frage Sie noch einmal: Was tun Sie hier?«

»Das Gleiche könnte ich Sie fragen.« Sie war wirklich frech.

»Sind Sie eine der Affären meines Vaters?«, fragte er geradeheraus.

Sie hob ihr Kinn noch höher. »Nein.«

»Was haben Sie dann hier verloren?«

Die Unbekannte schwieg.

Niclas wartete einen Moment, ob sie sich zu einer Erklärung herabließ. Als sie nichts sagte, zuckte er mit den Schultern. »Da mir kein Grund einfällt, der Sie berechtigen könnte, sich hier aufzuhalten, rufe ich jetzt die Polizei und lasse sie das klären.«

Für den Bruchteil einer Sekunde blitzte etwas in ihren Augen auf, das ihn an blanke Panik erinnerte. »Kein Problem.« Sie hob beschwichtigend die Hände. »Ich bin schon weg. Kein Grund, einen großen Wirbel zu veranstalten. Geben Sie mir zwei Minuten.«

Niclas atmete den Duft nach Kokos ein, der in der feuchten Luft des Badezimmers hing, und bemühte sich, die Frau nicht anzustarren. Irgendetwas hatte sie an sich. Er hatte keine Ahnung, wieso er nicht einfach die Cops rief. »Zwei Minuten«, gestand er ihr zu. Bestimmt brauchte sie zehn Mal so lange. »Ich warte unten auf Sie.« Er kehrte ins Erdgeschoss zurück und räumte den Golfschläger weg. Der gut gelaunte und tatsächlich ziemlich harmlose Hund gesellte sich zu ihm und schnüffelte an seinem Hosenbein. Niclas kraulte ihn hinter den Ohren und ging ins Wohnzimmer, um sich einen Whiskey einzuschenken. Die Anwesenheit dieser mysteriösen Fremden stellte ihn vor ein Rätsel. Einen Augenblick überlegte er, ob sie eine Reporterin war, die ihm aufgelauert hatte. Er schüttelte den Gedanken ab. Auf die Idee, dass er sich in Sunset Cove versteckte, kam wirklich niemand.

Die Unbekannte hielt Wort. Sie tauchte zweieinhalb Minuten später in zerschlissenen Jeans und einer roten Kapuzenjacke auf. Ihr nasses Haar hatte sie zu einem Zopf geflochten, der ihr über die Schulter hing und feuchte Flecken auf ihrer Kleidung hinterließ. Der Wind rüttelte an den Fenstern. Es war stürmisch, und die Wolken rasten immer schneller auf das Festland zu. Die Frau blickte an ihm vorbei durchs Fenster, straffte die Schultern und wandte sich zur Tür. Ohne ein weiteres Wort verließ sie das Haus. Der Hund sah Niclas ein letztes Mal an und folgte ihr.

Was für eine surreale Begegnung! Niclas kippte den Whiskey hinunter und schenkte sich einen zweiten ein, den er mit auf die Terrasse nahm. Die Böe, die ihn erfasste, riss ihn beinahe von den Füßen. Doch der scharfe Wind tat gut. Er verhinderte zumindest, dass Niclas im Stehen einschlief. Einen Moment überlegte er, sein klingelndes Handy zu ignorieren. Andrews Anruf war seit dem Vortag der erste, den er angenommen hatte. Wahrscheinlich war es auch jetzt sein Bruder. Der keine Ruhe geben würde, bis er ihn erreichte. Oder ihm tatsächlich noch die Cops auf den Hals hetzte. »Hey«, meldete er sich.

»Nic, alles in Ordnung bei dir?« Jetzt hörte Andrew sich nicht mehr wütend an. In seine Stimme hatte sich ein sorgenvoller Unterton gemischt.

»Ja. Alles klar.« Niclas versuchte, so fröhlich wie möglich zu klingen, auch wenn er Andrew nicht täuschen konnte.

»Was war denn los? Wer ist in das Haus eingebrochen? Wir sollten auf jeden Fall die Polizei rufen. Schon wegen der Versicherung und so weiter.«

Niclas sah wieder das Gesicht der Fremden vor sich, spürte ihren gehetzten Blick, als er die Cops erwähnte. Es spielte keine Rolle mehr. Sie war verschwunden. Gleich morgen früh würde er den Türcode ändern. Seinem Bruder würde er nichts von dieser Begegnung erzählen. Wahrscheinlich war sie eines der Flittchen ihres Vaters, ein wunder Punkt in der Familie, der besonders Andrew zu schaffen machte. »Die Dusche war eingeschaltet. Wahrscheinlich hat die Putzfrau vergessen, sie abzustellen. Es ist wirklich alles in Ordnung.«

»Gut. Dann können wir jetzt darüber reden, was gestern passiert ist«, sagte Andrew gepresst.

»Eigentlich würde ich lieber einfach auf der Terrasse sitzen, auf den Ozean starren und mich betrinken.« Das war nicht gelogen.

»Ich weiß jetzt, wo du steckst. Du wirst mir also entweder sagen, was im Gerichtssaal passiert ist, oder ich setze mich ins Auto und komme nach Cape Cod, damit du es mir persönlich erzählen kannst«, erwiderte Andrew. Er verstand sich verdammt gut darauf, den großen Bruder raushängen zu lassen.

Niclas wusste, das war keine Drohung, sondern ein Versprechen. Er wollte nicht darüber reden, aber sein Bruder ließ ihm keine Wahl. »Was weißt du über die Sache?«

»Das, was den reißerischen Medien zu entnehmen war.« Andrew seufzte. »Du hast deine Nachrichten nicht abgehört oder gelesen. Du hast dich nicht bei Mom und Dad gemeldet. Glaub mir, der alte Herr sitzt in seinem Glasturm und spuckt Feuer«, fasste er die aktuelle Familienstimmung zusammen. »Ich war gestern Abend bei dir zu Hause, aber die Presse hatte dein Haus belagert, und es brannte kein Licht.«

»Ich saß im Dunkeln«, musste Niclas zugeben.

»Hast du dich inzwischen bei Mom oder Dad gemeldet?«

»Nein.« Niclas kippte seinen Whiskey hinunter, klemmte sich das Handy zwischen Schulter und Ohr und goss sich weitere zwei Fingerbreit in den Kristalltumbler. »Es wäre mir sehr recht, wenn du ihnen nicht sagen würdest, dass ich in Sunset Cove bin.« Ein Gespräch mit seinem Vater war das Letzte, was er im Moment gebrauchen konnte. Er hatte die Anrufe und E-Mails aus dem Hunter Building nicht umsonst ignoriert. Dass er auf ganzer Linie gescheitert war, wusste Niclas selbst. Er war nicht scharf darauf, sich von seinem Vater vorhalten zu lassen, dass er sich nicht dermaßen in die Scheiße geritten hätte – wobei Theodor Hunter dieses Wort mit Sicherheit nicht benutzen würde –, wenn er BWL studiert hätte und ins Familienunternehmen eingestiegen wäre. Genauso wenig wollte er das Lallen und Jammern seiner Mutter hören, dass sein Verhalten sie zum Gespött ihrer gehässigen Freundinnen gemacht habe, die sich das Maul über sie zerreißen würden. Er schob die Gedanken an seine verkorksten Eltern beiseite.

»Keine Sorge, ich verrate dich nicht. Aber ruf sie an, okay?«, bat Andrew. »Zumindest Mom macht sich Sorgen um dich.«

Wer es glaubte.

Da er nicht antwortete, fuhr Andrew fort: »Wirst du mir jetzt verraten, was gestern los war?«

Das Ganze ließ sich ziemlich einfach zusammenfassen. »Ich bin daran schuld, dass eines der schlimmsten Monster, die Boston jemals gesehen hat, frei herumläuft.« Wieder leerte er das Glas in einem Zug und goss nach. »Ich habe es versaut. Und zwar auf ganzer Linie. Ich bin in die Falle einer Frau getappt wie ein blutiger Anfänger. Wenn noch ein Mädchen in Murray Bralvers' Fänge gerät, kann ich niemanden dafür verantwortlich machen außer mich selbst. Das lässt sich nicht beschönigen, Drew.«

»Du wirst einen Weg finden. Du wirst das wieder hin-biegen.«

»Gerade du solltest das besser wissen.« Niclas schaffte es nicht, den zynischen Unterton aus seiner Stimme zu verbannen. Sein Bruder, ein Arzt, wusste, dass es nicht immer gut ging. Dass man nicht jeden retten konnte.

Andrew seufzte noch einmal. »Und wie geht es jetzt weiter? Du versteckst dich ausgerechnet in Sunset Cove?«

»Warum nicht? Ich brauche wirklich Abstand. Ich muss nachdenken. Überlegen, wie es weitergehen soll. Der alte Kasten steht sowieso leer. Niemand wird mich hier vermuten.« Niclas räusperte sich. »Dad … Er wird doch nicht hier auftauchen, oder?«

»Nein.« Andrew bestätigte, was Niclas bereits in Erfahrung gebracht hatte. »Momentan bleibt er offenbar lieber in der Stadt. Er zieht gerade irgendeinen riesigen Deal an Land und lebt praktisch in seinem Büro.« Obwohl Andrew ihren Vater und seine Neigung zu blutjungen, hohlköpfigen Assistentinnen verabscheute, wusste er verdammt gut über sein Treiben Bescheid. »Ich versteh dich, okay? Bleib in Sunset Cove. Sammle dich, finde zu dir, und schmiede einen Plan. Du wirst deinen Ruf wiederherstellen und dieses Schwein, Bralvers, zur Strecke bringen. Wenn das einer hinbekommt, dann du. Bis dahin – versuch, nicht durchzudrehen in der alten Hütte. Und kipp dir ordentlich was von dem teuren Whiskey hinter die Binde.«

Niclas blickte auf das Glas in seiner Hand. »Das werde ich.«

Andrew verabschiedete sich von ihm, und Niclas schob das Handy wieder in die Tasche. Aus dem Augenwinkel nahm er einen roten Fleck wahr, der seine Aufmerksamkeit erregte. Die Frau schlich also immer noch um das Haus. Den Hund an ihrer Seite, kletterte sie die Stufen zum Strand hinunter. Was zum Henker …? Hatte sie einen Schlafsack unter dem Arm? Niclas blinzelte in sein Glas. Begann er zu halluzinieren? Egal. Er schenkte sich nach. Sich zu betrinken war eindeutig das Beste, was er heute noch tun konnte. Der Sturm fegte über ihn hinweg, riss an seiner Kleidung und seinen Haaren. Einen der spektakulären Sonnenuntergänge, denen die Bucht ihren Namen verdankte, würde es heute nicht geben. Niclas musste sich mit dem düsteren Zwielicht zufriedengeben, was ihm nichts ausmachte. Die Dunkelheit spiegelte sein Inneres wider. Er lehnte sich gegen das Geländer und ließ den Whiskey durch seine Kehle rinnen. Der Wind brannte in seinen Augen.

Er wollte die Frau nicht mit seinen Blicken verfolgen, wollte sie nicht beobachten. Doch er wurde magisch von dem roten Fleck am Strand angezogen. Sie hatte sich in ihren Schlafsack gewickelt. Die Hand auf dem Rücken des Hundes starrte sie auf den Atlantik hinaus. Was trieb sie da unten? Er wollte nicht darüber nachdenken. Er leerte sein Glas und schenkte sich erneut ein. Langsam setzte das Summen in seinem Kopf ein. Taubheit breitete sich in seinen Gliedern aus. Der erste Schritt in Richtung Vergessen.

*

Der Wind fuhr durch Marie McMillans Haare. Sandkörnchen fegten durch die Luft und bohrten sich in ihre Haut wie feine Nadelspitzen. Die Wetterwarnungen, die bereits den ganzen Tag in Endlosschleife im Radio wiederholt wurden, hatten sich bewahrheitet. Ein tropisches Tiefdruckgebiet wälzte sich nach Norden und würde noch in dieser Nacht in Massachusetts und Maine auf die Küste treffen. Die Wetterfrösche befürchteten, dass sich der Sturm zu einem Hurrikan auswachsen könnte. Marie hatte ein solches Unwetter zwar noch nie erlebt, konnte sich das aber bei den dunkelgrauen Wolken, die über einen unheimlich orange-lila leuchtenden Horizont auf sie zujagten, durchaus vorstellen. Es würde ungemütlich werden auf Cape Cod. Binnen Minuten verschwand die Welt um sie herum in einem Wirbel aus Grau und Schwarz. Nur die gelegentlichen Blitze, die grell am Horizont aufflammten, tauchten ihre Umgebung für einen Augenblick in stroboskopisch gleißendes Licht. So, als wolle das Unwetter ihr die Realität überdeutlich vor Augen führen, weil sie ansonsten nicht bereit war, sie zu erkennen. Dabei war sich Marie der Wirklichkeit um sich herum mehr als bewusst. Sie spürte den schneidenden Wind, der durch ihre Kleider und Haare fuhr, fühlte den feuchten Sand, in den sie ihre rechte Hand gegraben hatte. Sie fror erbärmlich. Lange konnte sie hier nicht mehr sitzen bleiben. Der Regen würde sicher jeden Moment über sie hereinbrechen.

Ihr Handy vibrierte. Marie zog es aus der Tasche ihrer Kapuzenjacke und klickte sich durch die beiden Nachrichten. Holly Clark lud sie zum Essen ein. Vermutlich wollte sie Marie vor dem Wetter schützen. Sie hatte mit Sicherheit von dem kleinen Zwischenfall Wind bekommen, der vor zwei Tagen ihr Leben aus der Bahn katapultiert hatte. Holly bekam alles mit, was auf der Halbinsel geschah. Doch Marie brauchte ihre Hilfe nicht. Sie hatte eine Lösung gefunden.

Ihre Lösung. Sie musste die Vorstellung von einer Nacht an einem gemütlichen, warmen Platz wie Sunset Cove begraben. Aber sie ging keiner Herausforderung aus dem Weg, und waren die Steine, die ihr in den Weg gelegt wurden, auch noch so groß.

Die zweite SMS informierte sie darüber, dass ihre Tante Annerose versucht hatte, sie zu erreichen, und eine Nachricht auf der Mailbox hinterlassen hatte.

»Marie, mein Schatz. Die Wettermeldungen an der Ostküste haben es bis ins deutsche Fernsehen geschafft. Dieser Hurrikan hält genau auf Cape Cod zu. Du bist doch in Sicherheit, oder? Bitte sag mir Bescheid, damit ich mir keine Sorgen zu machen brauche.« Mit einem Kussgeräusch endete die Nachricht. Marie nahm das Handy vom Ohr und starrte einen langen Augenblick auf das Display. Ihr Daumen schwebte über der Taste mit dem grünen Telefon. Sie sehnte sich danach, Annerose einfach anzurufen. Deutsch zu reden. Wenigstens für einen Augenblick ein Stück Heimat zu spüren.

Sams Wimmern holte sie in die Wirklichkeit zurück. Marie lockerte ihre verspannten Schultern und schüttelte über sich selbst den Kopf. Was für eine dämliche Idee! Sie würde kein für sie nahezu unbezahlbares Ferngespräch führen. Entschlossen öffnete sie das Nachrichtenfenster und ließ ihre Tante mit wenigen, sorgsam gewählten Worten wissen, dass alles in bester Ordnung war. Mit ein paar getippten beruhigenden Sätzen log es sich besser als in einem Gespräch mit dem einzigen Menschen, der sie wirklich kannte und sich nicht von ihr hinters Licht führen lassen würde.

Sam zitterte wie Espenlaub, obwohl sie ihre Hand be-

ruhigend auf seinen Hals gelegt hatte. Er war ein Angst-
hase. »Nicht mehr lange«, murmelte sie. Marie hatte noch
keinen Herbststurm auf der Halbinsel erlebt. Die Erzäh-
lungen der Einheimischen und die Aufregung der Radio-
moderatoren machten unmissverständlich klar, dass es ungemütlich werden würde. Sich in Sunset Cove einzunisten
hatte sie für eine gute Idee gehalten. Das Strandhaus befand sich an einem besonders einsamen Küstenabschnitt hinter Eastham. Der Leuchtturm am Sunset Point, der Klippe,
die die Bucht begrenzte, gehörte bereits zum National Seashore. Genau solch einen Ort brauchte sie. Er lag abseits der
anderen Ferienhäuser an der Grenze zum Naturschutzgebiet,
wo es nichts als Kiefernwald gab. Auf dem Cape fand man
kaum einen abgelegeneren Flecken. Marie hatte ihren Wagen hinter der großen Doppelgarage versteckt und war mit
ihrem Rucksack über der Schulter und Sam zu dem großen
Haus mit den zwei Giebeln gegangen. Die für die Halbinsel typischen, im Laufe der Jahrzehnte verblichenen Zedernschindeln, weißen Sprossenfenster und dunkelgrauen
Fensterläden waren das Einzige, was die Vorderfront von
Sunset Cove mit den Häusern dieser Gegend gemein hatte.
An der linken Stirn des Gebäudes erhob sich ein Turm,
dessen unterer Teil ein helles Maleratelier und eine Bibliothek beherbergte. Darüber lag nur noch ein riesiges, luxu-
riöses Schlafzimmer, das von einem Witwen-Ausguck mit
einem strahlend weißen Geländer gekrönt wurde. Die rechte
Hausseite bestand aus einem fantastischen Wintergarten voller exotischer Pflanzen, um die sie sich einmal pro Woche
kümmerte.

Ihre Hände hatten gezittert, als sie die drei großzügigen

Stufen zur Eingangstür des Hauses hinaufgestiegen war, unentschlossen, ob sie es wirklich wagen sollte. Dann straffte sie sich. Sie war eine verurteilte Straftäterin. Warum sollte sie sich nicht wie eine verhalten? Menschen, die sich solche Sommerhäuser leisten konnten, waren nicht unschuldig an dem, was ihr zugestoßen war. Ihre Gier hatte einen erheblichen Beitrag zu Maries Untergang geleistet. Sie fuhr mit dem Zeigefinger über den kleinen Höcker auf ihrem Nasenrücken. Er würde sie bei jedem Blick in den Spiegel an die Vergangenheit erinnern.

Als sie das helle Foyer betreten hatte, war sie sich noch sicher gewesen, dass die Besitzer kein großes Interesse mehr an dem Strandhaus hatten. Wie ein Kinderspielzeug, das, in eine Kiste geräumt, zu einer vagen Erinnerung verblasste. Seit einem halben Jahr arbeitete Marie auf der Halbinsel, kümmerte sich um die Außenanlagen und den Wintergarten von Sunset Cove. Außer dem wöchentlichen Putzdienst, dem Poolboy und ihr interessierte sich niemand für das Anwesen. Die Besitzer kannte sie nur von den geschmackvoll gerahmten Fotos, die überall verteilt herumstanden. Sie hatten sich den ganzen Sommer über nicht ein einziges Mal blicken lassen, und Marie war sich sicher gewesen, dass sie nicht gerade dann auftauchten, wenn einer der heftigsten Stürme des Jahres über das Land fegte.

Sam schob seinen Kopf unter ihrem Arm hindurch und kuschelte sich an sie. »Nur noch einen Moment«, versprach sie ihm. Einen Moment, den sie hinauszögerte, so lange sie konnte. Das war dumm. Wenn ihre Kleider so nass wurden wie ihre Haare vom Duschen, stünde ihr eine äußerst unangenehme Nacht bevor. Aber sie musste ja sowieso in ihrem engen Pick-up übernachten. Sie würde entweder überhaupt keinen Schlaf finden oder von Albträumen geplagt werden. Nur noch einen Augenblick hier sitzen bleiben. Gleich würde sie aufstehen, ihre Sachen zusammensammeln und sich mit Sam in ihren Wagen zurückziehen.

2

Eine Hand, die sich wie aus dem Nichts schwer auf ihre Schulter legte, ließ Marie herumfahren. Ihr erschrockener Schrei wurde von einer Sturmböe davongetragen. Ihr Puls raste. Der Typ, der sie in Sunset Cove ertappt hatte, stand auf unsicheren Beinen hinter ihr, in der Hand noch immer ein halb volles Whiskeyglas. Er hatte sie bereits zum zweiten Mal innerhalb einer Stunde zu Tode erschreckt. Dabei war es normalerweise nicht ihre Art, sich von irgendetwas oder irgendjemandem überrumpeln zu lassen.

»Sie sind immer noch auf dem Grundstück.« Er sprach laut, damit sie ihn über den pfeifenden Wind hinweg verstehen konnte.

Marie schüttelte seine Hand ab. Sie mochte es nicht, wenn Fremde sie berührten. »Keine Sorge. Ich bin gleich weg.«

Er hob den Blick zum Himmel. »Das Unwetter geht jeden Moment los.«

Mann, ist der schlau, dachte sie sarkastisch. »Dann sollten Sie hineingehen.« Allmählich verlor sie die Geduld. Was wollte dieser angetrunkene Idiot am Strand? Er würde über einen angespülten Ast stolpern und sich das Genick brechen.

»Und Sie?«

»Ich bin gleich weg«, wiederholte sie. Sie musste sich eingestehen, dass sein Blick trotz des offensichtlichen Whiskey-konsums verdammt scharf und fokussiert war, als er sie fixierte. Er ließ sich nicht für dumm verkaufen.

»Sind Sie obdachlos oder so was?«

Maries Körper spannte sich an, wie immer, wenn sie in Verteidigungshaltung ging. Es war ein Reflex. Antrainiert in vier Jahren in der Hölle. Sie musste sich zwingen, ruhig zu bleiben. Von diesem Mann ging keine Gefahr aus. Er war ein reicher Blödmann, der auf seinem Grundstück den wichtigtuerischen Hausherrn spielte. »Ich ziehe lediglich die freie Natur dem Eingesperrtsein in einem Apartment vor«, fasste sie mit grimmiger Miene ihre aktuelle Situation zusammen.

Schwankend beugte er sich zu ihr herunter. Fast hätte sie die Hand gehoben und ihn gestützt. »Sie haben also keine Ahnung, wo Sie heute Nacht schlafen sollen.« Er richtete sich wieder auf und strich sich die Haare zurück. Ein sinnloses Unterfangen. Der Wind wehte sie ihm sofort wieder ins Gesicht. »Kommen Sie mit.«

»Wie bitte?«

»Nun kommen Sie schon, bevor wir beide völlig durchnässt sind.« Er wies zum Sunset Cove. Der Whiskey in seinem Glas schwappte bedenklich. »Sie können heute Nacht eines der Gästezimmer haben.«

Das brachte Maries Blut zum Kochen. Wie konnte er es wagen! Sie war gern draußen. Sie saß gern am Strand. Dass sie seit zwei Tagen am Meer schlief, war allein ihre Entscheidung. Und es ging ihn nicht das Geringste an. »Ich brauche Ihre Almosen nicht.«

»Ach nein? Bevor ich kam, schienen Sie sich im Haus ganz wohl gefühlt zu haben.«

Marie ließ ihren Blick über den schwarzen Horizont gleiten. Seine Bemerkung bedurfte keiner Antwort.

»Ich habe keine Lust, länger hier herumzustehen. Sie kommen jetzt mit, damit ich mir keine Sorgen machen muss, oder ich rufe die Polizei.«

Maries Widerstand wich Resignation. Er hatte begriffen, wie er ihr drohen konnte. Daran trug sie selbst die Schuld. Als er sie unter der Dusche überraschte, hatte sie ihre Angst für einen Moment zugelassen. Er war scharfsinnig und hatte es gemerkt. Erstaunlich, dass er immer noch damit spielte, so betrunken, wie er war.

Er hatte recht. Sie wollte nichts mit den Cops zu tun haben. Bei ihrem Umzug auf die Halbinsel hatte sie sich beim Sheriff vorstellen müssen. Jede zweite Woche meldete sie sich in seinem Büro, weil das zu ihren Auflagen gehörte. Eines war sicher: Der Polizeichef konnte sie nicht ausstehen. Wie für jeden anderen Straftäter hatte er auch für sie nur Verachtung übrig. Mit Freuden würde er ihr einen Tritt verpassen, der ihren Hintern in null Komma nichts zurück in den Knast beförderte.

Trotzig hob sie ihr Kinn. Ihr Stolz wollte noch nicht klein beigeben. Natürlich nicht. Er war das letzte bisschen Stärke, das ihr geblieben war. »Haben Sie keine Angst, im Schlaf von mir umgebracht oder ausgeraubt zu werden?«

Er durchbohrte sie mit einem Blick, der sagte: Verarsch mich nicht, Mädchen. Die Härchen an ihren Armen richteten sich auf. Er hatte sie in der Hand. Wenn er sie wegen des Einbruchs ins Strandhaus anzeigte … Den Gedanken wollte sie nicht zu Ende denken. Sie bezwang ihren Stolz und richtete sich auf. »Also gut.«

Mit ihrem Schlafsack unter dem Arm und Sam neben sich begleitete sie ihn zum Haus zurück. Der Sturm schob sie die großen Steintreppen hinauf, die auf halber Höhe in stabile Holzplanken übergingen. Die Terrassentür stand noch immer offen. Wahrscheinlich hatte sich inzwischen jede Menge Sand auf dem hübschen Fußboden gesammelt. Sorgfältig klopfte sie ihre Schuhe und Kleidung ab und fuhr mit den Fingern durch Sams Fell.

Auf die Geste des Mannes hin betrat sie Sunset Cove zum zweiten Mal an diesem Tag.

»Sie haben die freie Wahl. Suchen Sie sich einfach ein Zimmer aus, das Ihnen zusagt.«

Marie schüttelte den Kopf. »Wenn es Ihnen nichts ausmacht, würde ich lieber hierbleiben.«

»Auf dem Sofa? Wie Sie meinen.« Ohne ein weiteres Wort schnappte er sich die halb volle Whiskeyflasche, die auf dem Couchtisch stand, und verschwand.

Eigentlich hatte sie keine Ahnung, wer dieser Typ war. Sein jüngeres Gesicht war auf vielen der im Haus verteilten Fotos zu sehen. Vermutlich war er der wohlhabende Familienspross, der Spielchen spielte, weil ihn sein privilegiertes, elitäres Leben zu Tode langweilte.

Sie umarmte Sam. »Heute Nacht haben wir es trocken und warm. Wir können uns das Unwetter von hier drin ansehen. Wie findest du das?« Der Hund antwortete, indem er zweimal mit dem Schwanz auf den Boden klopfte und über ihr Handgelenk leckte.

Marie sah sich um. Der Raum, den die Hunters wahrscheinlich schlicht Wohnzimmer nannten, war riesig. Er umfasste zusammen mit der Küche den gesamten Bereich des rechten Giebels und ging seitlich nahtlos in den Wintergarten über. Über dem Wohnzimmer befanden sich keine weiteren Räume. Sie konnte den Blick bis zur mit weißem Holz verkleideten Dachkonstruktion heben, wo ein großer, weiß lackierter Kronleuchter hing. Bei den Ausmaßen wirkte dieses Ungetüm tatsächlich zierlich. Auf der linken Seite hinter den großen, bequem wirkenden Sofas befand sich ein gemauerter Kamin. Wie es sich wohl anfühlte, vor einem gemütlichen Feuer zu sitzen und den Kapriolen zuzuschauen, die das Wetter draußen machte?

Marie wählte die Couch vor der riesigen Fensterfront und nahm eine der edlen Kaschmirdecken von der Lehne. Wahrscheinlich war sie von einem angesagten Inneneinrichter kunstvoll drapiert und noch nie benutzt worden. Sie löschte das Licht und lauschte dem Regen, der inzwischen mit Macht gegen die Fenster schlug, und den Böen, die das Haus in unregelmäßigen Abständen erschütterten. Seit sie das Haus der Hunters vor einem halben Jahr zum ersten Mal betreten hatte, um sich um den Wintergarten zu kümmern, faszinierte sie der Ausblick durch die Glasfront, die das Wohnzimmer vom Meer trennte. Die Aussicht war atemberaubend. Man hatte einen unbeschreiblichen Blick über die gesamte Bucht, die Klippe und den alten Leuchtturm. Hier stand man nicht wie ein Beobachter am Fenster und schaute hinaus. Sunset Cove vermittelte seinen Gästen den Eindruck, ein Teil der Szenerie zu sein. Marie fühlte sich hier weniger eingesperrt als in anderen Häusern – oder dem Apartment, das bis vor Kurzem ihr Zuhause gewesen war. Einzig aus diesem Grund hatte sie den Ort gewählt, als Schutz vor dem Unwetter. Allerdings war sie nicht allein, sondern verbrachte die Nacht unter demselben Dach mit einem betrunkenen Unbekannten.

Es wurde höchste Zeit, darüber nachzudenken, wie sie auf dem Cape überwintern konnte. Wenn sie bereits bei ihrem ersten Einbruch erwischt wurde, war es mit ihren kriminellen Fähigkeiten offenbar nicht weit her. Hoffentlich fand sie schnell ein neues Zuhause. Sam kletterte auf das Sofa und quetschte sich in ihre Kniekehlen. Mit einem zufriedenen Schnaufen legte er seinen Kopf auf Maries Hüfte. Automatisch streichelte sie ihn zwischen seinen Ohren und vergrub ihre Finger in seinem weichen Fell. Den Gedanken an eine zukünftige Bleibe schob sie entschlossen beiseite. Darüber konnte sie morgen noch nachdenken. Sie starrte durch die Glasfront und beobachtete die von Blitzen erhellten Naturgewalten. Die Welt da draußen glich dem Sturm in ihrem Inneren. Ihr Bauch sagte ihr, dass die Begegnung mit diesem Mann, von dem sie nicht einmal den Namen wusste, nicht ohne Folgen bleiben würde. Vier Jahre Staatsgefängnis hatten sie gelehrt, solch ein Gefühl niemals zu ignorieren.

*

Niclas zog sich in das Zimmer zurück, in dem er die Sommer verbracht hatte, solange er denken konnte. Er griff nach der Fernbedienung, die auf der Kommode neben der Tür lag, und schaltete den Fernseher ein. Das gespenstige Flackern war neben dem gelben Kreis der Nachttischlampe die einzige Lichtquelle in dem ansonsten dunklen Zimmer. Er stellte den Ton ab und suchte nach einem Nachrichtensender. Wie vermutet starrte ihm sein Spiegelbild vom Bildschirm

29

entgegen. Die glatt rasierte, selbstbewusst grinsende Version seines Selbst, die noch vor Kurzem durch Boston stolziert war. Perfekter Haarschnitt. Makellos sitzender Anzug. Wann war das gewesen? Letzte Woche? Es kam ihm vor, als läge ein komplettes Leben zwischen diesem Tag und dem Jetzt.

Niclas ließ sich an der Wand hinuntergleiten und zog die Knie an. Sein Kopf dröhnte. Erschöpft rieb er sich mit den Händen über das Gesicht. Einen Tag war das her. Erst gestern war seine Welt aus den Fugen geraten – oder besser gesagt: implodiert.

3

Niclas' Kopf schien zu zerspringen. Er schlug die Augen auf und schloss sie sofort stöhnend wieder. Wo war er? Seine Bartstoppeln verursachten einen unangenehmen Kratzton, als er sich über das Gesicht fuhr. Erneut öffnete er langsam die Augen, kämpfte gegen die Helligkeit. Sunset Cove. Er erinnerte sich an seine Flucht aus Boston. Spontan hatte er sich dazu entschieden, sich im Strandhaus zu verstecken, weil ihn dort niemand suchen würde. Er hatte in der vergangenen Nacht vergessen, die Vorhänge zuzuziehen, und wurde jetzt mit zu viel Licht bestraft, das durch die großen Fenster in das Zimmer fiel.

Vorsichtig wandte er den Kopf zum Nachttisch, vorbei an einem leeren Whiskeyglas und einer fast leeren Flasche des Lieblingsscotchs seines Vaters. Die Leuchtziffern des Weckers verschwammen vor seinen Augen. Er blinzelte, um seinen Blick zu justieren. Fast zwölf Uhr mittags.

»Fantastisch«, brummte er. Er hatte sich tatsächlich bis zur Bewusstlosigkeit betrunken. Verglichen mit vorgestern, als er überhaupt kein Auge zubekommen hatte, war er in der vergangenen Nacht in einen geradezu komatösen Schlaf gefallen.

Vergessen. Das war alles, was er wollte. Der Whiskey hatte

ihm geholfen, sein Gehirn abzuschalten. Wenigstens für ein paar Stunden. Das änderte aber nichts an der Tatsache, dass er verdammte Kopfschmerzen und das dringende Bedürfnis nach einer Tasse Kaffee hatte.

Entschlossen rollte er sich aus dem Bett. Jeder Schritt löste ein kleines Erdbeben in seinem Kopf aus. Vorsichtig setzte er einen Fuß vor den anderen. Er bewegte sich so, wie er sich in den vergangenen Tagen gefühlt hatte: wie ein geprügelter Hund. Er machte die Kaffeemaschine an, wartete ungeduldig und trug die Tasse Kaffee mit zitternder Hand in das Bad, das an sein Zimmer grenzte. Es gab kein Gesetz, das besagte, dass man nicht gleichzeitig duschen und Kaffee trinken konnte.

Nachdem er sich rasiert und seine Zähne geputzt hatte, fühlte er sich ein wenig menschlicher. Er schlüpfte in Jeans und einen Kapuzenpulli und trat mit seiner zweiten Tasse Kaffee auf die Terrasse. Der Himmel war von einem hellen Grau überzogen, aber die Luft klar und frisch. Niclas atmete tief ein. Die Ebbe hatte den Blick auf das Seegras freigegeben, das um diese Jahreszeit gelblich in der leichten Brise wogte. Der Jacuzzi auf dem hinteren Teil der Veranda war mit einer Plane abgedeckt. Sie war mit Ästen und Blättern übersät. Im Pool, eingepasst in den Hang fünf Meter unterhalb der Terrasse, schwamm ebenfalls jede Menge Grünzeug. Es erinnerte an das Treibgut am Strand, das sich mit Fetzen von Seetang mischte. Weitere Zeichen, dass in der vergangenen Nacht ein Unwetter über das Cape gezogen war, gab es nicht.

Niclas sah zum Leuchtturm hinüber, der still und majestätisch über der Klippe thronte, bevor sein Blick auf einen flachen Stein am Strand fiel, der aus dem Sand hervorlugte. Er strich sich über die Stirn und wartete darauf, dass die

Kopfschmerzen allmählich nachließen. Der Whiskey hatte ihm einen seltsamen Traum beschert. Bruchstückhaft erinnerte er sich an eine Amazone, die in das Strandhaus eingebrochen war, um zu duschen. Der Traum war so realistisch gewesen, dass sich Niclas unwillkürlich zum Wohnzimmer umdrehte. Nichts deutete auf einen Übernachtungsgast hin. Wahrscheinlich wurde er langsam verrückt. Vom Alkohol sollte er in nächster Zeit jedenfalls die Finger lassen. Er half sowieso nicht bei der Lösung seiner Probleme.

Sein Handy klingelte, und er zuckte zusammen. Durch die abrupte Bewegung schwappte die Hälfte seines Kaffees über. »Verdammte Scheiße«, fluchte er, stellte die Tasse auf das Geländer und wischte seine Hand an der Jeans ab. Mit der anderen fischte er das Telefon aus der Tasche. Andrew.

»Hey, Bruder. Ich wollte mich nur erkundigen, wie es dir geht.«

Niclas setzte sich auf die oberste Stufe der Treppe, die zum Strand führte. Wieder fiel sein Blick auf diese bestimmte Stelle im Sand. Seine Gedanken wanderten zu der Amazone. »Wahrscheinlich habe ich den Whiskeyvorrat unseres alten Herrn erheblich dezimiert.«

»Das geschieht ihm recht.« Niclas gegenüber machte Andrew selten einen Hehl aus der Abneigung ihrem Vater gegenüber. »Sonst keine weiteren Zwischenfälle nach dem Ding mit der laufenden Dusche?«

Verdammt. Die Dusche. Schlagartig kehrte die Erinnerung zurück. Die Amazone war kein Traum gewesen. Er hatte sie im Bad vorgefunden und für eine der Mätressen seines Vaters gehalten. Allerdings hatte sie sich als Obdachlose entpuppt. Niclas nahm seine Kaffeetasse vom Geländer und trank einen großen Schluck, damit sein Gehirn endlich in Gang kam. Er würde Andrew nichts davon erzählen, dass er sie im Haus hatte schlafen lassen. Sein Bruder würde ihn auf der Stelle wegen Unzurechnungsfähigkeit einweisen lassen.

Stattdessen wappnete er sich für das Unausweichliche. »Gibt es etwas Neues?«, fragte er.

»Nein.« Andrew zögerte einen Moment. »Die Presse zerreißt sich noch immer das Maul. Der Drecksack läuft frei herum. Aber er hat niemanden – du weißt schon.«

Ja, er wusste schon. Murray Bralvers war seit seinem Freispruch weder als Sexualstraftäter noch als Mörder aufgefallen. Niclas gab sich keinen Illusionen hin. Die Gerichtsverhandlung lag gerade einmal drei Tage zurück. Früher oder später ... Bevor er sich eine weitere Tasse Kaffee genehmigte, brauchte er ein Advil. »Es wird wieder geschehen. Niemand kann ihn aufhalten.«

»Das ist nicht deine Schuld«, widersprach Andrew. »Du bist in eine Falle getappt.«

»Ja. In die älteste Falle der Welt.«

»Hör mal«, wechselte sein Bruder das Thema. »Mom hat mich angerufen. Sie ist im Moment nicht besonders gut drauf. Kannst du dich mal bei ihr melden?«, bat er ihn wie schon am Abend zuvor.

Wann war Georgina Sullivan-Hunter je gut drauf? Niclas seufzte. Er verabscheute die Schwäche ihrer Mutter genauso wie Andrew die Rücksichtslosigkeit ihres Vaters. »Ja«, presste er hervor. Wann er anrufen würde, ließ er vorsichtshalber offen.

Er hörte im Hintergrund, wie Andrews Name ausgerufen wurde. Offenbar hatte er Dienst im Krankenhaus.

»Mist, ich muss los. Ich wollte nur hören, wie du die erste Nacht rumbekommen hast. Jake kommt irgendwann in den nächsten Tagen zum Cape.«

»Ich brauche keinen Babysitter«, erwiderte Niclas ärgerlich. Sein Bruder und sein bester Freund, Jake, sorgten sich um ihn. Wie einen verletzten Helden, der jeden Moment an seinem Schicksal zu zerbrechen drohte, mussten sie ihn dennoch nicht behandeln. Besonders weil er kein Held war. Sondern das genaue Gegenteil. Er war jemand, der die Leben anderer Menschen zerstörte und keine Ahnung hatte, wie er die von ihm begangenen Fehler wieder rückgängig machen sollte.

»Er hat etwas von einer Brauerei erzählt, die vielleicht zum Verkauf steht. Sieh ihn also einfach als netten Mitbewohner. Er bleibt nur ein paar Tage. Wir hören uns.« Andrew beendete das Gespräch.

Niclas erhob sich, schlurfte in die Küche und nahm eine Schmerztablette, bevor er Kaffee nachschenkte. Langsam schlenderte er durch das Haus. Im Türrahmen zum Turmzimmer, das den besten Ausblick im Strandhaus bot, blieb er stehen. Die Geschehnisse der vergangenen Tage und das Auftauchen der Unbekannten hatten ihn so sehr beschäftigt, dass er erst in diesem Augenblick wieder an den Albtraum erinnert wurde, der mit diesem Zimmer verbunden war. Die im Wind wehenden weißen Vorhänge. Der Duft des Ozeans, der sich mit dem metallischen Geruch von Blut mischte, das unaufhaltsam auf die weißen Laken tropfte. Die Erinnerungen an den so strahlenden wie dramatischen Sommertag hinterließen eine Gänsehaut auf Niclas' Haut. Er schüttelte den Kopf, um die Gedanken zu vertreiben, stieg die Treppe zum

Atelier seiner Mutter hinunter und kehrte ins Wohnzimmer zurück. Nirgendwo fand er einen Hinweis auf die seltsame Frau. Als wäre sie nie hier gewesen. Es schien allerdings auch nicht so, als hätte sie etwas mitgehen lassen. Alles stand an seinem üblichen Platz. Gut.

Einerseits war er froh, ihr nicht noch einmal begegnet zu sein, andererseits machte sie ihn neugierig. Sie war auf irgendeine Art mit dem Gesetz in Konflikt geraten und hatte Schiss vor den Cops. Vielleicht war sie eine Illegale, überlegte er. Aus den wenigen Worten, die sie gewechselt hatten, hatte er einen leichten Akzent herausgehört, den er nicht einordnen konnte, der aber mit Sicherheit nicht amerikanisch war. Irgendetwas Europäisches vielleicht.

Es war vergeudete Zeit, darüber nachzudenken. Wenn Niclas sie auch nur ansatzweise richtig einschätzte, würde sie nicht wiederkommen.

Zurück auf der Terrasse, zog er abermals sein Handy aus der Tasche. Er hatte nicht vor, seine Mutter anzurufen. Aber ein Telefonat musste er führen. Es war längst überfällig. Er wählte und wartete, bis am anderen Ende abgehoben wurde. Eine freundliche weibliche Stimme begrüßte ihn im Büro von Daniel Benson.

»Hi, hier ist Niclas Hunter. Ist der Bezirksstaatsanwalt zu sprechen?«

»Mr. ... Hunter.« Die Frau schien mehr als überrascht. »Ähm – einen Moment. Ich sehe nach, ob Mr. Benson im Haus ist.« Eine nervige Warteschleifenmusik erklang und dröhnte so lange durch sein Gehirn, dass der Kopfschmerz wieder angekurbelt wurde. Das Vorzimmer des Bezirksstaatsanwalts wusste sehr wohl, ob der Boss im Haus war. Hier ging es darum, ob Benson sich dazu herablassen würde, mit ihm zu sprechen. Er hing ewig in der Leitung und glaubte schon, gleich abgewimmelt zu werden, als sein ehemaliger Chef seinen Anruf doch noch annahm.

»Niclas, was kann ich für Sie tun?«, fragte er kühl und geschäftig.

»Hallo, Daniel.« Niclas' Herz schlug hart gegen seinen Brustkorb. Bis jetzt hatte er noch keine Gelegenheit gehabt, persönlich mit dem Bezirksstaatsanwalt zu sprechen. »Ich hatte gehofft, Ihnen erklären zu können, was geschehen ist.«

Benson schwieg einen Moment. »Haben Sie in der schriftlichen Stellungnahme, die mein Büro von Ihnen verlangt hat, gelogen?«

»Nein!« Niclas brüllte das Wort fast in sein Handy und zwang sich zur Ruhe. »Nein. Selbstverständlich nicht. Ich möchte es Ihnen einfach nur persönlich erklären.«

»Weil Sie hoffen, dass ich Sie verstehe?« Die Stimme des Bezirksstaatsanwalts schnitt durch den Äther wie ein Messer. »Weil Sie hoffen, dass ich Ihnen nachsehe, dass Sie ganz Boston in Aufruhr versetzt und meine Behörde der Lächerlichkeit preisgegeben haben?«

»Hören Sie, Daniel.« Niclas spürte, wie sich langsam, aber sicher die Verzweiflung in seine Worte schlich, die ihn erfüllte, seit im Gerichtssaal sein Universum um ihn herum zusammengestürzt war. »Es war eine Falle. Ich habe nicht ...«

»Ich habe gelesen, was Sie zu dem Vorfall zu sagen hatten. Es tut mir wirklich leid, Niclas. Ich habe Sie bereits als meinen Stellvertreter gesehen. Aber das ...« Sein ehemaliger Chef kniff in diesem Augenblick sicher sowohl die Augen als auch die Lippen voller Unmut zusammen. »Dass Sie einen unglaublichen Fehler begangen haben, ist schlimm genug. Ich habe allerdings nicht erwartet, dass Sie mit einer so hanebüchenen Räuberpistole aufwarten. Sie hätten zu Ihrer Verfehlung stehen sollen.«

»Ich …«, wollte Niclas ihn unterbrechen.

»Tun Sie uns beiden den Gefallen, und rufen Sie mich nicht wieder an, Niclas. Ich werde mein Vorzimmer anweisen, keine weiteren Telefonate von Ihnen durchzustellen.«

»Aber …«

Benson hatte aufgelegt.

»Scheiße!« Niclas schleuderte sein Handy quer über die Terrasse. Es prallte mit voller Wucht gegen die Zedernschindeln des Hauses und fiel in tausend Einzelteilen auf den Boden. Niclas fuhr sich durch die Haare und ließ sich auf die Treppe zum Strand fallen. Das Gesicht in den Händen vergraben, saß er eine gefühlte Ewigkeit still da. Er hatte gehofft, dass der Bezirksstaatsanwalt mit sich reden ließ, verstand, was passiert war. Er hatte darauf gebaut, dass sein Boss so scharfsinnig war und die Intrige durchschaute, in die er geschlittert war. Aber offenbar wirkten seine Erklärungen wie der armselige Versuch eines Irren. Niemand schenkte ihm Glauben. Niemand stand auf seiner Seite. Und da draußen lief noch immer ein irrer Mörder herum.

*

In den nächsten Tagen zog sich Niclas in die Welt von Sunset Cove zurück. Er stürzte sich nicht noch einmal in ein Besäufnis. Sich zu betrinken brachte nichts. Stattdessen lief er stundenlang am Wasser entlang, saß auf der altersschwachen

Bank auf der Klippe und starrte auf das Meer hinaus. In den Nächten wälzte er sich entweder schlaflos in seinem Bett herum, oder er hatte Albträume, in denen ihn dieser verdammte Bralvers und Niclas' Kollegin und Konkurrentin gemeinsam verfolgten. Er suchte sich Bücher in der Bibliothek aus, die sich neben dem früheren Atelier seiner Mutter im Turm des Strandhauses befand, und versuchte, sich zu konzentrieren und zu lesen. Er kochte, weil ihn das entspannte. Weil er sich nicht über die Probleme, die in Boston auf ihn warteten, den Kopf zerbrechen wollte, mied er die Nachrichten und das Internet. Andrew ärgerte sich garantiert, weil er sich nicht bei seinen Eltern meldete.

Stattdessen entdeckte Niclas den Leuchtturm neu, der hoch auf der Klippe aufragte. Er war ewig nicht mehr hinaufgestiegen. Von oben hatte man einen perfekten Blick auf das Strandhaus, die Bucht und den Ozean. Lichtjahre schienen vergangen zu sein, seit er hier oben Pirat oder Entdecker gespielt und in seiner Fantasie die Welt erobert hatte. In der Ecke lag noch immer die Matratze, die sein Bruder und er irgendwann heraufgeschleppt hatten. Niclas tauschte das muffig riechende Polster aus und brachte ein paar Decken aus dem Haus herüber. Überall auf dem Boden fanden sich Wachsflecken ihrer früheren Beleuchtung. Niclas entdeckte in der Küche des Strandhauses dicke, weiße Kerzen, die sicher von einer längst vergessenen Sommerparty übrig geblieben waren. Er verteilte sie auf den Überresten der alten und schuf sich damit einen perfekten stillen Ort, an dem ihm keine Geister in die Quere kamen. Stundenlang saß er zwischen Himmel und Klippe, starrte auf das Wasser hinaus und fand ein wenig sein inneres Gleichgewicht wieder. Zwei

Mal schlief er sogar in der Glaskanzel ein und erwachte erst bei Sonnenaufgang.

Wenn er unterwegs war, hoffte er, die mysteriöse Frau noch einmal zu treffen. Aber sie blieb verschwunden. Ein paar Mal hatte er geglaubt, einen roten Kapuzenpullover in einem der Gärten der Sommerhäuser zu erkennen. Einmal meinte er, sie an einer Straßenecke in Eastham gesehen zu haben. Beim näheren Hinschauen merkte er jedes Mal, dass ihm sein Gehirn einen Streich gespielt hatte.

Nach vier Tagen hatte er genug von seinem Einsiedlertum. Er wollte sich unter Menschen mischen, Stimmen hören, Unterhaltungen lauschen. Auch wenn er mit niemandem reden wollte, sehnte er sich danach, unter Menschen zu sein. Er entschied sich, in den Cape Cod Sports Club zu gehen. Sein Vater hatte eine Mitgliedschaft in dem Fitnessstudio, das so teuer und exklusiv war, dass den meisten Einheimischen nichts anderes übrig blieb, als den Reichen und Schönen beim Vorfahren auf dem Parkplatz zuzusehen.

Normalerweise war Niclas lieber in der Natur, ging joggen, wandern oder im Sommer schwimmen. Aber warum sollten die horrenden Monatsbeiträge für den Sports Club umsonst vom Konto abgebucht werden?

Er betrat den luxuriösen, dunkel getäfelten Eingangsbereich. Die Frau hinter dem Empfangstresen lächelte ihn strahlend an und akzeptierte die Mitgliedskarte seines Vaters, ohne mit der Wimper zu zucken. Im Umkleideraum schlüpfte er in seine Schwimmshorts und ging zum überdachten Pool. Er atmete die Wärme und den Chlorgeruch ein. Er war fast allein. Im Wasser schwamm nur eine einzige Frau. Sie trug einen pinkfarbenen Badeanzug auf leicht gebräunter Haut. Elegant teilten ihre Arme und Beine das Wasser in technisch perfektem Kraulstil.

Niclas stieg auf den Startblock und hechtete mit einem Kopfsprung in das kühle Wasser des fünfundzwanzig Meter langen Beckens. Er passte seine Bewegungen denen der Frau an. Sie war schnell. Nach einer halben Bahn schien sie zu merken, dass er ihr folgte, und steigerte das Tempo. Am Poolrand angekommen, wendete sie in einer Rolle und kraulte zum anderen Ende des Beckens zurück.

Nach zwei weiteren Bahnen artete das Schwimmen in einen stummen Wettkampf aus. Es tat Niclas gut, seine Muskeln zu spüren, sich nur auf seine Atmung und seine Gegnerin zu konzentrieren. Die Frau war schnell und hielt sich immer knapp eine halbe Länge vor ihm. Schließlich stieß sie sich ein letztes Mal vom Beckenrand ab und glitt bis in die Mitte des Pools. Niclas tat es ihr gleich und tauchte nach einer halben Bahn neben ihr auf.

Sie lächelte ihn an. Ihre Zähne schimmerten weiß in einem hübschen, gebräunten Gesicht. Ihre langen Wimpern hatte das Wasser zu kleinen Speerspitzen zusammengeklebt. »Toller Wettkampf.«

Niclas sah seinem Gegenüber in die Augen. »Danke, das kann ich nur zurückgeben.«

»Hier findet man selten einen ebenbürtigen Gegner«, fuhr sie fort. »Meistens habe ich den Pool ganz für mich allein.«

Sie traten Wasser. »Sind Sie regelmäßig hier?«, fragte die Frau.

»Nicht wirklich. Das ist mein erster Besuch im Sports Club.«

Eine Tür wurde geöffnet. Jemand betrat die Schwimmhalle und verließ sie wieder, aber Niclas' Gegenüber sprach weiter und beanspruchte seine volle Aufmerksamkeit. »Ich schwimme montags und mittwochs immer um diese Zeit. Samstags bin ich mittags hier. Nach dem Training trinke ich an der Bar einen Smoothie. Immer.« Sie zwinkerte ihm zu. »Übrigens, ich bin Jennifer.« Sie wartete nicht ab, bis Niclas sich vorstellte, sondern schwamm rückwärts davon, ohne ihn aus den Augen zu lassen. Nach drei Metern drehte sie sich um und erreichte nach ein paar eleganten Zügen den Beckenrand. Anstatt die Leiter zu benutzen, stemmte sie sich hoch und schwang die Beine aus dem Wasser. Lange Beine. Sie richtete sich auf. An Land bewegte sie sich nicht weniger graziös als im Wasser. Sie schritt zu der Liege, auf der ihr Handtuch lag, schlang es sich um den Hals und verließ das Schwimmbad, ohne Niclas noch eines Blickes zu würdigen. Sie war sich ihrer Wirkung auf Männer bewusst. Nur dass sie keine Wirkung auf ihn hatte. Da war – nichts. Es hatte Spaß gemacht, mit ihr um die Wette zu schwimmen. Aber er würde sie nicht an der Bar treffen. Würde ihr keinen Smoothie bestellen, wie er es früher getan hätte. Und ganz bestimmt würde er kein weiteres Mal hier schwimmen, während sie ihre Bahnen zog. Nach dem, was in Boston geschehen war, war sein Interesse an Frauen schlichtweg nicht mehr vorhanden.

Niclas streckte die Arme über den Kopf und ließ sich sinken, bis seine Füße den türkis gekachelten Grund berührten.

*

Marie ließ Sam nur allein, wenn sie sonntags die Regale in einem kleinen Supermarkt in Hyannis auffüllte oder eine Schicht im Cape Cod Sports Club ergatterte. Während sie sich in ihrem Zweit- und Drittjob abmühte, lag ihr Hund gemeinsam mit Hollys Retriever-Welpen Potter unter dem Tresen des Restaurants Fairway und ließ sich verwöhnen. Im Sommer hatte Marie ein gutes Sümmchen verdient, doch je weniger reiche Gäste auf die Halbinsel kamen, desto seltener konnte sie im Fitnessstudio aushelfen. Damit kam sie nicht über den Winter. Schon gar nicht jetzt, da sie auf der Suche nach einer neuen Bleibe war.

Im Cape Cod Sports Club zu arbeiten war die größte Herausforderung, die sie ihrem Stolz zumutete. Das Fitnessstudio war exklusiv und teuer. Hier trieben sich nur die Leute aus den Strandhäusern in der ersten Reihe herum, wenn sie sich auf ihren Terrassen mit Meerblick langweilten. Marie sprang ein, wann immer einer der anderen Angestellten ausfiel. Natürlich stand sie in der Hackordnung auf der untersten Stufe. Sie trieb sich nicht am Empfang herum. Sie gehörte nicht zu den jungen Mädchen, die in knappen Tops diese ekligen Smoothies zubereiteten. Nein, Marie räumte die leeren Gläser weg, die die Gäste überall herumstehen ließen. Sie füllte in der Sauna und im Schwimmbad Handtücher auf, putzte die Toiletten und Duschen. Mülleimer leeren, Sportgeräte desinfizieren. Wenn es in diesem Fitnessstudio eine niedere Tätigkeit gab, dann hatte sie sie mit Sicherheit schon einmal ausgeübt. Nach Möglichkeit sollte sie dabei für die Gäste unsichtbar bleiben und niemanden stören.

Sie hatte Angela, ihre Chefin, nicht belügen können. So dringend sie das Geld auch brauchte, so wenig hatte sie verschweigen können, dass sie zurzeit auf Bewährung draußen war. Zu ihrem Erstaunen hatte Angela sie trotzdem eingestellt. Doch sie hatte gewisse Regeln aufgestellt, die ihren Stolz kränkten und die sie gerade so ertragen konnte. Auch wenn Angela nie vor ihrem erlesenen Kundenstamm kundtun würde, dass sie eine verurteilte Straftäterin beschäftigte, lebte sie ihre Macht genüsslich aus. Wenn Maries Schicht endete und sie sich in ihrem Büro ihren Lohn abholte, musste sie ihre Tasche vorzeigen und sich abtasten lassen. Sie hätte ja einen Gast bestehlen können. Außerdem war es Marie strikt untersagt, etwas mit einem der Sports-Club-Mitglieder anzufangen. Angela wollte verhindern, dass sie einen Mann kennenlernte, der auf sie hereinfiel und von ihr um sein Geld betrogen wurde.

Marie hatte gelernt, ihre Gefühle in ihrem Inneren wegzuschließen, und ertrug zähneknirschend die Demütigungen und Leibesvisitationen. Sie brauchte das Geld und hatte auch dieses Mal Angelas Anruf angenommen. Ihren Stolz konnte sie sich für eine andere Gelegenheit aufheben.

Sie hatte an diesem Abend bereits zwei Kisten Obst und Gemüse für die Smoothies aus einem Lieferwagen in die Küche geschleppt und die Mülleimer im gesamten Studio geleert. Nachdem sie im Schwimmbad zwei Turteltäubchen in der Mitte des Pools hatte treiben sehen, hatte sie sich diskret zurückgezogen und die Massageliegen im Wellnesstempel geputzt.

Dann schnappte sie sich einen Stapel Handtücher und betrat den Saunabereich. Einen Augenblick blieb sie stehen und atmete den Duft nach heißem Aufguss und Orangenblüten ein, der in der Luft hing. Früher war sie unglaublich gern in die Sauna gegangen, hatte ganze Sonntage faul an der Seite ihres Verlobten in Wellnessoasen verbracht. Plötzlich verspürte sie einen Stich, weil die Wärme und der Duft sie daran erinnerten, was sie alles verloren hatte. Entschlossen schluckte sie den Anflug von nostalgischer Sehnsucht hinunter, stapelte die Saunatücher und sammelte die Handtücher auf, die die Gäste achtlos hatten fallen lassen.

Als sie sich nach dem letzten Frotteetuch bückte, wurde hinter ihr die Tür zur Sauna geöffnet. Sie richtete sich auf, drehte sich mit einem freundlichen Lächeln im Gesicht um – und erstarrte.

»Hi«, sagte der Mann, der sie vor ein paar Tagen in Sunset Cove erwischt hatte.

»Äh …« Marie starrte ihn an. Die Badeshorts saßen tief auf seinen Hüften, auf seinem Oberkörper glänzten Schweißperlen. Ihr Blick wanderte über die Brustmuskeln, den flachen Bauch, und zurück zu seinem Hals. Ihr wurde heiß, was sicher an dem Schwall Saunaluft lag, der den Mann umgab. Sie zwang sich, ihm in die Augen zu blicken.

Mit einem Zipfel des Handtuchs, das um seine Schultern hing, wischte er sich über das Gesicht. Er hob eine Augenbraue und fragte: »Ist mein Anblick so schockierend? Oder warum starren Sie mich so an?«

»Ich …« Sie wollte etwas sagen, doch ihr Gehirn schien wie leer gefegt.

Die Saunatür öffnete sich erneut, und ein Glatzkopf mit Bierbauch drängte sich an ihnen vorbei. Marie blinzelte und fasste sich. Stand sie allen Ernstes in einem Fitnessstudio und starrte einen halb nackten Mann an? Verdammt. Allein dafür konnte Angela sie feuern. »Entschuldigen Sie«, murmelte sie, presste die gebrauchten Handtücher an ihre Brust und stürzte davon.

*

Niclas musste zugeben, dass die Gedanken, die er sich noch vor ein paar Stunden gemacht hatte, nicht ganz ehrlich gewesen waren. Es stimmte, dass er sich momentan nicht für Frauen interessierte. Frauen wie die hübsche Schwimmerin Jennifer, die einem zuzwinkerte und sich zu Smoothies verabredete. Eine andere Frau allerdings schaffte es sehr wohl, sich in seinem Hirn einzunisten. Dabei wusste er nicht einmal ihren Namen. Und warum sie ihn nicht losließ. Durch seinen Whiskeykonsum hatte er an die erste Nacht auf dem Cape nur ziemlich vage Erinnerungen. Er hatte absolut keine Ahnung, wer sie war. Abgesehen davon, dass sie in das Strandhaus eingebrochen war. Ein paar Mal hatte er geglaubt, sie zu sehen. Und dann stand sie plötzlich vor ihm. Im Ruheraum der Sauna.

Er hatte sich einen Aufguss gegönnt, weil er Jennifer aus dem Weg gehen wollte. Die Unbekannte war der letzte Mensch, mit dem er gerechnet hatte, als er die Tür öffnete. Ihr schien es nicht anders ergangen zu sein. Sie hatte keinen klaren Satz herausbekommen, ihn angestarrt, als hätte sie seit zehn Jahren keinen halb nackten Mann mehr gesehen, bevor sie mit hochrotem Kopf davongerannt war.

Er hatte keine Gelegenheit gehabt, sie wenigstens nach ihrem Namen zu fragen. Allerdings bemerkte er das T-Shirt mit dem Logo des Sports Club. Er wusste jetzt, wo er sie treffen konnte. Blieb nur zu hoffen, dass sie nicht immer dann arbeitete, wenn die hübsche Jennifer im Pool ihre Runden drehte.

Immerhin war er der Schwimmerin nicht mehr begegnet. Eine Stunde später nickte er dem Mädchen am Empfang zu, schob die Tür des Studios auf und trat in die kühle Abendluft hinaus. Sein Wagen stand an der Seite des Gebäudes. Niclas drückte mit der Fernbedienung seinen Kofferraum auf und warf die Sporttasche hinein. Als er sich hinter das Lenkrad seines SUV setzte, fiel sein Blick auf die nach hinten gelegenen Fenster des Fitnessstudios. Dort lagen die Räume vom Personal. Und auf einmal erblickte er sie wieder, seine mysteriöse Fremde. Die Dunkelheit hatte das Tageslicht vertrieben, und die Frau war in dem hell erleuchteten Büro zu erkennen wie auf einer ausgeleuchteten Bühne.

Was trieb sie da? Er sah zu, wie sie die Arme spreizte und die Beine schulterbreit auseinanderstellte. Fast als … Tatsächlich. Eine Frau tastete sie über ihrer Kleidung ab. Die Unbekannte ließ es über sich ergehen. Das Kinn hatte sie wieder so hochgereckt wie am Strand, als er sie dazu genötigt hatte, im Haus zu übernachten.

Als die Leibesvisitation beendet war, ließ sie die Arme sinken und reichte der anderen ihre Umhängetasche. Nachdem auch diese durchwühlt worden war, machte sie auf dem Absatz kehrt und verließ mit hocherhobenem Kopf den Raum. War sie eine Diebin? Das würde gut zu der Einbrecherin in Sunset Cove passen. Sie sollte ihn wirklich nicht im Geringsten interessieren. Geschweige denn faszinieren. Er kannte sie nicht. Und es sah sehr danach aus, dass sie eine Straftäterin war. Das Letzte, was er in seiner Situation brauchen konnte. Er sagte sich das immer wieder vor. Wie ein Mantra.

Trotzdem stieg er ein paar Minuten später aus seinem Wagen, kehrte zum Fitnessstudio zurück und klopfte an die Tür der Frau, die seine Unbekannte abgetastet und ihre Tasche durchsucht hatte.

*

Es war nicht leicht gewesen, Informationen aus Angela Bergs, der Managerin des Sports Club, herauszubekommen. Niclas hatte lange auf sie eingeredet, hatte seinen Charme eingesetzt und schließlich keine andere Möglichkeit gesehen, als die Macht der Hunters ins Spiel zu bringen. Die Managerin war alles andere als begeistert. Aber die Aussicht, dass sein Vater die Mitgliedschaft im Sports Club kündigen könnte, hatte sie schließlich weichgeklopft. Natürlich würde er seinen alten Herrn nie dazu bringen, irgendetwas in diese Richtung zu unternehmen. Aber das musste Miss Bergs ja nicht wissen. Die Gründe für die Leibesvisitation und die Durchsuchung der Tasche ihrer Mitarbeiterin behielt sie für sich, aber zumindest verriet sie ihm den Namen und die Adresse der Frau.

Sie hieß Marie McMillan und lebte in einem winzigen, heruntergekommenen Apartment über einer äußerst zwielichtigen Kneipe in Orleans. Wenn das ihr Zuhause war, wunderte sich Niclas nicht, dass sie in hübsche Strandhäuser wie Sunset Cove einbrach. Mit einem Anruf konnte er alles über Marie herausfinden, was er über sie wissen wollte. Aber irgendetwas hielt ihn davon ab. Er würde sie nicht ausspionieren. Sie sollte ihm selbst erzählen, wer sie war. Wahrscheinlich würde dann auch diese unerklärliche Anziehung verschwinden, die sie auf ihn ausübte.

Er wartete in seinem Wagen vor ihrem Haus auf sie, auch wenn er keinen Schimmer hatte, was er tun würde, wenn sie auftauchte. Allerdings hätte er sich darüber keine Gedanken machen müssen. Ihre Fenster blieben dunkel. Sie verbrachte die Nacht nicht in ihrer Wohnung. Bis drei Uhr wartete Niclas, dann ließ er den Motor an und kehrte zum Strandhaus zurück.

4

Am nächsten Abend wagte Niclas einen weiteren Schritt in Richtung Normalität. Die Menschen auf dem Cape schienen sich nicht für die Nachrichten aus Boston zu interessieren. Oder sie erkannten ihn nicht. Was auch der Grund war, es tat gut, sich anonym unter Menschen zu mischen. Der Aufenthalt im Fitnessstudio hatte ihm gutgetan.

Er hatte einen Besuch des Fairway in Eastham geplant, wo es den besten Codfish der Halbinsel gab. Solange er sich zurückerinnern konnte, hatte seine Familie dort regelmäßig gegessen. Soweit man bei den Hunters von einer Familie sprechen konnte.

Niclas mochte das Ambiente, das ihn an irische Pubs erinnerte. Den Windfang zierten ein großes Buntglasfenster mit wunderschönen Glasornamenten und eine alte Kirchenbank. Beides hatte Maxwell Clark, der Besitzer des Lokals, angeblich aus einem halb zerfallenen Gotteshaus in Irland gerettet. Ob das tatsächlich stimmte, wusste Niclas nicht, aber die Geschichte gefiel ihm. Das Einzige, das ihm nicht behagte, war Clarks Tochter Holly, die den Laden inzwischen schmiss. Sie war eine hübsche Frau in seinem Alter. Ihre wilden roten Locken und die Sommersprossen konnten ihre Herkunft von der Grünen Insel nicht leugnen. Sie stand meist hinter dem

Empfangstresen und führte die Gäste entweder nach rechts in das gemütliche Restaurant oder nach links in die dunkel getäfelte Bar.

Bei Niclas' Anblick geschah das, was immer passierte, wenn sie aufeinandertrafen. Ihre Miene verfinsterte sich. Sie war überaus nett und freundlich zu ihren Gästen. Plauderte über das Wetter. Scherzte über die Red Sox oder die Patriots. Solange es keiner aus der Familie Hunter war. Er hatte keine Ahnung, was zwischen ihr und seiner Familie vorgefallen war. Er wusste jedenfalls nicht, was er getan hatte, um ihren Zorn zu verdienen. Als Jugendliche waren Andrew und er oft mit Holly zusammen gesegelt, doch dann hatte irgendetwas diese Sommerfreundschaft zerstört.

Holly knurrte bei seinem Anblick etwas, das einem Gruß ähnelte – oder auch einer Verwünschung. Sie wies ihm einen Tisch zu und knallte ihm die Speisekarte vor die Nase. Niclas sah nicht hinein, sondern bestellte den Kabeljau und ein *draft*. Falls sich Jake tatsächlich für eine Brauerei auf der Halbinsel interessierte, war es seine Pflicht als Freund, die Biere aus der Gegend zu testen. Mit einer heftigen Bewegung stellte Holly das Bier neben den ungelesenen Tagesempfehlungen auf den Tisch. Es schmeckte gut.

Niclas sah sich im Restaurant um. In den vergangenen Jahren hatte sich einiges geändert. Die alten Möbel waren schlichten dunklen Holztischen und -stühlen gewichen. Die Wände waren bis auf Hüfthöhe im selben Farbton getäfelt und darüber dunkelrot gestrichen. Was anmuten müsste wie ein Bordell im Wilden Westen, wirkte mit den Kerzen und dem warmen, indirekten Licht sehr gemütlich. Die Stirnseite des Raumes wurde von einem großen Kamin beherrscht. Das Feuer, das darin knisterte, verbreitete eine heimelige Wärme.

Von seinem Platz aus konnte Niclas in die Bar auf der anderen Seite des Empfangs blicken. Er hob gerade sein Bier an die Lippen, als er sie wieder erblickte. Er blinzelte. Da saß sie. Marie McMillan. Der Hund zu ihren Füßen. Sie beugte sich neben einem schlaksigen Teenager über den Tresen. Der Junge – Niclas meinte sich zu erinnern, dass das Hollys Bruder war – kritzelte mit gequälter Miene in ein Heft.

Eine gut gelaunte Kellnerin brachte Niclas sein Essen. Er genoss den Fisch und beobachtete Marie ganz ungeniert. Sie schien ihn nicht zu bemerken, trank Cola und knabberte Salzbrezeln. Der Junge runzelte die Stirn, und sie lächelte. Dann ließ Hollys Bruder die Stirn auf den Tresen sinken, und sie legte den Kopf in den Nacken und lachte. Dabei verwandelte sich ihr Gesicht in ein fröhliches Leuchten. Diese Frau war faszinierend, dachte er zum wiederholten Male.

Als er fertig gegessen hatte, zahlte er, blieb aber sitzen. Schließlich ließ der Junge das Heft, das schwer nach Algebra aussah, zufallen. Holly gesellte sich zu ihnen und strubbelte ihm durch die Haare, was ihm offensichtlich nicht gefiel. Sie schob ein in Frischhaltefolie eingewickeltes Sandwich über den Tresen. Marie schob es zurück. Holly, die durchaus einschüchternd wirken konnte, obwohl sie deutlich kleiner war als seine Einbrecherin, stemmte die Hände in die Hüften und funkelte sie an. Schließlich nahm Marie das Sandwich, legte dem Jungen kurz die Hand auf die Schulter und verschwand durch die Hintertür.

Interessant. Eine Einbrecherin und mutmaßliche Diebin, die Mathenachhilfe gab. Niclas verließ das Restaurant ebenfalls und wartete auf dem Parkplatz, bis sie in einem altersschwachen, rostigen Pick-up vom Hinterhof rumpelte. Er setzte sich in seinen Wagen und folgte ihr mit einigem Abstand.

Während sie Eastham verließ, holte er sein Handy aus der Hosentasche und rief den einzigen Cop an, den er nach der Scheiße in Boston noch um einen Gefallen bitten konnte. Er war am Morgen noch einmal zu ihrem Apartment zurückgekehrt und hatte in der darunterliegenden Kneipe erfahren, dass sie aus der Wohnung geflogen war. Deshalb also hatte sie sich in Sunset Cove eingeschlichen. Und deshalb hatte er vergangene Nacht vergeblich auf sie gewartet. War er gestern noch bereit gewesen, sie ihre Geschichte selbst erzählen zu lassen, brannte er inzwischen viel zu sehr darauf, zu erfahren, was mit ihr los war. Die Facetten, die er inzwischen bei ihr kennengelernt hatte, beschäftigten ihn mehr, als er zugeben wollte. Sie ging ihm unter die Haut – und er wollte verstehen, warum.

Er nannte dem Polizisten das Kennzeichen der Rostlaube. Gleich würde er mehr über die Frau erfahren, die seit fünf Tagen seine Gedanken bestimmte.

*

Marie versteckte den Pick-up am Ende der Auffahrt zum Anwesen der Hovers hinter ein paar halbhohen Kiefern. Das Haus lag nicht so versteckt wie das der Hunters, aber hoffentlich so abgelegen, dass sie nicht entdeckt wurde. Der Herbst hatte mit voller Macht zugeschlagen. In der Nacht sanken die Temperaturen bis knapp über den Nullpunkt. Dazu noch die

Feuchtigkeit des Atlantiks, weswegen sie nicht länger unter freiem Himmel schlafen konnte.

Die vergangenen Tage waren frustrierend gewesen. Sie hatte jedes in der Zeitung und im Internet inserierte Apartment besichtigt. Nichts. Niemand wollte an sie vermieten, sobald er von ihrer Vita erfuhr. Natürlich wollte niemand einen Knacki in seinen heiligen vier Wänden haben. Sie musste einmal mehr ein Haus besetzen. Die vergangenen Nächte hatte sie in ihrem Pick-up verbracht. Aber inzwischen lagen ihre Nerven blank, und sie fühlte sich so zermürbt, weil sie die letzten Nächte in ihrem engen Wagen verbracht hatte.

Wenigstens wartete ein Festessen auf Sam und sie. Holly hatte ihr eines ihrer berühmten riesigen Sandwiches aufgedrängt. Marie hatte es nicht annehmen wollen. Schließlich konnte Sam im Fairway bleiben, wenn sie im Sports Club oder Supermarkt arbeitete. Es war nur fair, dass sie Hollys Bruder Jackson als Gegenleistung Mathenachhilfe gab. Aber Holly konnte mindestens so störrisch sein wie Marie. Wahrscheinlich hatte sie herausgefunden, dass man ihren Lebensstil momentan nicht gerade konventionell nennen konnte. Vielleicht kannte sie sogar Maries Vergangenheit. Es war nicht schwer, etwas über sie herauszufinden, wenn man es unbedingt wollte.

Sie tippte den Türcode in das Tastenfeld und zuckte erschrocken zusammen, als sich hinter ihr jemand räusperte. Die Arme zur Verteidigung gehoben, fuhr sie herum. Der Typ, in dessen Haus in Sunset Cove sie genächtigt und der gestern Abend im Fitnessstudio halb nackt und verschwitzt vor ihr gestanden hatte, lehnte lässig an dem hübschen weißen Lattenzaun, der Touristen davon abhalten sollte, auf dem

Anwesen der Hovers herumzuspazieren. Langsam ließ sie die Hände sinken.

Der Mann zog die Augenbrauchen hoch. »Noch ein Einbruch, Miss McMillan? Sollte man nicht ein wenig vorsichtiger sein, wenn man auf Bewährung draußen ist?«

Er wusste es. Er kannte ihren Namen und hatte herausbekommen, dass sie im Gefängnis gewesen war. Vielleicht hatten sie im Sports Club über sie geredet, und er hatte ein paar Brocken aufgeschnappt. Für einen Augenblick überkam sie der Drang, ihn umzustoßen und wegzurennen. Aber sie riss sich zusammen. Es gab keine Sicherheit für sie, kein Versteck, in dem sie ausharren konnte, bis er verschwand. Sie hatte gehofft, ihm nicht noch einmal über den Weg zu laufen. Doch das Schicksal schien eine eigene Vorstellung von einem unterhaltsamen Abend zu haben. Er war nicht ohne Grund hier. Nicht zufällig. Er hatte sie aufgespürt und war ihr gefolgt. Ihre Nackenhaare stellten sich auf. Damit blieb nur eine Frage: Warum? »Was wollen Sie?«

Er verschränkte die Arme vor der Brust. Die letzten Strahlen der untergehenden Sonne verfingen sich in seinen kurz geschnittenen, sandfarbenen Haaren und ließen sie schimmern wie einen Heiligenschein. Der Blick aus seinen blaugrauen Augen hob diese Wirkung allerdings wieder auf. Er war hart. Wie Stein. Gleichzeitig mischte sich in diese Härte so etwas wie Neugier. »In erster Linie würde ich gern wissen, wieso Sie in Häuser einbrechen, obwohl Sie dafür jederzeit zurück ins Gefängnis wandern könnten.«

Marie berührte unwillkürlich den Höcker auf ihrer Nase. Gänsehaut breitete sich auf ihren Armen aus. »Ich breche nicht ein. Ich habe die Zugangscodes der Häuser.«

»Aber wohl kaum die Erlaubnis, sie außerhalb Ihrer Arbeitszeit zu betreten.«

Sie hasste es, so in die Enge getrieben zu werden und sich rechtfertigen zu müssen. Deshalb warf sie ihm einen finsteren Blick zu. Auch wenn diese Situation brenzlig für sie war, so ließ sie sich von ihm nicht kleinkriegen. »Ich benutze sie nur, wenn das Wetter zu schlecht ist, um am Strand zu übernachten. Natürlich können Sie so etwas nicht verstehen.« Sie musterte ihn. Auch wenn er legere Jeans, einen Kapuzenpulli und Turnschuhe trug, erkannte sie sofort, wie teuer die Klamotten waren. »Ich hinterlasse die Häuser sauber und ordentlich und verbrauche nichts, außer ein wenig Wasser und Strom. Das können reiche Pinkel wie Sie ja wohl verschmerzen.« Sie schloss für einen Moment die Augen und verpasste sich innerlich eine Ohrfeige. Musste sie ihm so aggressiv begegnen, obwohl er sie in der Hand hatte?

Er verzog den rechten Mundwinkel zu einem Halblächeln und lehnte sich noch ein wenig bequemer gegen den Zaunpfosten, als ob er sich auf ein Plauderstündchen einstimmte. »Mag sein. Trotzdem ist es Hausfriedensbruch.«

»Gut. Und was wollen Sie jetzt tun? Mich anzeigen?« Maries Nervosität wuchs. Es war eine Sache, sich für eine Nacht irgendwo einzuquartieren, aber wenn sie hier noch länger vor dem Haus standen und herumdiskutierten, entdeckte sie möglicherweise noch jemand.

»Ich möchte, dass Sie mitkommen«, sagte er.

»Wohin?«

»Wohin wohl?« Wieder dieses seltsame Lächeln. Es ließ sein hartes Gesicht mit dem markanten Unterkiefer fast freundlich aussehen. Aber nur fast. »Ins Strandhaus.«

»Ihr Strandhaus? Sunset Cove?« Marie war sich sicher, dass sie ihn falsch verstanden hatte. Ihr Englisch war für jemanden, der in Deutschland aufgewachsen war, sehr gut, aber im Moment hatte sie das Gefühl, auf eine Sprachbarriere gestoßen zu sein. Das konnte nicht sein Ernst sein.

»Da ich kein Einbrecher bin, würde mir das gut passen. Jetzt kommen Sie. Sie können dort schlafen. Das Haus bietet mehr als genug Platz für uns beide.«

Nun war es an Marie, die Arme vor dem Oberkörper zu verschränken. Um sich selbst zu schützen. »Warum sollten Sie mich einladen?« Niemand sprach eine solche Einladung völlig selbstlos aus. Sie hatte ihre Wohnung verloren, weil sie eine andere Vorstellung von einem Mietverhältnis hatte als der Hausbesitzer, und nun schrillten bei ihr die Alarmglocken.

»Weil ich ein wahnsinnig netter Mensch bin und heute noch keine gute Tat vollbracht habe.«

Was für ein aufgeblasener Idiot. »Tja, wie schade für Sie. Suchen Sie sich jemand Bedürftigen. Weder brauche ich Ihre Almosen, noch will ich sie.« Sie setzte sich in Bewegung, drängte sich an ihm vorbei und ging zurück zu ihrem Pick-up. Sam trottete ihr hinterher, offenbar enttäuscht, weil er um sein gemütliches Schlafplätzchen gebracht worden war. Im Haus der Hovers konnte Marie nun nicht mehr schlafen, und sie musste eine weitere Nacht in ihrem Wagen verbringen.

»Ich will Ihnen nicht drohen. Aber wir wissen beide, dass ich Sie in der Hand habe.« Seine Worte bohrten sich wie Messerspitzen in ihren Rücken.

»Lassen Sie es doch darauf ankommen«, brachte sie zwischen zusammengepressten Zähnen hervor.

»Sie wollen wissen, wem man glauben würde? Einer verurteilten Betrügerin, die noch eine verdammt lange Bewährungsstrafe vor sich hat, oder einem …«, er legte eine künstliche Pause ein, » … Staatsanwalt.«

Marie erstarrte. Er wusste nicht über sie Bescheid, weil jemand im Fitnessstudio über sie getratscht hatte. Er spielte sich nicht auf, weil er dachte, dass er sich als reicher Pinkel alles erlauben konnte. Er tat es, weil er wirklich alles über sie wusste, oder zumindest meinte, alles zu wissen. Er saß an der Quelle. Sie spürte geradezu, wie das Blut aus ihrem Gehirn wich, sich aber gleichzeitig ihr Puls beschleunigte. Ihr Herz raste. Sie zwang sich, ruhig ein- und auszuatmen. Sie kannte diese Angstattacken. Viel zu oft hatte sie in der Dunkelheit ihrer Zelle gelegen und versucht, nicht zu hyperventilieren vor Panik. Kalter Schweiß sammelte sich auf ihrer Stirn. Sie würde ihn nicht wegwischen. Dann würde er sehen, wie sehr ihre Hände zitterten. Marie starrte auf die Pinienbäume vor sich. Noch einen Moment. Es würde gleich besser werden. Sie kannte ihre Angstzustände, wusste genau, wie sie sie in den Griff bekam. Es war furchtbar, dass dieses Wort – Staatsanwalt – immer noch diese Reaktion in ihr auslöste. Sie hatte nur ein einziges Mal mit der Staatsanwaltschaft zu tun gehabt. Die Anklägerin in ihrem Prozess war eine kaltherzige Hexe gewesen, die ihr persönliches Vergnügen daraus gezogen hatte, sie fertigzumachen. Sie hatte sie gedemütigt und ins Gefängnis geschickt. Marie hasste Staatsanwälte. Aus tiefstem Herzen. Das Einzige, was ihr noch mehr zuwider war, war, von einem solchen Menschen abhängig zu sein – sich ihm ausliefern zu müssen. Langsam drehte sie sich um, darauf konzentriert, dass ihre Beine nicht wegsackten. »Warum?«, fragte sie leise.

Er grinste und zuckte die Achseln. Es sollte vermutlich freundlich wirken, hatte aber genau den gegenteiligen Effekt. »Wie ich bereits sagte, ich habe heute noch keine gute Tat vollbracht. Solange Sie mein Gast sind, begehen Sie keine Straftaten, und wir können Sie vor dem Knast bewahren. Also setzen Sie sich in Ihren Wagen und folgen Sie mir.«

Langsam ging Marie auf ihn zu. Sorgfältig einen Fuß vor den anderen setzend. Bis sie ganz dicht vor ihm stand. Stolz hob sie das Kinn und sah ihm direkt in die Augen. »Wenn Sie so genau über mich Bescheid wissen, dann dürfte Ihnen nicht entgangen sein, warum ich in meinem ersten Jahr in Haft eine Woche Einzelhaft absitzen durfte. Ich wette, der Wärter, der versucht hat, mich anzufassen, hat immer noch Schmerzen an einer äußerst unpassenden Stelle. Falls Sie also aus lauter Nächstenliebe das Bedürfnis verspüren, mir auch nur einen Millimeter zu nahe zu kommen, wird die Flut Ihre Leiche an den Strand spülen.«

*

Was hatte er getan? Niclas schaltete die Kaffeemaschine ein, stützte seine Hände auf der Arbeitsplatte ab und ließ für einen Moment den Kopf hängen. Dabei hätte er ihn am liebsten gegen die nächste Wand geschlagen. Er war in seinen Wagen gestiegen und zurück nach Sunset Cove gefahren, ohne zu warten, bis Marie McMillan ihren Pick-up aus dem Versteck geholt hatte. Sie würde kommen. Schließlich hatte er sie erpresst.

Er rieb sich über den Nacken und nahm zwei Tassen aus dem Schrank. Er hatte keinen blassen Schimmer, warum er das getan hatte. *Doch, das hast du,* murmelte eine leise Stimme in seinem Kopf. Wenn er ehrlich zu sich selbst war, wusste er natürlich genau, was gerade geschah. Es lag nicht daran, dass er allein in dem riesigen, leeren Haus wohnte und sich einsam fühlte. Es waren Maries große Augen, die von der gleichen Farbe waren wie der teure Whiskey seines Vaters. Die Panik, die für den Bruchteil einer Sekunde darin aufgeblitzt war, bevor ihr Stolz wieder die Kontrolle übernommen hatte. Er war eingenommen von ihr und von den wenigen Fakten, die er in der Kürze der Zeit über sie in Erfahrung gebracht hatte. Er war neugierig auf sie. Und wahrscheinlich entwickelte er gerade einen Helferkomplex. Wenn schon in Boston alles schiefging, konnte er wenigstens auf Cape Cod dafür sorgen, dass Marie nicht noch tiefer in eine kriminelle Karriere schlitterte. »Bullshit«, murmelte er. Wenn er ehrlich war, benutzte er sie. Sie war die perfekte Ablenkung. Solange er sich mit ihr beschäftigte, musste er sich nicht mit seinem eigenen verpfuschten Leben auseinandersetzen. »Nur deswegen holst du eine verurteilte Straftäterin ins Strandhaus der Familie. Du bist irre, Hunter.«

Hinter ihm erklang das Klacken von Sams Krallen auf dem Dielenboden. Niclas straffte die Schultern und drehte sich um. »Möchten Sie einen Kaffee?«, fragte er Marie, die mit ihrem Rucksack über der linken Schulter langsam durch das große Wohnzimmer auf ihn zukam. Ihre Kleidung war schlicht und die Stiefel, die sie trug, klobig. Und doch waren ihre Bewegungen anmutig. Ihr langes Haar, das in einem nachlässigen Pferdeschwanz bis über die Mitte ihres Rückens hing, hatte die Farbe von poliertem Eichenholz. Sie war groß, aber das war ihm bereits bei ihrer ersten Begegnung aufgefallen.

Niclas füllte Wasser in eine Schüssel und stellte sie Sam hin. Dann reichte er Marie einen Kaffee und ging mit seiner Tasse in der Hand voraus auf die Terrasse. Der Wind pfiff kräftig, und dunkle Wolken taumelten über den Himmel. Marie hatte gut daran getan, sich einen warmen, trockenen Platz zum Schlafen zu suchen. Nicht mehr lange, und die ersten Regentropfen würden in die Ebbepfützen zwischen den Seegrasfeldern fallen. Niclas stellte seine Tasse auf dem Geländer ab und sah sie an, als sie neben ihn trat. Sie richtete den Blick auf den Ozean, als könnte er ihr helfen, von hier – vor ihm – zu entkommen. »Warum haben Sie kein Apartment? Gehört ein fester Wohnsitz nicht zu den Auflagen Ihrer Bewährung?«

Sie lächelte bitter. »Natürlich.«

»Warum sind Sie dann ausgezogen?«

Sie schloss die Augen und nippte an ihrem Kaffee. Einen Moment schwieg sie, als ob sie überlege, ob es sich lohne, die Wahrheit zu sagen. »Es interessiert meinen Bewährungshelfer nicht wirklich, wo ich wohne. Er ist froh, sich keine Gedanken um mich machen zu müssen. Ich erscheine pünktlich zu den Treffen und nehme keine Drogen.«

»Soll ich Ihnen helfen, etwas zu finden?«, bot er an. Er konnte sie nicht einfach sich selbst überlassen.

»Nein.« Ihre Antwort war eine Spur zu scharf und klang durch ihren Akzent hart und kalt. »Ich komme schon klar«, fügte sie in milderem Tonfall hinzu.

»Sie besetzen leerstehende Häuser. Irgendwann wird Sie jemand anders als ich erwischen. Dann kommen Sie nicht so glimpflich davon.«

Marie rieb sich über die Stirn. Ihre Schultern sackten ein

Stück nach unten. »Mein Boss hat mir eine Wohnung über dem Dead Fish besorgt.«

Niclas hatte am vergangenen Abend mit eigenen Augen gesehen, was für eine miese Absteige das war.

»Der Besitzer der Wohnung, dem auch die Bar gehört, dachte, eine Frau auf Bewährung sei durchaus bereit, zusätzlich zur Miete noch ein wenig in Naturalien zu zahlen, um sich ein Dach über dem Kopf zu sichern«, fuhr sie fort. »Vor ein paar Tagen ist die Situation eskaliert, und ich bin abgehauen. Die Bude war sowieso ein Drecksloch.« Sie senkte den Blick in ihre Tasse. »Natürlich will ich etwas Neues finden, aber Leuten wie mir werden Wohnungen nicht gerade hinterhergeworfen. Außerdem muss ich verdammt viele Schulden zurückzahlen. Mir blieb in den vergangenen Nächten also nichts anderes übrig, als in meinem Wagen zu schlafen – oder in einem der Häuser, die sowieso fast das ganze Jahr über leer stehen. Ich tue das nicht gern, falls Sie das denken sollten. Es ist eine Notlösung, bis ich meine Situation wieder im Griff habe.« Sie warf ihm einen Seitenblick zu. »Eine Notlösung, bis ich etwas Neues gefunden habe.«

Niclas sah sie ernst an. »Sie haben aber noch nichts gefunden. Das Wetter wird von Tag zu Tag schlechter. Im Winter können Sie nicht in Ihrem Wagen schlafen. Wollen Sie jeden Tag irgendwo einbrechen?«

Sie zuckte die Schultern. »Wahrscheinlich werde ich sowieso nicht mehr lange hier sein. Ich arbeite für eine Gartenpflegefirma aus Boston. Wir sind zwei Gärtner auf dem Cape. Wenn die letzten Häuser winterdicht gemacht werden und die Gärten auf die kalte Jahreszeit vorbereitet sind, wird mich mein Boss wahrscheinlich zurückbeordern oder entlassen. Über den Winter gibt es hier nicht genug zu tun für zwei Leute.« Ihre Kiefer spannten sich einen Moment an, dann lockerte sie sie wieder, als wolle sie gleichgültig und gelangweilt wirken. »Raten Sie mal, wen er entlassen wird. Den Militärveteranen mit einem Orden an der Brust oder die verurteilte Betrügerin auf Bewährung?«

»Sie sagen das, als hätte man Ihnen Unrecht getan. Wer Fehler macht, muss auch die Konsequenzen tragen. Wenn man Straftaten begeht, muss man damit leben, nicht besonders gemocht zu werden.« Niclas merkte, dass er ganz automatisch in die Rolle des Staatsanwalts schlüpfte. »Vor allem denjenigen, die andere übers Ohr hauen, begegnen die Menschen mit Vorsicht. Verständlicherweise.«

Marie straffte sich und wandte ihm den Blick zu. Ihre Augen versengten ihn fast, so hitzig war ihr Blick für einen Moment. Dann kühlte er sich wieder ab und erinnerte ihn an leblosen, glatten Bernstein. »Sie werden es mir nicht glauben, Staatsanwalt. Genau wie alle anderen. Und ich werde das auch nur ein einziges Mal sagen. Ich bin keine Betrügerin. Ich habe in meinem ganzen Leben noch nie eine Straftat begangen. In dem Leben, das ich einmal hatte«, korrigierte sie sich. »Es wurde zerstört. Ich wurde zerstört. Ich saß vier Jahre unschuldig im Gefängnis und habe noch jahrelang Bewährung vor mir. Ich lebe immer in der Angst, einen Fehler zu machen und zurück in die Hölle zu müssen. Haben Sie schon mal eine Nacht im Knast verbracht, Staatsanwalt?« Sie schüttelte den Kopf. »Es würde Ihnen nicht besonders gut bekommen. Ich habe niemandem etwas getan oder weggenommen. Und doch geht fast mein gesamter Lohn dafür drauf, Schulden in Millionenhöhe zurückzuzahlen. Ich werde diese Beträge niemals begleichen können, aber ich muss es versuchen. Jemand wie Sie, eine selbstgefällige und arrogante Staatsanwältin, und ein unfähiger Pflichtverteidiger, sind dafür verantwortlich. Bis zum Schluss habe ich gekämpft. Ich kannte das amerikanische Rechtssystem nicht, aber ich habe mich gewehrt, so gut ich konnte. Es hat nichts gebracht. Glauben Sie mir, ich weiß, was es heißt, die Hölle zu überleben. Ich brauche keinen Schnösel wie Sie, der mir vorschreibt, wie ich mein Leben führen soll.« Sie wandte sich von ihm ab und stieg, die Arme vor der Brust verschränkt, die Stufen zum Strand hinunter. Sam folgte ihr unaufgefordert.

Sie wollte nicht weiter mit ihm sprechen. Wahrscheinlich hatte sie ihm bereits mehr erzählt als anderen Leuten. Niclas musste zugeben, dass ihre Worte ihn ins Mark getroffen hatten. Sie hatte ihm einen Spiegel vorgehalten, hatte ihn als arrogant und selbstgefällig bezeichnet. Das war er gewesen – bis ihn genau das zu Fall gebracht hatte. Nachdenklich leerte er seine Kaffeetasse. Als Staatsanwalt hatte er schon jede erdenkliche Form von ›ich bin unschuldig‹ gehört. Er hatte schnell gelernt, den Beteuerungen keinen Glauben zu schenken. Ganz besonders, wenn sie von Betrügern kamen. Die Leute versuchten alles, um straffrei davonzukommen. Manch einer war auf diesem Gebiet wirklich brillant. Aber diese Frau war anders. Ihre Geschichte berührte ihn zutiefst. Sie hatte ihn nicht angefleht, dass er ihr glauben sollte. Sie hatte ihm einfach die Fakten hingeworfen, war aufgestanden und gegangen. So, als erzählte sie das Ganze nicht zum ersten Mal, als wüsste sie, dass es verschwendete Energie war. Als erwarte sie überhaupt nicht, dass er ihr Glauben schenkte. Er blickte zum Strand hinunter. Sie stand wie eine Statue im Sand und starrte in den Sonnenuntergang, Sam wie ein stummer Wächter neben ihr. Entweder stimmte das, was sie sagte, oder sie war verdammt clever und viel manipulativer als alle Kriminellen zusammen, mit denen er bisher zu tun gehabt hatte.

Niclas sammelte ihre Tassen ein und kehrte ins Haus zurück. Eine Stunde mit Marie McMillan hatte ihm mehr Rätsel aufgegeben als Antworten gebracht.

5

Marie starrte auf die Jolle, die die Ebbe in einem kleinen Salzwasserpool auf Grund gesetzt hatte. In der Nacht würde die Flut sie wieder anheben. Anders als ihr Leben, das ebenfalls auf Grund gelaufen war. Für sie würde es keine Flutwelle geben, die ihr Auftrieb verlieh.

Wie schön wäre es, der Sonne statt am Atlantik von einem Strandkorb an der Nordsee aus beim Sinken zuzusehen. Nach ihrer Entlassung aus dem Gefängnis hatte sie gehofft, nach Deutschland abgeschoben zu werden. Es wäre ihr egal gewesen, ob sie jemals wieder in die USA hätte einreisen dürfen. Sie hätte diesem Land für immer den Rücken gekehrt. Doch leider floss durch ihre Adern nicht nur deutsches Blut. Ihr Vater war Amerikaner gewesen. Ihr Geburtsort Chicago. Es spielte keine Rolle, dass sie den größten Teil ihres Lebens in Deutschland verbracht hatte. Die doppelte Staatsangehörigkeit fesselte sie an dieses Land. Eine Bewährung zu verbüßen war nun einmal nicht mit Freiheit gleichzusetzen. Also stand sie hier und wünschte sich ans andere Ende des Ozeans.

Sam rieb seinen Kopf an ihrem Oberschenkel. Sie vergrub ihre Finger in dem seidigen Fell zwischen seinen Ohren. Ihn als ständigen Begleiter zu haben beruhigte Marie. Auch wenn es vermutlich verrückt war, einen Hund als seinen besten

Freund zu betrachten. Sams Vorbesitzer hatten ihn am Strand ausgesetzt, angebunden an eine der Treppen, die zu den hübschen Ferienhäusern hinaufführten. Marie hatte ihn im letzten Moment vor der steigenden Flut gerettet, die ihn sonst das Leben gekostet hätte, und war mit ihm zum Tierarzt gefahren. Der Hund sei jung, hatte der Doc ihr erklärt. Gerade mal ein Jahr alt. Schon zur vollen Größe ausgewachsen, aber im Herzen noch ein Kind. Das Tier hatte sie mit seinen seelenvollen, schwarzen Augen liebevoll und voller Hoffnung angesehen. Und dagegen hatte sie sich nicht wehren können. Anstatt ihn im Cape Cod Animal Shelter in Hyannis abzugeben, hatte sie den Hund Sam getauft und behalten. Seitdem waren sie keinen Tag voneinander getrennt gewesen. Sie gehörten zusammen, bildeten eine Einheit. Das Einzige, was den Hund von seinem Frauchen unterschied, war die Fähigkeit, anderen zu vertrauen. Er war offen. Hatte keine Angst vor Fremden, obwohl die Menschen, die für ihn verantwortlich gewesen waren, seinen Tod billigend in Kauf genommen hätten. Er mochte sogar diesen verfluchten Staatsanwalt. Sie war dazu nicht mehr in der Lage. Marie verließ sich nur noch auf sich selbst. Deswegen war es umso schlimmer, von diesem Mann abhängig zu sein.

Erste Regentropfen hinterließen kleine nasse Punkte auf dem Sand. »Na, komm, Sam. Lass uns reingehen.« Sie drehte sich um und stieg langsam die Stufen zu Sunset Cove hinauf. Im Haus brannte Licht. Das warme Gelb warf seine Strahlen durch die großen Fenster hinaus in die grauschwarze Dämmerung. Es wirkte heimelig. Eine trügerische Gemütlichkeit. Sam schoss die Stufen hinauf und verschwand durch die Terrassentür. Er schien sich hier pudelwohl zu fühlen. Im

Gegensatz zu ihr. Sie kannte noch nicht einmal den Namen ihres Gastgebers.

Zögerlich betrat sie das Haus und wurde vom Geruch nach Pizza empfangen. Ihr Magen rutschte in die Kniekehlen. Verdammt.

Sam hielt schnuppernd die Nase in die Luft und drehte sich zu ihr um. Er schenkte ihr sein Hundegrinsen, als würde man ihm gleich sein Lieblingsgericht auftischen.

Der Staatsanwalt stand im Durchgang zur Küche und putzte sich die Hände an einem Geschirrtuch ab. »Hunger?«

Ihr lief das Wasser im Mund zusammen. Sie schluckte und schüttelte den Kopf. »Danke. Ich habe etwas dabei.«

»Essen Sie es morgen. Ein Blech Pizza ist zu viel für mich allein.« Er verschwand in der Küche.

Der Kamin im Wohnzimmer war eingeheizt, und sie schloss die Terrassentür, damit die Wärme nicht entwich, bevor sie ihm langsam folgte. Unbehaglich wischte sie sich die Hände an der Jeans ab.

Er holte unter Sams wachsamen Augen die Pizza aus dem Ofen. Es war tatsächlich ein ganzes Blech. Marie sah ihn überrascht an. »Sie haben sie selbst gemacht.«

»Ja. So schmeckt sie am besten.«

Sie konnte ihre Neugier nicht bezwingen und trat noch einen Schritt näher. Mit gerunzelter Stirn betrachtete sie das Essen. »Sind das Oreos?«

»Jepp.«

»Sie haben Kekse auf die Pizza gelegt?«

»Nur auf die Ecke. Damit haben wir gleich noch einen Nachtisch.«

Marie hob den Blick. Seine Augen funkelten gut gelaunt.

»Sie sind verrückt«, murmelte sie. »Aber ich muss gestehen, es riecht fantastisch.«

»Wunderbar.« Er hielt ihr eine Flasche unter die Nase. »Was halten Sie von diesem Wein?«

»Äh …« Sie hatte keinen Alkohol mehr getrunken, seit sie inhaftiert worden war. Im Gefängnis gab es keinen Wein oder hübsche Cocktails. Im Augenblick konnte sie sich schlichtweg keinen Wein leisten. »Ich kenne mich mit so etwas nicht aus.«

»Dann entscheide ich. Ich bin mir sicher, er passt perfekt zum Essen.« Er dekantierte ihn und reichte ihr die Gläser. Dann legte er ein großes Stück Pizza auf jeweils einen Teller und folgte ihr ins Wohnzimmer. Mit einem behaglichen Brummen ließ er sich auf eine der Couches fallen. Marie setzte sich ihm gegenüber in einen Sessel.

Er hob sein Glas und prostete ihr mit einem Lächeln zu. »Ich bin übrigens Nic. Niclas Hunter. Schön, dich kennenzulernen, Marie.« Er sprach es englisch aus. Mary.

»Marie. Ich heiße Marie.«

»Marie«, wiederholte er. »Ich habe mir schon gedacht, dass du keine Amerikanerin bist. Dein Akzent verrät dich. Und dieser Name auch. Marie«, wiederholte er noch einmal, als ließe er ihn sich auf der Zunge zergehen. »Woher kommst du?«

»Ich bin Halbamerikanerin«, verbesserte sie ihn. »Meine Mutter ist Deutsche. Ich habe den größten Teil meines Lebens in Europa verbracht.« Gegen ihren Willen erwiderte sie sein Lächeln. Was hatte dieser Typ nur an sich? Sie ließ sich nicht von Fremden ausquetschen. Sie nahm noch nicht einmal Almosen an. Holly konnte ein Lied davon singen. Vielleicht lag es an dem Verlangen nach einem Stück Pizza, vielleicht aber auch an seinen Augen. Egal, ob er sie ernst ansah, herausfordernd oder gar lächelte, in seinem Blick verbarg sich ein Schatten. Etwas Dunkles, das sie selbst jedes Mal sah, wenn sie in einen Spiegel blickte. Einsamkeit.

Der Mensch war nicht zum Einzelgänger geboren. Sie versuchte, wie ein Einsiedler zu leben, die Kontakte zu ihren Mitmenschen auf ein Mindestmaß zu beschränken. Offenbar funktionierte das nicht mehr richtig, seit sie Niclas Hunter über den Weg gelaufen war. Einem Staatsanwalt. Dem Feind. Der sie noch dazu nötigte, in seinem Haus zu übernachten. Auch wenn ihr Stolz sich noch querstellte, ihre Seele lechzte nach jedem Quäntchen Zuneigung, das er bereit war, ihr zu geben. Seine Aufmerksamkeit war wie eine warme Decke, in die sie sich hüllte. Genau wie der Alkohol. Er wärmte und entspannte sie mehr, als sie sich eingestehen mochte. In Gedanken wälzte sie immer wieder die Frage, warum er das tat. Warum hatte er sie nach Sunset Cove geholt? Warum behandelte er sie so freundlich, obwohl sie eine verurteilte Straftäterin war? Müssten nicht all ihre Alarmglocken schrillen?

Marie teilte den Rest Pizza mit Sam. Nur noch das Stück mit dem Oreo-Keks lag auf ihrem Teller. »Ich kann mich nicht daran erinnern, wann ich zum letzten Mal so viel Pizza in mich hineingestopft habe. Vielen Dank.« Sie trank von ihrem Wein. Auf einmal fühlte sie sich ganz leicht, und ihr war ein wenig schwindlig. Das Feuer wärmte sie, und der Regen, der gegen die Fenster prasselte, vermittelte ihr das Gefühl, in einen Kokon aus Geborgenheit eingesponnen zu sein.

»Danke mir nicht, bevor du den Keks probiert hast.«

Vorsichtig biss sie von dem süßen Stück Pizza ab. Erstaunt lächelte sie. »Das schmeckt wirklich gut.«

»Sag ich doch. Du kannst meinem Urteil vertrauen.«

Das holte sie mit einem Schlag in die Wirklichkeit zurück. »Ich verlasse mich nur auf mich selbst.«

Niclas verstand, was sie damit sagen wollte. Sie erkannte es an seinem Blick. Aber er wollte nicht, dass die Stimmung kippte, und fragte: »Wie bist du auf dem Cape gelandet?«

»Ich arbeite für eine Gartenpflegefirma aus Boston. Mein Boss nimmt auch Leute, die auf Bewährung draußen sind. Er hat mich gefragt, ob ich in seine Außenstelle auf die Halbinsel wechseln möchte, weil ein Mitarbeiter gekündigt hat.« Sie lehnte ihren Kopf an die Sessellehne. Das Leder schmiegte sich kühl an ihre Wange. »Das war ein absoluter Glücksgriff. Ich hätte nicht erwartet, dass er mir so weit über den Weg traut. Und ich habe sofort ja gesagt. Ich bin in Hamburg aufgewachsen. Als Kind war ich ständig am Meer oder auf einer der Nordseeinseln. Ich fühle mich wohl am Wasser.« Ihre Lider wurden schwer.

»Möchtest du noch einen Schluck Wein?«

»Nein, danke.« Sie hielt die Hand über ihr Glas. »Findest du nicht auch, dass das Cape atemberaubend ist? Wenn man es auf der Karte betrachtet, sieht es aus wie ein angewinkelter Arm, der seine Muskeln spielen lässt. Es ist stark und wild, wenn man die Ecken kennt, die die Touristen noch nicht entdeckt haben.« Sie spannte ihren Arm an, um Niclas zu zeigen, was sie meinte. »So stark zu sein ist schön.«

*

Marie nickte vor seinen Augen ein, das halb volle Weinglas noch in der Hand. Vorsichtig nahm er es ihr ab und stellte es auf den Couchtisch. Eine Weile beobachtete er sie. Sie atmete tief, und ihre Brust hob und senkte sich gleichmäßig.

Sam stupste mit der Nase gegen seinen Oberschenkel und schielte immer wieder zu der Pizza auf seinem Teller. Niclas hatte fast nichts gegessen, denn er war immer noch so satt von dem Kabeljau im Fairway. Auf die Idee, Pizza zu backen, war er gekommen, weil er eine Beschäftigung für seine Hände und seinen Kopf gebraucht hatte. Marie war stolz, und es schien ihr schwerzufallen, etwas von anderen anzunehmen. Ein Stück Pizza war da wahrscheinlich unverfänglicher als ein gutes Rindersteak. Und er hatte recht behalten. Sie hatte ziemlich zugeschlagen. Er riss seine Pizzareste in kleine Stücke und fütterte Sam damit. Der Hund inhalierte sie regelrecht und schnüffelte dann an Niclas' leeren Händen. »Ich habe nichts mehr, mein Freund.« Er stand auf und räumte leise den Tisch ab. Marie bewegte sich keinen Millimeter.

Niemand würde in seinem Gast eine Obdachlose sehen. Sie verstand es gut, den Schein zu wahren. Ihre Kleidung war abgetragen und nicht gerade teuer. Aber sie war sauber und roch nach Weichspüler. Was war nur mit ihm los? Er sollte nicht einmal im Traum an das weibliche Geschlecht denken. Die Erinnerung an letztes Mal, als er sich mit einer Frau eingelassen hatte, war noch frisch. Und Marie war zu allem Übel auch noch eine verurteilte Straftäterin.

Sie seufzte leise. Verdammt. Er nahm eine Decke von der Sofalehne und breitete sie über ihr aus. Sam suchte sich einen

Platz zu ihren Füßen und legte seinen Kopf auf ihren Oberschenkel. Automatisch streichelte sie ihn zwischen den Ohren. Sam gab einen zufriedenen Laut von sich und schloss die Augen. Niclas betrachtete sie noch einen Moment ungestört. Die Flammen im Kamin warfen flackernde Schatten, die ihre Haut sanft schimmern ließen. Im Schlaf sah Marie friedlich aus. Ihre Züge wirkten geradezu weich. Keine einzige harte Linie war auf ihrem Gesicht zu erkennen. Kein abwehrender Ausdruck. Keine Vorsicht oder Zurückhaltung. Weshalb er sie nur noch faszinierender fand. Es war besser, wenn er das Licht löschte und ging.

Ihm war jedoch nicht im Geringsten nach Schlafen zumute. In seinem Zimmer holte er zum ersten Mal seit seiner Ankunft den Laptop hervor. Bevor er irgendetwas unternahm, musste er sich vergewissern, dass Bralvers kein weiteres Leben zerstört hatte. Mit angehaltenem Atem tippte er den Namen des Mörders in die Suchmaschine und sackte erleichtert zusammen, als er keine neuen Nachrichten fand. Es war ruhig in Boston. Niclas fragte sich, wie lange noch. Er ließ seiner Angst keinen Raum, dass er unaufhaltsam auf einen Showdown zusteuerte, und rief die Seite der Bezirksstaatsanwaltschaft Boston auf. Abermals hielt er die Luft an, nachdem er seinen Benutzernamen und das Passwort eingegeben hatte. Die kleine Sanduhr in der Mitte des Bildschirms begann sich zu drehen. Niclas zählte mit. Nach dreieinhalb Umdrehungen ertönte ein leises Pling, begleitet von der Mitteilung, dass ihm der Zugriff auf das Datensystem verweigert wurde. Offenbar hatten sie seinen Account sofort gesperrt, nachdem sie ihn suspendiert hatten.

Er lehnte sich gegen das Kopfteil seines Bettes. Marie McMillan. Der Name seines Gastes kam ihm auf eine vage Art bekannt vor. Als würde er sie von früher kennen, auch wenn er ihn nicht einordnen konnte. Die Frau beschäftigte ihn viel zu sehr. Er hätte zu gern gewusst, weswegen sie verurteilt worden war. Wenn er nur in das System … Rosalie Gonzales! Die Staatsanwältin aus seiner Abteilung hatte ihm vor einem halben Jahr einmal ihre Zugangsdaten gegeben, als er sich aus Versehen gesperrt hatte und dringend an einen seiner Fälle heranmusste. Er konnte sich nur zu gut an ihr Passwort erinnern. »WilliamundKate«. Sie war ein Riesenfan des englischen Königshauses. Damals hatte er sie wegen dieser Leidenschaft belächelt, jetzt würde sie ihm die digitale Tür öffnen. Er gab die Daten ein – und erhielt nach dreieinhalb Sanduhrumdrehungen die gleiche Auskunft wie bei seinem Namen.

»Mist«, murmelte er. Rosalie war ein Gewohnheitstier. Sie änderte nicht einfach so ihr Passwort. Obwohl. Gab es da nicht noch einen anderen Prinzen, der irgendwann in diesem Jahr geheiratet hatte? Er interessierte sich nicht die Bohne für englische Adlige, also blieb ihm nichts anderes übrig, als den Namen zu googeln. Dann gab er abermals Rosalies Benutzerkennung ein und tippte »HarryundMeghan« in das Passwort-Feld. Diesmal dauerte es nur eine Umdrehung, bis die Sanduhr verschwand und das Behördenlogo der Staatsanwaltschaft Boston auf dem Monitor erschien. Er hatte es tatsächlich geschafft.

Im Schein seiner Nachttischlampe gab er Maries Namen in die Suchmaschine des Justizsystems ein und rief ihren Fall auf. Sein Magen zog sich zusammen, als er den Namen der

Staatsanwältin las, die in Maries Verfahren verhandelt hatte. Sein Herzschlag beschleunigte sich, und in seinen Ohren begann es zu rauschen. Gillian Mulhare. Die Frau, die nicht nur Maries, sondern auch sein Leben zerstört hatte. Das Schicksal wartete immer wieder mit neuen Überraschungen auf. Einen Moment zögerte er, dann schob er den Mauszeiger auf die Akte und öffnete sie.

*

Als sich die Sonne über dem Ozean erhob, saß Niclas noch immer vor dem Laptop. Seine Augen brannten. Marie war offenbar ebenfalls aufgewacht. Er hörte, wie sie Sam nach draußen ließ, und dann Geräusche aus dem Wohnzimmer. Ein paar Minuten später ging die Dusche an. Er verließ sein Zimmer und schlich am Bad vorbei. Er kochte Kaffee, schenkte sich eine Tasse ein und schnappte sich einen der Thermobecher, die sie immer bei einem sehr frühen Segeltörn mit auf ihre Jacht nahmen. Er füllte ihn und stellte ihn neben Maries Rucksack. Ob sie heute Abend zurückkam? Er hoffte es. Wohin sollte sie auch gehen?

Leise schlich er zurück in sein Zimmer, stellte seinen Kaffee auf das Nachtschränkchen und wartete, bis der Motor ihres klapprigen Pick-ups ansprang. Dann schob er seinen Laptop zur Seite und legte sich auf das Bett. Er musste die Informationen über Maries Fall sortieren. Die Gedanken, die ihm durch den Kopf schossen, waren zu aufregend. Ein paar Fakten fehlten ihm allerdings noch. Und er wusste genau, wo er die herbekommen würde. Widerwillig griff er nach seinem Handy. Er würde nicht eine Sekunde schlafen können, bevor er das Gespräch nicht geführt hatte. Also konnte er es genauso gut gleich hinter sich bringen.

*

Theodor Hunter saß aufrecht hinter seinem wuchtigen Schreibtisch aus Mahagoniholz. An dem Platz, an dem sein Vater Zeit seines Lebens gesessen hatte. Immer verbissen darum bemüht, eine stolze Haltung zu bewahren. Sein Körper schien ihm dabei heute nicht besonders behilflich sein zu wollen. Wenn er ehrlich zu sich selbst war, hielt dieser Zustand schon ein paar Tage an. Seit er begonnen hatte, mit Thunderberg Industries über die Zukunft des Unternehmens zu verhandeln.

Theodor krampfte die Hand um die gepolsterte Lehne seines Bürostuhls, als eine neue Welle Übelkeit über ihn hinwegrollte. Er atmete langsam ein und aus, wartete, bis sich sein rasendes Herz wieder ein wenig beruhigte. Es war kein Wunder, dass er an seine Grenzen stieß. Seit Tagen schlief er in seinem Büro – aber Georgina hob sowieso nicht lange genug den Blick von ihrem Martiniglas, um zu bemerken, dass er nicht nach Hause kam. Er erörterte, beriet sich, schmeichelte, drohte. Tagte bis spät in die Nacht. Die Müdigkeit kam also nicht von ungefähr. Genau wie die unnatürliche Blässe. Das Feilschen um Thunderberg Industries und die Millionen der HBB – der Hunter Boston Bank –, die in der Firma steckten, war schließlich kein netter Sonntagsspaziergang, bei dem man Sonne tankte. Theodor hatte niemanden, dem er die Verantwortung übertragen konnte. Natürlich waren seine Mitarbeiter hervorragend. Schließlich hatte er sie selbst ausgewählt.

Die *HBB* gehörte zu den exklusivsten Privatbanken des Landes und hatte sogar die Finanzkrise vor zehn Jahren verhältnismäßig unbeschadet überstanden. Aber es gab Deals, die überließ man keinem Angestellten. Manche Dinge mussten von der Familie geregelt werden. Nur dass Theodor keine Familie hatte, die er in seine Entscheidungen miteinbeziehen konnte. Seine Söhne hatten es vorgezogen, mit der Familientradition zu brechen. Bittere Magensäure stieg durch seine Speiseröhre nach oben. Unbeirrt schluckte er sie hinunter. Er besaß einen eisernen Willen. Wann hatte er zum letzten Mal etwas gegessen? Er wusste es nicht, und es war ihm auch egal. Heute würde er den Deal unter Dach und Fach bringen. Danach würde er sich mit Angelique treffen. Sie hatte sich schon seit fast einer Woche nicht mehr gemeldet. Ein bisschen mehr Einsatz erwartete er schon, dafür, dass er ihr dieses hübsche Apartment mit Blick auf den Charles River, den Schmuck und die Klamotten zahlte. O ja, er würde seinen Sieg mit ihr feiern. Wenn er den Druck, unter dem er stand, abgelassen hatte, würde es ihm schon viel besser gehen. Und dann schlief er einfach zwei Tage durch und war wieder ganz der Alte.

Ein Klopfen an der offenen Tür zu seinem Vorzimmer riss Theodor aus seinen Gedanken.

»Sir?« Seine Assistentin, Ashley Mannings, wartete, bis er ihr seine Aufmerksamkeit zuwandte. Die Konzentrationsstörungen machten ihm am meisten zu schaffen. Nur ein bisschen Schlaf …

»Sir?«, wiederholte Ashley.

»Was ist?«, fragte er schroff. Er wollte im Moment nicht gestört werden. Er musste sich auf den Deal konzentrieren.

»Ihr Sohn ist am Telefon.«

Das war allerdings etwas anderes. Zumindest, wenn es sein jüngerer Sohn war. »Welcher?« Musste man dieser Person eigentlich jedes Wort aus der Nase ziehen? Er sehnte sich nach den Zeiten zurück, als eine Assistentin ihren Boss noch besser gekannt hatte als er sich selbst.

Ashley setzte eine mitleidige Miene auf, und Theodor hatte das Gefühl, gleich zu explodieren. Seit Moira, die schon für seinen Vater und später für ihn gearbeitet hatte, in Pension gegangen war, hatte er keine anständige Assistentin mehr gefunden. Wegen diesem mitleidigen Blick hätte er das Miststück am liebsten auf der Stelle gefeuert. Aber es war so mühselig, eine Nachfolgerin einzulernen. Zumindest wusste er jetzt, wer am Telefon war. Der Sohn, der daran arbeitete, sein Leben zu zerstören und den guten Ruf der Familie unwiederbringlich zu schädigen. »Stellen Sie Niclas durch. Und schließen Sie die Tür«, rief er ihr hinterher, als sie ging, ohne ihm dieses Mindestmaß an Privatsphäre zu gewähren. Er sollte sie wirklich rausschmeißen.

»Niclas«, sagte er, nachdem er den Anruf auf den Lautsprecher gelegt hatte. »Man könnte meinen, dass es längst an der Zeit gewesen wäre, sich bei seiner Familie zu melden, nachdem man die ganze Stadt in Aufruhr versetzt hat.« Theodor legte die Hände auf seinen Schreibtisch und stemmte sich aus dem Bürosessel. Einen Augenblick schloss er die Augen und wartete, bis das Schwindelgefühl nachließ. Dann trat er an die bodentiefen Glasfenster und blickte auf den Boston Inner Harbor hinaus. Unter ihm, im Fort Point Channel, schaukelte sanft die schwarzgelbe *Eleanor*, die als Museumsschiff an die Boston Tea Party erinnerte. Ein Ereignis, das dem Bankhaus seiner Familie Ruhm und Ehre – und nicht zu vergessen: Reichtum – beschert hatte. Aber selbstverständlich brachte nicht einer seiner Nachkommen den nötigen Respekt dafür auf.

»Ist alles okay, Dad? Du klingst müde«, hallte Niclas' Stimme durch den Raum.

»Ich verhandele seit eineinhalb Wochen mit Thunderberg Industries.«

»Aha«, gab sein Sohn zurück. Natürlich verstand er nicht, was das bedeutete.

»Also«, kam Theodor auf seine Eingangsfrage zurück. Er stemmte seine Faust gegen die Fensterscheibe und hielt sich aufrecht, obwohl seine Knie zitterten. »Was gibt es zu dem Skandal zu sagen, den du losgetreten hast?«

Niclas seufzte genervt.

Wieder eine dieser Respektlosigkeiten ihm gegenüber. Wenn Theodor die Möglichkeit hätte, ihm den Geldhahn abzudrehen, er würde es tun. Einfach, um ihm zu zeigen, wer für seinen hübsch gefüllten Treuhandfonds verantwortlich war, während sein Sohn den Namen Hunter in den Dreck zog.

»Ich bin in eine Falle getappt. Die Konsequenzen sind mir um die Ohren geflogen. Und ich werde nicht stellvertretender Bezirksstaatsanwalt. Das dürfte der Punkt sein, der dich am meisten interessiert.«

Langsam einen Fuß vor den anderen setzend kehrte Theodor an seinen Schreibtisch zurück. Niclas hatte recht. Wenn er es schon verschmähte, für die Bank zu arbeiten, könnte er es wenigstens in der Politik weit bringen. Bundesrichter. Verfassungsrichter. Das waren Ämter, die sich in der Vita der Hunters trotz allem gut machen würden. Anders als sein älterer Sohn Andrew, der sein Talent als Arzt in der

Notaufnahme eines stinknormalen Bostoner Krankenhauses vergeudete. Aber nun war auch Niclas gescheitert, bevor er irgendetwas erreicht hatte. »Das ist alles?« Seine Kämpfergene hatte er ebenfalls nicht an seinen Nachwuchs weitergegeben.

»Ich kann im Moment nicht darüber reden, aber ich arbeite an einer Lösung des Problems, okay?«

»Wo steckst du?«, wollte Theodor wissen.

»In Sunset Cove.«

Er hielt einen Moment inne. Sein Sohn war freiwillig auf die Halbinsel gefahren? Dann musste sein Bedürfnis, sich zu verstecken, wirklich übermächtig sein. »Das überrascht mich«, sagte er. »Es wundert mich allerdings nicht, dass du dich in solche Schwierigkeiten manövriert hast. In der Finanzbranche wäre dir das nicht passiert.«

»Na klar«, ätzte sein Sohn. »Weil Finanzhaie so kuschlig sind. Ich bin Anwalt.«

»Im Bankenwesen gibt es auch Anwälte.« Sie stiegen in die altbekannte Diskussion ein, die sie schon unzählige Male geführt hatten.

»Strafrecht.« Niclas sprach das Wort langsam und lang gezogen aus, als hätte er es mit einem zweijährigen Kind zu tun und nicht mit seinem Vater, dem er alles verdankte, was er besaß. »Meine Fachrichtung ist Strafrecht.«

»Es ist nicht zu übersehen, wohin dich das geführt hat«, erwiderte Theodor eisig. »Aber das scheint nicht der Grund deines Anrufs zu sein. Was willst du?«

Sein Sohn schlug einen versöhnlichen Tonfall an. »Natürlich wollte ich euch wissen lassen, dass es mir gut geht. Ich musste nur erst einmal mit mir selbst ins Reine kommen und herausfinden, wo ich stehe. Aber es gibt da tatsächlich noch etwas, was ich dich fragen wollte. Sagt dir McMillan Investments irgendwas?«

»Ja.« Theodor lehnte sich in seinem Sessel zurück und schloss für einen Moment die Augen. Wie gern würde er sich jetzt auf der Ledercouch in der Sitzecke seines Büros ausstrecken. Selbst die wenigen Meter bis zu dem Schlafzimmer, das sich an sein Büro anschloss, kamen ihm im Moment wie Meilen vor. Aber immerhin konnte er sich trotz seiner Konzentrationsstörungen auf sein Gedächtnis verlassen. »Das war eine gute Firma, bis der alte McMillan einen Herzinfarkt hatte und sein Sohn übernahm. Ein windiger Hund mit Dollarzeichen in den Augen. Ich habe meinen Kunden abgeraten, bei ihm zu investieren. Der eine oder andere hat es trotzdem getan. Auch wenn jedem hätte klar sein müssen, dass er die Dividenden, die er ihnen versprach, niemals einfahren würde. Wenn es um Geld geht, behält nicht jeder einen kühlen Kopf. Die Gier gewinnt meistens die Oberhand.«

»Was weißt du noch über die Firma?« Niclas klang so, als machte er sich Notizen.

»Wieso willst du das wissen?«, fragte Theodor.

»Ich geh da so einer Sache nach«, antwortete sein Sohn vage.

»Viel gibt es da nicht mehr. Das Schneeballsystem, das McMillan angestoßen hatte, flog ihm schließlich um die Ohren. Er hat sich in ein Land verkrümelt, das ihn nicht ausliefert. Man munkelt, dass er sich in Europa herumtreibt. Das Geld ist jedenfalls auf Schweizer Nummernkonten verschwunden. Irgendjemanden hat man damals verhaftet. Seine Mitarbeiterin, glaube ich.«

»Seine Schwester«, korrigierte Niclas ihn.

Ehe Theodor etwas erwidern konnte, wurde die Tür zu seinem Büro aufgestoßen. »Sieh einer an, heute scheint Familientag zu sein«, murmelte er.

»Was?« Niclas' Stimme schwebte durch den Raum. »Was hast du gesagt, Dad?«

»Er sagte, dass er sich freut, mich zu sehen.« Theodors anderer Sohn, Andrew, blieb mit grimmigem Gesicht vor seinem Schreibtisch stehen, in der Hand seinen Arztkoffer. »Hallo, Bruder«, sagte er in Richtung der Freisprecheinrichtung des Telefons.

»Andrew«, sagte Niclas verdutzt. Einen Moment lang herrschte Schweigen in der Leitung. »Was verschlägt dich ins Hunter Building?«

Sie wussten alle drei, dass Andrew nicht ohne Grund aufgetaucht war. Und er hatte seinen verdammten Koffer dabei. »Ich muss Schluss machen, Niclas.« Theodor drückte den Anruf weg, ohne auf eine Erwiderung seines jüngeren Sohnes zu warten. Dann blickte er Andrew an und fragte: »Was hast du hier verloren?«

»Hallo, Dad«, versuchte dieser, wenigstens die Form zu wahren. »Du siehst nicht gut aus.«

»Ich arbeite auch seit über einer Woche an einem riesigen Deal. Natürlich sieht man da nicht gut aus.«

Andrew stellte den Arztkoffer ab und knöpfte seinen Mantel auf. »Man sieht aber auch nicht unbedingt so schlecht aus wie du im Moment«, widersprach er. »Was macht dein Blutdruck?«

»Mein Blutdruck geht dich nicht das Geringste an. Ich will wissen, wer dich hierherbeordert hat.«

Andrew antwortete nicht. Im Türrahmen erschien seine Assistentin. Ihr Gesicht war rot gefleckt vor Aufregung und Nervosität. »Das war ich, Sir«, gestand sie leise. »Ich habe mir Sorgen gemacht, und Sie wollten keinen Arzt aufsuchen.«

Theodor ignorierte das Geständnis seiner Assistentin. »Du brauchst deinen Mantel nicht auszuziehen«, ließ er Andrew wissen. »Nimm deinen Koffer und verschwinde.«

»Dad.«

»Nein«, erwiderte er mit eisiger Stimme, die keinen Widerspruch duldete. Hart und unerbittlich. Das war eine Sprache, die seine Söhne verstanden. »Du verschwindest auf der Stelle aus meinem Büro, oder ich rufe den Sicherheitsdienst.« Erbost starrte er Andrew an, der begriff, dass das keine leere Drohung war. Nie im Leben würde er sich von seinem Sohn untersuchen lassen. Nicht, bevor man ihn mit den Füßen voran aus diesem Büro trug.

»Wie du meinst.« Andrew straffte die Schultern. »Ich weiß, dass du nichts von meiner Arbeit im Krankenhaus hältst. Aber geh zu einem Arzt und lass dich untersuchen. Du siehst wirklich beschissen aus.« Er machte auf dem Absatz kehrt und stapfte aus dem Büro.

Theodor atmete tief durch, bevor er seine Assistentin hereinrief. Er schenkte ihr ein schmales Lächeln. »Ashley. Packen Sie Ihren Kram zusammen. Sie sind gefeuert.«

Das tat gut, stellte er fest. Diese Nervensäge auf die Straße zu setzen hatte ihm einen kleinen Adrenalinschub verpasst. Er griff zum Hörer, um Peter Thunderberg anzurufen. Es wurde Zeit, dass sie ihren Deal zum Abschluss brachten.

*

Marie schrieb eine Rechnung, als sie eine Wagentür zuschlagen hörte. Sie hob den Kopf und sah Billie auf das Haus zukommen. Sie trafen sich nicht besonders oft in der Basis, wie sie das Cottage nannten, das die Außenstelle von *Green Dreams* beherbergte. Doch sie wusste nie, wann er auftauchen würde. Deshalb übernachtete sie nicht hier. Sie hatte keine Lust, sich von ihm erwischen zu lassen und Fragen beantworten zu müssen.

Marie mochte Billie. Er war ein großer, stiller Kriegsveteran, der ein paar Mal in Afghanistan und im Irak stationiert gewesen war, aber nie darüber sprach. Er mochte die Gartenarbeit und hatte für die Menschen im Allgemeinen nicht besonders viel übrig. Am liebsten hatte er seine Ruhe.

Genau wie Marie. Zumindest war es bis vor Kurzem so gewesen. Ihr neuer Mitbewohner bedrohte heftig ihren Schutzpanzer. Sie merkte plötzlich, wie groß ihre Sehnsucht nach Gesellschaft war. Nach Kommunikation, Nähe und Wärme. Vieles davon konnte Sam ersetzen. Aber ein Hund war eben kein Mensch. Am vergangenen Abend hatte ihre Vorsicht so weit nachgelassen, dass sie in Gegenwart eines Mannes – dazu noch eines Fremden – eingeschlafen war. Sie musste sich in Acht nehmen. Wann immer sie in den vergangenen Jahren jemandem vertraut hatte, war sie enttäuscht worden. Und das nicht nur ein bisschen. Ihre Gutgläubigkeit hatte ihr Leben zerstört, ihre Existenz zu Staub zermahlen. Sie musste aufpassen bei Niclas. Gesten wie der Kaffeebecher heute Morgen trafen sie mitten ins Herz. Sie hatte ihn stehen lassen, fest entschlossen, nichts von ihm anzunehmen, sich nicht von ihm einwickeln zu lassen. Sie hatte schon fast die Haustür erreicht, als sie mit einem unterdrückten Fluch umgekehrt war und den Becher doch noch mitgenommen hatte. Sie wollte wirklich nicht darüber nachdenken, warum sie – zumindest einen Augenblick lang – so schwach geworden war.

Billie trat durch die Tür und kraulte Sam, der ihm freudig entgegensprang. »Na, alter Junge. Mädchen.« Er nickte ihr zu.

»Billie. Schön, dich zu sehen.« Sie wies mit dem Kinn auf den Computer, den sie sich teilten. »Ich wollte nur die Rechnung fertig machen. Bin gleich weg.«

»Keine Eile. Ich wollte nicht an den PC.« Er ließ seinen schweren Körper auf den winzigen Stuhl vor dem Schreibtisch fallen und erntete ein protestierendes Ächzen. »Ich wollte kurz mit dir reden.«

Das klang nicht gut.

»Larson hat mich angerufen.«

Ihr gemeinsamer Boss. Marie schluckte. »Gibt es ein Problem?«

»So würde ich es nicht nennen. Na ja, irgendwie vielleicht schon.« Billie kratzte sich unbehaglich über seinen kurz geschorenen Schädel. Er war kein Mann großer Worte. »Der Boss will das Cape-Cod-Geschäft abstoßen. Nächstes Jahr verkauft er die Firma in Boston. Seine Frau will ihren Lebensabend unbedingt bei ihrer Schwester in Florida verbringen. Larson denkt, mit dem Anhängsel auf der Halbinsel bekommt er den Laden nicht los.«

Was Blödsinn war. Nichts würde sich besser verkaufen als das Geschäft auf der Halbinsel. Worauf wollte Billie hinaus? Wurde sie gefeuert?

»Er hat mich gefragt, ob ich den Laden zum Ende des Jahres kaufen will.«

»Oh.« Mehr fiel Marie dazu nicht ein.

»Ich habe ein bisschen was zur Seite gelegt. Es wird nur nicht ganz reichen. Ohne einen Partner wird es nicht gehen. Ich habe das Gefühl, du bist gern auf dem Cape. Deine Arbeit gefällt mir. Deshalb wollte ich dich als Erste fragen, ob du in die Firma einsteigen willst. Wir könnten fifty-fifty machen.«

Verdammt. Sie hatte eigentlich gehofft, solchen Gesprächen so lange wie möglich aus dem Weg gehen zu können, sie vielleicht gar nicht führen zu müssen. Doch nun war es unvermutet anders gekommen. Sie spürte, wie sich ihre Wangen röteten. Auch ihre stolze Haltung konnte nicht verhindern, dass sie sich schämte. Es nützte nichts. Sie hob den Blick und sah ihm in die Augen. »Billie, ich bin im Moment auf Bewährung draußen. Ich wurde wegen Betrugs verurteilt. Deshalb solltest du besser noch mal über dieses Angebot nachdenken. Abgesehen davon kann ich das notwendige Geld nicht aufbringen.«

Aber der Veteran zuckte bei ihren Worten nicht erschrocken zusammen, sondern nickte ernst. »Das weiß ich, Mädchen. Larson hat es mir erzählt, bevor er dich hergeschickt hat. Falls es Probleme gibt oder so.«

Natürlich. Wieder sank ihr Herz ein Stück. Ihr Boss hatte ihr das Gefühl gegeben, dass er ihr vertraute. Aber natürlich hatte er es nicht getan. Niemand, der von ihrer Vergangenheit wusste, traute ihr über den Weg. Und sie konnte es ihnen nicht verübeln. Sosehr sie das auch im Inneren traf, sie selbst hätte nicht anders reagiert. Zumindest früher nicht. Jetzt sah sie die Welt mit anderen Augen, aber das half ihr auch nicht weiter.

»Ich finde es gut, dass du mir die Wahrheit sagst, aber ich sehe in deiner Vergangenheit kein Problem. Du hast Fehler gemacht, deine Strafe dafür abgesessen und noch ein paar Jahre Bewährung offen. Wahrscheinlich wirst du also keinen alten Marine übers Ohr hauen.« Er zwinkerte ihr zu.

Marie spürte einen Kloß im Hals. Seit sie diesem verdammten Staatsanwalt begegnet war, gingen ihr Dinge viel näher. »Es ändert nichts an der Sache. Ich würde gern mit dir die Firma übernehmen, aber ich habe das Geld nicht.« Und werde es vermutlich auch nie haben, fügte sie in Gedanken hinzu. Außer natürlich, irgendjemand fand ihren Bruder und mit ihm die unterschlagenen Millionen. Die Chancen dafür standen bei null bis minus hundert.

»Das habe ich mir schon gedacht. Ich wollte es dir trotzdem zuerst anbieten, bevor ich mich nach einem Partner umsehe. Wahrscheinlich werde ich dich nicht als Angestellte behalten können, wenn es so weit ist. Das tut mir wirklich leid.« Er erhob sich von seinem Platz, was den Stuhl erleichtert aufseufzen ließ, drückte ihr die Schulter und ging.

Marie wartete, bis er in seinen Truck gestiegen war, legte den Kopf auf den Tisch und atmete zitternd aus. Sie hatte seit Jahren nicht mehr geweint. Das letzte Mal, als die Polizisten in ihr Büro gestürmt waren. Mit einem Durchsuchungsbeschluss und einem Haftbefehl. Damals hatte sie die Tränen nicht stoppen können, die unaufhörlich flossen. Inzwischen hatte sie gelernt, sich zusammenzureißen. Tränen brachten sie nicht weiter. Ihr Leben würde sich nicht verändern, wenn sie heulte.

Vor langer Zeit war sie so ein vertrauensseliger Mensch gewesen. So gutgläubig und naiv. Sie hatte fest daran geglaubt, dass es sich um einen schrecklichen Irrtum handelte, der sich innerhalb kürzester Zeit aufklären würde. Ihr Bruder hatte eine falsche Buchung vorgenommen. Fehler passierten. Doch die Ermittler irrten sich nicht. Philipp hatte die Anleger ihrer Firma um über einhundert Millionen Dollar betrogen.

Marie war Larson dankbar, dass er sie angestellt hatte. Sie konnte sich als Gärtnerin keine goldene Nase verdienen. Die Arbeit war hart, und am Ende des Tages stand nicht besonders viel auf dem Lohnzettel. Aber sie fühlte sich lebendig, spürte ihren Körper, ihre Muskeln. Im Gefängnis hatte sie sich einen gefühllosen Panzer als Schutz zulegen müssen. Doch nun hatte sie die Taubheit der letzten vier Jahre durchbrochen. Außerdem hätte sie sowieso keinen Job als Buchhalterin gefunden. So viel Vertrauen konnte sie wirklich von niemandem verlangen.

Jetzt würde sie ihren Job bei *Green Dreams* verlieren. Das machte ihr nichts aus, sagte sie sich. Sie würde etwas Neues finden. Wenn sie Glück hatte, schrieb Larson ihr sogar eine Empfehlung oder kannte eine Firma, die sie übernahm. Sie würde sich nicht zum letzten Mal aufrappeln und von vorn beginnen müssen.

Marie bemühte sich, ruhig zu atmen und den Kloß im Hals loszuwerden. Nur so konnte man die Tränen unterdrücken. Sie hatte diese Technik perfektioniert. Wenn sie weinte, würden die Leute sie nur anstarren. Nichts war so schlimm, wie die Aufmerksamkeit fremder Menschen auf sich zu ziehen.

Ihre Fingerspitzen kribbelten. Der Staatsanwalt erwartete, dass sie zu ihm ins Strandhaus zurückkehrte. Das konnte sie erst, wenn sie ihre Fassung zurückgewonnen hatte. Sie musste die Mauer um sich herum ausbessern, versiegeln. Konzentriert blätterte sie durch das Auftragsbuch. Mitchell Barnsteyns Hecke sollte am nächsten Tag geschnitten werden. Aber das konnte sie durchaus auch heute schon machen.

6

Niclas lief nervös im Wohnzimmer auf und ab. Es war bereits dunkel und Marie noch nicht zurück. Vielleicht blieb es bei der einen Nacht. Vielleicht kam sie nicht mehr. Er hatte Spaghettisoße gekocht, aber möglicherweise machte er sich bloß lächerlich, weil er auf einen weiteren Abend in ihrer Gesellschaft hoffte.

Den ganzen Tag über hatte er sich mit ihrem Fall auseinandergesetzt, hatte recherchiert, Theorien aufgestellt. Er wollte mit ihr darüber reden. Dass seine Konzentration auf sie ihn davon abhielt, sich mit seinen eigenen Problemen zu beschäftigen, war nur ein angenehmer Nebeneffekt. Endlich tauchten die Lichter ihres Wagens in der Einfahrt auf. Sie versteckte ihn abermals hinter der Garage und betrat einen Moment später das Haus. Als sie ihn erblickte, blieb sie unsicher an der Tür stehen, während sich Sam an ihr vorbeidrängte und auf ihn zustürmte. Irgendetwas war geschehen. Sie versuchte, es zu verbergen, aber ihre müden Augen und angespannten Züge vermochte es nicht ganz zu kaschieren. »Hallo.«

»Hey. Komm rein. Ich habe auf dich gewartet.« Mist, das klang zu enthusiastisch. Sofort trat ein distanzierter Ausdruck in ihre Augen. »Ich meine, ich habe gekocht. Du magst hoffentlich Spaghetti. Sam mag sie sicher«, versuchte er die Stimmung aufzulockern.

»Du musst nicht ...«, begann sie.

Sie war ziemlich verdreckt und verschwitzt. »Harter Tag?«, unterbrach er sie, bevor sie erwidern konnte, dass sie nichts von ihm annahm.

Ungeduldig strich sie sich eine Haarsträhne aus dem Gesicht. Sie wollte offensichtlich nicht mit ihm hier stehen und Small Talk halten. »Ich habe eine Hecke geschnitten.«

»Dann willst du sicher zuerst duschen. Lass dir Zeit.«

»Hm, ja.« Sie mochte es nicht, wenn andere Entscheidungen für sie trafen. Den Rucksack über ihre Schulter geschlungen, wandte sie sich zur Treppe. Niclas konnte sich ein Grinsen nicht verkneifen. Marie McMillan war die personifizierte Störrischkeit.

Der Abend war angenehm mild und windstill. Nicht zu vergleichen mit dem stürmischen Wetter der vergangenen Tage. Sam hatte es sich bereits auf der Terrasse gemütlich gemacht und starrte zum träge blinkenden Leuchtturm hinüber. Niclas hatte einen Sack Futter für ihn besorgt. Vorsichtshalber. Er füllte eine Schüssel und stellte sie ihm hin. So, wie der Hund das Fressen in sich hineinschlang, hatte er später sicher noch Appetit auf Pasta.

Über ihm begann das Wasser zu rauschen. Was Niclas' Gedanken zu ihrer Akte zurückwandern ließ. Marie hatte nicht mehr viel mit der Frau gemein, die vor vier Jahren festgenommen worden war. Damals hatte sie nett ausgesehen, aber etwas unscheinbar. Mollig, das schulterlange Haar blond gesträhnt in einer konservativen Frisur. Sie hatte haargenau so ausgesehen, wie man sich eine Buchhalterin vorstellte. Jetzt war sie schlank, fast dünn. Bestimmt aß sie zu wenig. Die Gartenarbeit hatte ihren Körper muskulös und sehnig gemacht. Für den Frisör und solchen Schnickschnack wie Strähnchen gab sie garantiert kein Geld mehr aus. Der Anblick ihrer Haare, die ihr im nassen Zustand fast bis zum Hintern reichten, hatte sich – verdammt noch mal – in sein Gehirn eingebrannt.

Er hörte, wie sie die Dusche abstellte, und warf die Spaghetti ins Wasser. Sein Timing war perfekt. Marie tauchte genau in dem Moment im Erdgeschoss auf, als sie al dente waren. Er gab sie zusammen mit der Soße und frisch geriebenem Parmesan auf zwei Teller und reichte ihr ihren zusammen mit Gabel und Löffel. »Wir können draußen essen«, schlug er vor.

Marie nickte und trug ihr Essen stumm auf die Terrasse. Sofort verließ Sam seinen Beobachtungsposten und legte sich zu ihren Füßen unter den Tisch. Niclas nahm ihr gegenüber Platz und sah ihr dabei zu, wie sie die erste Portion Pasta um ihre Gabel wickelte und probierte.

Es war sicher nicht ihre Absicht gewesen, in Verzückung auszubrechen, aber offenbar konnte sie ihre Begeisterung nicht unterdrücken. Sie verdrehte die Augen, und ihre Lippen verzogen sich zu einem Lächeln. »Das schmeckt himmlisch. Du hättest Koch werden sollen.«

»Danke.« Er lächelte zurück. »Vielleicht schlage ich irgendwann eine zweite Karriere ein. Vorerst bleibe ich beim Recht.«

»Wieso kannst du überhaupt so gut kochen?« Sie versuchte sich also doch in Small Talk. Wahrscheinlich glaubte sie, ihm das schuldig zu sein.

Er zuckte die Achseln. »Viele Möglichkeiten gibt es nicht, wenn man nicht pausenlos Take-away oder Sandwiches essen will. Ich esse gern. Im Studium habe ich gelernt, dass es der einfachste Weg ist, selbst etwas zu kochen, wenn man nicht irgendwann vor lauter Pizza aus allen Nähten platzen will. Kochen macht mir Spaß. Es entspannt mich.« Er grinste. »Dabei ist mir schon so manche gute Idee gekommen.«

»Hm.« Das war es offensichtlich mit ihrer Unterhaltung. Sie konzentrierte sich wieder auf ihren Teller und schwieg.

Die Stille hing zwischen ihnen wie eine schwere Decke, die sich nicht zur Seite schieben ließ. Nur die Schreie der Seevögel und das Plätschern der Wellen waren zu hören. Nicht einmal Sam gab einen Mucks von sich. Er hatte sich zu Maries Füßen zusammengerollt und schlief.

Das Schweigen begann, unangenehm zu werden. Niclas hätte gerne noch eine Weile geplaudert, sich über Belanglosigkeiten unterhalten. Aber Marie wich seinem Blick aus. Sie starrte auf ihren Teller und schaufelte die Spaghetti in einer Geschwindigkeit in sich hinein wie jemand, der kurz vor dem Verhungern war oder so schnell wie möglich das Weite suchen wollte. Sobald ihr Teller leer war, legte Marie klirrend ihr Besteck zur Seite und sprang so abrupt auf, dass ihr Stuhl nach hinten umkippte. Sam rappelte sich auf und blickte sich verschlafen nach dem Störenfried um, der ihn aus seinen Hundeträumen gerissen hatte. Beruhigend strich Marie ihm über den Rücken.

»Entschuldige«, murmelte sie mit einem Seitenblick in Niclas' Richtung. Ihre Wangen röteten sich, als sie den Stuhl wieder aufstellte und an den Tisch schob. Sie trug das Geschirr in die Küche, stapelte es in die Spülmaschine und blieb vor der Kücheninsel stehen, als wüsste sie nicht, was sie als Nächstes tun sollte.

Niclas war ihr gefolgt und lehnte sich in den Türrahmen. »Möchtest du vielleicht noch einen Kaffee?«

»Nein, ich …« Sie wedelte mit den Armen.

Etwas hatte sie aus dem Gleichgewicht gebracht. Niclas wusste nicht, was es war. Aber es schien mit ihm zusammenzuhängen. Sie fühlte sich in die Enge getrieben, das war nicht zu übersehen. Er trat einen Schritt zurück und erlaubte ihr die Flucht.

»Ich bin noch mal kurz am Strand«, sagte sie im Vorbeigehen. Zusammen mit Sam hastete sie die Treppe hinunter, die zum Ozean führte.

Niclas schenkte sich den Kaffee ein, den er Marie gerade angeboten hatte, trat wieder auf die Terrasse hinaus und legte seine Hände auf das Geländer. Er sah ihr aus der Ferne zu, wie sie am Strand entlanglief und Stöckchen für Sam warf. Hin und wieder blieb sie stehen und starrte auf das Wasser hinaus.

Sie würde nicht zum Strandhaus zurückkehren, solange er hier stand, begriff er nach einer Weile. Also brachte er die leere Tasse in die Küche zurück, loggte sich bei Netflix ein und begann damit, seinen Rückstand bei *Game of Thrones* aufzuholen.

*

Marie erwachte gemeinsam mit der Sonne. Sie lag auf »ihrer« Couch, wie sie ihren Schlafplatz insgeheim bereits nannte.

Sams schwerer Kopf ruhte auf ihrem Oberschenkel. Er hatte sich zwischen sie und die Sofalehne gequetscht und gähnte herzhaft.

Marie streichelte ihn und sah der Sonne dabei zu, wie sie sich über den ruhigen, grauen Atlantik erhob. Im Haus war es still. Niclas schien noch nicht wach zu sein. Sie war dankbar, dass er sie am Abend in Ruhe gelassen hatte, nachdem sie beim Essen ein bisschen ausgeflippt war. Sie hatte versucht, normal zu sein, Small Talk zu halten. So wie Erwachsene einen netten Abend zusammen haben. Mit einem guten Essen. Auf einer wunderschönen Terrasse. Mit einem atemberaubenden Ausblick.

Mitten beim Essen war ihr bewusst geworden, dass sie das nicht konnte. Einerseits wusste sie nicht mehr, wie man sich überhaupt ungezwungen und locker mit jemandem unterhielt. Sie hatte in den vergangenen vier Jahren nur das Nötigste gesagt. Auf die Idee, sich mit ihren Mithäftlingen beim Hofgang auf ein Plauderstündchen zu treffen, wäre sie nie gekommen. Und auf der anderen Seite fühlte sie sich aus irgendeinem geheimnisvollen Grund magisch von Niclas angezogen. Obwohl das Gegenteil der Fall sein sollte. Seine Blicke waren eindringlich. Hatte er bei seiner Ankunft auf dem Cape noch nach teurem Rasierwasser gerochen, waren es inzwischen nur noch Weichspüler und der Wind, die in seinen Kleidern hingen. Seine Bewegungen waren selbstsicher. Irgendetwas an ihm erinnerte Marie an ein Raubtier auf der Lauer – kurz vor dem Sprung.

Diese Empfindungen und Niclas so wahrzunehmen brachten sie aus dem Konzept. Sie hatte aufgehört zu fühlen, sie hatte sich in eine Schutzschicht gehüllt, die das Überleben sicherte. Wenn sie nicht aufpasste, beschädigte Niclas diese Sicherheitsbarriere.

Das würde sie nicht zulassen. Deshalb war es besser, auf Abstand zu gehen – und zu bleiben. Niclas hatte ihr deutlich zu verstehen gegeben, dass er nicht wollte, dass sie am Strand oder im Auto schlief oder in ein Ferienhaus einbrach, solange sie nicht eine neue Wohnung gefunden hatte. Das Haus war schließlich groß genug für sie beide. Allerdings verstand er nicht, dass ein Haus manchmal nicht groß genug war.

Ihr Handy piepste. Marie nahm es vom Couchtisch. Die eingegangene SMS war von Annerose, die ihr wöchentliches Telefonat führen wollte. Also rappelte sich Marie auf, ging ins Bad und kochte sich einen Kaffee, bevor sie ihre Kapuzenjacke überzog und nach draußen ging. Sie setzte sich auf die oberste Stufe der Strandtreppe. Während Sam durch die Tidentümpel tobte, tippte sie eine Nachricht und teilte ihrer Tante mit, dass sie jetzt Zeit hatte, mit ihr zu telefonieren. Marie hatte bis jetzt noch nichts von ihrem Wohnungsverlust erzählt. Oder davon, dass sie mit einem Staatsanwalt unter einem Dach lebte. Annerose wäre beunruhigt, und Marie würde sie mit Engelszungen davon abhalten müssen, in den nächsten Flieger zu steigen und herzukommen.

Ihre Tante hatte furchtbar gelitten, als Marie vor vier Jahren festgenommen worden war. Damals hatte Annerose gerade eine frische Rücken-OP hinter sich. Eine anstrengende Reise war undenkbar gewesen. Nachdem sich Maries Mutter geweigert hatte, wegen ihr in die Staaten zu fliegen, hatte ihre Tante ihr während des Prozesses beigestanden. Marie war völlig auf sich selbst gestellt gewesen. Annerose hatte sehr gelitten, weil ihr die Hände gebunden waren. Sie hatte als Einzige zu Marie gehalten und an ihre Unschuld geglaubt.

Nach ihrer Verurteilung hatte ihre Tante jedes Jahr ein Mal die weite Reise auf sich genommen und sie besucht. An diese Zusammentreffen dachte Marie nicht gern zurück, auch wenn sie sich natürlich gefreut hatte. Aber Annerose und sie waren so verzweifelt gewesen und hatten so viel geweint.

Wenn sie das nächste Mal zu Besuch kam, würde sie keine Plexiglasscheibe mehr trennen. Sie würden sich in die Arme nehmen und festhalten.

Als ihr Handy klingelte, schüttelte sie die dunklen Erinnerungen ab, setzte ein fröhliches Lächeln auf – weil man das angeblich an der Stimme hören konnte – und drückte auf das grüne Telefon.

*

Niclas tauchte langsam aus einem Traum auf, der viel mit großen, bernsteinfarbenen Augen, einem herausfordernd gehobenen Kinn und zusammengekniffenen Lippen zu tun gehabt hatte. Marie. Sie war und blieb eine Herausforderung. Wenn sie zusammen waren, ebenso wie in seinen Träumen. Einen Moment glitt er wieder in den Schlaf, noch nicht ganz sicher, ob er wirklich aufwachen wollte. Die Entscheidung wurde ihm abgenommen. Denn plötzlich erklang ein Laut, von dem er sich nicht erinnern konnte, wann er ihn zum letzten Mal gehört hatte. Ein gut gelauntes Kichern. Es kam von draußen, wehte so leise durch die geöffneten Fenster, dass er nicht wusste, ob er es vielleicht doch geträumt hatte.

Entschlossen sprang er aus dem Bett und trat ans Fenster. Sam raste am Meer hin und her und jagte Möwen, wobei er garantiert nur eine fangen würde, die lahm, blind und taub war. Auf der Strandtreppe saß Marie und telefonierte offenbar auf Deutsch. Die Wortfetzen, die der Wind zu ihm nach oben trug, verstand er nicht. Trotzdem blieb er stehen und beobachtete sie. Er sah nur ihren Rücken. Und doch erkannte er an ihrer Haltung, der Aura, die sie zu umgeben schien, dass sie sich gerade ziemlich wohlfühlte. Sie war wie meistens in ihre rote Kapuzenjacke gekleidet, ihr Haar war noch nicht zu einem Zopf geflochten. Es fiel in einem glänzenden Wasserfall über ihren Rücken. Ihr Gesprächspartner rief offenbar andere Gefühle in ihr wach als die Ablehnung, die Niclas bei ihr erzeugte. Mit wem sie wohl sprach? Einem Mann, mit dem sie liiert war? Ihrer Familie in Deutschland?

Ehe er sich zurückziehen konnte, um ihr wenigstens ein Mindestmaß an Privatsphäre zuzugestehen, legte Marie den Kopf in den Nacken und lachte. Das hatte er schon einmal gesehen. Im Fairway, als er sie mit Hollys Bruder an der Bar beobachtet hatte. Und wie damals fuhr ihm dieses Lachen wie ein Blitz auf direktem Weg in den Magen. Er wandte sich ab und strich sich über das stoppelige Gesicht. Sein Blick fiel auf den Laptop, der aufgeklappt auf dem Nachttisch stand. Er hatte in den vergangenen Tagen viel zu oft und viel zu lang alle Unterlagen durchstöbert, die er zu Maries Gerichtsverfahren gefunden hatte. Sie hatte gesagt, dass sie unschuldig sei, und Niclas glaubte ihr. Er wollte ihr glauben. Unbedingt. Auch wenn er wusste, dass niemand andere Menschen so gut manipulieren konnte wie Betrüger. Trotzdem hatte er das Gefühl, dass es bei ihr anders war. Stunden um Stunden hatte er darüber gebrütet, wie es Gillian Mulhare geschafft hatte, den Fall mit verhältnismäßig wenigen, eher durchsichtigen Beweisen vor Gericht zu zerren und Maries Verurteilung zu erreichen. Maries Anwalt war gelinde gesagt ein Vollidiot gewesen, wenn man bedachte, welche Möglichkeiten er gehabt hatte, ihren Hintern zu retten. Er hatte keine einzige davon genutzt.

Niclas musste unbedingt mit Marie darüber sprechen. Er wollte die ganze Akte sehen und herausfinden, ob man ihre Unschuld beweisen konnte. In seinem Kopf erinnerte ihn eine leise Stimme daran, dass die Anwältin, die Maries Fall behandelt hatte, seiner Karriere ein jähes Ende gesetzt hatte. Nein, das spielte keine Rolle, dass er nahezu alles tun würde, damit er sich endlich an dem verdammten Miststück rächen konnte, redete er sich ein. Er wollte ausschließlich Marie zu ihrem Recht verhelfen.

Damit sie ihm vertraute, musste er sich schon etwas Besseres einfallen lassen als ein gemeinsames Abendessen. Und er hatte auch schon eine Idee.

Niclas duschte und schlüpfte in Jeans, T-Shirt und Chucks. Auf dem Weg nach unten zog er einen Kapuzenpulli über. Andrew hatte ihn gefragt, ob er dafür sorgen könne, dass das Familienboot ins Winterquartier gebracht werde. Eine Bitte, der er gern nachkam. Zum einen, weil er seinem viel zu gestressten, überarbeiteten Bruder die Mühe ersparen wollte, zum Cape fahren zu müssen. Zum anderen sollte Andrew sich auf keinen Fall hier blicken lassen. Solange er nicht in Sunset Cove erschien, würde er auch nichts von seiner etwas seltsamen WG mit Marie McMillan erfahren. Er würde keine Fragen stellen, die Niclas noch nicht einmal sich selbst gegenüber beantworten konnte. Deshalb würde er sich um die *Ocean Queen* kümmern. Der Tag dafür war perfekt. Am Wochenende musste Marie offenbar nicht arbeiten, und das Wetter eignete sich ausgezeichnet für einen Segeltörn. Sie konnten den ganzen angewinkelten Arm entlangsegeln, das Boot ins Trockendock bringen und anschließend das Herbstfestival in Provincetown besuchen. Natürlich könnte ein Angestellter des Jachtklubs die *Ocean Queen* an die Spitze des Capes segeln, aber das erledigte er lieber selbst. Mit Marie als Begleitung. Auf der Jacht konnte sie ihm nicht entkommen. Vielleicht taute sie ja ein wenig auf und änderte ihre Meinung über ihn. Wenn sie sich ein wenig besser kannten, würde sie ihm eher vertrauen.

Er goss sich einen Kaffee ein und trat auf die Terrasse. Marie hatte ihr Telefonat inzwischen beendet und wandte den Kopf zu ihm um. Die Vorsicht und Distanziertheit in ihrem Blick waren zurückgekehrt. Kein Grund, aufzugeben, entschied Niclas und lächelte sie an. »Guten Morgen. Was für ein Tag!«

Marie nickte ihm knapp zu und drehte sich wieder zum Meer um. »Ich brauche deine Hilfe«, fuhr er fort. »Kannst du heute ein paar Stunden deiner Zeit erübrigen?«

Sie fuhr wieder zu ihm herum und fixierte ihn mit zusammengekniffenen Augen. »Ein paar Stunden? Was ist los? Muss die Hecke geschnitten werden?«

»Ich muss ein Boot überführen und brauche für die Fahrt einen Matrosen.«

7

Marie begleitete Niclas zum Jachtklub, in dem die *Ocean Queen* lag. Sie hatte ihm angeboten, ihn in Provincetown abzuholen, nachdem er die Jacht dorthin gebracht hatte, aber er wollte gemeinsam mit ihr segeln, obwohl sie überhaupt keine Ahnung von Booten hatte.

Warum Niclas sie unbedingt dabeihaben wollte, war ihr schleierhaft. Sie konnte Backbord nicht von Steuerbord unterscheiden. Er hatte am Fairway gehalten und war hineingegangen. Als er aus dem Restaurant zurückkehrte, hatte er eine große Kühlbox dabei. »Wir werden eine Weile unterwegs sein«, erklärte er auf ihren fragenden Blick hin. »Kein Segeltörn ohne Proviant.«

Nun hallten ihre Schritte auf den Holzbohlen des Bootssteges wider, als sie an den beeindruckenden, sündhaft teuren Jachten vorbeigingen, die in Harbour Beach vor Anker lagen. Das Meer unter ihnen plätscherte leise, und der Wind trug vom Pier das Lachen eines kleinen Kindes und das Kreischen der Möwen herüber. Die Luft roch nach Salz und Seetang. Marie musste sich zusammenreißen, um nicht die Augen zu schließen und sich an die Nordsee zu wünschen. Wenn sie mit ihrer Tante gesprochen hatte, war ihr Heimweh immer besonders schlimm.

Niclas blieb vor einem schnittigen Segelboot stehen. Der Name, *Ocean Queen,* war in verschnörkelten Lettern auf den Rumpf gemalt. Das Holz darunter glänzte dunkel. Er ging an Bord und hievte die Kühlbox über die Reling. Sam folgte ihm, ohne zu zögern. Niclas strich über seinen Rücken und warf Marie einen Blick zu, mit dem er offenbar sagen wollte: Sieh dir deinen Hund an. Er vertraut mir blind.

Das werde ich mit Sicherheit nicht, dachte sie im Stillen und war sich sicher, dass ihre Augen genau diese Botschaft aussandten, als sie seine helfend ausgestreckte Hand ignorierte und auf das Boot kletterte.

Ihre ablehnende Haltung schien ihm nichts auszumachen. »Willkommen an Bord«, sagte Niclas fröhlich. Er trat einen Schritt zurück, damit er ihr nicht zu nahe kam, was ihr trotz ihrer Skepsis nicht entging. Auf dem Segelboot hatten sie nicht viel Platz und konnten sich kaum aus dem Weg gehen.

Ohne es zu wollen, beschleunigte sich Maries Puls. Gänsehaut überzog ihre Arme. Langsam atmete sie ein und aus. Eine Panikattacke rollte unaufhaltsam auf sie zu. Ihre Platzangst versuchte, die Kontrolle zu übernehmen. Marie hasste es, eingesperrt zu sein. Ganz egal, ob in einer winzigen Gefängniszelle oder auf einer Jacht unter einem strahlend blauen Himmel. Mit Mühe drängte sie ihre Angst zurück und zwang sich zu einem Lächeln. »Was muss ich tun?«

Niclas trat hinter das Steuerrad und startete den Bootsmotor. Vibrierend erwachte er zum Leben, und die Planken unter Maries Füßen zitterten.

»Du kannst die Leinen losmachen.« Mit dem Kinn wies er auf die dicken Taue, mit denen das Boot am Steg befestigt war.

Marie kletterte zurück, wickelte die Seile ab und warf sie an Bord, bevor sie hinterhersprang.

Unter Sams wachen Augen steuerte Niclas die *Ocean Queen* aus dem Jachthafen. Seine Bewegungen waren sparsam und effizient. Jeder Handgriff machte deutlich, dass er ein Boot im Schlaf steuern konnte. Kaum hatten sie sich ein Stück vom Festland entfernt, stellte er den Motor ab, überließ Marie das Steuer, ging zum Vordeck und setzte das Segel. Für einen Augenblick hing es schlaff am Mast herunter, als wäre es unentschlossen, ob es seine Arbeit wirklich aufnehmen sollte. Dann blähte es sich mit einem Knall auf, und die Jacht nahm mit einem Ruck Fahrt auf.

»Halt den Kurs«, rief Niclas ihr zu. »Ich bin gleich wieder da.« Er verschwand in der Kajüte und kehrte einen Augenblick später mit einer Decke und einer Mütze zurück. Marie wurde von einer neuerlichen Panikwelle erfasst. Was, wenn sie das Boot auf ein Riff steuerte? Oder sie kenterten?

Niclas' entspannte Haltung beruhigte sie etwas. Trotzdem war sie froh, die Verantwortung mit dem Steuer an den Kapitän abzugeben. Niclas reichte Marie Decke und Mütze und übernahm das Steuer wieder. »Wir fahren am Wind«, erklärte er und warf ihr über die Schulter einen Blick zu. »Das heißt, wir werden ziemlich schnell sein. Die Sonne täuscht ein bisschen, es wird eisig kalt. Mach es dir einfach in der Sitzecke bequem, und genieß den Törn.«

Marie tat wie geheißen. Sie kuschelte sich auf eine der gepolsterten Bänke am Heck des Bootes. Die Fahrt berauschte sie innerhalb von Sekunden. Die Schnelligkeit, mit der sie auf das glatt vor ihnen liegende, glitzernde Meer hinausfuhren, nahm ihr den Atem. Abwechselnd blickte sie zu dem riesigen Segel, dem Mann hinter dem Steuer und ihrem Hund. Sam saß auf dem Vordeck wie eine Galionsfigur. Seine Ohren flatterten im Wind. Marie hätte schwören können, dass er seine Schnauze zu einem breiten Hundegrinsen verzog.

Niclas schien die Geschwindigkeit und die steife Brise ebenso zu genießen. Auch auf seinem Gesicht lag ein breites Lächeln. Etwas, das sie, wenn sie darüber nachdachte, noch nicht oft gesehen hatte, seit sie sich begegnet waren. Sie wusste nicht viel über ihn. Er war ein Staatsanwalt, der es sich leisten konnte, auf Cape Cod herumzulungern. Bis jetzt hatte er noch nicht einmal erwähnt, wann er nach Boston zurückkehren würde. Er schien gern zu kochen – und zu segeln. Seine Augen glitzerten, und er hatte die Beanie tief in die Stirn gezogen.

Und auch an sich bemerkte Marie die Veränderung. Ihre Mundwinkel hatten sich gehoben. Als sich die Jacht im Wind neigte, sprudelte ein Lachen aus ihr hervor und wurde vom Wind über die Wellen davongefegt. Der Geschwindigkeitsrausch besiegte ihre Platzangst, drängte sie in die dunkle Ecke ihrer Seele zurück, in der sie ihre Vergangenheit verbarg. Das überraschte sie, und sie war erstaunt, dass ihr Herz aus reiner Freude schneller schlug als sonst. Sie würde all das Dunkle ausblenden und den Moment einfach genießen. Er würde schnell genug vorübergehen – und Niclas und sie würden in die Wirklichkeit zurückkehren.

*

Niclas hatte vergessen, wie sehr er das Segeln liebte. Er hatte sich so mit seiner Arbeit und seiner Karriere beschäftigt, dass er schon lange nicht mehr daran gedacht hatte, zu einem Segeltörn auf das Cape zu fahren oder wenigstens vor Boston ein paar Runden zu drehen. Schöne Tage auf dem Meer verband er eigentlich damit, wie er sich gemeinsam mit seinen Freunden und einem kalten Bier in der Hand den Wind um die Nase hatte wehen lassen.

Mit einer Frau zu segeln, die seine Gedanken beherrschte und ihm tiefer unter die Haut ging, als er es zugeben würde, stand dem in nichts nach. Er beobachtete Marie aus den Augenwinkeln und bemerkte, wie sie sich langsam entspannte und sich ein wenig mehr öffnete.

Die *Ocean Queen* liebte das Wasser und lag fantastisch vor dem Wind. Fast hatte es den Anschein, als wollte sie die letzte Fahrt vor dem Winter genauso in unvergesslicher Erinnerung behalten wie Niclas. Als sie sich in der Krängung neigte und die Gischt aufspritzte, hörte er Maries begeistertes Lachen hinter sich. Wieder traf es ihn wie ein elektrischer Schlag. Er klopfte sich innerlich auf die Schulter und beglückwünschte sich zu seiner cleveren Idee. Die nächsten Stunden würde er mit einer wirklich relaxten, gut gelaunten Marie verbringen. Aus seiner Sicht ein perfekter Samstag.

Er stoppte auf halber Strecke nach Provincetown, trug seinen Rucksack und die Kühlbox zu der kleinen Sitzecke am Heck und ließ sich neben Marie nieder. Die Kälte hatte ihre Wangen gerötet, und ihre Augen glänzten. Ein paar Haarsträhnen waren unter ihrer Mütze hervorgerutscht, und es juckte ihn in den Fingern, sie ihr hinter das Ohr zu streichen.

Bevor er der Versuchung nachgeben konnte, schob Marie sie mit einer abwesenden Geste selbst aus dem Gesicht. Sie lächelte, als sie fragte, welches Geheimnis sich in der Kühlbox verbarg. Offenbar mussten sie heute nicht über das Essen diskutieren, und sie weigerte sich nicht, etwas von ihm anzunehmen.

Niclas packte die dick belegten Sandwiches aus, für die das Fairways berühmt war. Dann förderte er Kartoffelsalat und zum Nachtisch Chocolade-Macadamia-Cookies zutage. Aus seinem Rucksack zauberte er eine Thermoskanne. Er schenkte Marie Kaffee ein. Mit einem genüsslichen Seufzen legte sie ihre Hände um den heißen Becher.

Sam gesellte sich zu ihnen und schnupperte an den Sandwiches. Er dachte wohl, er könnte einen kleinen Snack abstauben. Niclas hatte auch ihn nicht vergessen, denn vielleicht kam er über den Hund an Marie heran. Abgesehen davon hatte er den verrückten, aber bedingungslos treuen Kerl längst in sein Herz geschlossen. Er zog einen Hundekeks aus seiner Hosentasche und warf ihn in die Luft. Mit einem blitzschnellen Schnappen verschwand er in Sams Rachen. Der Hund legte den Kopf schief, als wollte er sagen: War das etwa alles? Niclas streichelte ihn und gab ihm noch ein Hundeplätzchen. Dann schenkte er sich ebenfalls einen Kaffee ein.

»Du scheinst gern zu segeln.« Marie probierte sich einmal mehr in vorsichtigem Small Talk.

Dieses Mal hoffte Niclas, dass das Gespräch einen angenehmeren Verlauf nahm als am vergangenen Abend. Er nippte an seinem Kaffee. »Es gibt nichts Schöneres«, sagte er, »als aufs offene Meer hinauszufahren. Es ist ein bisschen wie fliegen.«

»Ja.« Ihr Blick schweifte in die Ferne. »Es hat etwas von Freiheit.«

»Du hast keine Erfahrung mit dem Segeln, nehme ich an.« Maries Vergangenheit anzusprechen war riskant. Wenn er Pech hatte, verschloss sie sich wieder. Aber wenn er es geschickt anstellte …

Für einen Augenblick versteifte sie sich tatsächlich, wie Niclas es inzwischen von ihr kannte. Dann sackten Maries Schultern wieder nach unten, und sie biss von ihrem Sandwich ab. »Ein oder zwei Mal war ich bei einem dieser organisierten Törns, wo man als ganze Gruppe ein Wochenende auf See verbringt.« Sie schwenkte den Kaffeebecher in einer Geste, die das ganze Boot umschloss. »Auf wesentlich größeren Schiffen.«

Niclas wusste, was sie meinte. Hippe Partys auf dem offenen Meer. Die Gäste solcher Törns hatten nicht den Hauch einer Ahnung vom Segeln. Sie wussten nicht, wie es sich anfühlte, das Steuerrad in den Händen zu halten. Sie hatten keine Ahnung, wie es war, Seile durch die Hände gleiten zu lassen, zu halsen, Knoten zu binden. Dafür gab es eine Crew ebenso wie für das Essen und die Drinks. »So besonders groß ist die *Queen* natürlich nicht. Aber sie ist schnell und schnittig. Ich habe mehr Spaß daran, eine Jacht selbst zu segeln. Was kein Vorwurf sein soll«, fügte er schnell hinzu.

Nachdenklich sah Marie ihn an. »Du machst das ziemlich gut, soweit ich das beurteilen kann. Ich habe die Leinen gelöst und für zwei Minuten das Steuer gehalten. Deshalb vermute ich, dass du mich für die Überführung des Bootes gar nicht brauchst. Warum hast du mich also gebeten, mitzukommen?«

»Na ja, ich brauche nachher jemanden, der das Steuer hält, wenn ich das Segel wieder einhole. Und jemanden, der die

Leinen festmacht.« Er lächelte sie an. Offen, wie er hoffte. »Ich habe mir einfach gedacht, dass es dir ebenso wie mir hier draußen gefällt. Dass du einen schönen Tag auf dem Meer hast.«

Sie schenkte ihm ein zaghaftes Lächeln, als müsse sie sich erst daran erinnern, wie man richtig lächelte. »Dann kannst du von Glück sagen, dass ich nicht seekrank werde.«

»Stimmt. Offenbar war das Schicksal heute auf meiner Seite.«

Niclas schaffte es tatsächlich, Marie in eine ungezwungene Unterhaltung zu verwickeln. Er freute sich, als er merkte, wie sie sich entspannte. Ihre Vorsicht hatte sie ein Stück weit abgelegt, und sie wirkte offener.

Doch leider musste er das Boot-Picknick schließlich beenden, damit sie es vor Einbruch der Dunkelheit nach Provincetown schafften.

*

Marie genoss die friedliche Stille auf dem Boot. Den Wind, der ihr durch die Haare fuhr, empfand sie wie einen schützenden Kokon, und sie nahm nur das Flattern des Segeltuchs und das Plätschern der Wellen wahr. Sie waren nicht allein auf dem Wasser. Marie zählte fünf weitere Boote. Doch niemand näherte sich ihnen, so als würden sie ihre Privatsphäre akzeptieren.

Die Sonne neigte sich schon in Richtung Meer, als erst das Pilgrim Monument in Sicht kam und sich dann die geballte Faust der Halbinsel abzeichnete. Die Spitze des Capes, an der Provincetown lag – damit näherte sich der Tag seinem

Ende. Erstaunt bemerkte Marie, dass sie es bedauerte, dass die Zeit so schnell verflogen war. Sie würden das Boot abliefern und ins Strandhaus zurückkehren, wo wieder alles sein würde wie zuvor. Vielleicht auch nicht, flüsterte eine leise Stimme in ihrem Kopf. Sie waren normal miteinander umgegangen, beinahe freundschaftlich. Niclas hatte nicht in ihrer Vergangenheit gegraben. Er hatte ihr keine Fragen gestellt, die sie nicht beantworten wollte. Er hatte keine ungeliebten Erinnerungen heraufbeschworen.

Marie blickte zum Vordeck und sah ihrem Kapitän dabei zu, wie er mit dem Segel hantierte. Er schien absolut in seinem Element, und sie freute sich, ihm dabei zuzusehen. Vielleicht konnte sie tatsächlich mit Niclas befreundet sein. Sie hatte es vermisst, sich mit jemandem zu unterhalten, sich gut gelaunt und zwanglos über belanglose Dinge auszutauschen. Mit ihrer Tante ging das kaum. Annerose war bei jedem Telefonat ganz krank vor Sorge. Holly, zu der sie als Einzige auf der Halbinsel eine etwas engere Beziehung hatte, wusste nichts von ihrer Vergangenheit. Deshalb wurde Marie das dumpfe, bedrohliche Gefühl nicht los, was die Besitzerin des Fairway wohl tun würde, wenn sie davon erfuhr.

Sie schüttelte den Gedanken ab und beobachtete Niclas beim Anlegemanöver. Er brauchte ihre Hilfe wirklich nicht. Mit diesem Törn hatte er ihr die Möglichkeit gegeben, aus ihrem Leben auszubrechen und einen Tag zu verbringen, an den sie sich noch lange erinnern würde.

Trotzdem konnte sie nicht verhindern, dass die Anspannung zurückkehrte, als sie von Bord der *Ocean Queen* ging. Auf dem Steg wartete sie mit Sam auf Niclas. Niemand konnte einfach so aus seiner Haut schlüpfen. Auch wenn man einen Tag auf dem Meer verbrachte und für ein paar Stunden so tat. Die Angst verschwand währenddessen nicht. Sie lauerte die ganze Zeit im Hintergrund, bis man wieder festen Boden unter den Füßen hatte. Marie hatte noch immer keine Wohnung gefunden. Der Verkauf von *Green Dreams* hing wie ein Damoklesschwert über ihr. Was würde geschehen, wenn sie ihren Job verlor? Wie sollte sie den Schuldenberg, den sie sowieso nur in winzigen Beträgen abstotterte, jemals bezwingen? Niclas trug nicht gerade zur Verringerung ihrer Probleme bei. Sein breites Grinsen verursachte ein leichtes Ziehen in ihrem Bauch. So schwach, dass man es verdrängen konnte, wenn man nicht genau aufpasste. Aber Marie passte auf. Immer. Und dass sie so auf Niclas reagierte, machte ihr beinahe mehr Angst als die Zukunft. Sie wusste nicht, was er vorhatte. Und sie fürchtete sich davor.

Niclas trat neben sie und warf einen letzten, fast sehnsüchtigen Blick zur Jacht zurück. Marie verstand ihn. Auch sie wäre am liebsten auf dem Boot geblieben und einfach weitergesegelt – mit unbekanntem Ziel. Weg von all den Schwierigkeiten, die sie in ihrer Existenz bedrohten. Weg von der Furcht, die sie niederdrückte wie eine schwere Decke. Sie wollte frei und unbeschwert sein.

8

Es war spät, als Gillian Mulhare ihr Apartment betrat. Sie schaltete die Alarmanlage aus, ließ die Tür ins Schloss fallen und lehnte sich dagegen. Sie brauchte keinen Spiegel, um das Siegergrinsen in ihrem Gesicht zu sehen. Sie spürte es. Seit dem Tag, an dem Niclas Hunter mit eingezogenem Schwanz aus der Stadt verschwunden war. Es hatte sich in ihren Zügen festgesetzt. Und seit heute war es offiziell. Sie war die neue stellvertretende Bezirksstaatsanwältin.

Mit einem wohligen Seufzer schlüpfte sie aus ihren High Heels und öffnete die Kostümjacke. Barfuß ging sie in die Küche und schenkte sich ein Glas Rotwein ein, während sie die Knöpfe ihrer Seidenbluse öffnete. Sie hatte sich auf dem offiziellen Empfang ein paar Gläser Champagner gegönnt. Hatte mit ihrem Boss angestoßen, dem Bürgermeister, Journalisten. Hatte gelächelt, salbungsvolle Worte von sich gegeben.

Sie nahm einen Schluck von ihrem Wein. Das hier war nur für sie. Sie machte den Reißverschluss ihres Rockes auf und zog die Bluse aus dem Bund. Das war ihre ganz private Siegesfeier. Der Triumph, auf den sie nur mit sich selbst anstieß. Der Titel der stellvertretenden Bezirksstaatsanwältin stand ihr zu. Und doch hatte sie ihn sich hart erkämpfen müssen.

Es hatte noch nicht einmal gereicht, mit dem Boss zu

schlafen. Obwohl es kein Opfer gewesen war, Daniel Benson in ihr Bett zu locken. Ihr Vorgesetzter war für seine Mitte fünfzig ziemlich fit und attraktiv. Er war sportlich, brauchte keine blauen Pillen, hatte ein betörendes Lächeln – und ganz offensichtlich eine Ehefrau, die nicht mehr alle seine Fantasien wahr werden ließ. Eine Affäre mit ihm einzugehen war ein erster Schritt gewesen. Natürlich hätte sie ihn erpressen können, damit sie seinen Stellvertreterposten bekam. Doch das hätte nur böses Blut zwischen ihnen gegeben. Es war besser, ihn als ihren Verbündeten hinter sich zu wissen. Diesen Rückhalt hatte sie sich mit ihrem Körper gesichert.

Im Endeffekt hatte sie allerdings mehr investieren müssen als erwartet. Sie hatte sich an die Philosophie gehalten, mit der ihre Mutter im Laufe ihrer Karriere sehr erfolgreich einige Chefposten in großen Firmen besetzt hatte. Sie hatte all ihre Reize eingesetzt, denn dafür besaßen Frauen sie nun mal. Wenn das nicht ausreichte, hatte sie nachgeholfen. Denn dafür gab es die Intelligenz. Der Planungsaufwand war ein wenig intensiver als sonst gewesen. Nichtsdestotrotz hatte alles wie am Schnürchen geklappt. Hunter war mit offenen Augen in ihre Falle getappt und hatte sich selbst ins Aus geschossen. Sie hätte nicht geglaubt, ihren Konkurrenten dermaßen schnell loszuwerden.

Sie zog ihren Rock und die Bluse aus, hängte beides über einen der Hocker am Küchentresen und schlenderte mit ihrem Weinglas in der Hand ins Bad. Sie stellte es auf dem Wannenrand ab und ließ sich ein Schaumbad ein. Kerzen, entspannende Musik, genau so wollte sie diesen Tag ausklingen lassen.

Durch die Verbindungstür trat sie ins Schlafzimmer, um

ihren Morgenmantel aus dem Schrank zu nehmen. Kaum hatte sie den Raum betreten, spürte sie, dass etwas nicht stimmte. Selbst durch den leichten Schwips nahm sie den Geruch wahr. Einen männlichen Geruch. Hörte den leisen Atem hinter sich. Ein Schauder lief ihr über den Rücken. Sollte sie sich umdrehen oder davonrennen? Sie entschied sich für Letzteres. Doch es war zu spät. Kräftige Arme schleuderten sie bäuchlings auf das Bett. Ihr Körper federte zurück und landete erneut auf der Matratze. Ehe Gillian davonkriechen konnte, war der Mann über ihr. Eine Hand, die eher einer Pranke glich, packte sie im Genick und drückte ihr Gesicht in die Kissen. Die Daunen nahmen ihr den Atem. Spitzes, kaltes Metall glitt an ihrer Wirbelsäule nach unten. Ein Messer. Unter der Berührung überzog sich ihr gesamter Körper mit einer Gänsehaut. Durch den Luftmangel tanzten rote Punkte vor ihren geschlossenen Lidern. Sie musste ihn nicht sehen. Sie wusste, wer er war, und kannte seinen Modus Operandi. Sie wusste, wozu er fähig war, was er einer Frau antun konnte. Und sie hatte diese Bestie selbst in ihr Schlafzimmer gelassen. *Du hast zu hoch gepokert*, schoss es ihr durch den Kopf.

Er löste seine Hand von ihrem Nacken, und Gillian holte keuchend Luft. Er erhob sich. »Dreh dich um«, sagte er mit dieser rauen Stimme, die sie oft genug im Gerichtssaal gehört hatte, wenn sie Hunters Verhandlungen von einem der Zuschauerplätze verfolgt hatte. Als sie nicht sofort reagierte, bohrte er das Messer in ihre Schulter. Nicht so, dass sie ernsthaft verletzt wurde, aber fest genug, um seinen Befehl zu unterstreichen. Sie konnte sich ein Wimmern nicht verkneifen und hasste sich für diese Schwäche.

»Dreh dich um«, forderte er sie noch einmal auf. »Ich will dir in die Augen sehen, wenn ich mit dir rede.«

Zögerlich drehte sie sich um und blickte in das unrasierte, grinsende Gesicht von Murray Bralvers. Er war noch nicht einmal ein hässlicher Mann. Auf den ersten Blick vielleicht ein wenig unscheinbar. Aber er hatte intelligente Augen, denen nichts entging, und die Fähigkeit, Frauen in Sicherheit zu wiegen, bis sie sich in seinen tödlichen Fängen befanden.

Das Messer in seiner Hand richtete sich auf ihren Hals. Übelkeit stieg sauer ihre Kehle hoch. Was für ein Hohn, von diesem Monster missbraucht und getötet zu werden, nachdem sie … Sie kniff die Augen zusammen. Sie wollte ihm bei dem, was er tun würde, nicht zusehen. Das musste sie auch nicht. Sie nahm auch so jede seiner Bewegungen wahr.

»Sieh mich an, Gillian.«

Zögernd hob sie die Lider.

Er musterte sie einen Moment amüsiert, dann warf er den Kopf in den Nacken und lachte aus voller Kehle. »Du siehst mich an, als fürchtest du, von mir vergewaltigt und umgebracht zu werden. Keine Sorge. Ich tue meinen Verbündeten nichts. Ich bin nur vorbeigekommen, um mich persönlich bei dir zu bedanken.«

Was zum Teufel … Er wollte ihr nichts tun? Er war hier, um ihr Angst zu machen, sie einzuschüchtern. Verdammter Scheißkerl. »Verschwinden Sie, Bralvers.« Sie war sich ihrer Nacktheit und ihrer Verletzlichkeit mehr als bewusst. Aber es gab keinen Grund, ihn das spüren zu lassen. »Ich warne Sie. Verschwinden Sie, oder ich rufe die Cops. Sie wissen, noch einmal werden Sie nicht davonkommen.«

Er drehte das Messer vor ihrem Gesicht. Das Metall blitzte

im Licht der Deckenlampe auf. »Nein, du wirst nichts dergleichen tun. Wir wissen schließlich beide, warum ich auf freiem Fuß bin. Das habe ich allein dir zu verdanken.«

Sie schnalzte verärgert mit der Zunge. »Das haben Sie Staatsanwalt Hunter zu verdanken. Sein Verhalten hat Ihre Verurteilung verhindert.«

»Genau, Schätzchen. Und du hast dafür gesorgt, dass er in die Falle tappt, die du für ihn vorbereitet hattest.« Die Messerspitze tanzte spielerisch über ihr Dekolleté. »Es gibt nicht viele Leute wie dich. Eiskalt und bereit, für ihre Karriere über Leichen zu gehen. Mit dir können höchstens ein paar der Herren in Washington mithalten.«

»Ich weiß nicht, wovon Sie sprechen.«

Er beugte sich über sie. Ganz nah. Sein Atem streifte heiß an ihrem Hals entlang, bevor sie ihn an ihrem Ohr spürte. Sie riss sich zusammen. Bleib ruhig liegen, ermahnte sie sich. Er würde ihr keine Reaktion entlocken, würde den Ekel, den sie empfand, nicht von ihrem Gesicht ablesen können.

»Ich spreche davon, dass ein Vergewaltiger und Mörder auf freiem Fuß ist. Ein Sexualstraftäter, gegen den sichere Beweise vorlagen. Und nur weil du stellvertretende Bezirksstaatsanwältin werden wolltest und Hunter nur loswerden konntest, indem du seinen Fall sabotierst und für seine Suspendierung sorgst. Respekt«, flüsterte er. »Was glaubst du, wird jetzt passieren? Dachtest du, ich würde es nicht wieder tun? Du weißt, was ich mit meinen Opfern gemacht habe. Damit hört man nicht einfach auf.« Er betrachtete sie mit funkelnden Augen. »Wie gesagt, ich zähle dich zu meinen Verbündeten, also brauchst du keine Angst vor mir zu haben. Aber ein Mädchen, irgendein ahnungsloses Mädchen dort

draußen, wird schon bald meine Bekanntschaft machen.«
Mit einem Lächeln trat er einen Schritt zurück und schob
das Messer in seine Jackentasche. »Das wollte ich dich nur
wissen lassen.« Sein Lächeln war voller Sarkasmus. »Danke,
stellvertretende Bezirksstaatsanwältin Mulhare.«

Einen Augenblick später vernahm sie, wie ihre Wohnungs-
tür zuschlug. Sie war allein, das Rauschen des Wassers im
Bad das einzige Geräusch. Zitternd rollte sie sich auf dem
Bett zusammen, krampfhaft bemüht, sich nicht zu übergeben.

*

Stacy Chambers stand im Schatten der alten Eichenbäume,
die die vornehme Bostoner Wohngegend zierten. In der
Schwärze der Nacht verschmolz sie nahezu mit dem Hintergrund. Sie hielt den Atem an, als sie Murray Bralvers aus
Gillian Mulhares Haus kommen sah. Die Staatsanwältin war
dafür verantwortlich, dass der Vergewaltiger und Mörder auf
freiem Fuß war. Warum war er bei ihr gewesen? Hatten sie
einen Deal, der über das hinausging, was Stacy wusste? Vermutlich war er aus demselben Grund hier wie sie. Auf der
Suche nach Informationen.

Stacy sammelte jeden Fakt, den sie über Mulhare finden
konnte. Die Staatsanwältin war eine verdammt gefährliche
Frau, die skrupellos ihre Ziele verfolgte. Es war besser, sie im
Auge zu behalten und zu hoffen, dass sie irgendwann etwas
gegen sie in die Hand bekam, damit sie sich selbst schützen
konnte.

Auf diese Weise hatte Stacy von dem Verhältnis zwischen

Mulhare und dem Bezirksstaatsanwalt erfahren. Sie hatte sich vermutlich nur an ihren Boss herangemacht, um den Posten zu ergattern, in den sie heute Abend mit großem Pomp eingeführt worden war. Offenbar hatte die Affäre nicht ausgereicht, sonst hätte sie Stacy nicht auf Niclas Hunter angesetzt. Niemand wusste besser, wie gefährlich Männer waren. Niemand kannte sich besser mit kranken Typen wie Bralvers aus. Ihr wurde übel beim Gedanken, dass sie dazu beigetragen hatte, dass er nicht verurteilt worden war. Mulhare hatte sie in der Hand gehabt. Was hätte sie also tun sollen? Selbst in den Knast gehen?

Sie zog ihre Jacke enger um sich. Was bedeutete Bralvers' Besuch bei der Staatsanwältin? Planten sie vielleicht, Stacy als Mitwisserin zu beseitigen?

Vielleicht hatte er das Problem schon gelöst und Mulhare umgebracht. So wie er das junge Mädchen vergewaltigt und getötet hatte, bevor er wegen Verfahrensfehlern als freier Mann aus dem Gerichtssaal spaziert war.

Morgen früh würden sie es wissen. Wenn die stellvertretende Staatsanwältin am Tag ihrer Ernennung umgebracht wurde, war das auf jeden Fall eine Schlagzeile in der *Today Show* wert.

*

Sobald sie wieder festen Boden unter den Füßen hatte, war die Anspannung in Maries Körper zurückgekehrt, das war Niclas nicht entgangen. Er konnte nur versuchen, ihr zu vermitteln, dass sie sich auch an Land sicher fühlen konnte. Auf der Fahrt zur Spitze des Capes grübelte er über Maries Fall nach. Wie hatte Gillian Mulhare es geschafft, sie unschuldig ins Gefängnis zu bringen?

Falls es weiterhin so gut zwischen ihnen lief, würde er sie morgen darauf ansprechen. Das Provincetown-Herbstfestival bot den perfekten Rahmen für seinen Vorstoß.

»Willkommen in P' Town«, rief eine fröhliche, kratzige Stimme hinter ihnen.

Marie fuhr herum und musterte den älteren Mann, der auf sie zukam, mit zusammengekniffenen Augen.

»Jeff.« Niclas trat neben Marie und schüttelte ihm die Hand. »Das sind Marie und Sam.«

»Willkommen, willkommen«, sagte der Mann noch einmal. Er reichte Marie die Hand und strich mit seinen schwieligen Händen über den Kopf des Hundes. »Ich sorge dafür, dass die *Ocean Queen* morgen ins Trockendock kommt und für den Winter vorbereitet wird.«

»Danke, Jeff.«

»Keine Ursache, Mr. Hunter. Der Wagen, den Sie bestellt haben, holt Sie um neun am Rathaus ab.« Er nickte ihnen zu und sprang behände wie ein Zwanzigjähriger über die Reling, um an Bord nach dem Rechten zu sehen.

»Um neun? Das ist in zwei Stunden? Was meint er damit?« Marie sah Jeff entgeistert hinterher.

»Dass wir noch zwei Stunden Zeit haben, bis wir uns auf den Heimweg machen müssen.«

»Zwei … Stunden? Aber was sollen wir denn …«

»Zum Herbstfestival gehen.«

Unvermittelt blieb Marie stehen und verschränkte die Arme vor der Brust. »Zum Herbstfestival? Hast du das geplant?« Für ihre Augen brauchte sie wirklich einen Waffenschein. Sie konnte mit einem Blick die Haut ihres Gegenübers versengen.

»Natürlich nicht«, log er – wie er hoffte – charmant. »Ich wusste nicht, wie lange wir für die Überfahrt brauchen, und habe einen kleinen Zeitpuffer eingebaut. Jetzt können wir noch einmal in aller Ruhe über das Festival schlendern, bevor wir nach Hause fahren. Also, komm schon.«

Er zog sie auf die Commercial Street, die, überragt vom Pilgrim Monument, am Hafenbecken verlief und vor Licht und Musik nur so pulsierte. Das Leben tobte in der Stadt, bunt und laut. Gäste und Einheimischen hießen den Herbst willkommen und feierten das Ende der Saison. Die Essensgerüche ließen einem das Wasser im Mund zusammenlaufen.

Sie tranken ein Glas Punsch. Niclas entschied sich für ein riesiges, mit frischen Meeresfrüchten belegtes Stück Pizza. Marie kaufte eine Clam Chowder, die sie natürlich selbst bezahlte. Als die nette Frau ihr über den Tresen den Preis zurief, zuckte sie kurz zusammen. Jede Wette, wenn sie alleine hier gewesen wäre, hätte sie keinen Bissen gegessen. Sie setzten sich an die Mole. Als Marie den ersten Löffel probierte, verdrehte sie genüsslich die Augen, und Niclas dachte, dass man manche Menschen schlicht zu ihrem Glück zwingen musste. Sie aßen, ohne viel zu reden, während Sam sie verzweifelt anblickte, als wäre er kurz vor dem Verhungern. Niclas war froh, dass er Marie mitgenommen hatte. Um sie herum feierte die Menschenmenge fröhlich, und hinter ihnen versank die Sonne im Meer.

Als sie fertig waren, zog er Marie hoch. »Komm mit. Ich habe eine Idee.« Ihm blieb noch eine Stunde, die Freundschaft zwischen ihnen zu festigen. Vielleicht war sein Vorhaben auch ein bisschen eigensüchtig. Aber es machte ihn wahnsinnig, ihren Duft einzuatmen und das Gefühl zu haben, dass sie unerreichbar für ihn war. Was sprach also gegen ein paar ganz unschuldige Berührungen?

Niclas ging mit ihr zu einer festlich mit Lampions und bunten Lichterketten geschmückten Wiese, auf der die Leute ausgelassen tanzten. In der Mitte stand ein kleiner Pavillon, aus dem die Musik über das Meer schallte.

Er kniete sich vor Sam hin und sagte ihm, dass er kurz auf sie warten sollte, was der mit einem feuchten Kuss und einem ernsthaften Hundenicken versprach. Sam zog sich in den Schatten eines Busches zurück, legte seinen Kopf auf die Pfoten und betrachtete das bunte Treiben um sich herum.

»Du willst nicht ernsthaft …«, begann Marie.

Niclas ignorierte ihren Protest, ergriff ihre Hand und legte die andere auf seine Schulter. Er umfasste ihre Hüfte und tanzte mit ihr auf die Wiese. Sie bewegte sich steif und störrisch in seinen Armen. Er musste wahrlich darum kämpfen, bei dem Tanz die Führung zu übernehmen. Er sah Marie nicht ins Gesicht, aber er bemerkte das Beben ihrer Schultern. Mit Sicherheit war sie wütend, weil er sie einmal mehr in eine unangenehme Situation manövriert hatte. Vielleicht hatte er sein Glück überstrapaziert. Aber normalerweise hörte er auf seinen Bauch und hatte – zumindest bis vor ein paar Wochen – immer die richtige Entscheidung getroffen.

Doch auf einmal änderte sich ihre Haltung. Niclas konnte nicht sagen, ob es an dem Hit aus den Achtzigerjahren lag oder an der ausgelassenen Stimmung. Vielleicht tanzte sie auch einfach gerne. Jedenfalls wirbelte er sie in der untergehenden Sonne im Takt der Musik über die Wiese, atmete den Geruch des Ozeans und Maries Geruch ein. Seine Wange berührte ihre Haare, wenn er sie zu sich heranzog, ihr Körper schmiegte sich an seinen, als gehöre er dorthin. Marie hob den Kopf und schaute ihn an. Ihre Augen funkelten, und ihr Gesicht erstrahlte in einem Lächeln. Niclas' Magen verkrampfte sich. Am liebsten hätte er sich enger an sie gepresst, als es in der Öffentlichkeit schicklich gewesen wäre. Um nicht irgendetwas Dummes zu tun – wie zum Beispiel seine Lippen auf ihre zu pressen –, ging er etwas auf Abstand. Marie folgte der Bewegung. Als er sie wieder zu sich heranzog, landete ihre Hand auf seinem Brustkorb, statt auf seiner Schulter. Niclas hoffte, dass sie das wilde Klopfen seines Herzens nicht spürte. Er hätte ewig so weitertanzen können, aber schließlich mussten sie gehen und sich auf die Suche nach ihrem Fahrer machen.

Sie holten Sam und liefen durch trubelige Menschentrauben, bis sie am Rathaus den für sie bereitgestellten Wagen entdeckten. Niclas hielt Marie die Tür auf und ließ Sam auf seiner Seite hineinspringen, sodass er auf der Rückbank zwischen ihnen saß.

Marie wandte den Kopf. Im schwachen Licht der Armaturen bemerkte Niclas, dass ihre Wangen gerötet waren. Ihre Augen glänzten. »Danke«, sagte sie leise, bevor sie den Kopf gegen das Fenster lehnte und in die Dunkelheit starrte.

Niclas' Herz machte einen Satz. Also hatte er die richtige Entscheidung getroffen. Allerdings konnte er sein Bedürfnis, ihr nahe zu sein, kaum noch bezwingen. Es war auf quälende

Weise ins Unermessliche gestiegen. Dabei sollte er sich doch lieber auf ihren Fall konzentrieren.

Als sie am Strandhaus ankamen, schlief Marie tief und fest. Er versuchte, sie sanft zu wecken, aber sie gab nur ein leises Seufzen von sich. Was sollte er tun? Das, was jeder Mann, der vor einer Frau gern als Ritter in glänzender Rüstung erscheinen wollte, tun würde. Er ließ Sam aus dem Wagen und schob seine Arme sacht unter ihren Rücken und die Kniekehlen und hob sie hoch. Sie öffnete ihre Augen nicht, ihr Atem blieb tief und entspannt, doch ihre Finger schlossen sich wie von selbst um seinen Nacken. Sie schmiegte sich an ihn, und unwillkürlich beschleunigte sich sein Puls. Warm und sanft glitt ihr Atem über seinen Hals und hinterließ eine Gänsehaut. Sein Körper reagierte völlig unkontrolliert auf Marie, während sie unbeeindruckt weiterschlief. Sie fühlte sich weich an und roch gut. Nicht nach einem teuren Parfum, sondern einfach nach Freiheit, Wind und Meer. Gemähtem Gras. Ihre Haare fielen in sanften Wellen über seinen Arm.

Er wollte sie nicht loslassen, wollte ihren Atem an seinen Lippen spüren. Der Tanz mit ihr war nicht genug gewesen. Er wollte herausfinden, ob sie so gut schmeckte, wie sie roch. War ihre Haut überall so glatt und zart? Die Nähe zu ihr brachte ihn auf verdammt dumme Ideen. Bevor er irgendetwas tat, was er später bereuen würde, bettete er sie auf die Couch. Sie seufzte leise und vergrub ihr Gesicht im Kissen, ohne aufzuwachen. In diesem Moment war sie sexy wie die Hölle. Trotzdem wusste er, dass es für Marie lediglich einen Vertrauensbeweis darstellte. Dass sie ihren Panzer weiter gelockert hatte und in seiner Gegenwart schlief und ihm beim

Aufwachen keinen Fausthieb aufs Kinn verpassen würde. Sie hatten einen Schritt in die richtige Richtung gemacht. Morgen würde er Marie auf ihr Gerichtsverfahren ansprechen.

*

Der Richterhammer glänzte dunkel. Marie nahm ihre Umgebung nicht wahr. Sie sah nur das glatte Stück Hartholz, das sich auf den Resonanzkörper auf dem Richterpult zubewegte. Wenn es aufschlug, war das Leben, wie sie es kannte, vorbei. Alles in ihr schrie, doch kein Laut drang aus ihrer Kehle. Sie war in einem Albtraum gefangen, aus dem es kein Erwachen gab. Philipp hatte sie den Wölfen zum Fraß vorgeworfen. Er hatte sie geopfert, um seine eigene Haut zu retten. Es hatte funktioniert. Obwohl sie den Klang des Hammers inzwischen kannte, fuhr sie bei dem hölzernen Geräusch zusammen. Ihr Anwalt sah nicht einmal von seinem Handy auf.

»Marie McMillan«, setzte der vorsitzende Richter an. »Ich verurteile Sie wegen Betrugs zu einer Freiheitsstrafe von sechs Jahren und anschließenden weiteren drei Jahren, ausgesetzt zur Bewährung.«

Sechs Jahre! Sie wollten sie für sechs Jahre ins Gefängnis sperren! O Gott!

»Die Strafe mag Ihnen hoch vorkommen. Ihr mangelndes Einsichtsvermögen und die Weigerung, das Geld an die Geschädigten zurückzugeben, lassen mir jedoch keine andere Wahl.« Der Richter schien zufrieden mit sich und der Welt.

Sie hatte das Geld nicht. Es war sinnlos, es noch einmal auszusprechen. Zu oft hatte sie inzwischen ihre Unschuld beteuert. Gebetsmühlenartig. Immer und immer wieder. Wie hatte ihr sorgfältig geordnetes Leben nur so aus den Fugen geraten können?

Ihr Verteidiger hob den Kopf. Einen Moment irrte sein Blick durch den Raum. Dann straffte er sich und überlegte für den Bruchteil einer Sekunde. »Wir nehmen das Urteil an, Euer Ehren.«

»Was?« *Marie fuhr zu ihm herum.* »Aber das dürfen wir nicht. Ich bin ...«

»Ja, ja.« *Er beugte sich zu ihr herüber, die Stimme zu einem leisen Zischen gesenkt.* »Niemand hier glaubt an Ihre Unschuld. Sie sollten die Strafe einfach akzeptieren. In der nächsten Instanz werden Sie nicht so glimpflich davonkommen.« *Entschlossen schob er sein Handy in die Tasche und raffte die Akten auf dem Tisch zusammen.* »Viel Glück«, *war das Letzte, was er sagte. Ohne sie eines weiteren Blickes zu würdigen, verschwand er.*

Er war vermutlich der schlechteste Anwalt des Universums, und doch hätte sie ihn am liebsten auf Knien angefleht, bei ihr zu bleiben. So unfähig er auch sein mochte, andere Hilfe würde sie nicht bekommen. Doch er wandte sich von ihr ab wie alle anderen Menschen in ihrem Leben. Angefangen bei ihren Freundinnen bis hin zu ihrem Verlobten. Warum sollte sich ausgerechnet ihr Verteidiger – ein Fremder – für sie interessieren? Sie drehte sich um und betrachtete die Zuschauerplätze. Nur einige Gerichtstouristen waren anwesend. Kein Mensch winkte ihr oder sprach ihr Mut zu.

Sechs Jahre.

Sie würde ihre Unschuld beweisen, bevor sie sie für so lange Zeit wegsperrten. Das Letzte, was sie sah, bevor sie in Handschellen aus dem Gerichtssaal geführt wurde, war das lächelnde Gesicht der Staatsanwältin Gillian Mulhare.

Marie hielt ihre Augen geschlossen. Ihr Herz raste, und ihre Haut war mit kaltem Schweiß überzogen. Beruhigend hatte Sam seinen Kopf unter ihre Hand geschoben.

Sie wusste, wo sie war. Auch wenn sie nicht verstand, wie sie hierhergekommen war. Sie lag auf der Couch in Sunset Cove. Sie roch das Leder des Sofas, das ihr inzwischen vertraut war, spürte die weiche, warme Kaschmirdecke. Trotz der geschlossenen Fenster konnte sie das leise Rauschen des Meeres und den sanften Nachtwind hören.

Sie wusste, warum sie geträumt hatte. In wachem Zustand gelang es ihr meist, die Panik hinter eine Wand aus Gleichgültigkeit zu drängen, wenn sie über sie hereinzubrechen drohte. Eine Strategie, die sie sich schnell angeeignet hatte. Und die sie brauchte, um zu überleben. Wenn ihre Ängste die Oberhand gewannen, würde sie verrückt werden. Im Schlaf konnte sie sich nicht so gut abschirmen vor der Vergangenheit und den Gefühlen, die sie in ihr auslösten. Ihre Gedanken wanderten zurück zu dem Segeltörn mit Niclas, wie sie zusammen in Provincetown getanzt hatten. Ein paar Schutzschichten hatte sie heute fallen lassen. Was ihrer nur notdürftig zusammengehaltenen Seele wirklich Schaden zufügen konnte. Trotzdem wollte sie diesen Tag in guter Erinnerung behalten, gestand sie sich ein, und sie dort aufbewahren, wo sie die wenigen schönen Erinnerungen ihres Lebens sammelte. Sie schob die linke Hand auf ihr wild klopfendes Herz und strich mit der anderen durch Sams seidiges Fell.

9

Drei Tage dauerte es, bis Niclas endlich wieder einen Abend mit Marie verbringen konnte. Sie hatten nach dem Segeltörn nicht viel miteinander gesprochen. Aber Marie zuckte nicht mehr sofort zusammen, wenn sie sich zufällig berührten. Sie schien sich in seiner Gegenwart zumindest etwas wohler zu fühlen.

Am Sonntag hatte sie ihn allein gelassen, um in einem Supermarkt irgendwo auf der Halbinsel die Regale aufzufüllen, um ihre Finanzen ein wenig aufbessern zu können. Am Montagabend hatte sie Hollys Bruder Nachhilfe gegeben.

Also hatte er sich in Geduld geübt und sich eine Strategie zurechtgelegt, um sie von seinem Plan zu überzeugen.

Der Abend war mild. Er hatte Risotto gemacht, und sie hatten sich zum Essen auf die Terrasse gesetzt. Wieder redeten sie nur wenig. Doch Niclas war erfüllt von einer nervösen Energie. Es fühlte sich an wie ein Schwarm wilder Bienen. Was brachte es, noch länger zu warten? Er brannte auf dieses Gespräch. Also konnte er genauso gut gleich zur Sache kommen. »Marie, ich habe mir deinen Fall angesehen.«

»Was?« Abrupt hob sie den Kopf und starrte ihn an. »Warum hast du das getan?«

»Ich habe im Moment offenbar zu viel Zeit und zu wenig zu tun.«

»Dann leih dir ein Segelboot, oder geh ins Fitnessstudio.« Sie erhob sich und schlang die Arme um ihren Oberkörper, als wäre ihr kalt. »Halt dich aus meinen Angelegenheiten heraus.«

»Könntest du dich bitte wieder hinsetzen?«, entgegnete er.

Mit einem Seufzen sank sie auf den Stuhl zurück. Sie schien gespannt wie eine Bogensehne, jederzeit bereit, einen Pfeil in seine Richtung abzuschießen.

»Iss doch noch etwas.«

Pflichtschuldig nahm sie die Gabel in die Hand, schob aber nur den Reis auf dem Teller hin und her.

»Du hast gesagt, du bist unschuldig.«

Sie schloss für einen Moment die Augen. »Ja, das habe ich. Aber das ist unwichtig. Ich wurde verurteilt. Fertig. Ich will mich nicht mit der Vergangenheit befassen.«

»Du könntest den Fall noch einmal aufrollen. Wenn du zu Unrecht eingesperrt warst …«

In ihren Augen blitzte nicht die Kampfeslust auf, die er erwartet hatte. »Ich könnte mich wehren. Aber was soll das nützen? Ich würde wieder verlieren. Und ich habe noch nicht einmal das nötige Geld für einen weiteren Prozess. Das ist sinnlos. Ich sehe lieber in die Zukunft als in die Vergangenheit. Ich will all das hinter mir lassen.«

Niclas hob die Brauen. »Und bis in alle Ewigkeit jeden Cent, den du erübrigen kannst, an Menschen zahlen, denen du nichts schuldest? Du hast dein Leben, wie es einmal war, verloren.«

Marie versteifte sich. »Ich habe ein Leben. Das ist alles,

was zählt. Ich bin frei, und das ist der Preis, den ich dafür zahlen muss. Ich habe mich damit abgefunden und komme damit klar.«

»Auch wenn du die Chance hättest, alles zu ändern?«

»Warum sollte ich denn jetzt plötzlich etwas ändern können?«

»Du ...«

»Nein, verdammt!« Sie ließ die Gabel fallen. Sie fiel klirrend auf den Teller und landete dann auf dem Terrassenboden. Marie ignorierte sie. »Ich will das nicht, verstehst du? Ich will nicht dahin zurück, will mich nicht noch einmal mit all diesen Dingen beschäftigen. Den Fragen, den Vorwürfen. Dieser Staatsanwältin. Ich will es endlich abhaken.«

Aber Niclas wollte genau das Gegenteil – die Konfrontation mit der Staatsanwältin.

Marie sollte nicht merken, was er dachte. Er bückte sich, um die heruntergefallene Gabel aufzuheben. Doch auch sie beugte sich hinunter. Niclas hatte es nicht kommen sehen, und plötzlich waren ihre Gesichter ganz nah beieinander. Sie verharrten, nur Zentimeter voneinander entfernt. Marie atmete immer noch heftig, und Niclas starrte auf ihre leicht geöffneten Lippen. So voll und weich. Als er langsam den Blick zu ihren Augen hob, beschleunigte sich sein Herzschlag.

Marie durchbrach die Magie und erhob sich abrupt.

Mist! Niclas legte die Gabel zurück auf den Tisch und fuhr sich mit der Hand durch die Haare. Maries Augen hatten so wild gefunkelt. Wie die einer furchtlosen Kriegerin. Fast hätte er sie an sich gerissen und geküsst. Mist, Mist, Mist. Gott sei Dank hatte sie vernünftig reagiert und war zurückgewichen. Auch wenn sich solche Augenblicke hin und wieder vor seinem inneren Auge abspielten – okay, eigentlich öfter, als ihm lieb war –, dachte Marie mit Sicherheit nicht im Traum daran, sich von ihm küssen zu lassen.

Er beobachtete, wie sie unruhig auf und ab marschierte. »Wie gesagt, ich habe mir deinen Fall noch einmal genau angesehen«, begann er erneut. »Erlaubst du mir, ein paar Informationen dazu einzuholen? Wir werden sehen, wohin das führt. Du musst erst einmal gar nichts tun. Ich mache mir ein paar Gedanken, und dann sprechen wir alles durch.«

»Warum?« Sie kehrte ihm den Rücken zu und starrte in die Dunkelheit hinaus. Der leichte Wind, der aufkam, wehte ihr das Haar um die Schultern. »Warum tust du das?«

»Weil niemand unschuldig verurteilt werden sollte. Weil ich der Meinung bin, dass das Unrecht, das dir widerfahren ist, wiedergutgemacht werden muss.« Weil ihm etwas an ihr lag und er dadurch die Gelegenheit hätte, es mit Gillian Mulhare aufzunehmen, fügte er in Gedanken hinzu.

Ihr Rücken war steif wie ein Stück Holz, so sehr spannte sie sich an. »Es ist geschehen. Vier Jahre Gefängnis können nicht mehr rückgängig gemacht werden.« Ihre Stimme klang rau, aber weder verbittert noch verbissen. Es war eine Tatsache, die sie längst akzeptiert hatte. Über die Schulter warf sie ihm einen Blick zu. »Was interessiert es dich überhaupt? Stehst du nicht normalerweise auf der anderen Seite des Gesetzes, Staatsanwalt?«

Niclas stand auf und trat neben sie. Er achtete darauf, genügend Abstand zwischen ihnen zu lassen, damit sie sich nicht eingeengt fühlte. »Es gibt nichts Schlimmeres, als wenn ein Schuldiger davonkommt.« Niemand hatte auch nur im Entferntesten eine Ahnung, was er deswegen gerade durchmachte. »Und genauso schlimm ist es, einen Unschuldigen hinter Gitter zu bringen, nur weil es einfach ist und man den Fall als Erfolg verbuchen kann. Stell dir vor, wie es wäre, wenn ich deine Reputation wiederherstellen könnte. Du könntest tun und lassen, was du willst. Wieder in deinem alten Job arbeiten. Reisen. Im Moment atmest du keine gesiebte Luft mehr, aber frei bist du deshalb noch lange nicht.«

Sie fuhr herum und funkelte ihn an. »Schlägt dir eigentlich jemals jemand etwas ab?«

Er grinste. »Selten.«

»Dann tu, was du nicht lassen kannst. Sieh dir die Sachen an. Aber halte mich da raus.«

Es war noch nicht einmal im Ansatz möglich, den Fall neu aufzurollen und sie gleichzeitig herauszuhalten. Aber er wusste, wie er es angehen musste, um Antworten zu bekommen. Er hatte eine der besten Quoten bei der Staatsanwaltschaft gehabt, bis seine Arroganz ihm das Genick gebrochen hatte. Bei diesem Fall würde er alles anders machen. »Hast du Kopien der Akte?«

»Ja, habe ich. Sie liegen auf Hollys Dachboden.«

»Lass uns hinfahren und sie holen.«

»Jetzt?«

»Warum nicht jetzt? Je eher wir beginnen, desto besser.«

Sie sah ihn von der Seite an. Er klang vermutlich ein wenig zu enthusiastisch. »Ich sage es noch einmal. Nur um Klarheit zu schaffen. Wenn du in meinem Fall herumwühlen willst, ist das dein Privatvergnügen. Ich glaube weder daran, freigesprochen zu werden, noch zahle ich dir auch nur einen Cent.«

*

Sie fuhren zum Fairway. Der Parkplatz war zu zwei Dritteln besetzt. Die Fenster des Restaurants leuchteten einladend in der Dunkelheit. Holly war in Maries Leben das, was der Definition von einer Freundin am nächsten kam. Glücklicherweise lief das Fairway auch nach der Touristensaison noch gut. Die Wintermonate waren für die Bewohner des Capes nicht immer einfach.

Beim Betreten des Restaurants hielt sie wie immer einen Moment inne, um das alte Kirchenfenster im Windfang zu bewundern.

Holly lächelte ihr vom Empfang aus zu. Für ihren Begleiter hatte sie nur einen unterkühlten Blick übrig. »Hey, Marie. Was kann ich für dich tun?« Niclas ignorierte sie. Die beiden schienen sich zu kennen – und nicht zu mögen.

»Ich muss kurz auf den Dachboden, etwas aus meinen Kisten holen.«

»Sicher. Du kennst dich ja aus. Ich kann dir leider nicht helfen, wir sind ausgebucht, heute Abend.« Sie warf Niclas noch einen eisigen Blick zu, ergriff ein Tablett mit Getränken und verschwand im Gastraum.

»Was stimmt nicht zwischen dir und Holly?«, fragte Marie über die Schulter.

»Nicht der Rede wert. Wo sind die Akten?«

»Komm mit.« Sie dirigierte ihn die Hintertreppe hinauf, und sie betraten den Dachboden. Eine einzige Glühbirne erhellte die alten Dielen und grob gezimmerten Wände. Marie hatte immer das Gefühl, sie verbreitete mehr Schatten als Licht. Zielstrebig steuerte sie auf die drei Kartons zu, die nicht ganz so verstaubt waren wie der Rest, der hier herumstand. Sie war nicht gern hier oben und wollte die Suche nach den Unterlagen so schnell wie möglich hinter sich bringen.

»Hier ist es.« Sie legte ihre Hand auf die oberste Kiste. Drei Kisten, die ihr Leben enthielten. Alles, was sich verkaufen ließ, war zu Geld gemacht worden, um zumindest einen winzigen Teil ihrer Schulden zu tilgen. Das hier war der Rest ihrer persönlichen Habe. Zwei Kartons mit Erinnerungsstücken, Fotos und persönlichen Unterlagen. Der dritte enthielt die Prozessakten.

Sie hob den obersten Deckel an und taumelte erschrocken zurück, als ihr etwas entgegenflog. Wahrscheinlich nur eine Fledermaus – die sie zu Tode erschreckte. Sie fuhr herum, um ihren Kopf vor dem vermeintlichen Angriff zu schützen, und prallte gegen Niclas. Das Tier löste eine Kettenreaktion aus. Noch bevor Marie ihr Gleichgewicht zurückerlangte, geriet der Karton ins Rutschen und krachte ihr in den Rücken. Sie fiel abermals gegen Niclas, der versuchte, sie zu stützen. Gemeinsam gingen sie in einem Regen aus Fotos, Briefen und Postkarten zu Boden.

Sein Körper bremste ihren Sturz ab. Als sie auf den Dielen aufkamen, wurde die Luft mit einem unschönen Geräusch aus seinen Lungen gepresst. Sie spürte seine Muskeln, die sich unter ihr anspannten. Männlich. Fest. Ihre Hände lagen auf seinem Brustkorb. Für den Bruchteil einer Sekunde genoss sie die Wärme, die von seinem Körper ausging. Dann rappelte sie sich auf und wollte sich aus der unfreiwilligen Umarmung lösen.

Doch sie war zu langsam. Er schloss die Arme um sie und rollte sich in einer blitzschnellen Bewegung herum, sodass sie unter ihm lag. Wieder waren sie sich so nah. Wie vorhin, als sie sich beide nach der Gabel gebückt hatten. Doch anders als vorhin konnte sie ihm jetzt nicht ausweichen. Sein starker Körper presste ihren Rücken gegen den knarzenden Fußboden. Sie konnte beides riechen, seinen sauberen, unaufdringlichen Duft und den Staub der Dachkammer. Niclas' Augen waren graublau. Doch in seinem Blick, der manchmal an harten, kalten Stahl erinnerte, lag auf einmal eine sanfte Zärtlichkeit.

Sie wusste, was er vorhatte. Und sie würde das auf keinen Fall zulassen.

Seine Fingerspitzen strichen mit einer federleichten Bewegung eine Haarsträhne aus ihrer Stirn. Durch seine Berührung explodierten die Nervenenden in kleinen Kurzschlüssen. Unendlich langsam näherte sich sein Gesicht ihrem. Sie legte ihre Hände an seine Schultern, um ihn wegzuschieben, doch sein Blick, der sich in ihren brannte, hypnotisierte sie.

Nein! Hatte sie gerade geschrien? Ihre Lippen teilten sich, obwohl kein Laut aus ihrem Mund drang. Niclas schien ihre Reaktion falsch zu verstehen. Er verstand alles falsch. Sie wollte das nicht. Auch wenn ihr Körper es nicht fertigbrachte, sich von seinem zu lösen.

Seine Lippen trafen auf ihre. Fest und doch weich. Einen Moment hielt er inne, atmete sie ein, gab ihr eine letzte Gelegenheit, einen Rückzieher zu machen. Sie wollte sich abwenden. Doch sie zögerte eine Sekunde zu lange, und er vertiefte den Kuss. In ihrem Magen ballte sich eine heiße Faust zusammen. Seine Finger glitten an ihre Wangen, hielten sie fest. Er brachte sie dazu, sich ihm noch weiter zu öffnen. Seine Zungenspitze neckte sie, schob sich zwischen ihre Lippen und berührte ihre.

Irgendetwas in Marie brach. Die heiße Faust bekam Risse, erste Tropfen kochend heißer Lava quollen daraus hervor, drangen in ihr Nervensystem und breiteten sich in ihrem Körper aus. Ihre Finger strichen über seinen Nacken, durch seine kurzen Haare.

Für Niclas eine Aufforderung, sie vollständig zu erobern. Er zog sie noch näher an sich. Seine Zunge verführte sie zu einem erotischen Tanz zu einer Melodie, die nur in ihrem Kopf zu existieren schien. Ihr Puls raste. Der heiße Klumpen in ihrem Bauch explodierte. Wie eine Feuerwalze wüteten die Emotionen, die er auslöste, durch ihren Körper. Sie brannten wie Säure, nahmen ihr vor Schmerz die Luft zum Atmen. Das Wimmern, das sich ihrer Seele entwand, ließ ihn innehalten. Er hob den Kopf und sah ihr in die Augen.

Diese Bewegung ließ sie zur Vernunft kommen. Sie stieß ihn weg und richtete sich so schnell sie konnte auf. Mit wackligen Beinen ging sie ein paar Schritte rückwärts. Ihre Hände zitterten. Sie fühlte. Viel zu viel. Viel zu intensiv. Das ging viel zu schnell. Über vier Jahre hatte sie alle Emotionen aus ihrem Leben verbannt. Sie hätte sonst nicht überleben können. Sie wollte nicht spüren, was sich da schmerzhaft durch ihren Körper fraß. Gefühle taten weh. Sie konnten einen Menschen vernichten. Und ihr Schutzpanzer, der sie all die Zeit wie eine Mauer aus Eis geschützt hatte, war gerade in

Milliarden kleine Splitter zerborsten. »Tu das nie wieder!«, fuhr sie Niclas an. Ihre Stimme überschlug sich fast vor Hysterie. »Niemals!«

Er setzte sich auf und öffnete den Mund, um etwas zu sagen.

Sie hob abwehrend die Hand. »Nie wieder!« Sie ließ sich auf die Knie sinken und sammelte die wild verstreuten Fotos und Postkarten ein.

Er blieb stumm, wofür sie ihm dankbar war. Keine Entschuldigungen. Keine Rechtfertigungen. Er klaubte die Bilder zusammen, die um ihn herumlagen, und reichte sie ihr, sorgsam darauf bedacht, eine Berührung ihrer Finger zu vermeiden.

Schweigend räumten sie auf. Niclas schnappte sich den Karton mit den Akten und folgte ihr die Treppe hinunter.

Holly sah von ihrem Platz am Empfang auf und zog die Brauen zusammen. »Alles in Ordnung bei dir?«

Marie schluckte. »Sicher.«

Der Blick der Freundin glitt über Maries Schulter und verfinsterte sich. »Ich wusste gar nicht, dass du dich neuerdings mit der Brut aus Sunset Cove herumtreibst.«

Niclas ignorierte den Kommentar. Sein Gesicht war eine verschlossene, unlesbare Maske.

»Ich hab keine Ahnung, was das bedeuten soll«, gab Marie zurück.

»Nur, dass du auf dich aufpassen sollst.« Holly umarmte sie kurz freundschaftlich, wie sie es immer tat. Eine Geste, an die sich Marie langsam gewöhnt hatte. Im Moment brachte sie sie gefährlich nahe an den Rand von etwas Großem, Dunklem. Deshalb machte sie sich so schnell wie möglich los. »Wir reden nächste Woche, wenn ich zur Nachhilfe vorbeikomme.« Über die Feindseligkeit zwischen Holly und Niclas würde sie nachdenken, wenn sie wieder in der Lage war, einen klaren Gedanken zu fassen.

Marie fühlte sich elend. Ihre müden Augen brannten. Sie hatte die ganze Nacht kein Auge zugetan. Der fremde, unangenehme Geruch war daran schuld. Und die unheimlichen Geräusche, die sie nicht einordnen konnte. Sie hatte Geflüster gehört. Schnarchen. Jemand hatte sogar gestöhnt. Schwaches künstliches Licht war auf ihr Bett gefallen. Das war sie nicht gewohnt. In ihrem Schlafzimmer war es immer dunkel gewesen, sobald sie die Vorhänge zugezogen hatte.

Hin und wieder hatte sie die Absätze der Wärterstiefel auf den Betonboden knallen gehört, wenn sie ihre Runden drehten. Bis gestern Abend hatte sie nicht gewusst, dass sie Platzangst hatte. Vielleicht hatte sich das Gefühl, in dem engen Raum keine Luft zu bekommen, auch erst in ihrer Zelle entwickelt. Zusätzlich zu ihren allseits präsenten Angstattacken.

Ihr Kopf fühlte sich an wie in Watte gepackt. Ihr war übel, und sie hatte keine Ahnung, wie sie die nächsten Stunden überstehen sollte. Geschweige denn die Tage, Wochen und Jahre. Sie musste irgendjemanden finden, der an ihre Unschuld glaubte. Irgendjemand musste ihr helfen. Musste sie retten. Bis dahin würde sie sich durchkämpfen. Eine Minute nach der anderen. Schritt für Schritt.

Sie rückte mit der Schlange an der Essensausgabe vorwärts und nahm ihr Frühstück entgegen. Allein beim Gedanken an Essen drehte sich ihr der Magen um. Mit dem Tablett in der Hand blieb sie unschlüssig stehen und ließ ihren Blick durch den Speisesaal schweifen, der von Hunderten weiblichen Stimmen erfüllt war.

Eine Frau hinter ihr stieß ihr grob in den Rücken. »Du stehst im Weg, Miststück«, knurrte sie ihr ins Ohr.

Hektisch machte Marie einen Schritt zur Seite. Sie entdeckte einen Platz in der Ecke. Mit der Wand im Rücken bot er die Möglichkeit, sich ein wenig zurückzuziehen und für sich zu bleiben, gleichzeitig aber ihre Umgebung zu beobachten und etwas über die Gepflogenheiten herauszufinden.

An dem Tisch saßen bereits ein paar Frauen. Marie steuerte die Ecke an, stellte das Tablett ab und ließ sich auf den Stuhl sinken. »Hallo«, sagte sie leise. Sie hasste sich für ihre unsichere Stimme. In jedem Knastfilm sah man, wie stark und selbstbewusst man auftreten musste, wenn man sich hinter Gittern durchsetzen wollte.

»Ähm ...« Die Frau, die ihr schräg gegenübersaß, musterte sie von oben bis unten. Sie konnte kaum älter als zwanzig sein, hatte perfekte milchkaffeebraune Haut und riesige, dunkle Augen. Sie öffnete ihren Mund, um zu sprechen, und entblößte dabei ein schwarzes Loch, wo ihre Schneidezähne sein sollten. Marie zwang sich, nicht erschrocken zurückzuzucken. Sie schluckte trocken und verstand nur mit Mühe, was ihr Gegenüber sagte.

»Ich würd' mich da nich' hinsetzen«, nuschelte die Frau.

Bevor Marie fragen konnte, warum, packte sie eine grobe Hand am Oberteil und riss sie hoch. »Du bist neu hier, oder?«

»Ja.« Um sie herum verstummten die Gespräche. Gespannte Stille ließ die Luft vibrieren.

Die Frau, die sie festhielt, war eine Latina, etwa so groß wie sie selbst und ein wenig massiger. Die Linien, die sich durch ihr Gesicht zogen, und die Tätowierungen auf ihren Armen erzähl-

ten die Geschichte eines Lebens, das man bestenfalls als bewegt bezeichnen konnte.

Der amüsierte Ausdruck in ihren Augen ließ sie innerlich erschauern. »Gut. Wer neu ist, muss lernen. Du scheinst besonders viel lernen zu müssen, Schätzchen. Dieser Platz ist tabu für dich.«

Ehe Marie etwas erwidern konnte, krachte die Faust der Frau in ihr Gesicht. Sie hörte das Knirschen ihres Nasenbeins, schmeckte das Blut, und eine Welle von unfassbarem Schmerz überrollte sie. Im nächsten Moment merkte sie, wie sie ihre Augen verdrehte, und die Welt um sie herum wurde schwarz.

Marie schreckte hoch und hob die Hand ans Gesicht. Vorsichtig tastete sie über den kleinen Höcker auf ihrem Nasenrücken. Sie war nicht gebrochen. Es floss kein Blut. Der Schmerz verhallte in einer dunklen Erinnerung. Sie saß auf der Couch in Sunset Cove und starrte durch die Glasfront in die Sternennacht. Das Mondlicht verbreitete ein blausilbernes schimmerndes Licht.

Sam fiepte. Er kroch näher und legte seinen Kopf in ihren Schoß. »Schon gut«, murmelte sie. »Das war nur ein Traum.« Schon wieder. Sie streichelte ihn, bis sich ihr Herzschlag einigermaßen beruhigt hatte.

Schon lange hatte sie nicht mehr an ihren ersten Morgen im Gefängnis gedacht, an die Demütigung und das hämische Grinsen ihrer Mitinsassinnen. Seit Ewigkeiten hatte diese Erinnerung sie nicht mehr heimgesucht. Warum das ausgerechnet heute Nacht, so kurz nach ihrem letzten Albtraum, geschehen war, wusste sie genau. Es war Niclas Hunters Schuld. Sein Gerede über ihren Fall hatte die Vergangenheit wieder aufleben lassen. Ihr erster Tag im Staatsgefängnis lief vor ihrem inneren Auge ab, als hätte er sie in die Szene zurückkatapultiert. Sie konnte die Stimmen hören, hatte den eigentümlichen Geruch ihrer Zelle in der Nase. Sie war damals vermutlich nur ein paar Sekunden ohnmächtig gewesen. Die Latina mit dem wunderschönen Namen Rosalie, die sie bewusstlos geschlagen hatte, war von einem Wärter in die Ecke gedrängt worden. Ein anderer Mann beugte sich über sie und zog sie auf die Füße. Wenig feinfühlig schleifte er sie zur Krankenstation. Sie hatte eine Spur aus Blutstropfen hinterlassen wie Hänsel und Gretel Brotkrumen.

An diesem ersten Morgen ihres künftigen Lebens hatte sie begonnen zu lernen. Sie hatte herausgefunden, wem man besser aus dem Weg ging und wem man trauen konnte. Sie hatte begriffen, wo man sich zum Essen hinsetzen und beim Hofgang stehen durfte. Es hatte nur einen Weg gegeben, mit all dem fertigzuwerden. Sie musste sich verschließen. Ihre Gefühle, Träume und Hoffnungen wegsperren. Sie bekam keine Hilfe. Ihr Fall wurde nicht neu aufgerollt. Niemand glaubte an ihre Unschuld. Was sollte sie also tun? Sie konnte im Gefängnis eingehen – oder sie konnte überleben. Irgendwann wäre all das vorbei und sie wieder ein freier Mensch. Das war ein Ziel, auf das es sich durchaus hinzuarbeiten lohnte.

Ohne Emotionen ließ sich diese Überlebensstrategie sehr gut umsetzen. Marie hatte funktioniert. Sie hatte sogar Spaß an ihrer Arbeit in der Gärtnerei gefunden. Eine winzige Flamme schien in ihrem Inneren zu glimmen, denn sie wusste, dass sie ihre Menschlichkeit verlor, wenn sie gänzlich gefühllos wurde. Mehr als diesen Funken hatte sie sich nicht zugestanden.

Bis heute. Niclas Hunter hatte sie tief aufgewühlt. Durch seinen atemberaubenden Kuss war die Eisschicht in ihr geschmolzen. Er hatte ihr die Fähigkeit, zu fühlen, zurückgegeben. Ein Geschenk, das sie nicht annehmen wollte. Aus seiner Sicht mochte das etwas Gutes sein. Für Marie bedeutete es nichts als Schmerz. Sie wischte sich eine Träne von der Wange. Gefühle ließen sich nicht kontrollieren. Sie erfassten einen einfach. Waren überwältigend und stark. Sie brachten einen dazu, Entscheidungen zu treffen. Und manchmal bargen sie Erinnerungen, die seelischer Folter glichen.

10

Niclas saß auf der Couch und wühlte sich durch die Papiere, die er vor sich ausgebreitet hatte. Er griff nach seinem Kaffeebecher und verzog das Gesicht, als er merkte, dass der Inhalt kalt war.

Zwischen Marie und ihm hatte sich unbemerkt eine Art stilles Einverständnis eingeschlichen. Womit er nicht gerechnet hatte. Nicht, nachdem er Marie auf dem Dachboden des Fairway geküsst hatte. Es hätte ihn nicht gewundert, wenn sie noch in derselben Nacht auf Nimmerwiedersehen verschwunden wäre. Der Kuss hatte ihn völlig unvorbereitet erwischt. Niclas konnte sich nicht daran erinnern, dass er schon einmal so auf eine Frau reagiert hatte. Dabei sollte er das weibliche Geschlecht nach seinen Erfahrungen der vergangenen Wochen tunlichst meiden, statt sich von ihm angezogen zu fühlen. Sein letztes Abenteuer hatte immerhin seine Karriere zerstört. Trotzdem hatte er sich nicht zurückhalten können und sie einfach küssen müssen.

Diese Erfahrung hatte ihn erschüttert. Marie war jedoch regelrecht aus der Bahn geworfen worden. Erst hatte sie ihn mit einer geradezu verzweifelten Leidenschaft zurückgeküsst, dann hatte sie ihn von sich gestoßen und war ausgeflippt. Vermutlich hatte ihre Reaktion etwas mit ihren Gefängniserfahrungen zu tun. Auch wenn Marie nie etwas in diese Richtung angedeutet hatte. Er hoffte nur, dass sie während ihrer Haft nicht missbraucht worden war.

Niclas streckte sich. Die Sonne spiegelte sich in den Bilderrahmen, die im Raum verteilt standen. Er versuchte, sich wieder auf die Unterlagen zu konzentrieren, konnte aber nicht verhindern, dass seine Gedanken immer wieder zu Marie abschweiften. Das Zwischenspiel auf dem Speicher war weniger erotisch als emotional gewesen. Trotzdem hatte sich die Form ihres Körpers unter seinen Händen in sein Gehirn eingebrannt. Ihr Geruch. Ihr Geschmack. Wann immer er sie ansah, konnte er sich den Kuss bis ins kleinste Detail in Erinnerung rufen. Aber das war nicht alles. Der Kuss hatte in ihm eine Art Schwelbrand entfacht, der leise vor sich hin glomm, bis er irgendwann genug Nahrung fand, um sich in einer heftigen Stichflamme zu entzünden. In Marie tobte so viel Energie. Sie stand geradezu unter Strom. Ein Teil dieser Elektrizität schien sich auf ihn übertragen zu haben, als er sie in seinen Armen gehalten hatte. Bevor sie ihn wegstieß. Sie hielt ihn seitdem auf Abstand, ging ihm aus dem Weg, wo sie nur konnte. Niclas hatte vorsichtig probiert, das Thema zur Sprache zu bringen. Aber Marie hatte sofort abgeblockt.

Und doch kehrte sie jeden Tag nach der Arbeit ins Strandhaus zurück. Es schien, als hätte sie beschlossen, so lange zu bleiben, bis er mit der Überprüfung ihres Falls fertig war. Offenbar glaubte sie immer noch, er würde zu dem Schluss kommen, dass er nichts für sie tun konnte. Sie erwartete es geradezu. Enttäuscht zu werden war für Marie McMillan fester Bestandteil des Lebens.

Sie schlief nach wie vor gemeinsam mit Sam auf der Couch

im Wohnzimmer und ließ sich nicht davon überzeugen, in eines der Gästezimmer zu wechseln, wo sie es viel gemütlicher hätte. Und sie bestand darauf, ihr eigenes Essen mitzubringen, was er genauso selbstverständlich ignorierte und weiter für sie beide kochte. Der Abend, wenn sie zusammen aßen, stellte für ihn immer den Höhepunkt des Tages dar.

Er hörte das Geräusch eines vorfahrenden Wagens und sah auf die Uhr. Marie war heute früh dran. Als die Haustür geöffnet wurde, schob Niclas die Unterlagen vor sich zusammen. Vielleicht konnte er sie überreden, ihm beim Kochen zu helfen. In der Küche hatte sie keine Möglichkeit, ihm zu entkommen. Er konnte sich ein Grinsen nicht verkneifen. Das war eine verdammt gute Idee. Doch derjenige, der durch die Tür trat, wischte alle Gedanken an Marie beiseite. »Jake?«

»Hey.« Sein Freund lachte ihn gut gelaunt an.

Niclas erhob sich langsam von seinem Platz und schob den Stapel mit Maries Unterlagen in eine Mappe. »Was tust du hier?«

Jake zog die Augenbrauen nach oben und musterte Niclas. »Hat Drew nicht erwähnt, dass ich vorbeikomme?«

»Stimmt, das hatte er erzählt.« Niclas runzelte die Stirn. »Das hatte ich vergessen. Er sagte irgendetwas von einer Brauerei, die du dir ansehen willst.«

»Ja, die in Harbour Beach.« Sein Freund ließ seine Reisetasche fallen. Er umarmte Niclas und schlug ihm mit der Hand auf den Rücken. »Wie geht es dir?«

»Gut. Ähm …«

Sam unterbrach sie. Niclas hatte den Hund nicht kommen sehen, aber jetzt zwängte er sich zwischen Jake und ihn und wackelte vor Begeisterung mit dem ganzen Körper. Wo sich Menschen umarmten, mussten auch ein paar Streichel-einheiten für ihn abfallen.

»Seit wann hast du denn einen Hund?« Jake sah auf den Labrador hinab.

»Entschuldigung. Ich wollte nicht stören.« Marie stand unsicher in der Tür, die Arme vor der Brust verschränkt. »Komm her, Sam. Komm.«

»Hey. Du störst doch nicht.« Niclas lächelte sie an. Sie hatte in den Fluchtmodus geschaltet. Um das zu erkennen, musste er nicht einmal in ihre Augen sehen. Ihre Körper-haltung sprach für sich. Angespannt wie eine Bogensehne. »Komm rein. Das ist mein Kumpel Jake. Darf ich dir Marie vorstellen?«, wandte er sich an seinen Freund. »Sie ist – mein Gast.« Er zog im Geiste eine Grimasse. Das klang irgendwie lahm. Aber wie sollte er seine und Maries Situation sonst erklären?

»Verstehe.« Jake lächelte sie an. »Jake Foster. Nett, dich kennenzulernen.« Er gab Marie die Hand, bevor er Niclas mit einem Blick bedachte, der besagte: Du hast mir ver-dammt viel zu erklären, Freundchen. »Andrew hat deine Freundin gar nicht erwähnt, Niclas.«

»Ich habe ihm auch nichts von Marie erzählt.«

»Ich wollte euch nicht dazwischenfunken«, fuhr Jake fort. »Ich bleibe über Nacht, sehe mir morgen die Brauerei an und verschwinde wieder.«

Marie schien zu spüren, dass Jake ein Problem mit ihr hatte. Sie hob das Kinn. »Oh, das musst du nicht«, sagte sie. »Nicht wegen mir. Ich wollte sowieso nur kurz Hallo sagen. Ich geh dann mal wieder.«

»Kommt überhaupt nicht infrage.« Niclas zog Marie

neben sich. Seine Gedanken überschlugen sich. Sie würde weder in ihrem Auto noch am Strand schlafen, weil einer seiner Freunde unangekündigt hier aufgetaucht war. Geld für ein Hotelzimmer würde sie von ihm nicht annehmen. Also blieb sie, wo sie war. »Du bist mein Gast, Marie. Das Haus ist groß genug. Richte dich ein, wo du willst, Jake.« Er schlug ihm auf die Schulter. »Ich bin wirklich froh, dich zu sehen.«

»Ich wollte dich dazu überreden, heute Abend mit mir ins Fairway zu gehen. Vielleicht hat Marie ja Lust, uns zu begleiten.«

»Gute Idee.«

»Ich …« Marie zuckte die Achseln. Resigniert, wenn Niclas es richtig deutete. »Warum nicht. Gute Idee.« Sie wartete, bis Jake hinausgegangen war, bevor sie zu ihm herumfuhr und ihn wütend anfunkelte. »Du hast mich gerade als deine Affäre vorgestellt.«

»Als Freundin, wenn er es richtig interpretiert.«

»Freundin?« Erbost bohrte sie ihren Finger in seine Brust. »Ich bin weder das eine noch das andere. Wo sollen Sam und ich denn jetzt schlafen? Jake wird es merkwürdig finden, wenn deine vermeintliche Geliebte auf dem Sofa nächtigt.«

Nic zuckte die Achseln und sah sie ernst an. »Sam kann übernachten, wo er will, und du schläfst in meinem Zimmer.«

»Ich schlafe auf keinen Fall in deinem Zimmer«, zischte sie ihn mit rot glühenden Wangen an.

Ihr Verhalten wurmte ihn. Er presste die Kiefer zusammen, um nichts Falsches zu sagen. Jakes Besuch war nicht geplant. Er hatte nicht mit dem Auftauchen seines Freundes gerechnet. Natürlich war es kompliziert, ihre Freundschaft oder wie auch immer sie ihr Zusammenleben in Sunset Cove nennen wollten, zu erklären. Er konnte seinem Freund kaum erzählen, dass er Marie bei einem Einbruch in das Strandhaus ertappt hatte. Trotzdem störte es ihn, wie wenig sie von ihm zu halten schien. Traute sie ihm überhaupt nicht über den Weg? Hatte er nicht nach dem Kuss auf dem Dachboden des Fairway ihren Willen respektiert? Hatte er nicht akzeptiert, dass er sich von ihr fernhalten sollte? »Viele Optionen haben wir nicht, Marie. Oder sollen wir Jake erklären, warum du wirklich hier bist?«

Ihr Gesicht näherte sich seinem. Ihre vor Zorn geröteten Wangen wurden noch eine Spur dunkler. Ihre Augen sprühten Funken. »Ich bin hier, weil du mich dazu zwingst«, fauchte sie.

Langsam wurde Niclas richtig sauer. Er hatte alles daran gesetzt, ihr zu helfen. Sein rechtlicher Beistand war zwar nicht völlig selbstlos, aber er unterstützte sie. »Wenn wir es genau nehmen, brichst du, seit du hier bist, nicht mehr in Ferienhäuser ein. Das können wir Jake gern erzählen, wenn dir so daran gelegen ist.« Ihre Nasen waren nur noch wenige Zentimeter voneinander entfernt. »Ich habe keine Lust, darüber zu streiten«, knurrte er und unterdrückte seine Wut. »Wir teilen uns das Zimmer und fertig. Ich schlafe auf dem Boden. Das ist überhaupt kein Problem. Aber ich werde nicht weiter darüber diskutieren.«

Marie explodierte. »Ich lasse mir von niemandem sagen, was ich zu tun und zu lassen habe. Und von dir schon gar nicht, Staatsanwalt. Ich muss nicht hier bleiben. Ich bin ein freier Mensch, der jederzeit gehen kann, wohin er will.«

»Bitte.« Resigniert hob er die Hände. »Dann geh doch.«

»Alles okay bei euch?« Sie fuhren herum. Jake lehnte im

Türrahmen. Er hatte die Hände lässig in die Hosentaschen geschoben. Dem amüsierten Funkeln in seinen Augen nach zu urteilen, hatte er mitbekommen, dass sie stritten. Hoffentlich wusste er nicht, warum. Niclas hatte ihn nicht kommen hören. »Natürlich. Willst du einen Kaffee, bevor wir ins Fairway gehen?«

»Klingt gut. Koch Kaffee, ich plaudere so lange ein wenig mit deinem Gast.« Er betonte das letzte Wort.

Niclas spürte, wie unbehaglich sich Marie fühlte. Ihm war die Situation selbst alles andere als recht. Wahrscheinlich würde er heute Nacht kein Auge zubekommen und stundenlang an die dunkle Decke starren, während er auf Maries Atem lauschte.

*

Marie saß an einem der rustikalen, quadratischen Holztische, Niclas hatte links von ihr Platz genommen. Auf der rechten Seite sein Freund Jake. Sie starrte in die Kerze, deren Licht sich in der glatt polierten Tischplatte spiegelte. Jake Foster war ein netter Typ. Nicht einmal Holly schien ein Problem mit ihm zu haben, obwohl sie den Rest der Hunterbrut, wie sie Niclas und seine Familie nannte, nicht ausstehen konnte. Jake hatte sie ein Lächeln geschenkt, worauf seine Wangen sich gerötet hatten. Er war wirklich süß. Dunkle, lockige Haare, die einen Tick zu lang waren. Grübchen. Freundliche Augen. Er war gelassen und entspannt. Das komplette Gegenteil vom Staatsanwalt, der neben ihr vor unterdrückter Energie geradezu vibrierte. Es war keine positive Energie. Als sie an ihren Streit im Ferienhaus dachte – und daran, dass sie die Nacht miteinander verbringen mussten –, drehte sich ihr der Magen um. Worauf hatte sie sich bloß eingelassen? Wäre es nicht einfacher, Jake von ihrem Einbruch zu erzählen? Sein Blick war warm und freundlich. Doch dahinter verbarg sich ein scharfer Verstand. Sie kannte ihn nicht. Sie war viel zu oft Menschen begegnet, die es auf den ersten Blick gut mit ihr zu meinen schienen. Bei näherem Hinsehen hatte sich das dann meist als Irrtum entpuppt. In letzter Zeit hatte sie einige Male ihre Vorsicht außer Acht gelassen. Sie durfte nicht so verdammt vertrauensselig sein. Diesen Fehler würde sie bei Niclas' Freund nicht machen. Ihr Leben blieb ein für alle Mal ihre Privatangelegenheit.

Holly brachte die Getränke und Speisekarten und riss sie aus ihren Gedanken. Niclas' Bier knallte sie so fest auf den Tisch, dass es über den Rand schwappte. Jake schenkte Holly hingegen ein weiteres Lächeln, bevor sie Marie freundschaftlich die Hand auf die Schulter legte.

Niclas seufzte, als Holly ihnen den Rücken zudrehte. »Ich habe keine Ahnung, warum ich immer wieder in diesen Laden gehe«, murmelte er. »Nirgendwo wird man dermaßen unhöflich behandelt.«

Jake grinste breit. »*Du* wirst nirgendwo so unhöflich behandelt, wolltest du sagen. Zu Marie und mir ist Holly ziemlich nett. Ich würde wirklich gern wissen, was Drew und du ausgefressen habt, um ihren lebenslangen Zorn auf euch zu ziehen. Es ist nicht fair, dass du mich so im Dunkeln tappen lässt. Aber ich kann dich zumindest daran erinnern, warum du trotzdem immer wieder herkommst. Nirgends gibt es einen besseren Codfish.«

Marie sah sich im Restaurant um. Die Tische wirkten wie

kleine, intime Inseln. Die Gäste unterhielten sich leise, und wegen des Geruchs nach Essen lief ihr das Wasser im Mund zusammen.

»Da hast du recht«, erwiderte Niclas. Er schob die Karte ungeöffnet zur Seite und schien ganz genau zu wissen, was er bestellen wollte. Jake ebenfalls. Sie hingegen starrte auf das Menü, besser gesagt, auf die Preise. Normalerweise saß sie in der Bar auf der anderen Seite des Empfangs und half Jackson bei seinen Hausaufgaben. Zu Abend hatte sie im Fairway noch nie gegessen. Denn sie konnte sich schlicht nichts von dem, was hier angeboten wurde, leisten. Abgesehen vom Leitungswasser in ihrem Glas. »Ich nehme den gemischten Salat«, sagte sie zu Holly, als sie an den Tisch zurückkehrte und die Bestellungen aufnahm.

Nic und Jake entschieden sich für den Kabeljau. »Bist du sicher, dass du nur einen Salat möchtest?« Niclas runzelte die Stirn.

»Ich habe vorhin schon etwas gegessen«, log sie. Genau genommen war sie am Verhungern. Sie hatte seit dem Frühstück nichts mehr in den Magen bekommen. Aber sie würde keinen Dollar zu viel für ein Essen ausgeben, das sie sich nicht einmal ansatzweise leisten konnte.

Niclas wollte noch etwas erwidern, aber Jake kam ihm zuvor. »Du kommst aus Deutschland, oder?«, fragte er sie.

»Ja, aus Hamburg. Woher weißt du das?« Niclas hatte ihren Akzent nicht identifizieren können.

»Ich habe ein halbes Jahr in Berlin gelebt. Auslandssemester an der Technischen Universität.« Er grinste sie jungenhaft an und sagte auf Deutsch: »Guten Abend. Sie sehen sehr schön aus.«

Marie konnte nicht anders. Sie musste lachen. »Vielen Dank«, antwortete sie in ihrer Muttersprache und lehnte sich, schon etwas entspannter, auf ihrem Stuhl zurück. »Ihr Aussehen ist auch nicht zu verachten.«

Er hob abwehrend, aber mit verschmitztem Gesichtsausdruck die Hände. »Mehr kann ich nicht auf Deutsch sagen.«

»Ich wette, der Satz hat gereicht, um jede Menge Frauen um den Finger zu wickeln.«

Er zwinkerte und trank einen Schluck Bier. »Vielleicht die eine oder andere.«

Niclas verdrehte die Augen. »Diesen Spruch hast du doch schon tausendmal gebracht.«

»Das weißt du doch gar nicht«, widersprach Jake und ließ sich von der plötzlich schlechten Laune seines Freundes nicht anstecken. »Du kannst doch gar kein Deutsch.«

»Was hast du studiert?«, fragte Marie weiter, ohne auf das Geplänkel der beiden einzugehen.

»Brauereiwesen«, antwortete Jake.

»Bierbrauen?« Ihr Interesse war geweckt. Sie hatte noch nie jemanden getroffen, der dieses Fach studiert hatte.

»Ja. Ich bin Braumeister.«

»Arbeitest du in einer Brauerei?«

»Er ist im Management in der Sam-Adams-Brauerei«, schaltete sich Niclas ein, dem es offenbar nicht passte, dass er von der Unterhaltung ausgeschlossen wurde.

Jake winkte ab. »Mittlere Führungsebene. Wenn man es genau nimmt, wohl eher das untere Ende der mittleren Führungsebene. Nicht unbedingt die Position, in der ich mich in der Zukunft sehe.«

»Du willst Karriere machen?«

»Nein. Aussteigen.« Er trank einen Schluck von seinem Pale Ale. »Ich will mein eigener Herr sein und bin hier, um mir eine Brauerei anzusehen. Eine Microbrewery, die zum Verkauf steht. Ich habe nicht studiert, um in einem riesigen Konzern in der Verwaltung zu sitzen. Ich möchte Bier brauen, weil es mir Spaß macht, diesen Prozess von der Entstehung bis zum fertigen Produkt zu begleiten, etwas zu erschaffen. Drückt mir die Daumen für den Termin morgen.«

Ihr Essen wurde serviert. Die Unterhaltung plätscherte vor sich hin. Sie sprachen über Bier und das Cape. Niclas und Jake erzählten von sommerlichen Segelausflügen, und sogar Holly setzte sich für einen Moment zu ihnen. Natürlich nicht, ohne Niclas einen giftigen Blick zuzuwerfen. Die Stimmung war ausgelassen, und Marie entspannte sich ein wenig. Trotzdem bekam sie wieder ein flaues Gefühl im Magen, wenn sie daran dachte, dass sie mit Niclas in einem Zimmer schlafen musste. Und wenn sie seine Mimik richtig deutete, ging es ihm nicht anders.

Die Rückfahrt verlief schweigend. Der Mond hing tief über dem Ozean und hatte eine silberne Decke über die Wellen gebreitet. Doch Marie hatte keinen Blick für die schöne Szenerie. Sunset Cove kam ihr zum ersten Mal bedrückend und düster vor, als sie durch die Tür traten. Wie ein Vorbote der grauenvollen Nacht, die ihr bevorstand. Niclas verstand offenbar nicht, warum sie auf keinen Fall in seinem Zimmer schlafen konnte. Er hielt sie vermutlich für eine nervige Zicke, die seine Hilfe nicht zu schätzen wusste. Er hatte ja keine Ahnung, warum sie sich nachts lieber auf der Couch mit dem Blick aufs Meer legte.

Marie wartete, bis sich Jake für die Nacht zurückgezogen

hatte, bevor sie sich ein Sandwich zubereitete. Sie hatte bereits vermutet, dass Niclas die Rechnung im Fairway übernehmen würde. Aber sie wollte sich nicht von ihm einladen lassen. Dass sie in seinem Haus übernachtete und ständig von ihm bekocht wurde, war mehr als genug. Sie wollte kein Theater machen, auch wenn er es verdient hätte, weil er genau wusste, wie sehr sie es hasste, von ihm – oder irgendjemandem – ausgehalten zu werden.

Wenn man vom Teufel sprach … Niclas schlenderte in die Küche und lehnte sich gegen den Tresen. Er betrachtete sie einen Moment stumm. »Hunger?«, konnte er sich den sarkastischen Kommentar nicht verkneifen.

»Inzwischen ja.« Sie sah ihn herausfordernd an. »Hast du ein Problem damit?«, erwiderte sie schnippisch.

Er seufzte resigniert und schenkte sich eine Antwort. »Ich gehe jetzt schlafen. Möchtest du vor mir ins Bett?«

»Nein.« Marie schluckte das Stück Sandwich, das wie ein trockener Kloß in ihrem Hals feststeckte, hinunter. »Mach einfach das Licht aus. Ich komme nach.«

»Okay.« Er verschwand, und Marie packte das halb gegessene Sandwich in Frischhaltefolie. Der Appetit war ihr vergangen. Sie zögerte das Unvermeidliche hinaus, so lange es ging. Schließlich blieb ihr nichts weiter übrig. Sie musste wohl oder übel zu Bett gehen.

Sam lag auf der Wohnzimmercouch auf dem Rücken und schnarchte. Sie ließ ihn schlafen, auch wenn sie sich mit ihm an ihrer Seite wohler gefühlt hätte. Zögernd stieg sie die Treppe hinauf. Sie putzte sich die Zähne und zog die Boxershorts und das alte T-Shirt an. Als sie vor Niclas' Zimmer stand, atmete sie einmal tief durch, bevor sie langsam den

Türknauf drehte. Sie konnte Niclas' Schemen erkennen, als sich ihre Augen an das Dunkel gewöhnt hatten. Er lag links auf einem Deckenlager auf dem Boden. Das Bett stand rechts von ihr. Vorsichtig tastete sie, bis sie die Matratze spürte, und schlüpfte unter die Laken. Angespannt lauschte sie in die Stille. Sie hörte Niclas' gleichmäßigen Atem. Das würde sie den Rest der Nacht tun. Auf seinen Atem lauschen, während die Dunkelheit und die Enge des Zimmers ihre angegriffene Selbstbeherrschung auf die Probe stellten.

11

Niclas fuhr hoch. Den Tiefschlaf konnte er nur mit Mühe abschütteln. Kurz war er benebelt. Er überlegte, was ihn geweckt hatte, als ein herzzerreißender Schrei aus seinem Bett erklang. Aus seinem Bett? Bralvers war hier, war das Erste, was ihm durch den Kopf schoss. Der Psychopath hatte ihn gefunden. Sein Herz begann zu rasen, auch wenn er immer noch nicht begriff, was gerade geschah. Warum lag er auf dem Boden?

Marie, kehrte die Erinnerung mit einem Schlag zurück.

Sie lag in seinem Bett.

Endlich war er wach und vermochte sich in dem dunklen Schlafzimmer zu orientieren. Er hatte sein Lager in der Ecke aufgeschlagen und ihr das Bett überlassen. Abermals gab sie einen gequälten Laut von sich, es klang mehr wie ein Schluchzen als wie ein Schrei. Niclas' Arme überzogen sich mit einer Gänsehaut. Er sprang auf, die Hände zu Fäusten geballt. Mit angehaltenem Atem stand er im dämmrigen Licht und versuchte, seinen Gegner auszumachen. Er brauchte einen Moment, bis er einen klaren Gedanken fassen konnte und begriff, dass Bralvers nicht in das Haus eingedrungen war. Es gab keinen Angreifer, zumindest keinen realen. Er würde Maries Gegner nicht ausschalten können, weil er nur in ihrem Kopf existierte. Sie träumte. Einen verdammt schrecklichen Traum. Ihre Arme schlugen wild um sich. Die Beine hatten die Decke zur Seite gestrampelt und bewegten sich ruhelos.

Er musste sie sofort aus dem Albtraum befreien. Mit zwei Sätzen war er bei ihr. Vorsichtig setzte er sich auf die Bettkante, schaltete die Nachttischlampe an und rüttelte sie an der Schulter. »Marie«, flüsterte er. »Wach auf! Du träumst.«

Sie wimmerte und schlug seine Hand zur Seite. Im nächsten Moment traf ihre Faust sein Gesicht. Er war nicht schnell genug, dafür aber erstaunt, wie viel Kraft Marie hatte. Sie erwischte ihn am Jochbein. »Scheiße.« Niclas griff nach ihrer Hand und hielt auch die andere fest, damit sie ihn nicht noch einmal erwischte. Sie wehrte sich heftig, versuchte, sich zu befreien. Aber sie blieb in ihrem Traum gefangen. »Marie«, flüsterte er eindringlicher. »Wach auf.« Ihr Körper bäumte sich auf, sie atmete in angsteinflößend schnellen und abgehackten Stößen. Gleich würde sie hyperventilieren.

Niclas handelte, ohne nachzudenken. Er nahm sie in seine Arme und presste ihren verkrampften Körper an sich. »Wach auf, Marie.« Einen Moment widerstand sie seiner Umarmung, dann spürte er, wie ein Zittern sie durchlief. Ihre Muskeln erschlafften, und aus ihrer Kehle drang ein Laut, irgendwo zwischen einem Schluchzen und einem Wimmern. Marie wurde wach. Ihre Hände schlossen sich um seinen Nacken. Sie vergrub ihr Gesicht an seinem Hals.

»Sch.« Niclas presste sie fester an sich, strich ihr beruhigend über den Rücken. Sein Herz raste. Er wollte sie beschützen, ihr Halt geben. Ein Klopfen an der Tür ließ ihn zusammenfahren. Seit wann war er so schreckhaft?

»Nic? Marie? Alles in Ordnung?«, klang Jakes Stimme dumpf durch die Tür.

»Ja. Alles okay«, antwortete Niclas. »Nur ein schlechter Traum. Geh wieder schlafen.«

Jakes Schritte entfernten sich zögerlich, während sich Marie immer noch an ihn klammerte. Niclas spürte ihre bebenden Lippen und ihren heißen Atem an seinem Hals. Ihm war mehr als bewusst, wie verdammt unpassend diese Situation war – und wie schrecklich ihr Albtraum gewesen sein musste. Seine Hand strich weiter beruhigend über den dünnen Stoff ihres T-Shirts. »Sch. Alles gut. Es ist vorbei.« Er wollte sowohl Marie als auch sich selbst beruhigen. Sie hatte ihm einen verdammten Schrecken eingejagt. Lange Zeit sprach sie nicht, drückte nur ihr Gesicht in seine Halsbeuge.

Wenn sie das Schweigen nicht brach, musste er es tun. »Marie?«

»Hmm.« Ihre Haare strichen über seinen Arm, kitzelten ihn, und plötzlich schien seine Haut überempfindlich zu sein.

»Geht es dir gut?«

Sie zögerte einen Moment. »Sicher.«

»Wovon hast du geträumt?« Er musste sie das einfach fragen.

Marie sagte lange nichts. Niclas glaubte schon nicht mehr, dass sie überhaupt noch antworten würde, als sie schließlich erwiderte: »Vom Gefängnis.« Sie stockte. Ihre Schultern verspannten sich. »Ich habe vom Gefängnis geträumt.«

Niclas streichelte ihr über den Nacken und die Schulter, und die verkrampften Muskeln lösten sich ein wenig. »Hast du diese Albträume oft?«

»Manchmal«, gab sie widerwillig zu. »Wenn ich in einem Raum schlafe, den ich nicht kenne. Ich habe Platzangst.«

»Dann hast du sie nicht jede Nacht?«

»Wenn ich mich an einen Ort gewöhnt habe, geht es meistens.« Sie hob den Blick und sah ihn ernst an. Niclas war erleichtert, dass Marie nicht ständig von diesen schrecklichen Träumen geplagt wurde.

Er strich ihr eine verirrte Haarsträhne aus dem Gesicht. »Es tut mir leid, dass wir wegen Jake jetzt zusammen in einem Zimmer übernachten müssen. Ich hatte ja keine Ahnung, dass du solche Albträume hast.« Wenn er ein bisschen nachgedacht hätte, wäre er wohl darauf gekommen. »Deshalb schläfst du also am liebsten auf der Couch im Wohnzimmer. Dort hast du einfach mehr Platz.«

»Ja. Und die Fenster geben mir das Gefühl, nicht eingesperrt zu sein.«

Er war ein verdammter Idiot, aber er würde einen Weg finden, seine Gedankenlosigkeit wieder wettzumachen. »Jake verschwindet morgen, und wir werden eine andere Schlafmöglichkeit für dich finden. Mach die Augen zu. Ich bin bei dir, wenn du schlecht träumst oder aufwachst«, flüsterte er ihr ins Ohr. Wieder fuhr er ihr beruhigend in Kreisbewegungen über ihren Rücken. »Ich halte dich fest.«

*

Marie erwachte im Morgengrauen, ihre Glieder mit Niclas verschlungen. Ihr Kopf ruhte an seiner Brust. Sie konnte seinen ruhigen, steten Herzschlag unter der Wange spüren.

Ganz anders als ihrer, der dem Flügelschlag eines Kolibris glich. Was hatte sie getan? Sie hatte Niclas Hunter von ihren Ängsten erzählt, ihm Dinge anvertraut, von denen niemand etwas ahnte.

Sie wusste genau, warum. Seine Körperwärme, die zarten Berührungen, als er sie aus ihrem Albtraum geweckt hatte, hatten sie überwältigt. Sie hatten sie aus der dunklen Kälte des Gefängnisses ins Licht zurückgeleitet. Und ihre Angst hatte sie nicht mehr im Zaum halten können.

Er hatte sie vor weiteren hässlichen Träumen bewahrt. Nach ihrem Zusammenbruch war sie tatsächlich wieder eingeschlafen und von Albträumen verschont geblieben. Die erholsamsten Nachtstunden seit Langem. Für einen Moment ließ sie die Sehnsucht zu, die seine warme Hand auf ihrer Haut auslöste.

All das änderte nichts daran, dass ein neuer Tag angebrochen war. Jeder musste sein eigenes Leben leben. Und in Maries Leben war kein Platz für Dinge wie Gefühle und Beichten. Sie konnte sich nicht daran erinnern, wann sie zum letzten Mal im Bett eines Mannes gelegen hatte, der sie fest umschlungen hielt, so als fürchtete er, sie zu verlieren, wenn er seinen Griff lockerte. Doch es half alles nichts. Sie musste wieder in ihre kühle Hülle schlüpfen, Abstand halten und ihre Gleichgültigkeit und Unverwundbarkeit wiederfinden. Nur so bewältigte sie den Alltag.

Ein letztes Mal atmete sie Niclas' Duft ein, bevor sie vorsichtig unter seinem Arm hindurchschlüpfte, der schwer und tröstlich über ihrem Oberkörper lag. Er bewegte sich, und sie hielt für einen Moment den Atem an. Statt zu erwachen, rollte er sich nur auf den Rücken. Sie schnappte sich ihren Rucksack und verschwand auf Zehenspitzen aus seinem Schlafzimmer.

*

Den ganzen Tag hatte sie mit der elektrischen Sense und der Heckenschere hantiert und sich deshalb nicht allzu viele Gedanken über Niclas und die Nacht gemacht. Während der Mathenachhilfe, die sie Hollys Bruder Jackson nach der Arbeit im Fairway gab, ertappte sie sich allerdings dabei, wie ihre Gedanken immer wieder zu Niclas schweiften. Nachdem sie mit den Hausaufgaben durch waren, wollte Marie so schnell wie möglich aufbrechen und packte ihre Unterlagen in den Rucksack. Doch ehe sie verschwinden konnte, schob ihr Holly eine Cola über den Tresen. »Was ist los mit dir? Du wirkst heute so abwesend. Hat das etwas mit der Hunterbrut zu tun?« Ihre Augen verengten sich.

»Nein.« Marie strich mit dem Finger die kondensierenden Wasserperlen auf ihrem Glas weg. »Doch.« Von sich selbst überrascht hob sie den Blick. Auch wenn sie mit Holly nie eingehender über ihr Privatleben gesprochen hatte, vertraute sie der Besitzerin des Fairway. »Ich muss dir etwas erzählen«, sagte sie und schluckte. Es war einfach an der Zeit, Holly einzuweihen. »Über mich. Wenn du gerade Zeit hast.«

»Oh.« Holly legte das Geschirrtuch, mit dem sie gerade noch Gläser poliert hatte, zur Seite. »Ich bin ganz Ohr. Du siehst, wie ruhig es heute Nachmittag ist. Ich habe alle Zeit der Welt.«

Und Marie erzählte ihr alles. Sie berichtete von ihrem Leben, dem Prozess und der Verurteilung. Die Tortur im Gefängnis erwähnte sie nicht, verriet Holly aber, wie lange sie eingesessen hatte. Eine Stunde später hatte sie sich alles von der Seele geredet. Sie hatte Angst, wie Holly auf die Neuigkeiten reagieren würde. Trotzdem fühlte es sich verdammt gut an, dass sie endlich alles losgeworden war. Holly gegenüber würde sie nun zumindest nicht mehr ihre Maske aus kühler Unnahbarkeit aufsetzen müssen. Wenn ihre Freundin allerdings nichts mehr mit ihr zu tun haben wollte, würde sie nicht mehr ins Fairway kommen können, und das Geld, das sie für die Nachhilfe bekam, würde ebenfalls wegfallen. Über diese Möglichkeit wollte sie am liebsten nicht nachdenken. Gespannt wartete sie, was die Frau auf der anderen Seite des Tresens zu ihrem Geständnis zu sagen hatte.

Holly sah sie einen Augenblick schweigend an. »Danke, dass du mir vertraust und es mir erzählt hast«, sagte sie schließlich und schenkte einen Fingerbreit Whiskey in zwei Gläser und stellte eines vor Marie hin. Sie hob ihr Glas. »Auf bessere Zeiten.«

Marie sah zu, wie sie die bernsteinfarbene Flüssigkeit hinunterkippte, und tat es ihr gleich. Der Alkohol brannte in ihrer Kehle. Langsam stellte sie das Glas zurück auf den Tresen. »Du hast also kein Problem mit mir?«

»Ich bin Barkeeperin. Ich habe schon in viele Abgründe geschaut.« Holly zuckte die Achseln. »Selbst wenn du diese Taten begangen hättest, hättest du deine Strafe dafür inzwischen abgesessen. Und jeder hat eine zweite Chance verdient.« Sie begann wieder, Gläser zu polieren. »Ich glaube allerdings an deine Unschuld. Du bist nicht der Typ, der andere beklaut. Natürlich hat dich der Knast verändert. Du bist sicher härter geworden als früher. Kälter. Menschenfeindlicher. Genau genommen magst du überhaupt kein Lebewesen außer Sam. Aber wenn du eine Betrügerin wärst, würdest du dich anders verhalten.«

»Dass ich niemanden mag, stimmt nicht ganz.« Sie versuchte sich an einem Lächeln, das wahrscheinlich ein wenig schief geriet. »Ich mag dich. Wirklich sehr. Und deinen Bruder. Ich kann es nur nicht immer so zeigen.«

Holly legte ihre Hand auf Maries und drückte sie. »Kein Problem. Aber warum jetzt? Warum hast du so lange damit gewartet?«

Marie drehte das leere Whiskeyglas in ihren Händen. »Ich bin mir nicht sicher. Vielleicht hat es mit Nic zu tun.« Damit, dass er sich um sie und ihren Fall bemühte. Damit, wie er sie in der vergangenen Nacht gehalten und getröstet hatte. Er hatte sie dazu gebracht, wieder etwas zu fühlen. Und jetzt, da die Mauern eingerissen worden waren, verspürte sie ein unstillbares Verlangen nach menschlicher Nähe. Nach Vertrauen und Freundschaft. Es kam ihr so vor, als wäre sie ein vor Jahren ausgetrockneter Schwamm, der plötzlich ins Wasser geworfen worden war. Sie sog jeden Tropfen dieser Wärme in sich auf. »Nic will mir helfen, meine Unschuld zu beweisen«, sagte sie zu Holly. »Das bedeutet mir viel.« Und sie begriff plötzlich, wie sehr das stimmte. Gefühle bargen auch Wünsche und Hoffnungen. Sie wollte nicht mehr die Verurteilte sein. Sie wollte, dass ihre Unschuld bewiesen wurde. Und Niclas war derjenige, der das hinbekommen konnte. Wenn nicht er, wer dann? Er hatte es immerhin geschafft, sie aus ihrem Schneckenhaus zu holen.

»Ist das so?« Holly zog skeptisch die Augenbrauen nach oben.

Marie konnte sich ein Lächeln nicht verkneifen. »Du magst ihn nicht, ich weiß. Aber er will mir wirklich helfen.« Wenn sich die Freundschaft zwischen der Barbesitzerin und ihr ein wenig gefestigt hatte, würde sie Holly fragen, warum sie so ein Problem mit Niclas und seiner Familie hatte.

»Bist du dir sicher, dass er nicht nur sich selbst helfen will?« Holly schüttelte ihre wilden Locken. »Was ich sagen will – es geht nicht darum, ob ich ihn ausstehen kann. Es geht darum, warum er hier ist.«

»Wie meinst du das?« Automatisch setzte in Maries Nacken das Prickeln ein, das sie immer verspürte, wenn etwas nicht in Ordnung war. Sie hatte sich vor langer Zeit angewöhnt, dieses Gefühl niemals zu ignorieren. »Was ist mit ihm?«

»Siehst du keine Nachrichten?«

Marie schüttelte den Kopf. Dazu hatte sie normalerweise keine Zeit. Außerdem hatte sie sowieso keinen Fernseher.

»Ich mag Niclas Hunter nicht, das stimmt. Aber ich bin auch kein Lästermaul. Wenn Nic dir noch nichts erzählt hat, solltest du nach Sunset Cove fahren und ihn fragen.«

»Das werde ich.« Marie weckte Sam, der zu ihren Füßen vor dem Tresen schlief, und verabschiedete sich von Holly. Sie kletterte in ihren Pick-up und überlegte einen Moment. Nein, sie würde nicht ins Ferienhaus fahren. Bevor sie Niclas das nächste Mal begegnete, wollte sie wissen, woran sie war. Sie lenkte den Wagen zum Cottage, der Firmenbasis. Das war der einzige Ort, an dem sie ungestört ins Internet gehen konnte.

Sie versorgte Sam mit einer Schüssel Trockenfutter und fuhr den Rechner hoch. Es schien eine Ewigkeit zu dauern, bis sich der Browser öffnete. Sie tippte »Niclas Hunter, Boston« in die Suchmaschine. Als sie die Ergebnisse auf dem Bildschirm sah, stockte ihr für einen Moment der Atem, und sie presste die Hand auf ihr rasendes Herz. Da stand etwas von einem Gerichtsverfahren, das Niclas in den Sand gesetzt hatte. Ein Sexualstraftäter war auf freiem Fuß. Und das alles, weil er sich auf eine Prostituierte eingelassen hatte und in diesem Zusammenhang Beweismittel verfälscht worden waren? Die Namen des Mörders und des Callgirls wurden genannt. Und immer wieder der Name der Frau, der ihr einen Schauer über den Rücken jagte. Gillian Mulhare. Die Staatsanwältin, die sie hinter Gitter gebracht hatte – und die nun stellvertretende Bezirksstaatsanwältin wurde, während man Niclas suspendiert hatte.

Marie ließ sich gegen die Lehne des Bürostuhls sinken, ohne den Blick vom Bildschirm zu lösen.

Die Erleichterung darüber, dass sie endlich wieder Vertrauen gefasst und sich geöffnet hatte, verpuffte. Und mit ihr die Hoffnung, dass Niclas den Fall wieder aufrollen und gewinnen würde. Man durfte grundsätzlich keine Menschen an sich heranlassen. Fremde genauso wenig wie die, die einem nahestanden, die man zu kennen glaubte. Offensichtlich wurde sie immer wieder enttäuscht. Wenn man Gefühle zuließ, konnte man sich nicht vor den Schmerzen schützen, die andere einem gedankenlos – oder mit voller Absicht – zufügten. Sie hatte ihrem Bruder vertraut, als sie anfangs in seiner Firma gearbeitet hatte. Ihrem Verlobten, der sie nach ihrer Festnahme fallengelassen hatte wie eine heiße Kartoffel. Nicht einmal ihre Mutter war das in sie gesetzte Vertrauen wert gewesen. Am Ende stand sie ganz allein da.

Mit Niclas Hunter würde es nicht anders enden. Marie verschränkte die Arme vor der Brust und krümmte sich, weil sie auf einmal ein Stechen in ihrem Magen verspürte. Niemals hätte sie auf ihn hereinfallen dürfen.

*

Niclas begleitete Jake zur Besichtigung der Harbor Beach Brewery. Sein Freund hatte schon immer ein Faible für Bier gehabt. Genau genommen hatten sie das alle. Zumindest, was den Geschmack und das gesellige Zusammensein bei einem guten Ale oder Guinness anging. Jake allerdings hatte eine wirkliche Leidenschaft entwickelt. Schon in seiner Studentenbude hatte er verdammt gutes Bier gebraut. Auch während seines Businessstudiums hatte er diesen Traum nicht aufgegeben und schließlich sogar ein halbes Jahr an einer deutschen Universität studiert und sich sehr eingehend mit dem Thema Bier beschäftigt. Aus Berlin war er völlig begeistert zurückgekommen. Und doch sollten noch einmal fast zehn Jahre vergehen, bis er so weit war, aus seinem alten Leben auszusteigen und seinen Traum endgültig zu verwirklichen.

Niclas sah Jake dabei zu, wie er die Maschinen und Tanks – oder wie auch immer diese ganzen technischen Vorrichtungen hießen – begutachtete. Er atmete den intensiven herb-würzigen Geruch des Hopfens ein. Die Brauerei passte perfekt zu seinem Freund. Es war ein altes Backsteingebäude mit einem verwitterten Firmenschild, an dem sich Efeu emporrankte. Der Probierraum war ebenfalls rustikal, doch das Sudhaus und der Gärkeller befanden sich auf dem neuesten Stand und wirkten klinisch rein. Alles sehr gepflegt, soweit Niclas das beurteilen konnte. Sein Freund fachsimpelte mit dem Besitzer, wobei Niclas kein Wort verstand. George Owerton wollte die Brauerei verkaufen, weil seine Frau in die Nähe ihrer Kinder und Enkel an die Westküste ziehen wollte. Es schien dem Mann sichtlich schwerzufallen, sowohl die Brauerei aufzugeben als auch vom Cape wegzuziehen. »Wissen Sie«, er strich über einen der großen Edelstahlbehälter, die vor ihnen aufragten, »das hier ist mein Lebenswerk. Ich liebe die Brauerei. Und ich werde sie auf keinen Fall an den Meistbietenden verhökern. Wenn Ihnen gefällt, was Sie sehen, kommen Sie wieder, und wir brauen zusammen. Dann sehen wir, ob mir gefällt, was Sie mit meinem Schätzchen vorhaben, und ob Sie ihrer würdig sind.« Er musste nicht auf der Stelle verkaufen, weil er das Geld brauchte. Er guckte sich seinen Nachfolger genau aus. Jake war mit Sicherheit der beste, den er sich wünschen konnte.

Sie verabschiedeten sich und fuhren nach Sunset Cove zurück. »Das ist genau das, was ich schon seit einer Ewigkeit suche«, schwärmte Jake. »Ein Ausstoß von acht Millionen Gallonen im Jahr.« Sie machten sich noch einen Kaffee, bevor der Freund in die Tretmühle nach Boston zurückkehren musste. Sie setzten sich auf die Terrasse. »Stell dir das mal vor? Auf Cape Cod leben und arbeiten. Mein Traum würde wahr werden.« Jake lehnte sich gegen das Geländer und schaute zum Leuchtturm hinüber. »Ich glaube, ich habe mich bereits in die Halbinsel verliebt, als ich zum ersten Mal hier mit euch segeln war.«

»Ich freue mich, dass sich der Trip für dich gelohnt hat.«

Niclas schlug Jake herzlich auf die Schulter. »Hoffentlich werdet ihr euch einig. Wenn ich dir helfen kann, sag einfach Bescheid.«

»Danke.« Jake ließ seinen sehnsüchtigen Blick vom Leuchtturm über das Meer in die Richtung wandern, in der die Brauerei lag. »Noch ist nichts entschieden.« Er stellte seine Tasse auf das Geländer und blickte Niclas von der Seite an.

Jetzt kam es. Niclas hatte mit diesem Gespräch gerechnet, seit sein Freund gestern plötzlich im Haus gestanden hatte. Jake hatte sich viel Zeit gelassen, aber jetzt konnte er ihm nicht mehr ausweichen. »Erzählst du mir, was mit dir los ist?«, fragte sein Freund und sah ihn ernst an.

»Was soll los sein?« Sich dumm zu stellen brachte Niclas allerhöchstens einen Aufschub. Jake konnte stur sein wie ein altes Maultier. Und verdammt hartnäckig. Er würde keine Ruhe geben, bis er eine Antwort bekam, mit der er zufrieden war.

Mit dieser Erwiderung war er offenbar nicht zufrieden. Zumindest nach seinen hochgezogenen Augenbrauen zu urteilen. »Ich spreche von der deutschen Gärtnerin in deinem Bett. Sie irritiert mich ein wenig. Ich dachte, du hättest zumindest vorübergehend die Nase voll von Frauen.«

»Ich habe genug von Nutten. Aber ich kann dir versichern, dass sie keine ist.«

»Nein.« Jake zuckte mit den Schultern. »Eine Prostituierte ist sie nicht. Ich würde allerdings auch nicht so weit gehen, zu behaupten, dass sie deinem Typ entspricht.«

»Ich habe einen Typ?« Niclas sah seinen Freund an. »Wie soll diese Frau denn aussehen?«

»Ach, du weißt schon. Einen Hauch mehr Klasse.«

Niclas trank einen Schluck Kaffee und grinste. »Jake Foster, du bist ein verdammter Snob.«

»Bin ich nicht.« Jake musste ebenfalls lachen. »Ich habe nicht gesagt, dass ich auf diesen Typ Frau stehe. Sondern du. Dir und deinem Bruder können die Ladys doch gar nicht exklusiv genug sein. Verpackt in sündhaft teure Designerkleider und eingehüllt in Parfumwolken, die einen fast ersticken. Eine Frau mit keiner anständigen Frisur, in Cargohosen und Arbeitsstiefeln passt nicht unbedingt in diese Kategorie.«

Genau auf diesen Typ Frau, den Jake gerade beschrieben hatte, war Niclas hereingefallen. Das wusste sein Freund ganz genau. Er wollte Jake gern erklären, warum Marie in Sunset Cove wohnte, hatte aber keine Ahnung, wie viel er verraten sollte. »Ich helfe Marie bei einem Fall«, erwiderte er vage.

Jake gehörte nicht zu den Leuten, die sich mit so etwas abspeisen ließen. Neugier blitzte in seinen Augen auf. »Was für ein Fall?«

Niclas räusperte sich. »Ihr Fall.«

Jake fuhr zu ihm herum. »Gegen sie läuft ein Ermittlungsverfahren?«

»Genau genommen wurde sie bereits verurteilt.«

»Wenn du mir jetzt sagst, dass sie doch eine Nutte ist und wegen Prostitution angeklagt wurde, schlage ich deinen Kopf gegen dieses Geländer, bis du wieder zur Vernunft gekommen bist.«

»Was ist los mit dir?«, brauste Niclas auf. »Gibt es für dich kein anderes Thema mehr? Du tust gerade so, als würde ich meine ganze Freizeit im Puff zubringen!«

»Keine Prostituierte also«, entgegnete Jake und ignorierte Niclas' Ausbruch. »Das wäre deiner Reputation im Moment auch nicht besonders zuträglich. Weswegen wurde sie verurteilt?«

»Betrug.«

Jakes fassungsloser Gesichtsausdruck belustigte Niclas beinahe. »Betrug?«, entgegnete sein Freund. »Das ist ja wunderbar. Genau das, was wir brauchen, um deinen Ruf wiederherzustellen. Muss sie etwa in den Knast?«

»Da war sie schon. Vier Jahre. Im Moment ist sie auf Bewährung draußen.«

»Und du beschäftigst dich mit ihrem Fall, weil …?«

»Weil sie unschuldig ist.«

Jake rieb sich ungläubig über das Gesicht und ließ die Hände langsam sinken. »Glaubst du das, weil du den Fall kennst? Oder weil sie gut im Bett ist?«

Niclas ärgerte sich über sich selbst. Jake versuchte immer, die Menschen, die ihm wichtig waren, zu beschützen, und verstand nicht, warum er Marie unbedingt helfen wollte. Für ihn stellte eine unbekannte Frau, die plötzlich in Niclas' Leben auftauchte, eine Bedrohung dar. »Ich glaube an ihre Unschuld. Die Gründe brauchen dich nicht zu interessieren.« Dass Gillian Mulhare diejenige war, die Marie verurteilt hatte, erwähnte Niclas lieber gar nicht erst. Jake würde denken, er sei besessen.

»Ich sage es dir nur ungern, Kumpel, aber du manövrierst dich in noch größere Schwierigkeiten als die, in denen du sowieso schon steckst«, konnte sich Jake nicht verkneifen.

»Lass das meine Sorge sein.« Niclas merkte, wie sauer er klang, und bemühte sich um einen versöhnlicheren Tonfall. »Tut mir leid. Ich bitte dich einfach nur, mir zu vertrauen, okay?«

»Das tue ich, Nic.« Jake schlug ihm auf die Schulter. »Wenn du Hilfe brauchst, ruf mich an. Jederzeit. Verstanden?«

Sie tranken ihren Kaffee aus, ehe Jake seine Tasche packte und sich auf den Heimweg machte. Sicher würde sich sein Freund noch heute hinsetzen, einen Businessplan aufstellen und sich auf die Suche nach Sponsoren für das Brauereiprojekt machen.

12

Nachdem sich Jake auf den Rückweg nach Boston gemacht hatte, kümmerte sich Niclas um eine Angelegenheit, die er wegen Marie beinahe aus den Augen verloren hätte. Letzte Nacht war er angstvoll aus dem Schlaf hochgeschreckt. Es musste einen Weg geben, Bralvers endlich zu schnappen, damit es nicht noch weitere Opfer zu beklagen gab. Er durchforstete das Internet nach Hinweisen auf den Mörder und rief schließlich einen Privatdetektiv an, den er aus seiner Zeit als Staatsanwalt kannte. Er beauftragte ihn, Bralvers ausfindig zu machen und im Auge zu behalten.

Etwas entspannter, weil er endlich in die Offensive gegangen war, bereitete Niclas das Abendessen vor. Auch wenn sein Freund anderer Meinung war, würde er sich nicht davon abbringen lassen, Maries Fall neu aufzurollen. Er musste den Prozess gegen Gillian Mulhare unbedingt gewinnen. Je länger er darüber nachdachte, desto sicherer war er sich, dass er die richtige Entscheidung getroffen hatte. Marie würde rehabilitiert werden, und er bekam seine Rache. Das Einzige, was ihm jetzt noch fehlte, war das Puzzlestück in dem Ermittlungsverfahren, das den Prozess aushebeln konnte. Er summte die Songs mit, die er von der Playlist auf seinem Handy abspielte. Er war in ausgelassener Stimmung wie schon lange nicht mehr. Denn er hatte das Gefühl, wieder die Kontrolle über sein Leben zu erlangen. Nachdem er eine Flasche Rotwein entkorkt hatte, löschte er den Bratenfond ab. Ehe er sie zur Seite stellte, goss er einen zweiten Schluck in den Topf. Warum nicht ein wenig großzügiger sein?

Als es dunkel wurde und Marie noch immer nicht nach Hause gekommen war, begann er, sich Sorgen zu machen. Eine Stunde nach Einbruch der Nacht gab es immer noch keine Spur von ihr. Niclas merkte, wie leer und kalt das Haus ohne Marie war. Er hatte sich an sie gewöhnt. Marie hielt die düsteren Geister der Vergangenheit in Schach. Womöglich hatte sie sich umentschieden und das Weite gesucht, weil sie keine Nacht länger in Sunset Cove bleiben wollte. Es half nichts. Er musste sich auf die Suche nach ihr machen. Und er würde sie finden. Niclas schaltete den Herd aus und griff nach seinen Wagenschlüsseln. Auf dem Weg nach Eastham hielt er nach ihrer Rostlaube Ausschau. Sie war weder im Fairway noch im Sports Club. Wütend hieb er mit der Faust gegen das Lenkrad. Wo steckte sie nur? Er probierte es an den abgelegenen Stränden und bei dem Haus, vor dem er sie kurz nach dem Einbruch in Sunset Cove erwischt hatte.

Er fand Marie eine halbe Stunde später in dem Cottage der Firma, für die sie arbeitete. Ihr Truck stand auf dem Parkplatz, aber im Haus brannte kein Licht. Niclas stieg aus und blickte durch das Fenster neben der Tür. Aus dem Hinterzimmer nahm er einen schwachen Lichtschein wahr und betrat die Hütte. Sam kam ihm schwanzwedelnd entgegen. Er kraulte den Hund und folgte dann dem Lichtschein, bis er in einen Raum kam, der offenbar als Büro diente. Auch hier herrschte Dunkelheit. Die einzige Lichtquelle war der Computerbildschirm – von dem ihm sein Gesicht entgegenstarrte. Marie saß mit dem Rücken zu ihm auf dem Schreibtischsessel, den Blick starr auf den Monitor gerichtet. »Marie?«, fragte er leise. Sein Magen zog sich zusammen. Sie hatte ihn gegoogelt. Es war offensichtlich, zu welchem Urteil sie gekommen war.

»Du bist kein Staatsanwalt.« Ihre Stimme klang geradezu gespenstisch in der Dunkelheit. »Zumindest nicht mehr.«

Erst das Gespräch mit Jake. Und nun das. »Ich bin beurlaubt, das stimmt. Aber das …« Er legte ihr die Hand auf die Schulter.

Sie fuhr zusammen und schüttelte ihn ab. »Fass mich nicht an.«

»Ich kann dir alles erklären.«

»Du brauchst mir nichts zu erklären. Das hast du ja bis jetzt auch nicht für nötig gehalten. Geh einfach.«

Niclas wusste, wie schwer es ihr fiel, zu vertrauen. Und deswegen musste sie unbedingt seine Version kennen, damit sie verstand, was wirklich geschehen war. »Hör mir zu. Es war nicht so, wie die Medien es darstellen.«

Sie fuhr zu ihm herum. »Nein? Du hast also nicht mit einer Prostituierten geschlafen und dadurch einen Fall gegen einen Sexualmörder verloren, den jeder Anfänger hätte gewinnen können? Einen Sexualmörder, der deshalb auf freiem Fuß ist?«

Niclas zuckte wegen ihrer harschen Worte zusammen. »So war es nicht«, setzte er noch einmal an.

»Ich will nicht wissen, wie es war. Ich will, dass du gehst.«

»Marie …«

»Verschwinde.«

172

»Marie, hör mir zu ...« Seine Stimme klang verzweifelter, als ihm lieb war.

»Wunderbar.« Sie sprang auf und riss ihre Jacke vom Haken. »Bleib hier, ich gehe.«

Bevor Niclas etwas erwidern konnte, fiel die Tür mit einem lauten Knall hinter ihr ins Schloss. Sam stand winselnd im Flur und starrte ihn fassungslos an. Marie hatte ihren Hund zurückgelassen. Allein daran konnte er erkennen, wie aufgewühlt, um nicht zu sagen, sauer sie war. Niclas rang mit sich. Er sollte sie gehen lassen, ihr einen Moment Ruhe gönnen. Was sie über ihn herausgefunden hatte – oder glaubte, herausgefunden zu haben –, warf sie natürlich aus der Bahn. Doch wo würde sie heute nächtigen? Bei dem Gedanken, dass sie am Strand schlafen oder in ein Haus einbrechen würde, fühlte er sich sehr unbehaglich, denn irgendwo da draußen trieb sich Bralvers herum.

Er schaltete den Computer aus und klopfte sich gegen den Oberschenkel. »Komm schon, Kumpel. Wir gehen sie suchen.«

Sam gab ein zustimmendes Bellen von sich und stürmte vor ihm zur Tür. Als Niclas sie öffnete, erblickte er gerade noch die Rücklichter von Maries Pick-up am Ende der Auffahrt. Sie bog nach links ab. Er zog die Tür hinter sich zu und sprintete mit dem Hund zu seinem Wagen. Auf der einsamen herbstlichen Landstraße brauchte er nicht lange, um sie einzuholen. Er folgte ihr zu einem einsamen Strandabschnitt, an dem er noch nie zuvor gewesen war.

Mit ihrem Schlafsack unter dem Arm suchte sie sich einen Platz im Sand. Niclas ließ Sam aus seinem Wagen und wartete, bis er bei Marie war, bevor er ihm folgte und sich neben ihr auf den feuchten Boden fallen ließ. »Wenn du am Strand schläfst, tue ich das auch.«

Sie wandte ihm immer noch den Rücken zu. »Kannst du es nicht einfach gut sein lassen, Nic?« Ihre Schultern bebten. Weinte sie etwa? Seinetwegen?

Das hatte er nicht gewollt. Er ignorierte ihre Aufforderung – und gab dem Bedürfnis nach, sie zu berühren. Vorsichtig schlang er die Arme um sie. Marie wollte ihn wegschieben, doch er war stärker. Eisern hielt er sie fest, bis sie an seiner Schulter in Tränen ausbrach.

»Deswegen halte ich mich von Menschen fern. Verstehst du?« Die Schluchzer schüttelten sie und verschluckten die Hälfte ihrer Worte. »Ich kann nicht stark sein, wenn ich das zulasse«, brachte sie hervor. »Du bist mir zu nahe gekommen.«

Liebevoll strich er über ihren Rücken, während er sie festhielt. Hätte er sie losgelassen, wäre sie sofort geflüchtet. »Du bist ein Mensch, Marie. Der stärkste, den ich kenne. Du hast mehr Durchhaltevermögen als die meisten anderen.« Sie schwieg. Was weder als Aufforderung zu bleiben noch zu gehen zu verstehen war. Wahrscheinlich hatte sie begriffen, dass er sich nicht vertreiben ließ. Ob sie seine Erklärung hören wollte oder nicht, er würde sich nicht davon abhalten lassen. »Es tut mir leid, dass ich die Sache in Boston für mich behalten habe. Ich hielt sie nicht für wichtig. Zumindest nicht im Moment.«

Marie schnaubte. »Du fandest es nicht wichtig?«

»Ich weiß, dass das ein Fehler war. Später hat sich irgendwie keine Möglichkeit mehr ergeben. Aber ich möchte dir erzählen, was passiert ist. Ich glaube an deine Unschuld. Du hast mir in wenigen kurzen Sätzen geschildert, wer du bist und was dir zugestoßen ist. Ich möchte dir meine Geschichte ebenfalls erzählen. Einfach so, wie es gewesen ist. Vielleicht glaubst du mir dann ebenfalls. Vielleicht auch nicht. Gib mir eine Chance.« Er griff in den feuchten Sand und ließ ihn durch seine Finger rieseln, während er auf eine Antwort wartete.

Marie zögerte einen Moment. Sie wollte fair sein und ihm das gleiche Recht zugestehen, das er ihr eingeräumt hatte. Auch wenn sie am liebsten weggelaufen wäre. »Wie soll ich dir vertrauen, wenn du mir so etwas Einschneidendes verheimlichst? Du tust so, als wolltest du meinen Fall neu bearbeiten, dabei bist du überhaupt kein Jurist mehr.«

»Der Bezirksstaatsanwalt hat mich meines Amtes enthoben. Anwalt bin ich trotz allem noch. Ich möchte dich vertreten. Das musst du mir glauben.«

Marie seufzte und wischte sich mit dem Ärmel die letzten Tränenspuren von den Wangen. »Du gibst nicht auf, bevor ich nicht deine Version kenne, oder?«

»Auf keinen Fall.«

Das Seegras in dem Tidentümpel wogte sanft im Abendwind. Eine Möwe fegte im Tiefflug über den Strand. Marie zuckte mit den Achseln, als ob ihr sein Geständnis gleichgültig sei. Auch wenn das nicht stimmte. Da war sich Niclas sicher. Sie hielt ihn mit Sicherheit für unmoralisch und verlogen. Aber sie verstand sehr wohl, dass ihre gesamte Zukunft davon abhing, ob er ihre Unschuld beweisen konnte. »Dann erzähl die Geschichte.«

Er hielt Marie die Hand hin. »Komm mit. Lass uns nach Hause gehen. Wir müssen nicht hier sitzen. Wir können bei einem Glas Wein darüber reden.«

Sie ignorierte die Geste und starrte weiter auf das Meer hinaus. »Gehe schon mal vor«, sagte sie. »Ich komme gleich.«

Einen Moment zögerte er, dann ließ er seine Hand sinken. »Ich warte in Sunset Cove auf dich«, sagte er leise, drückte sanft ihre Schulter und ging zu seinem Wagen. Ihm war klar, dass Marie sich einen Augenblick sammeln musste. Und er hoffte, dass dieser Augenblick nicht zu lange dauern würde.

*

Marie vergrub ihr Gesicht in Sams Fell und wartete, bis die Motorengeräusche von Niclas' Wagen verstummten. Als sie nur noch das Rauschen des Meeres hörte, atmete sie tief durch. Sie hatte Sam vergessen. Wie hatte das nur geschehen können? Noch vor wenigen Tagen war ihr Leben so überschaubar gewesen. Sie hatte gewusst, wo sie stand, wer sie war. Ihre Zukunft hatte sie klar vor sich gesehen. Sie hätte einfach so weiterleben können.

Doch Niclas Hunter veränderte alles. Ihre Träume. Ihre Hoffnungen. Er hatte einen anderen Menschen aus ihr gemacht. Plötzlich nisteten sich wieder Gefühle in ihr ein. Sie spürte Glück genauso wie Schmerz. Sie war sich immer noch nicht sicher, ob das gut war, aber sie wollte diesem neuen Ich eine Chance geben.

»Na komm, Sam. Lass uns zu Nic fahren.« Sie drückte den Hund noch einmal fest an sich. Er bewies ihr seine Liebe mit einem Hundekuss und ließ es über sich ergehen, dass Marie den Sand aus seinem Fell klopfte. Gemeinsam gingen sie zu ihrem Wagen.

Sunset Cove war hell erleuchtet. Die Fenster strahlten einladend und anheimelnd in die blauschwarze Nacht. Als Marie die Tür öffnet, wurde sie von Wärme eingehüllt. Sam quetschte sich an ihr vorbei und galoppierte auf Niclas zu, der ihnen aus der Küche entgegenkam. Er hatte ein Glas Wein in der Hand und streichelte dem Hund über den Kopf, worauf Sam wie immer ekstatisch die Augen verdrehte.

Niclas wusste, wie er mit ihm umgehen musste. Genauso wie er wusste, wie er sie um den Finger wickeln konnte. Wie zum Beweis, dass sie recht hatte, schob er sie ins Wohnzimmer. »Dir ist sicher kalt. Ich habe Feuer gemacht.« Auf dem Couchtisch standen ein Glas Rotwein und eine Schüssel Cracker. Marie bekam weiche Knie.

Es war nicht richtig, jetzt einzuknicken. Sie musste sich wenigstens einen Teil ihrer Skepsis bewahren.

Als sie nichts sagte, kratzte sich Niclas am Kopf. Er wirkte etwas unsicher. »Ich habe auch gekocht. Wenn du etwas essen möchtest, wärme ich es auf. Ansonsten findest du alles im Kühlschrank, falls du Hunger bekommst.«

»Danke.« Das Essen war eine Geste. Niclas wollte ihr damit zeigen, dass er ihr nicht böse war. Warum nur verspürte sie solch ein Kribbeln im Magen? Das durfte nicht sein. Aber sie wollte im Moment nichts essen, sondern Niclas' Geschichte hören.

Marie legte ihren Rucksack und Jacksons Nachhilfeunterlagen zur Seite, setzte sich auf die Couch und nippte an dem Rotwein. Er war trocken, vollmundig und löste eine kleine Geschmacksexplosion auf ihrer Zunge aus. Einen Moment schloss sie die Augen, und Wärme breitete sich in ihr aus. Marie öffnete die Augen wieder und blickte in das prasselnde

Feuer. Schon ein wenig entspannter lehnte sie sich in die weichen Polster. »Also los«, sagte sie nur.

*

Niclas nahm Marie gegenüber Platz. Er zögerte einen Moment, so als suche er nach Worten. Dann sah er ihr in die Augen und begann zu erzählen. »Ich habe die Anklage bei Murray Bralvers übernommen. Er wurde beschuldigt, ein siebzehnjähriges Mädchen vergewaltigt, gefoltert und ermordet zu haben. Einer der grausamsten Fälle meiner Karriere.« Er hielt inne und rieb sich die Augen. Dann atmete er tief durch und fügte hinzu: »Nein, das stimmt nicht, es war der grauenvollste Fall, mit dem ich jemals zu tun hatte. Eigentlich waren die Beweise gegen Bralvers wasserdicht. Es hätte schnell gehen können. Sein Anwalt hatte bereits angedeutet, eine Strafe zu akzeptieren und allen Beteiligten weitere Verhandlungen zu ersparen, die ja doch alle auf das gleiche Ergebnis hinausgelaufen wären.« Am liebsten hätte er Marie in den Arm genommen, hätte ihr gern zart über das Gesicht gestreichelt, damit sie nicht länger so enttäuscht aussah. Stattdessen strich er Sam über den Kopf. »Es war ein furchtbarer Mord«, fuhr er fort, »der jedoch eindeutige Spuren hinterlassen hat. Die Ermittler konzentrierten sich auf die DNA, die man an der Leiche und am Tatort gefunden hatte. Sie stammte ausnahmslos und eindeutig von Bralvers. Vor ein paar Wochen war ich mit zwei Kollegen in einer Bar verabredet, aber sie wurden kurzfristig aufgehalten und texteten, sie würden es nicht schaffen. Ich wollte mein Bier austrinken und gehen, als ich von einer Frau angesprochen wurde.

Sie stellte sich als Natalie vor, war attraktiv und amüsant. Ich lud sie auf einen Drink ein. Eines führte zum anderen, und schließlich landeten wir in meinem Apartment.« Es war Niclas unangenehm, Marie von seinem Sexleben zu erzählen. Er konnte sein Interesse an ihr nicht leugnen. Sie sollte nicht denken, dass er eine ziemlich lockere Einstellung zu Beziehungen hatte. Auch wenn es genau so war. »Als ich am nächsten Morgen erwachte, war sie verschwunden. Ich habe mir zunächst nichts dabei gedacht. Auch über den Filmriss, den ich offensichtlich hatte, hab ich mir im ersten Moment nicht allzu viele Gedanken gemacht.«

»Du hattest einen Blackout?« Marie warf ihm einen skeptischen Seitenblick zu. »Weil du zu viel getrunken hast? Oder hat dir vielleicht jemand etwas in den Drink geschüttet?«

Er verzog das Gesicht. »Ich habe in meinem Leben sicher schon deutlich mehr getrunken als in jener Nacht, und normalerweise konnte ich mich immer an jede Einzelheit erinnern. Aber ich hab mir nichts dabei gedacht. Trotz der guten Beweislage war der Fall gegen Bralvers eindeutig und öffentlichkeitswirksam. Ich wollte stellvertretender Bezirksstaatsanwalt werden. Das alles setzte mich unter Druck. Wer weiß schon, wie einem Alkohol in solch einer Situation bekommt? Fakt ist, dass ich mich nicht einmal an den Sex erinnern konnte. Ich weiß bis heute nicht, ob ich wirklich mit dieser Frau geschlafen habe.«

»Sie hat dir in der Bar etwas in den Drink getan«, sagte Marie. Nachdenklich drehte sie den Stiel ihres Weinglases zwischen den Fingern. Durch das Licht des Kronleuchters funkelte es bunt.

»Wahrscheinlich hat sie gewartet, bis wir bei mir waren.

An die Fahrt mit dem Taxi erinnere ich mich nämlich noch. Und dass ich ihr im Wohnzimmer einen Drink eingeschenkt habe. Der Rest ist ein schwarzes Loch.

Von Natalie habe ich jedenfalls nach dieser Nacht nichts mehr gehört noch gesehen. Bis zu Bralvers' nächstem Verhandlungstag, als dessen Verteidiger Stacy Chambers in den Zeugenstand rief. Der Name sagte mir nichts. Stacy Chambers arbeitete als Callgirl – unter dem Namen Natalie. Sie behauptete, von mir gebucht worden zu sein.« Er lachte bitter. »Sie hatte sogar eine Kreditkartenabrechnung. Keine große Sache, wenn man bewusstlos in seinem Bett liegt und sie in aller Seelenruhe abrechnen kann. Jedenfalls behauptete sie, mit mir geschlafen zu haben. Gegen Bezahlung.«

Marie runzelte die Stirn. »Das ist doch nicht verboten, oder?«

»Es ist für einen Staatsanwalt auf jeden Fall moralisch verwerflich. Wenn man vom Richter und den Geschworenen ernst genommen werden will, sollte man solch einen Skandal vermeiden. Aber das war noch nicht alles. Sie behauptete außerdem, dass sie, als sie ins Badezimmer wollte, mich nicht hat wecken können. Also machte sie sich auf die Suche. Statt der Toilette stieß sie, ganz zufällig, versteht sich, auf mein Arbeitszimmer. Der Schrank darin gefiel ihr. Er hatte so hübsche Schnitzereien. Sie wollte ihn sich näher ansehen und stellte fest, dass er nicht verschlossen war und Bralvers' Fallakten und Beweismittel offen herumlagen. Sie hat sich alles angesehen und war schockiert von meiner Schlampigkeit. Sie betrachtete es als ihre Bürgerpflicht, Fotos zu machen und meine Achtlosigkeit anzuzeigen. Schließlich wurden mit meiner Hilfe Urteile über die Leben anderer Menschen gefällt.«

»Sie wurde auf dich angesetzt, oder? War das, was sie sagte, überhaupt durchführbar? Hast du deinen Schrank offen stehen lassen?«

»Ich habe es abgestritten. Wenn es um meine Fälle geht, bin ich schon fast neurotisch. Meine Unterlagen sind niemals offen zugänglich. Der Richter sah das allerdings anders. Er ordnete eine Untersuchung an, und siehe da, Miss Chambers' Fingerabdrücke waren auf den Beweismitteln und Unterlagen. Von den Fotos mal ganz abgesehen. Sie war an meinem Schrank gewesen. Das war allerdings keine Kunst, solange ich unter Drogen stand. Der Schlüssel steckte in meiner Hosentasche.«

»Hast du das dem Richter nicht gesagt?«

»Marie, was glaubst du, was passiert, wenn ein Staatsanwalt, der offensichtlich eine Prostituierte engagiert, behauptet, sie habe ihm K.-o.-Tropfen in den Drink geschüttet und anschließend ihre Fingerabdrücke platziert?«

»Du hast recht. Natürlich glaubt dir niemand.« Sie seufzte. »Genau wie mir niemand geglaubt hat.«

»Der Verteidiger hat beantragt, die DNA-Spuren nicht als Beweis zuzulassen. Ich hätte sie ja ebenfalls mit nach Hause nehmen und kontaminieren können. Der Richter hat dem stattgegeben.«

»Und der ganze Fall fiel in sich zusammen.« Marie biss sich auf die Lippe. »Und deswegen ist der Mörder freigekommen?«

»Ja. Die gesamte Verteidigung baute auf der DNA auf. Sie war eindeutig. Aber ohne diesen Beweis waren wir aufgeschmissen. Der Richter wies die Klage ab, und der Bezirksstaatsanwalt jagte mir die Dienstaufsicht auf den Hals und suspendierte mich bis zur Klärung meines eigenen Falls. Seitdem versuche ich, mich rarzumachen. Besonders der Presse gehe ich aus dem Weg, und deshalb habe ich mich in Sunset Cove verkrochen.«

»Aber wer hat diese Prostituierte auf dich angesetzt? Bralvers' Verteidiger?«

»Ich weiß es nicht. Und ich werde es vermutlich nie herausfinden«, log er. Er wusste ganz genau, wem er seinen Absturz zu verdanken hatte. Auch wenn es ihm ein schlechtes Gewissen bereitete, würde er ihr diese Details nicht erzählen, sonst flippte sie komplett aus. Für den Moment hatte sie die Informationen, die sie brauchte, um ihm zu vertrauen. Mehr war nicht nötig. Nur ihr Vertrauen und ihre Zeit. Das würde reichen, um ihnen beiden aus der Scheiße zu helfen.

*

Niclas brachte Marie durcheinander. Sie war dankbar, dass er sie eingeweiht hatte. Aber was verband sie eigentlich? Benutzte er sie, um seinen Ruf wiederherzustellen? Sie horchte in sich hinein. Wäre das schlimm? Schließlich benutzte sie ihn ebenfalls. Wenn er ihre Unschuld wirklich beweisen konnte, kümmerte sie es dann, warum er das tat? Sie war sicher nicht besser als er, gestand sie sich ein.

Marie trank einen Schluck von ihrem Wein und sah zu Sam hinüber. Er hatte sich inzwischen vor dem Kamin zusammengerollt und schlief. Plötzlich war ihr trotz der Wärme im Zimmer kalt. Als Niclas sie nach ihrem Albtraum in der vergangenen Nacht im Arm gehalten hatte, hatte sie sich sicher gefühlt. Er hatte die Einsamkeit vertrieben. Oder war sie nach all den Jahren ohne Zuneigung einfach völlig ausgehungert nach menschlicher Nähe?

Durch den Wein und das Kaminfeuer fühlte sie sich mit einem Mal ganz leicht. Sie wollte die Kälte in ihrem Inneren nicht fühlen. Sie wollte die Einsamkeit vergessen, in die sie sich so lange wie in einen Mantel gehüllt hatte. Niclas ging es wie ihr. Er war von Menschen enttäuscht worden, war vorsichtig und wachsam. Sie hatte diese Trostlosigkeit in seinem Blick bereits bemerkt, als er sie bei ihrem Einbruch erwischte. In ihrem Inneren herrschte die gleiche Leere. Beschwipst, wie sie war, wanderten ihre Gedanken zu dem Kuss auf Hollys Dachboden. In diesem Moment hatte sie etwas gespürt. Mehr, als ihr lieb war. Aber die Hitze, die durch ihren Körper geschossen war, hatte auch in der Erinnerung nichts von ihrer Kraft verloren. Marie warf Niclas einen Blick zu. Er starrte nachdenklich in die Flammen. Nachdem er seine Beichte beendet hatte, war ihr Gespräch ins Stocken geraten. Sie könnte … Ehe Marie es sich anders überlegen konnte, stellte sie ihr Weinglas ab, erhob sich und setzte sich neben ihn auf die Couch. »Nic, ich …« Was sollte sie sagen? Wie bat man einen Mann, sie noch einmal zu küssen. So, dass einem der Atem wegblieb und das Eis in der Seele taute?

Ernst und eindringlich sah er sie an. Hypnotisierte sie mit seinem Blick. Er musste doch erkennen, was sie sich wünschte. »Ich … Du …« Sie fand die richtigen Worte nicht, also hörte sie auf, nach ihnen zu suchen. Stattdessen legte sie ihre Lippen sanft auf seine.

Niclas schien von ihrem Kuss überrascht, denn er zuckte zurück. Allerdings nur wenige Zentimeter und auch nicht so lange, dass sie darüber nachdachte, ob ihr Vorstoß ein Fehler war oder nicht. Ohne Vorwarnung umfasste er ihr Gesicht, und seine Lippen verschmolzen mit ihren. Die Mischung aus Erleichterung, die sie erfasste, und seiner Nähe ließ sie erzittern. Ihre Finger glitten wie von selbst in sein kurzes Haar, hielten seinen Kopf fest, weil sie nicht aufhören wollte, ihn zu küssen.

Eine unbegründete Sorge. Niclas schien nicht daran zu denken. Er zog Marie auf seinen Schoß, ohne den Kuss zu unterbrechen. Seine Linke glitt in ihre Haare. Mit der rechten strich er ihr über den Rücken. Ein tiefer Schauer durchdrang sie, und die Zärtlichkeit verwandelte sich in hemmungslose Leidenschaft. Marie war wie berauscht. Von seinem Duft. Seinen Zärtlichkeiten. Die Luft schien zu vibrieren.

In seinen Armen ging Marie regelrecht in Flammen auf. Sie spürte seine Muskeln, wie sie sich bewegten. Und sie öffnete ihre Lippen und küsste ihn noch fordernder und sinnlicher. Marie wollte mehr von ihm. Sie wollte seine Haut spüren. Ihre Finger fuhren unter sein Shirt und an seinem Rücken hinauf. Ihre Berührung jagte Niclas eine Gänsehaut über den Rücken. Seine Hände glitten wieder zu ihren Wangen, und dann schob er sie sanft, aber bestimmt zurück. Irritiert blinzelte Marie. Sie bemerkte, wie er schluckte. Dann legte er seine Stirn gegen ihre. Eine Geste, die das heiße Feuer in ihr in ein sanftes Glimmen verwandelte. Warm und vertraut. Aber nicht das, was sie wollte. »Nic ...«

»Nein«, sagte er leise. Er schüttelte den Kopf, seine Stirn hatte er immer noch gegen ihre gelegt. Seine linke Hand löste sich von ihrer Wange und strich ihr ein paar verirrte

Haarsträhnen hinter das Ohr. Sie verspürte eine kribbelnde Wärme auf ihrer Haut. »Nicht heute.«

»Was?« Sie verstand nicht, was er meinte.

Ganz langsam löste er sich ein Stück von ihr und sah ihr in die Augen. »Versteh mich bitte nicht falsch. Es ist wahnsinnig schön, dich zu küssen. Ich würde am liebsten nie wieder damit aufhören.« Sacht strich er mit den Lippen über ihre.

Dann tu es nicht, wollte Marie schreien. Ihr Körper fühlte sich, als litte sie unter Entzugserscheinungen.

»Du hast viel zu viel von dem Wein getrunken. Und meine Geschichte hat vermutlich ihr Übriges dazu beigetragen.« Er sah sie ernst an. »Marie, ich will dich nicht ausnutzen. Ich will nicht, dass du morgen früh bereust, was du heute Nacht getan hast. Ich möchte, dass du wirklich willst, dass du und ich zusammen sind. Ich will nicht, dass du mich am nächsten Morgen hasst.«

Ich werde dich nicht hassen, wollte sie ihm widersprechen. Aber sie sah ihm an, dass er sich nicht umstimmen lassen würde. Für ihn endete der Abend hier. Bemerkenswert, wie gut er sich im Griff hatte. Seine Worte glichen einer eiskalten Dusche und trieben ihr gleichzeitig die Schamesröte ins Gesicht. Mit einem Schlag wurde sie wieder nüchtern. Im Gegensatz zu ihm hatte Marie keinerlei Kontrolle mehr über ihre Emotionen gehabt. Sie wollte fühlen. Lebendig sein. Aber mit Niclas Hunter klappt das nicht, versuchte sie, sich innerlich zur Ordnung zu rufen. Er hatte sie abblitzen lassen. Und er hatte damit recht. Sie würde ihm am nächsten Morgen nicht mehr in die Augen sehen können – das konnte sie ja schon jetzt nicht mehr. Sie würde sich selbst nicht mehr in die Augen sehen können. Niclas' Kuss auf Hollys Dachboden hatte sie aus ihrem Dornröschenschlaf geweckt. Trotz allem war er nicht ihr Ritter in strahlender Rüstung. Definitiv nicht der Typ Mann, der für sie bestimmt war.

*

Selten war Niclas etwas so schwergefallen, wie den Kuss zu beenden. Marie wollte mehr von ihm. Zumindest wollte ihr Körper das. Was nachvollziehbar war nach so vielen Jahren des Alleinseins. Er wusste, dass es dabei nicht um Sex ging. Oder nicht nur. Sie wollte fühlen. Sie wollte berühren, berührt werden, etwas spüren. Ihr Kopf, den sie ausgeschaltet hatte, als sie sich neben ihn setzte, würde seine Arbeit spätestens am nächsten Morgen wieder aufnehmen. Sie würde ihn hassen, dafür, dass er ihr nicht Einhalt geboten hatte. Und noch viel mehr würde sie sich selbst verabscheuen.

Sanft schob er Marie von seinem Schoß auf die Couch und stand auf. Sie sagte nichts und wich seinem Blick aus. Was ihn darin bestärkte, die richtige Entscheidung getroffen zu haben. In den vergangenen Nächten hatte er sich ständig vorgestellt, sie in seinen Armen zu halten, sie zu küssen – und verdammt viel mehr mit ihr zu tun. Er hatte sich auf eine Prostituierte eingelassen, weil er sich keine Gedanken mehr um die Frauen gemacht hatte, mit denen er zusammen gewesen war. Bei Marie war das anders. Er wollte, dass sie sich in seiner Gegenwart wohlfühlte. Er wollte das Vertrauen, das sie langsam zu ihm zu fassen begann, nicht zerstören, weil er sich einfach nahm, was sie ihm anbot. »Schlaf gut«, sagte er leise und verließ das Zimmer. Marie antwortete ihm nicht.

13

Marie wusste nicht viel über Sunset Cove. Das Haus verdankte seinen Namen der Bucht, in der es gebaut worden war. Der Sommersitz der Familie Hunter. Den Gesprächen zwischen Niclas und Jake hatte sie entnehmen können, dass Niclas einen Bruder hatte, der Arzt war. Den geschmackvoll im Haus verteilten Fotos nach zu urteilen gab es noch eine sehr attraktive, etwas abwesend wirkende Mutter und einen selbstbewusst dreinblickenden, vermutlich sehr erfolgreichen Vater. Niclas sprach nie über sie.

Marie streifte am nächsten Abend mit Sam durch das Haus. Sie war auf der Suche nach einem Rückzugsort. Niclas hatte ihr eine Nachricht hinterlassen. Er war noch im Fitnessstudio und würde später nach Hause kommen. Ging er ihr ebenfalls aus dem Weg? Gut möglich nach dem peinlichen Zwischenfall am vergangenen Abend. Auch die Arbeit hatte sie nicht abgelenkt, wieder und wieder hatte sie die Szene in ihrem Kopf durchgespielt. Sie fühlte sich verletzt, weil Niclas sie zurückgewiesen hatte, und empfand gleichzeitig Erleichterung, weil sie gestern Nacht nichts getan hatte, was sie heute hätte bereuen können. Es war besser, Niclas zumindest für eine Weile zu meiden. Sie war ja nun schon länger Gast in Sunset Cove, und ihr war aufgefallen, dass sich Niclas' Leben im rechten Flügel des Hauses abspielte. In dem wundervollen Wohnzimmer, dem Wintergarten und den Räumen darüber. Auf der linken Seite des Hauses erhob sich ein Turm. Niclas schien sich nie in diesem Teil des Hauses aufzuhalten, und Marie fragte sich, warum, als sie im Türrahmen zum Turmzimmer – wie sie es insgeheim nannte – stand.

Sie ging zu den großen Flügeltüren hinüber, die einen noch spektakuläreren Ausblick als die Terrasse auf die Bucht, den Leuchtturm und die Unendlichkeit des Ozeans boten. Das große Zimmer mit dem honiggoldenen Dielenboden, den hellgrau gestrichenen Wänden und eleganten weißen Möbeln war mit Abstand der schönste Raum in Sunset Cove.

Gefesselt vom Schauspiel der Sonne, die im Meer versank, setzte sie sich im Schneidersitz auf den flauschigen Teppich vor das Bett. Sam machte es sich neben ihr gemütlich und legte seinen Kopf auf ihren Oberschenkel. Egal, wie viele Sonnenuntergänge Marie schon gesehen hatte, seit sie auf der Halbinsel lebte, sie bekam einfach nicht genug von dem Farbspektakel. Ihre Gedanken kehrten zu Niclas zurück, zu dem Gefühl der Unsicherheit, das sich seit seiner Zurückweisung in ihr festgesetzt hatte. Sie gestand sich ein, dass sie sich von ihm angezogen fühlte wie noch nie zuvor von einem Mann. Sie sehnte sich nach ihm, nach seinen Küssen, seinen Berührungen. Und doch wusste sie, dass es falsch war und sie die Finger von ihm lassen sollte. Um sich selbst und ihre verwundete Seele zu schützen.

*

Niclas war in den Sports Club gefahren. Sicherlich brauchte Marie etwas Abstand von ihm und Zeit für sich. Als er zurückkam, war ihr Pick-up wie immer hinter der Garage versteckt, im Haus konnte er Marie und Sam jedoch nicht finden. Ihr Rucksack stand in der Küche. Auf dem Tresen lag die Mappe, in der sie die Unterlagen für Jacksons Nachhilfestunden aufbewahrte. Er schob sie zur Seite, weil er eine Kaffeetasse unter den Automaten stellen wollte. Dabei fiel sein Blick auf die Notizen, die Marie auf den Umschlag gemacht hatte. Irgendetwas erregte seine Aufmerksamkeit. Einen langen Moment wusste er nicht, was es war. Dann begriff er und schlug begeistert mit der flachen Hand auf die Unterlagen. Die Schrift. Maries Handschrift. Er hatte das Detail gefunden, mit dem sich ihr Verfahren wieder neu aufrollen ließ. »Marie?«, rief er und merkte, dass er allein im Haus war. Sie war sicher mit Sam an den Strand gegangen. Aufgeregt riss er die Terrassentür auf und stürmte nach draußen. »Marie!«, rief er noch einmal. Er konnte sie am Strand nirgends entdecken. Die Bucht zwischen der sanften Klippe auf der rechten und dem Leuchtturm auf der linken Seite war verwaist. Sein Blick schweifte über das Haus und blieb am Turm hängen, und für einen Augenblick setzte sein Herzschlag aus. Im Zimmer seiner Mutter brannte Licht. Niclas schüttelte über sich selbst den Kopf. Er hatte tatsächlich gedacht, Georgina Sullivan-Hunter hätte sich nach Sunset Cove gewagt. Selbst wenn sie hier auftauchte, würde sie diesen Raum bestimmt nie wieder freiwillig betreten. Falls sich also kein Geist im Turm eingenistet hatte, konnte das nur Marie sein. Was trieb sie da oben?

Niclas ging ins Haus zurück und legte Maries Unterlagen

auf den Küchentresen. Er durchquerte das Wohnzimmer. An der Tür zum Atelier, in dem seine Mutter früher viel Zeit mit ihren Aquarellen verbracht hatte, zögerte er. In seinem Magen nistete sich ein flaues Gefühl ein. Dann straffte er die Schultern, nahm sich zusammen und stieg die Treppe zum Turmzimmer hinauf. Seine Mutter war nicht hier. Ihn würde kein Drama erwarten, wenn er einen Schritt in die verfluchte Vergangenheit unternahm. Der Raum war erfüllt vom Licht der untergehenden Sonne. Im Türrahmen blieb er stehen. Marie saß im Schneidersitz auf dem Boden. Abwesend streichelte sie Sam, während sie auf den Ozean hinausstarrte. Was Niclas gut verstehen konnte. Es gab auf dem Cape Sonnenuntergänge, die unvergleichlich waren. Wie auch in diesem Moment.

Als Marie merkte, dass sie nicht allein war, wandte sie den Kopf und sah ihn über die Schulter hinweg an. »Niclas«, sagte sie schlicht. Ihr Gesicht wirkte in dem weichen, goldenen Sonnenlicht zart und verletzlich. Für einen Augenblick vergaß er, dass Marie schreckliche Dinge erlebt hatte, die im krassen Gegensatz zu dieser Sanftheit standen.

»Was treibst du hier?«, fragte er unnötigerweise.

Marie schaute wieder auf das Meer hinaus. »Ich sehe mir den Sonnenuntergang an.«

Niclas konnte sich nicht dazu überwinden, den Raum zu betreten. Wo Marie geschmackvolle Möbel, frisch gestrichene Wände und wehende Vorhänge sah, tauchte vor seinem inneren Auge nur Blut auf. Viel zu viel Blut. Er kniff die Augen zusammen und öffnete sie wieder, sah Marie vor sich sitzen. »Komm mit«, sagte er. Er musste hier weg, bevor sie mitbekam, dass ihm dieser Raum die Luft abschnürte. »Ich zeige dir einen Ort, von dem aus der Sonnenuntergang noch schöner ist.« Ohne eine Erwiderung abzuwarten, drehte er sich um und kehrte ins Wohnzimmer zurück.

Als er die Schublade des antiken Sekretärs aufzog und den schweren Metallring mit dem großen Buntbartschlüssel herausnahm, trat sie neben ihn. Schweigend gingen sie auf die Terrasse und den Trampelpfad zur Klippe hinauf, wo der der Leuchtturm in den Himmel ragte.

*

Marie hatte den Leuchtturm schon immer bewundert. Er trotzte den Stürmen, ließ sich weder von der Brandung beeindrucken, die am Fuß der Klippe tobte, noch von den Menschen, die aus seiner Perspektive wie Ameisen wirken mussten. Was hatte das alte Gebäude alles erlebt, seit es errichtet worden war, um die Leben der Fischer und Seeleute vor den Riffen und Klippen zu schützen? Sie hatte bisher nicht darüber nachgedacht, wer für den Leuchtturm verantwortlich war, wer sich um die Instandsetzung und Wartung kümmerte. Offenbar hatten die Hunters zumindest Zutritt zu dem alten Gemäuer. Das Leuchtturmhäuschen am Fuß des Turms war winzig und mit den für die Halbinsel typischen grau verblichenen Zedernholzschindeln verkleidet. Die weißen Fensterlaibungen und grauen Läden waren vor nicht allzu langer Zeit gestrichen worden. Niclas schloss die schwere Tür mit den Eisenbeschlägen auf. Der Raum, den sie betraten, war unmöbliert. An der linken Seite erblickte Marie einen Spülstein und einen Herd, die aus dem vorletzten Jahrhundert zu stammen schienen.

»Das war die Wohnung des Leuchtturmwärters«, erklärte Niclas. Er ging zur anderen Seite und durch eine schmale Tür, die in ein enges Treppenhaus führte. Die Luft hier war eisig kalt und roch nach abgestandenen Erinnerungen. Auf halber Höhe fiel durch zwei schmale Fenster, die Marie an Schießscharten erinnerten, ein schmaler Streifen Licht. Sie stiegen die steilen, knarzenden Stufen hinauf. Am oberen Treppenabsatz stieß Niclas eine schwere Bodenluke auf und kletterte über eine kurze Leiter in den Leuchtturmraum. Marie folgte ihm und zuckte zusammen, als er die Luke hinter ihr zufallen ließ. Um sie herum war es plötzlich still. Der Blick durch die Glasfront, die den runden Raum umschloss, nahm Marie den Atem. Sie trat an das Fenster und starrte erst auf das Meer und dann auf Sunset Cove hinab. »Kaum zu glauben, wie schön es hier ist«, schwärmte sie und legte die Hand auf ihr klopfendes Herz. Die Jahre im Gefängnis hatten sie gelehrt, dass sie Menschen gegenüber vorsichtig sein musste. Sie hatten ihr aber auch bewusst gemacht, alles Schöne wertzuschätzen und in sich aufzusaugen. Es abzuspeichern, damit sie es in dunklen, trostlosen Momenten hervorholen konnte. Eine Angewohnheit, die sie ein halbes Jahr nach ihrer Entlassung noch immer nicht abzustellen vermochte. Wenn sie von einem Anblick überwältigt wurde, konnte sie nicht anders, als ihn mit all ihren Sinnen aufzunehmen. Im Gegensatz zum kalten Treppenhaus hatte die Sonne, die den ganzen Tag über geschienen hatte, das Leuchtturmzimmer angenehm erwärmt. Fasziniert verfolgte Marie, wie die Sonne sich auf den Ozean senkte und dann hinter dem Horizont verschwand. Erst als die Dunkelheit alles um sie herum verschlang, merkte sie, dass sie komplett versunken gewesen war und ihre Umgebung vergessen hatte. Den Ort, an dem sie sich befand, ebenso wie den Mann, mit dem sie hier war.

Über ihr funkelten die Sterne, und der Mond, der tief über dem Ozean stand, legte eine silberne Decke aus Licht über die Wasseroberfläche. Doch trotz der Schönheit dieses Augenblicks vermochte sie nicht länger Niclas' Gegenwart auszublenden, die sie plötzlich überdeutlich wahrnahm.

*

Niclas' Magen zog sich zusammen, als er Marie beobachtete. Sie war völlig versunken in ihrer eigenen Welt. In den Anblick, der sich von hier oben bot. Die Hand gegen die dicke Glasscheibe gepresst, die sie von der Außenwelt trennte, schaute sie in den Sonnenuntergang wie ein kleines Mädchen durch das Fenster eines Spielwarenladens. Marie liebte die Natur, das hatte er inzwischen begriffen. Sie war gern am Strand, mochte das Meer und hatte ihren Segeltörn genossen. Er konnte sich nicht einmal ansatzweise vorstellen, was für eine Hölle sie durchlebt, was es für sie bedeutet haben musste, unschuldig im Gefängnis zu sitzen, eingesperrt hinter dicken Mauern. Als er sie nun beobachtete, schoss ihm durch den Kopf, dass ihre Seele noch immer auf die eine oder andere Art gefangen war. Sie war nicht frei. Er betrachtete ihre schmale Silhouette vor der untergehenden Sonne, das lange Haar, das ihr über den Rücken fiel, und hatte das unstillbare Bedürfnis, sie aus ihrer Gefangenschaft zu befreien, dafür zu sorgen, dass sie all ihre Zwänge und Ängste überwand.

Damit er nicht auf die dumme Idee kam, sie in die Arme zu nehmen und ihr zu versprechen, dass er sie vor allem Bösen in dieser Welt beschützen würde, zündete er die dicken Kerzen an, die er erst vor ein paar Tagen zusammen mit einer neuen Decke und der Matratze hier heraufgebracht hatte. Er war leise, weil er Marie nicht stören wollte.

Still stand sie am Fenster, bis der letzte Sonnenstrahl im Meer verschwunden war. Dann wandte sie den Kopf. Die Hand hatte sie noch immer an die Scheibe gelegt. Ihre Augen glänzten. Sie war ungeschminkt und trug klobige Stiefel, einen Kapuzenpulli und Jeans, die einen Riss am Knie hatte. Trotzdem konnte er sich nicht daran erinnern, jemals einer schöneren Frau begegnet zu sein. Er schluckte. Langsam löste sie ihre Finger von der Scheibe und drehte sich ganz zu ihm um. Erst jetzt schien sie das Innere des Leuchtturms wahrzunehmen. Das kleine Pult, mit dem sich das Leuchtfeuer steuern ließ. Die Kerzen. Die Matratze. Sonst gab es hier tatsächlich nicht viel zu sehen.

Zögernd ging sie zu ihm und setzte sich auf die Matratze. Neugierig sah sie zu ihm auf. »Du bist gern hier«, stellte sie fest.

»Um ehrlich zu sein, ich war in den letzten Tagen ein paar Mal hier. Davor bin ich jahrelang nicht hier oben gewesen«, gestand er und setzte sich neben sie. »Früher war ich sehr gern hier. Mein Bruder und ich haben viel Zeit damit verbracht, in Gedanken die Meere der Welt zu erobern.«

Marie lächelte. »Als Forscher und Entdecker oder als Pirat?«

»Seeräuber, ganz klar.« Niclas sah sie an. Vergangene Nacht hatte sie ihn geküsst, ihn dazu gebracht, dass er beinahe die Beherrschung verloren hatte. Jetzt saßen sie auf der Matratze, und es schien, als könnte die Welt da draußen nicht zu ihnen hereindringen.

Doch Niclas kam nicht dazu, sich weitere Gedanken zu machen. Marie überrumpelte ihn mit einer Frage, mit der er nicht gerechnet hatte: »Was ist in dem Turmzimmer im Sommerhaus passiert?«

»Wie bitte?« Er richtete sich auf und schaute sie an.

Marie zuckte die Schultern. »Du hast ein Problem mit dem Raum, obwohl er wahnsinnig schön ist. Also frage ich mich, was dort geschehen ist.«

Niclas wollte antworten, dass sie das nichts anging, bremste sich aber im letzten Moment. Seine Familie sprach nicht über ihre dunklen Geheimnisse. Und er war nicht besonders scharf darauf, an die düsterste Zeit seines Lebens erinnert zu werden. »Familienangelegenheiten«, sagte er und merkte, wie verschlossen er auf einmal auf sie wirken musste.

Maries rechter Mundwinkel hob sich zu so etwas wie einem wissenden Lächeln. »Du bist in vielen Dingen ziemlich gut. Das hab ich schon mitgekriegt. Aber über die Schwelle des Turmzimmers treten, das kannst du nicht. Du bekommst so einen finsteren Gesichtsausdruck. Du kannst sagen, dass es mich nichts angeht. Aber speise mich nicht so ab.«

Niclas rieb sich über den Nacken. Marie hatte recht. Er war gerade dabei, ihr Leben auseinanderzunehmen. Wenn er ihren Fall noch einmal ins Rollen brachte, würde er tief in ihre Privatsphäre eindringen. Da war es nur gerechtfertigt, dass auch er etwas mehr von sich preisgab. Aus irgendeinem Grund, den er nicht näher beleuchten wollte, hatte er das Bedürfnis, ihr von dem Fluch zu erzählen, der auf seiner Familie lastete. Es war ihm plötzlich wichtig, dass sie ein paar

Details aus seinem Leben kannte. Außerdem würde sie ihm dann vermutlich mehr Vertrauen entgegenbringen, wenn sie mehr über ihn und sein Leben wusste. Er sah sie ernst an und verzog den Mund zu einem kleinen, ironischen Lächeln. »Du hast sicher eine bestimmte Vorstellung von meiner Familie«, begann er.

»Du meinst: reich, erfolgreich, arrogant?«, erwiderte Marie und grinste ihn an.

»Keine Frage, das beschreibt den Hunter-Clan ziemlich gut. Das heißt aber nicht automatisch, dass wir in einträchtiger Seligkeit zusammenleben. Eins der wichtigsten Motti in unserem Leben heißt: Wahre den Schein. Um jeden Preis.«

»Hinter den Kulissen läuft es also nicht immer so perfekt, wie ihr die Leute glauben macht«, schloss Marie.

Niclas schüttelte den Kopf. »Kein bisschen. Im Grunde genommen sind wir ein ziemlich kaputter Haufen. Wirklich glücklich als Familie waren wir nur im Sommer, wenn wir hier in Sunset Cove waren.« Er strich über die Stelle, an der sein Bruder und er vor vielen Jahren ihre Initialen in den rauen Putz geritzt hatten. »Natürlich haben wir uns etwas vorgemacht. Aber die Zeit hier war unsere perfekte kleine Seifenblase.«

»Warum seid ihr nicht glücklich gewesen?«, fragte Marie.

Niclas zuckte die Schultern, als sei es nur diese Kleinigkeit, die in seinem Leben nicht stimmte. Als sei sie nicht wirklich bedeutend. »Ich habe keine Ahnung, wann das alles begann. Die Ehe meiner Eltern ist eine Farce, solange ich mich erinnern kann. Mein Vater betrügt meine Mutter, ohne auch nur den Versuch zu unternehmen, seine Seitensprünge zu verheimlichen. Anfangs hat er nur gelegentlich die Nacht mit einer anderen Frau verbracht. Dann hatte er Affären, und irgendwann führte er richtige Beziehungen mit jungen Frauen, die sich von ihm aushalten ließen und kein Problem damit hatten, eine hübsche Wohnung, Schmuck und Designerklamotten gegen ihren Körper zu tauschen.« Niclas lachte bitter. »Ich habe keine Ahnung, wie oft unsere Kindermädchen gefeuert wurden. Jedes Mal, wenn meine Mutter den Verdacht hegte, dass sie meinem Vater und seinem Geld verfielen, warf sie sie hinaus.« Er spürte die Berührung, ehe er bemerkte, dass Marie sich bewegt hatte. Tröstend hatte sie ihre Hand auf seinen Unterarm gelegt. Niclas war sich nicht sicher, ob er ihr Mitgefühl wollte. Doch er rührte sich nicht, weil ihre Hand sich gut anfühlte, warm und sanft. »Ob meine Mutter ebenfalls fremdgegangen ist, weiß ich nicht. Mit der Zeit legte sie sich zwei gute Freunde zu. Valium und Johnnie Walker. Nur wenn wir auf Cape Cod waren, hatten sich meine Eltern im Griff. Mein Vater spielte mit uns Baseball, segelte mit uns. Meine Mutter gab nette Partys, mied den Alkohol aber. Während es mein alter Herr schaffte, hin und wieder sogar zu lachen, war sie so ausgelassen und sorgenfrei, wie es ihre melancholische Seele zuließ.

Dann kam der Sommer, in dem Andrew seinen Collegeabschluss machte. Wir feierten in Sunset Cove und genossen die gemeinsame Zeit, weil wir wussten, dass wir in Zukunft sicher nicht mehr so oft zusammenkommen würden. Mein Bruder würde für sein Medizinstudium an die Universität wechseln, ich hatte genug mit meinem eigenen Studium zu tun. Jake, der viele Sommer mit uns auf der Halbinsel verbracht hatte, wollte für ein Auslandssemester nach Deutschland gehen. Unsere Gemeinschaft würde früher oder später auseinanderdriften. Also haben wir die heißen Tage in vollen Zügen genossen.« Niclas konnte sich an den Sommer vor elf Jahren noch so genau erinnern, als wäre es gestern gewesen. Er spürte die Sonne auf der Haut, roch die Sonnenmilch der Mädchen, die in knappen Bikinis am Strand herumstolzierten und albern kicherten. Die Klänge von Shakiras *Hips don't lie* vermischten sich mit dem Rauschen der Wellen. »Alles war in Ordnung, bis die aktuelle – und ziemlich hartnäckige – Geliebte meines Vaters auftauchte. Sicher, der Tag hatte irgendwann kommen müssen. Es grenzte an ein Wunder, dass so etwas früher noch nie geschehen war. Und doch waren wir völlig schockiert, als sie eine Szene machte. Sie beschimpfte meine Mutter auf widerliche Weise.« Niclas blickte hinaus in die Nacht. Die ersten Sterne begannen, am Himmel zu glitzern. Der Mond hing tief über dem Meer. »Sie hat geglaubt, dass mein Vater meine Mutter für sie verließ. Aber so was hätte er nie und nimmer getan.«

Marie verstand ihn. »Sie ist in eure heile Welt eingedrungen.«

»Ja. Oder in die Illusion einer heilen Welt, die wir uns in Sunset Cove geschaffen hatten«, sagte Niclas. »Mein Bruder und ich waren stinksauer, Jake hielt sich wie immer diplomatisch zurück. Aber niemand achtete auf unsere Mutter. Deshalb fiel uns erst nach einer Weile auf, dass sie verschwunden war. Andrew, Jake und ich machten uns auf die Suche nach ihr. In ihrem Atelier stand ein halb vollendetes Aquarell. Man konnte die Farben noch riechen. Meine Mutter hatte daran gearbeitet, bevor die Mätresse meines Vaters aufgetaucht war.« Er sah auf seine Hand. Seine Finger hatten sich mit Maries verschlungen, als wollte sie ihm Halt geben. Er hatte gar nicht gemerkt, dass ihre Hand in seine geglitten war. »Ich ahnte Schlimmes, als ich zum Turmzimmer ging. Dorthin zog sie sich gern zurück, wenn sie ihre Ruhe haben wollte. Kennst du das? Du weißt, dass du unweigerlich auf eine Katastrophe zusteuerst, und bleibst trotzdem nicht stehen.« Niclas schluckte und atmete tief ein, damit sich sein panisch hämmerndes Herz wieder beruhigte. »Das Erste, was mir auffiel, war die Stille. Kein Laut war zu hören, als ich hineinging. Die Vorhänge bauschten sich im Wind. Die Sonne schien so stark, dass die weißen Wänden hell leuchteten und ich die Augen zusammenkneifen musste. Aber das Blut sah ich trotzdem. Ich hab es gerochen, hatte diesen metallischen Geschmack auf der Zunge. Das Blut war überall. Meine Mutter hatte den für sie einzig richtigen Weg gewählt, um ihren Scheißkerl von Ehemann endlich loszuwerden, der den letzten Rest ihrer heilen Welt zerstört hatte. Sie hat sich die Pulsadern aufgeschnitten. Vorher hatte sie noch ein Röhrchen Beruhigungspillen mit einer halben Flasche Johnny Walker hinuntergespült.«

»Das tut mir leid«, sagte Marie leise. Ihre Hand lag noch immer in seiner. Mit der anderen strich sie ihm über den Rücken.

Ein kaltes Lächeln stahl sich auf Niclas' Gesicht. »Es muss dir nicht leidtun. Du kannst nichts für meine total verkorkste Familie.«

»Ich kann verstehen, was in dir vorgeht.« Gerade eben hatte Marie noch mit der Hand über seinen Rücken gestrichen, nun legte sie sie auf sein hämmerndes Herz. Unter der flachen Hand, die auf seiner Brust ruhte, beruhigte sich das wilde Klopfen erstaunlicherweise ein wenig. »Als diese Frau aufgetaucht ist,«, sagte sie, »ist die Magie von Sunset Cove für immer zerstört worden, sie hat all die unschuldigen, fröhlichen Ferien, all die Sommer zunichtegemacht. Aber deine Mutter hat es überlebt.«

»Das hat sie.« Niclas strich über ihre Hand auf seinem Brustkorb. Er fing Maries Blick auf. Ernst sah sie ihn an. Mitfühlend. Aber glücklicherweise nicht mitleidig, denn das hätte er unerträglich gefunden. »Ich würde lügen, wenn ich behaupten würde, ich wäre nicht durchgedreht. All das Blut, meine Mutter, die so weiß war wie ein Laken – das war zu viel. Andrew war derjenige, der einen kühlen Kopf behielt. Er wählte den Notruf, verband die Schnitte und brachte sie zum Erbrechen. Wenn er nicht gewesen wäre, wäre sie wohl gestorben.« Er starrte in die flackernde Flamme der Kerze, die neben ihm stand. Seine Stimme klang rau. »Das ist jetzt elf Jahre her. Seitdem habe ich das Turmzimmer nicht mehr betreten. Genau genommen meiden wir alle seitdem das Strandhaus. Jetzt kannst du bestimmt verstehen, wie beschissen meine Situation in Boston ist, dass ich mich freiwillig hier verkrieche.«

Maries löste ihre verschlungenen Finger und streichelte Niclas' Wange. Er hatte einen Dreitagebart, und die Berührung verursachte ein kratzendes Geräusch, das laut durch die Stille des Leuchtturmzimmers zu hallen schien. Niclas schluckte. Marie verstand ihn. Sie wusste, was es bedeutete, den Boden unter den Füßen zu verlieren. Es hatte ihm gutgetan, dass er ihr seine Geschichte erzählt hatte. Sie tat ihm gut. Ihre Hand in seiner. Auf seiner Brust. Und nun an seiner Wange. Sie tröstete ihn, gab ihm jedoch nicht das Gefühl, schwach zu sein. »Marie.« Er schluckte. Ohne über die

Konsequenzen nachzudenken, umfasste er mit der Hand, die sich ohne ihre verschlungenen Finger kalt und leer anfühlte, ihren Nacken, und zog sie zu sich. Millimeter für Millimeter, bis sich ihre Lippen fast streiften. Niclas spürte Maries rasenden Puls. Ihre Augenlider senkten sich, und einen Augenblick später berührten ihre Lippen seine. Wie ein zarter Hauch strichen sie über sein Gesicht. Es fühlte sich an wie ein Versprechen.

14

Marie schluckte trocken. Niclas' Erinnerungen hatten sie ebenso aufgewühlt wie ihn. Sie wusste, wie es in seinem Inneren aussah. Sie wusste, wie sehr Eltern ihre Kinder verletzen konnten, ob absichtlich oder nicht. Seine Geschichte glich ihrer viel zu sehr, als dass sie sie einfach so zur Seite schieben konnte. Gestern hatte Niclas sie zurückgewiesen, um sie zu schützen. Heute waren sie beide nüchtern. Es tat gut, ihn zu berühren, ihm nahe zu sein. Sie konnten sich gegenseitig Trost spenden, die Erinnerungen, die Sunset Cove ausmachten, durch neue ersetzen. Es fühlte sich richtig an. Und diesmal würde Niclas sie nicht zurückweisen. Das sah sie in seinem hungrigen Blick. Er sehnte sich genauso sehr wie sie danach.

Marie strich mit den Lippen über seine, liebkoste seine Wangenknochen, küsste die Schläfen und seine geschlossenen Lider, bevor sie zu seinem Mund zurückkehrte und mit ihm zu einem langen, innigen Kuss verschmolz. Sie schlang ihre Arme um Niclas' Nacken und zog ihn noch näher an sich. Seine Hände glitten unter ihren Pulli, fuhren an ihrem Rücken hinauf, hinterließen eine Spur aus Feuer, dort, wo seine Finger auf ihre Haut trafen.

»Marie«, flüsterte Niclas an ihren Lippen. »Bist du dir sicher, dass …«

Er musste den Satz nicht beenden. Marie wusste auch so, was er meinte. Sie löste sich aus seiner Umarmung und lehnte sich ein Stück zurück. Mit zitternden Händen zog sie sich den Kapuzenpulli mitsamt dem T-Shirt über den Kopf.

*

Niclas betrachtete Marie im Schein der flackernden Kerzen. Sie saß vor ihm, in Jeans, Stiefeln und einem Baumwoll-BH. Er war ein wenig ausgebleicht, keine teure, exquisite Spitze. Und wieder dachte er, wie vorhin, als sie den Sonnenuntergang bewunderte, dass sie die schönste Frau war, die er jemals gesehen hatte. Er strich mit den Fingerspitzen an den Trägern des BHs entlang, bevor er sie abermals an sich presste und sie küsste. Er konnte die Hände nicht stillhalten. Er wollte Marie spüren. Ihre glatte Haut schien sich unter seiner Berührung zu erhitzen. Er fand den Verschluss ihres BHs, öffnete ihn und zog ihn ihr aus. Wie ein Süchtiger nahm er ihren Anblick in sich auf. Ihre Brustspitzen zogen sich zusammen. Ob das an der kühlen Luft im Leuchtturm oder an seinen Blicken lag, wusste er nicht. Und es war ihm egal. Er legte seine Lippen an die empfindliche Stelle unter ihrem Ohr und glitt von dort an ihrem Hals hinunter, über ihr Schlüsselbein bis zu ihrem Dekolleté. Seine Hände schlossen sich so vorsichtig um ihre Brüste, als wären sie zerbrechlich. Mit den Daumen liebkoste er die empfindlichen Spitzen und entlockte Marie ein sehnsüchtiges Seufzen.

Sie zerrte an seinem T-Shirt, streifte es über seinen Kopf und warf es hinter sich, bevor er seine Lippen wieder auf ihren Hals presste. Er legte die Arme um sie und schob sie sanft zurück, sodass sie unter ihm auf der Matratze lag. Ihre Augen waren geschlossen, ihr Herz hämmerte im selben Rhythmus wie sein eigenes. Zärtlich strich Niclas ihr eine Haarsträhne aus der Stirn. Bis jetzt hatten sie kein Wort gesprochen, doch das schien auch nicht nötig zu sein. Maries Hände strichen ziellos über seinen Rücken und schickten prickelnde Schauer an seiner Wirbelsäule hinauf und hinunter. Einen Moment verharrte sein Mund an der Stelle, an der er ihren rasenden Puls spüren konnte. Dann suchten sie sich abermals einen Weg an ihrem Hals hinunter.

Seine Finger wanderten von ihren Brüsten über ihren Bauchnabel zum Bund ihrer Jeans. Er öffnete sie und schob sie samt Höschen über ihre Hüften. Ungeduldig knotete er ihre klobigen Stiefel auf und streifte sie ihr ab. Nun lag sie endlich nackt vor ihm. Ihre Lippen trafen sich zu einem weiteren innigen Kuss. Seine Bauchmuskeln zogen sich zusammen, als Marie darüberfuhr. Sie nestelte an den Knöpfen seiner Hose herum und schob sie ihm ebenfalls über die Hüften. Er half ihr, sie abzustreifen, und dann als nichts mehr zwischen ihnen war, pressten sie ihre Körper aneinander. Sie erkundeten sich, liebkosten sich. Langsam. Marie genoss jede seiner Berührungen. Als er seine Finger über ihren geheimsten Punkt gleiten ließ, stockte ihr der Atem. Er reizte sie, bis sie sich unter ihm wand. Er suchte mit den Lippen ihre Brustspitzen. Die Hitze, die von ihrem Körper ausging, brachte ihn um den Verstand. Maries Körper drängte sich ihm entgegen. Er streichelte ihre weiche Mitte, liebkoste sie, bis ihr ein sehnsüchtiger Laut entschlüpfte und sich ihr Körper in einem atemlosen Höhepunkt anspannte.

Niclas hielt Marie in den Armen, bis die Wellen, die über

sie hinwegfluteten, abklangen. Allmählich beruhigte sich ihr Atem wieder, und sie öffnete die Augen. Mit ihrem verhangenen Blick schaute sie ihn an, und seine Sehnsucht steigerte sich ins Unermessliche. Er löste sich von ihr, fischte seinen Geldbeutel aus der Hose und fummelte sein Notfallkondom heraus. Er streifte es über und nahm Marie wieder in seine Arme. Er verschränkte seine Finger mit ihren, ehe er sie langsam, endlos langsam eroberte. Die Welt um ihn herum begann sich zu drehen. »Marie«, flüsterte er, als er sich bewegte. Sie fanden ihren Rhythmus, verschmolzen in einem uralten Tanz. Hemmungslose Lust erfasste Niclas. Trieb ihn an, das Tempo zu beschleunigen. Er spürte, wie Marie sich mit einem leisen Seufzen anspannte und um ihn zusammenzog, und ließ sich in den Strudel ziehen, in den sie ihn riss. Er versuchte, sich abzustützen, doch irgendwann gaben seine zitternden Arme nach, und er brach auf ihr zusammen. Um sie nicht zu erdrücken, rollte er sich mit ihr in den Armen zur Seite. Einander fest umschlungen, warteten sie darauf, dass die Wellen der Explosion langsam verebbten. Für eine gefühlte Ewigkeit lagen sie nebeneinander. Niclas nahm wahr, wie sich Maries Atem allmählich beruhigte, ihr Herzschlag langsamer wurde. Auf keinen Fall wollte er nachdenken. Denn wenn er sich das erlaubte, würde er den Gedanken nicht länger verdrängen können, dass mit Marie zu schlafen ihn innerlich tief erschüttert hatte.

*

Träge streichelte Niclas Marie über den Rücken. Trotz der Erfüllung, die sie gerade erfahren hatte, spürte sie, wie kleine

Funken auf ihrer Haut tanzten. Erst das Knurren ihres Magens holte sie in die Wirklichkeit zurück. Die Bewegungen stockten. Niclas rückte von ihr ab und sah sie an. »Hast du noch nichts gegessen?«

»Nein.« Sie schmiegte sich wieder an ihn und barg ihr Gesicht an seinem Hals. Niclas roch einfach so fantastisch nach Mann, Meer und Wind. »Als ich ins Strandhaus kam, bin ich gleich ins Turmzimmer hinaufgegangen, um mir den Sonnenuntergang anzusehen.« Mit Sicherheit wusste Niclas, dass sie nicht nur wegen des Spektakels, dem das Sommerhaus und die Bucht ihren Namen verdankten, dort gewesen war. Sie hatte sich versteckt. Vor ihm. Vor dem, was sie fühlte, wenn sie in seiner Nähe war. Und vor dem, was jetzt gerade zwischen ihnen passiert war und ihre Haut und ihr Inneres zum Glühen brachte.

»Dann sollten wir das sofort nachholen«, riss Niclas sie aus ihren Gedanken. Er stand auf und hinterließ eine Kälte, wo sich sein Körper gerade noch an sie gepresst hatte. Ohne dass sie es gemerkt hatten, war die Kühle der Nacht in das Leuchtturmzimmer gekrochen. Die Kerzen und die Nähe zu Niclas reichten nicht aus, sie zu wärmen, wie Marie plötzlich klar wurde. Zudem war es gefährlich, sich auf diese Wärme zu verlassen. Er war nicht gegangen und hatte sie links liegen gelassen, nachdem sie miteinander geschlafen hatten. Er hatte sie in seine Arme genommen und festgehalten. Trotzdem sollte sie auf ihre Gefühle achtgeben. Sie wusste nicht, wohin diese Intimität führte. War es eine einmalige Sache? Würden sie es wiederholen? Sie wusste es nicht. Wenn sie ehrlich war, wollte sie auch keine Antworten auf die Fragen, die durch ihren Kopf schwirrten.

Marie schlüpfte wie Niclas wieder in ihre Kleider. Er öffnete die Bodenluke und löschte die Kerzen. Schweigend stiegen sie zur Leuchtturmwärterwohnung hinunter. Niclas verschloss den Leuchtturm und ergriff ihre Hand. Er verschränkte seine Finger mit ihren, was ihre merkwürdigen, zwiespältigen Gefühle ein wenig dämpfte. Vielleicht war sie nur komischer Stimmung, weil sie Hunger hatte. Als Niclas vom Essen gesprochen hatte, war ihr bewusst geworden, wie leer sich ihr Magen anfühlte. Das war ihr auch früher schon oft passiert, aber da hatte es ihr nichts ausgemacht. In letzter Zeit jedoch hatte sie sich an die reichlichen, regelmäßigen Mahlzeiten gewöhnt, die Niclas ständig zubereitete. Und an seine Berührungen, für die sie ein gewisses Suchtpotenzial zu entwickeln schien. Sie durfte wirklich nicht vergessen, dass er genau wie sie nicht für immer in Sunset Cove bleiben würde. Wenn er in sein Leben in Boston zurückgekehrt war und sie wieder selbst für ihr Essen sorgen musste, würde sie wieder auf Sparmodus umschalten. Dann musste sie ohne menschliche Nähe und Wärme auskommen. Ihr Magen knurrte abermals vernehmlich, was Niclas zum Schmunzeln brachte.

Marie sah zum Turmzimmer hinauf, in dem noch immer Licht brannte. »Was ist passiert, nachdem deine Mutter versucht hat, sich das Leben zu nehmen?«

»Sie verschwand für ein paar Wochen in einer dieser teuren, supergeheimen Kliniken, machte einen Tabletten- und Alkoholentzug und wirft ihrem Psychiater seitdem noch mehr Geld in den Rachen als vorher.« Die Bitterkeit in Niclas' Stimme war unüberhörbar.

»Dich beschäftigt nicht nur die Vergangenheit, sondern

du hast auch ein Problem mit der aktuellen Situation«, stellte Marie fest.

Er blieb stehen und zwang sie, ebenfalls innezuhalten. Eine Weile blickte er stumm auf das dunkle Meer, und sie glaubte bereits, keine Antwort mehr zu erhalten, als er endlich sagte: »Ich würde es nicht auf die Situation schieben. Es sind eher die Menschen, mit denen ich ein Problem habe. Es stimmt schon, der unschuldige Charme ist an jenem Tag verschwunden. Mein Vater trägt einen nicht unwesentlichen Teil der Schuld daran. Aber meine Mutter ...« Er schüttelte den Kopf. »Ich kann ihr diese Schwäche nicht verzeihen. Mein Vater und sie sind nicht glücklich, waren es nie. Geheiratet haben sie nur wegen des Geldes und ihrem snobistischen Gesellschaftsdünkel. Er hat sie in die Sucht getrieben, dazu, sich selbst etwas anzutun. Und doch trennt sie sich nicht, weil ihr Geld und das, was die Leute über sie denken könnten, wichtiger ist, als glücklich zu sein. Auch wir waren ihr nicht wichtig genug, damit sie diesen Schritt gewagt hat. Ich verachte sie dafür«, brachte er gepresst hervor.

Marie hatte das Gefühl, dass er bisher kaum mit jemanden darüber gesprochen hatte. Schon gar nicht mit einem Fremden. Sie strich sanft über seine angespannten Schultern. »Jeder ist seines Glückes Schmied, heißt es so schön. Ich glaube daran. Deine Mutter hat ihr Leben gewählt. Und du kannst daraus lernen. Du musst ihre Fehler nicht machen. Du musst auch nicht werden wie dein Vater. Dir steht ein eigener Weg offen.«

Niclas seufzte und küsste Marie auf die Schläfe. »Du solltest philosophische Lebensberatung anbieten.« Er legte ihr den Arm um die Schultern und drehte sich mit ihr zusammen zum Haus um. »Na komm, lass uns etwas essen.«

Arm in Arm traten sie durch die Terrassentür in die Küche des Strandhauses. Menschen rissen Sam immer aus dem Schlaf, und sei er noch so tief. Offenbar hatte er sich auf seinen neuen Lieblingsplatz vor dem Kamin im Wohnzimmer gelegt. Er erschien in der Tür und gähnte mit weit aufgerissenem Maul. Dann streckte er sich ausgiebig und tapste zu Marie herüber. Sie kraulte ihn. Sam um sich zu haben war vertraut. Beruhigend. Ihn konnte sie einschätzen. Bei ihm wusste sie immer, woran sie war. Der Hund löste keine Gefühle in ihr aus, mit denen sie nichts anfangen konnte.

»Kaffee oder Wein?«, fragte Niclas.

Marie sah zu ihm auf. Sie hatte gerade mit dem Mann geschlafen, der lässig und mit zerzausten Haaren am Küchentresen lehnte. Sie musste versuchen, einen kühlen Kopf zu bewahren. »Kaffee, bitte.«

»Kommt sofort.« Niclas holte Tassen aus dem Schrank und schaltete die Kaffeemaschine an. Er schob Jacksons Nachhilfeunterlagen zur Seite, die sie am Nachmittag in der Küche liegen gelassen hatte. Eines der Blätter noch immer in der Hand, stockte er einen Moment, dann sah er sie an. »Das habe ich völlig vergessen.« Er hielt ihre Notizen hoch, die sie für Jackson aufgeschrieben hatte. »Deswegen habe ich nach dir gesucht.«

15

»Wegen Jacksons Mathe-Nachhilfe?« Marie sah Niclas verständnislos an.

»Das ist eine Textaufgabe«, sagte er, als wäre sie ein zweijähriges Kind.

»Ja.« Es klang mehr nach einer Frage. Marie hatte keine Ahnung, worauf er hinauswollte.

»Du hast sie geschrieben.« Niclas blätterte durch den Block, bis er eine freie Seite fand, nahm einen Kugelschreiber vom Tresen und hielt ihr beides hin. »Unterschreibe!«

»Was?«

Er tippte mit dem Stift auf das Blatt. »Ich möchte deine Unterschrift sehen.«

Marie begriff noch immer nicht, was Niclas wollte, tat ihm aber den Gefallen. Sie küsste Sam zwischen die Augen, erhob sich und setzte ihre Signatur auf das Papier. Niclas betrachtete sie eine Weile mit schräg gelegtem Kopf. Nachdenklich tippte er mit dem Zeigefinger an seine Unterlippe. Dann wandte er sich zur Tür um. »Warte einen Moment«, sagte er. »Ich bin gleich zurück.« Kurze Zeit später kam er mit ihrer Gerichtsakte unter dem Arm wieder zurück. Er blätterte, bis er gefunden hatte, wonach er suchte. Marie erkannte, dass es sich um die Kopie einer angeblich von ihr veranlassten

Überweisung handelte. Er hielt ihre Unterschrift neben die Akte und verglich sie. Schließlich hob er den Blick, die Augen noch immer konzentriert zusammengekniffen. »Deine Unterschrift auf dieser Überweisung ist eine Fälschung«, sagte er.

Marie seufzte. Für einen Augenblick hatte sie die Hoffnung gehabt, Niclas hätte tatsächlich etwas entdeckt, was sie weiterbrachte. »Das weiß ich. Ich kenne meine Schrift.«

»Du weißt? Aber …« Er schüttelte den Kopf. »Das ist so offensichtlich. Sieh mal, das I. Im Original sieht es völlig anders aus als hier.« Er kreiste den Beweis mit seinem Zeigefinger ein. »Das erkennt ein Laie.«

»Ich weiß, Niclas«, wiederholte Marie.

»Habt ihr denn kein Schriftgutachten anfertigen lassen?« Er schien ganz in seinem Element zu sein und machte sich Notizen neben der Unterschrift, um die er Marie gerade gebeten hatte. Erst als sie nicht sofort antwortete, hob er den Kopf.

Marie lächelte ihn an. Das Lächeln schmeckte bitter, schmerzte in den Mundwinkeln. »Nein, es gab kein Gutachten. Die Staatsanwältin hatte mit Sicherheit kein Interesse daran, ihren Fall zu verlieren. Und mein Pflichtverteidiger war wie alle anderen auch von meiner Schuld überzeugt. Er hat keinen Finger gerührt. Ich habe ihn angefleht, wenigstens zu versuchen, mir zu helfen. Aber er hatte ganz offensichtlich eine Abneigung gegen vermeintlich reiche Betrügerinnen. Ich hingegen besaß keinen müden Cent mehr. Ich konnte mir weder einen anderen Anwalt leisten noch ein Gutachten in Auftrag geben.« Sie bekam schon wieder einen Kloß im Hals, wie immer, wenn sie sich an diese schreckliche Zeit erinnerte. »Du hast es so treffend formuliert: Wer wegen Betruges angeklagt wird, muss sich nicht wundern, wenn ihm niemand glaubt.«

»Okay.« Niclas legte seine Hand auf ihre und drückte sie. »Als Erstes mache ich uns etwas zu essen. Dann kümmern wir uns um deinen Fall. Fütterst du Sam?«

»Sicher.« Als Marie sich zur Vorratskammer umdrehen wollte, ergriff Niclas ihren Arm und zog sie an sich.

Er küsste sie zärtlich. »Wir finden einen Weg. Ich sorge dafür, dass du dein Leben zurückbekommst«, flüsterte er an ihren Lippen. Sein Daumen strich sanft über ihr Jochbein. Dann ließ er sie, viel zu schnell, wieder los und ging zum Kühlschrank.

Die Berührung und seine Worte brachten ihr Innerstes zum Summen. Ein Versprechen, dachte sie. Sie war sich nur nicht sicher, ob Niclas es würde halten können.

Marie fütterte Sam und stellte ihm frisches Wasser hin, während Niclas Sandwiches belegte. Er stellte die Teller und Kaffeetassen auf den Küchentresen und setzte sich, mit Notizblock und Kugelschreiber bewaffnet, auf einen der Barhocker. In null Komma nichts hatte er sich in den findigen, aufgeweckten Staatsanwalt verwandelt, der er vor seiner Suspendierung bestimmt gewesen war. Erwartungsvoll sah er sie an. »Es wird Zeit, dass du mir die ganze Geschichte erzählst. Ich will mehr wissen als das, was in den Akten steht.« Er trank einen Schluck Kaffee, ohne seinen Blick von ihr zu lösen. »Ich will alles wissen«, sagte er, nachdem er die Tasse wieder auf den Tresen gestellt hatte.

Marie spürte wieder, wie hungrig sie war, nahm ein Sandwich und biss hinein. »Jetzt?«, fragte sie mit vollem Mund. In dieser Nacht waren schon genug unschöne Erinnerungen aus der Vergangenheit heraufbeschworen worden. Wenn es nach ihr ging, konnte ihr Trauma durchaus bis morgen warten. Im Sonnenlicht waren die dunklen Schatten, die mit dem Prozess in ihr Leben zurückkehrten, nicht ganz so furchteinflößend.

Niclas schien das anders zu sehen. »Jetzt. Warum sollen wir es noch länger hinauszögern? Kannst du dich noch an den Tag erinnern, an dem du festgenommen wurdest?«

Marie schluckte ein Stück Sandwich hinunter, das ihr im Hals stecken zu bleiben drohte. »Als wäre es gestern gewesen.« Plötzlich nicht mehr hungrig, legte sie das Brot auf den Teller zurück und stand auf. Sie hielt ein Glas unter den Wasserhahn an der Spüle und ließ es volllaufen, trank einen großen Schluck und kehrte zu ihrem Platz zurück. »Ich war an diesem Morgen wie immer um halb acht in meinem Büro. Es war ein wunderschöner Spätfrühlingstag. Die Sonne schien, und ich freute mich auf den Abend, an dem ich mit meinem Verlobten zum Dinner verabredet war.« Sie hatte gute Laune gehabt, erinnerte sie sich. Ein wenig Sorge hatte ihr ihr Gewicht bereitet. Sie hatte sich Gedanken über eine Diät gemacht. Oder am besten abends nichts mehr essen. Auf ihren Rippen hatten sich ein paar Pfund zu viel angesammelt, und womöglich passte sie nicht mehr in das herrliche Brautkleid, das sie sich ausgesucht hatte. Aber davon musste Niclas nichts wissen. Sie war schon immer ein wenig mollig gewesen und hatte mit ihrem Gewicht gekämpft. Seit ihrer Inhaftierung allerdings nicht mehr. Der Körper, den Niclas noch vor einer Stunde liebkost hatte, gehörte einer anderen Frau als der zurückhaltenden, auf Rechnungen fixierten Buchhalterin, die sie damals gewesen war.

Niclas warf einen Blick auf die ersten Seiten der Akte und machte sich Notizen. »Erzähl mir etwas über deine Familie, über deinen Bruder und über eure Firma. McMillan Investments, richtig?«

»Ja. Die Firma wurde von meinem Großvater väterlicherseits gegründet und nach dessen Tod von meinem Vater übernommen.« Sie zögerte. Dann schluckte sie und fuhr fort, auch wenn es ihr nicht leichtfiel. »Meine Eltern haben sich während des Auslandssemesters meiner Mutter in den Staaten kennengelernt und aus Versehen meinen Bruder Philipp gezeugt. Sie heirateten und hielten es ein paar Jahre miteinander aus.« Marie fuhr mit dem Zeigefinger den Rand ihres Wasserglases nach. Das ewige Hin und Her ihrer Eltern hatte einem unendlichen Kreis geglichen. »Sie trennten sich, kamen wieder zusammen. Schließlich haben sie es meinem Bruder zuliebe noch einmal miteinander probiert. Zwölf Jahre nach Philipp erblickte ich das Licht der Welt. Die Familie ist noch genau ein Jahr zusammengeblieben, dann haben sich meine Eltern endgültig getrennt, und meine Mutter ist mit uns Kindern nach Deutschland zurückgegangen.« Marie nippte an ihrem Kaffee. Sie sprach nicht gern über ihre gestörte Familie und tat es weiß Gott nicht oft. Andererseits verstand Niclas diese Dysfunktionalität wahrscheinlich besser als jeder andere. So viel anders sah es bei den Hunters schließlich auch nicht aus. »Mein Bruder studierte Wirtschaft und kehrte nach Amerika zurück, um für meinen Vater zu arbeiten. Philipp und ich haben uns nicht besonders nahegestanden. Er hat nie viel mit mir anfangen können. Als ich ins Teenageralter kam, war er bereits an der Uni. Wir waren uns noch nicht einmal besonders ähnlich. Damals nicht, und heute vermutlich noch viel weniger.« Sie rieb über ihre Schläfen. Der dumpfe Druck in ihrem Schädel war der erste Vorbote der unaufhaltsamen Kopfschmerzen, die sie immer bekam, wenn sie sich zu viel mit der Vergangenheit beschäftigte. »Ich habe ebenfalls Wirtschaft studiert«, fuhr sie fort. »Kurz nach meinem Abschluss starb mein Vater. Philipp bot mir einen Job als Buchhalterin bei McMillan Investments an. Wir hatten zu gleichen Teilen geerbt, aber er war der Macher. Derjenige, der das Geld scheffelte. Der alles, was er anfasste, in Gold verwandelte.«

»Niemand kann Dinge in Gold verwandeln«, warf Niclas ein. »Leute, die den Anschein erwecken, so etwas zu können, sind in der Regel Blender.«

»Betrüger«, brachte Marie es auf den Punkt. »Jedenfalls war das nicht mein Ding. Die Buchhaltung lag mir eher. Ich verstand mich nicht besonders gut mit meiner Mutter. In Deutschland hat mich nichts gehalten. Also hab ich sein Angebot angenommen. Wahrscheinlich hab ich sogar insgeheim gehofft, dass mein Bruder und ich uns ein wenig annähern. Was aber nicht wirklich passierte.«

»Warum nicht?«

Marie verzog das Gesicht. Sie war so dumm gewesen. Aber es half nichts. Sie musste ehrlich zu Niclas sein, damit er sie verstand. Immerhin stellte er genau die Fragen, die sie von ihrem Pflichtverteidiger erwartet hatte. »Inzwischen weiß ich, dass mein Bruder mich nur deshalb in der Firma haben wollte, weil er einen ahnungslosen Idioten brauchte, über den er seine illegalen Geschäfte abwickeln konnte«, sagte sie leise. »Ich hab ihm als Strohmann gedient. An mir als Mensch – und als seine Schwester – hatte er nicht einen Funken Interesse. Damals habe ich das nicht begriffen und darauf gehofft, irgendwann ein besseres Verhältnis zu ihm aufzubauen. Inzwischen bin ich mir sicher, es war von Beginn an Philipps Plan, mich zu opfern, falls seine Geschäfte nach hinten losgehen sollten.«

Niclas drückte ihre verkrampfte Hand und strich beruhigend mit dem Daumen über ihre Finger. »Warum haben deine Mutter und du so ein schlechtes Verhältnis?«, wollte er wissen.

»Meine Mom vergötterte Philipp. Ich hingegen war für sie der Beweis, dass ihre Beziehung trotz aller Versuche gescheitert war. Sie ist eine verbitterte Frau. Einsam. Enttäuscht vom Leben. Ich bin mir sogar sicher, dass sie weiß, wo sich mein Bruder versteckt hält. Mich hat sie nach dem Skandal fallen lassen wie eine heiße Kartoffel. Sie musste für eines ihrer Kinder Partei ergreifen. Entweder war ich unschuldig oder Philipp. Das ist für eine Mutter sicher hart.« Marie zuckte die Schultern. »Sie hat ihre Wahl getroffen.«

»Diese Wahl warst nicht du«, sagte Niclas.

»Nein. Aber das ist schon in Ordnung. Ich habe gelernt, damit zu leben. Hin und wieder rufe ich sie an. Viel zu sagen haben wir uns allerdings nicht.«

»Marie …« Niclas löste ihre Hand, in der sie den Kaffeebecher hielt. Sie hatte gar nicht bemerkt, wie fest sie ihn umklammerte. »Wie wäre es, wenn wir eine kurze Pause machen? Du solltest ein wenig mehr von deinem Sandwich essen.« Er schob ihr den Teller hin. »Ich lege inzwischen ein wenig Holz nach, und wir setzen uns ins Wohnzimmer.« Er küsste sie sanft. »Was hältst du davon?«

Eine Unterbrechung kam ihr mehr als gelegen und gab ihr

Zeit, sich ein wenig zu sammeln. »Gute Idee«, murmelte sie und sah ihm nach, als er mit Sam aus der Küche ging.

*

Niclas setzte sich neben Marie auf die Couch. Er legte den linken Arm um ihre Schultern und zog sie an sich. Seit er mit ihr geschlafen hatte, schien er süchtig nach Körperkontakt. Seinen Notizblock hatte er sich bereits zurechtgelegt. Er konnte sehr gut verstehen, wie sehr Marie die Erinnerungen an ihre Verhaftung quälten. Aber er musste so detailliert wie möglich wissen, was damals geschehen war, damit er den Fall noch einmal vor Gericht bringen und auch gewinnen konnte. Die gefälschten Unterschriften auf den Schecks hatten ihm einen Adrenalinstoß verpasst – genau das, was er brauchte. Er küsste Marie auf die Schläfe. »Erzähl mir von deiner Festnahme.«

»Ich hab nicht kapiert, was los war. Die Polizisten stürmten das Büro. Sie erschreckten mich zu Tode.« Sie lehnte ihren Kopf an Niclas' Schulter. Es fühlte sich so an, als wäre das genau ihr Platz – in seinen Armen. Das prasselnde Kaminfeuer verbreitete eine wohlige Wärme. »Später hab ich erfahren, dass sie auch in meiner Wohnung gewesen waren. Sie haben die Computer eingepackt, jedes noch so kleine Fitzelchen Papier mitgenommen. Sie waren nicht besonders zimperlich, weder mit mir noch mit meinen Sachen. Haben mich hart angefasst und mich durchsucht, als wäre ich eine Kriminelle. Was ich in ihren Augen ja auch war. Sie haben meine Hände auf den Rücken gedreht und mir Handschellen angelegt.« Abwesend rieb sie sich die Handgelenke, als könne sie den Druck des Metalls noch immer spüren. »Ich stand unter Schock, aber sie stellten mir immer wieder die gleichen Fragen: Wo ist Ihr Bruder? Wo hat er sich versteckt? Wo ist das Geld? Immer und immer wieder. Sie haben mich angeschrien, und ich konnte ihnen keine Antworten geben.« Maries Stimme klang rau. Sie trank einen Schluck Wasser und kuschelte sich tiefer in seine Arme. Niclas presste sie noch fester an sich. Ob sie es merkte oder nicht, sie brauchte einen Halt, und er wollte derjenige sein, der ihn ihr gab.

»Und dann diese Staatsanwältin«, fuhr Marie fort. »Ich bekomme noch immer eine Gänsehaut, wenn ich nur an sie denke. Ihr Name war Mulhare. Gillian Mulhare. Kennst du sie?« Sie wandte den Kopf und sah ihn fragend an.

»Flüchtig«, log er und bekam sofort ein schlechtes Gewissen, weil er ihr nicht die Wahrheit sagte. Er würde Maries Fall auch vertreten, wenn auf der anderen Seite des Gerichtssaals nicht Gillian Mulhare stehen würde, beruhigte er sich und konzentrierte sich wieder auf Marie.

»Die Staatsanwältin verfolgte alles mit wachsamen Augen. Einen Moment hab ich sogar geglaubt, dass sie wusste, dass ich unschuldig war. Doch ich habe mich geirrt. Und ich war verzweifelt. Sie froren mein Vermögen ein. Was nach mehr klingt, als es wirklich war. Ich hatte immer gut mit meinem Geld gehaushaltet und einiges auf die Seite gelegt. Ein Teil davon war für die Planung meiner Hochzeit draufgegangen. Ich hatte ein gutes Auskommen. Eine reiche Frau bin ich aber auch damals nicht gewesen. Der Familienanwalt weigerte sich allerdings, mich ohne finanzielle Rücklagen zu verteidigen. Ich bekam einen Pflichtverteidiger zugewiesen. Dieser Mann schien weder zu verstehen, was mir vorgeworfen wurde, noch interessierte es ihn sonderlich.« Marie trank einen großen Schluck Wasser, ehe sie fortfuhr: »Meine doppelte Staatsangehörigkeit verschlimmerte alles noch. Sie haben befürchtet, ich würde mich zu meiner Mutter nach Deutschland absetzen – was ich im Übrigen ohne zu zögern getan hätte, hätte ich gewusst, was auf mich zukam. Das Gericht kassierte meinen Pass ein und setzte die Kaution auf zehn Millionen Dollar fest. Verglichen mit den hundert Millionen, die verschwunden waren, ein Klacks. Für mich war diese Summe utopisch. Ehe ich begriffen habe, was mir vorgeworfen wurde, saß ich schon in Untersuchungshaft.« Hilflos hob sie die Hände. »Ich habe es einfach nicht verstanden. Und ich hatte keine Ahnung, was mit Philipp passiert war. Ich hatte Angst, dass ihm etwas zugestoßen war und er nicht kommen würde, um das Missverständnis aufzuklären und mich aus dem Gefängnis zu holen.«

»Weißt du, was aus ihm geworden ist?« Niclas notierte sich, dass er unbedingt Nachforschungen zu Philipp McMillan anstellen musste.

Marie schüttelte den Kopf. Ein paar der seidigen Strähnen verfingen sich in seinen Bartstoppeln und kitzelten ihn am Kinn. »Philipp ist wie vom Erdboden verschluckt. Ich vermute, er hat herausgefunden, wie dicht die Behörden ihm bereits auf den Fersen waren, und hat sich einfach aus dem Staub gemacht. Die Cops haben natürlich nach ihm gesucht. Besonders bemüht haben sie sich meiner Meinung nach allerdings nicht.«

»Sie hatten ihren Sündenbock.«

»Genau. Das reichte ihnen. Das Geld war weg. Jedem war klar, dass es nie wieder auftauchen würde. Statt einem Phantom nachzujagen, klagten sie einfach mich an. Besser den Spatz in der Hand als die Taube auf dem Dach. Das war einfach und gab den Gläubigern, die ihre Verluste lautstark beklagten, das Gefühl, dass alles getan wurde, um Gerechtigkeit walten zu lassen. Es war schließlich schlimm genug, dass sie auf ihrem finanziellen Schaden sitzen blieben. Eine Taktik, die sowohl der Staatsanwältin als auch meinem Verteidiger zu gefallen schien. Das Verfahren gegen mich wurde in verhältnismäßig kurzer Zeit abgeschlossen.«

»Und dein Bruder?«, fragte Niclas. »Hat er sich nie bei dir gemeldet? Auch nicht nach der Verurteilung?«

»Nein. Nie. Ich vermute, er hat sich in ein Land abgesetzt, das kein Auslieferungsabkommen mit den USA hat – oder wo sich niemand für seine Existenz interessiert. Wie ich ihn kenne, macht er sich mit dem Geld ein verdammt schönes Leben.« Nachdenklich drehte sie ihr Glas. »Ich könnte ihn mir gut in der Schweiz vorstellen. Wahrscheinlich besucht meine Mutter ihn sogar regelmäßig.« Marie schien nicht zu merken, wie bitter ihre Worte klangen. »Vielleicht ist es besser so. Sollte er jemals vor meiner Tür stehen …« Sie hielt einen Moment inne und sah Niclas an. »Ich weiß nicht, was ich tun würde.«

Niclas drückte sie an sich, nicht sicher, wen er damit beruhigen wollte – Marie oder sich selbst. Dieser Bastard von Bruder sollte ihm besser nicht unter die Augen treten. »Wie hat er es geschafft, den Leuten das Geld aus der Tasche zu ziehen?«

»Philipp ist das komplette Gegenteil von mir.« Sie lächelte traurig. »Wir waren so unterschiedlich, wie es Geschwister nur sein können. Während ich mich als Mauerblümchen hinter meinen Büchern und Bilanzen versteckt hab, hat er das Leben in vollen Zügen genossen. Mein Bruder ist extrovertiert und hat überhaupt kein Problem damit, auf Menschen zuzugehen. Innerhalb von Sekunden war er der Mittelpunkt jeder Party. Seine Taktik war so einfach wie unschlagbar. Er tauchte bei Empfängen, Festen oder öffentlichen Events der Schönen und Reichen auf. Wahrscheinlich bist du ihm sogar schon einmal begegnet«, sagte sie zu Niclas.

»Möglich, aber eher unwahrscheinlich. Die Partys, von denen du sprichst, sind eher die Veranstaltungen meiner Eltern. Andrew und ich haben uns von solchen Sachen immer ferngehalten.«

»Philipp hat die Neugier der Leute geweckt«, fuhr Marie fort, »gab aber nie zu viel von sich preis. Jeder glaubte, er sei der große Macher. Er nutzte ein paar ganz simple Tricks, um anderen das Geld aus der Tasche zu ziehen. Er erzählte jedem, eigentlich keine neuen Klienten mehr aufnehmen zu können. Das machte ihn für denjenigen, die grundsätzlich alles bekamen, was sie wollten, unwiderstehlich. Philipp McMillan nimmt keine weiteren Anleger mehr an? Das wäre doch gelacht! Ich werde ihn davon überzeugen, mein Geld zu vermehren«, ahmte sie den typischen wohlhabenden Bostoner nach, der sich nie um irgendetwas Gedanken machen musste. »Sie haben ihn angefleht, ihm ihre Fonds hinterhergeschmissen. Geblendet von ihrer unglaublichen Gier dachten sie nicht eine Sekunde daran, ihn zu überprüfen oder Referenzen einzuholen. Dazu kam, dass er Renditen versprach, die so unrealistisch waren wie die Entdeckung des Einhorns.«

»Eine Geschichte so alt wie die Menschheit«, stimmte Niclas ihr zu. Er hatte wenig Mitleid mit Menschen, die so dumm waren, auf jemanden wie McMillan hereinzufallen. »Wenn die Dollarzeichen in den Augen blinken, schaltet das Gehirn ab.«

»Es hat nicht lange gedauert, und Philipp musste keinen Finger mehr krumm machen, um an Klienten zu kommen. Die Anleger prügelten sich fast darum, einen Termin bei ihm zu bekommen. Er lehnte sich in seinem Schreibtischsessel zurück und ließ sie Schecks in Millionenhöhe ausstellen. Er hatte ein astreines Schneeballsystem erschaffen. Es war einer der größten Schwindel, die die USA jemals gesehen hat. Jeder wollte ein Stückchen von dem ach so leckeren Kuchen abhaben, den er ihnen versprach.

Er hatte Freunde wie Sand am Meer. Das war im Übrigen der größte Unterschied zwischen uns. Ich war die Zurückhaltende. Die Stille. Der Job als Buchhalterin passte mir wie eine zweite Haut. Ich glaube, wir waren beide mit unseren Leben zufrieden. Mein Bruder mit den schrillen Partys und heißen Bräuten, die er wechselte wie die Unterhosen. Ich mit meinem Verlobten, einem Steuerberater. Unaufgeregt und vorhersehbar.«

In allen Unterlagen, die Niclas über Maries Gerichtsverfahren studiert hatte, tauchte nirgendwo ein Lebensgefährte auf. »Was ist mit deinem Verlobten geschehen?«, fragte er leise.

Marie starrte in die Flammen im Kamin. »Er konnte die Verlobung gar nicht schnell genug lösen«, flüsterte sie.

Das musste sie wirklich hart getroffen haben. Das Verhalten ihres Bruders und ihrer Mutter, zu denen sie kein gutes Verhältnis hatte, konnte sie irgendwie nachvollziehen. Aber dass ihr der Mann, den sie liebte und heiraten wollte, so etwas antat. Das hatte sie mit Sicherheit aus der Bahn geworfen. Und schmerzte sie noch jetzt. »Hat er nicht an deine Unschuld geglaubt?«

»Ich weiß es nicht. Möglicherweise. Er hat nie etwas dazu gesagt, und das war auch nicht nötig. Gegen mich wurde wegen Betruges ermittelt, und er war um seinen Ruf besorgt und um das Ansehen bei seinen Kunden. Eine Verlobte wie mich ist für einen Steuerberater nicht unbedingt geschäftsfördernd.«

»Er hat dir das Herz gebrochen.« Niclas wurde wie magisch von ihrem traurigen Gesicht angezogen und streichelte es sacht.

»Anfangs schon. Es war schrecklich, morgens einsam in einer Gefängniszelle aufzuwachen statt neben meinem zukünftigen Mann. Inzwischen sehe ich es realistischer. Wir haben uns nicht wirklich geliebt. Wir passten lediglich gut zusammen und ergänzten uns perfekt. Leidenschaft war eher Fehlanzeige. Ich brauchte eine Weile, um das zu begreifen. Inzwischen bin ich froh darüber. Ich habe viel verloren, damals. Und ich war mehr als einmal kurz davor, durchzudrehen. Eine wahre Liebe zu verlieren hätte mich vernichtet. Für diesen Kampf hätte mir die Kraft gefehlt.«

Niclas bekam eine Gänsehaut. »Weißt du, was aus ihm geworden ist?«, fragte er.

»Ja.« Sie lächelte ihn an, und Niclas begriff, dass sie ihrem ehemaligen Verlobten tatsächlich verziehen hatte. »Er hat einfach seinen Lebensplan umgesetzt, wie er es immer vorgehabt hatte. Ein Jahr nach meiner Verurteilung heiratete er. Eine Buchhalterin. Der gleiche Typ Frau wie ich. Unauffällig. Ein bisschen langweilig. Er lebt in einem hübschen

Haus in der Vorstadt und hat einen Sohn. Ein zweites Kind ist unterwegs.«

Niclas schluckte. Marie mochte diesem Idioten verziehen haben. Aber er konnte sich verdammt gut an den verlassenen, leeren Ausdruck in ihren Augen erinnern. Als sie sich kennenlernten, hatte die Einsamkeit ihr ganzes Wesen überlagert. Inzwischen nahm er sie nicht mehr so oft wahr und hoffte insgeheim, dass er dafür ein wenig mitverantwortlich war. Trotzdem hatte er große Lust, diesem Weichei von Ex-Verlobten die Fresse zu polieren. Er nahm Marie das Wasserglas aus der Hand, umfasste ihr Kinn und drehte ihren Kopf zu sich. »Du bist überhaupt nicht langweilig, Marie«, flüsterte er und strich mit dem Mund über ihre Lippen. Marie öffnete sich ihm, erlaubte ihm, den Kuss zu vertiefen. Wie konnte sie auch nur eine Sekunde auf die Idee kommen, langweilig zu sein?

Niclas' Notizen fielen zu Boden, als er Marie an sich zog. Diese Frau musste nicht viel tun, und schon vergaß er den Fall. In einem ruhigen Moment musste er darüber nachdenken, sich in Erinnerung rufen, dass das nicht unbedingt gut war. Irgendwann. Nicht jetzt. Jetzt wollte er sie in seine Arme nehmen, ihren Duft einatmen. Er steckte ihr eine Haarsträhne hinter das Ohr, ließ seine Lippen über ihren Hals wandern und liebkoste diesen einen ganz speziellen Punkt unter ihrem Ohr, der sie jedes Mal erschauern ließ. »Ich möchte die Nacht gern mit dir verbringen«, flüsterte er und küsste zärtlich ihr Schlüsselbein.

Marie schüttelte den Kopf. »Ich …« Ihre Finger fuhren durch sein Haar, dirigierten ihn zu ihrem Mund zurück. Sie küsste ihn wie eine Verdurstende. »Ich kann nicht«, flüsterte sie. »Ich bekomme Platzangst in geschlossenen Räumen.«

Woran er sich mit Grauen erinnerte. »Als du in meinen Armen gelegen hast nach diesem Traum, hast du tief und fest geschlafen.« Er küsste ihre Fingerspitzen. »Lass es uns versuchen.«

16

Georgina Sullivan-Hunter stieß sich ein letztes Mal von der Wand des beheizten Pools ab und kraulte zum anderen Ende. Das Schwimmen half ihr, den Kopf abzuschalten. Diese halbe Stunde am Morgen hielt sie zusammen. Wenn sie schwerelos durchs Wasser glitt, fühlte sie sich fast frei. Die Stille, die sie umschloss, wenn sie sich unter die Oberfläche sinken ließ, gab ihr Frieden. Einen Frieden, den sie brauchte. Viel zu schnell erreichte sie den Beckenrand. Sie legte den Kopf in den Nacken, starrte in den wolkenlosen, leuchtend blauen Himmel und ließ sich für einen Moment treiben. Sie könnte ewig hier bleiben, den Blick abgewandt von Hunter House mit seinen lächerlichen vier Türmen. Doch die Sonne und der Himmel trogen. Es war November und viel zu kalt, um sich länger draußen aufzuhalten. Ein letztes Mal tauchte sie unter und schwamm zur Treppe. Als sie aus dem Pool stieg, bekam sie sofort eine Gänsehaut. Sie hastete zum Poolhouse, das zwischen der typischen neuenglischen Mischung aus Ahornbäumen und Eichen wirkte, als würde es in Flammen stehen. In diesem Jahr war der Indian Summer besonders schön. Georgina liebte diese Jahreszeit. Sie verlieh ihrem ansonsten mit einem grauen Schleier überzogenen Leben einen Hauch von Farbe. Und sie brauchte dringend frische Energie, wenn sie den Lästermäulern im Historischen Verein gegenübertreten und den traditionellen Hunter'schen Thanksgiving-Empfang ausrichten wollte. Trotz der Kälte blieb sie stehen und berührte das leuchtend rote Blatt eines Zuckerahorns. Seit ihr Sohn es fertiggebracht hatte, die ganze Familie zum Gespött der Stadt zu machen, waren ihre offiziellen Auftritte und Verpflichtungen zu einem Spießrutenlauf geworden. Niemand feindete sie an, nannte Niclas einen Versager. Aber das falsche Lächeln, die spitzen Bemerkungen, die für einen Außenstehenden völlig harmlos wirkten, entgingen ihr nicht. Dieses Jahr würde sie bestimmt keine einzige Absage zu Thanksgiving bekommen. Niemand wollte etwas verpassen. Jeder wollte das Drama aus erster Hand erleben, um dann ganz Boston mit dem Tratsch, der zum größten Teil nur aus Lügen bestand, zu versorgen.

Im Poolhouse streifte sie ihren Badeanzug ab. Die warmen Handtücher waren eine Wohltat. Sie hüllte sich für einen Moment in das Handtuch ein, bevor sie sich trocken rieb. Dann schlang sie es um den Kopf und schlüpfte in ihren flauschigen Bademantel.

Es brachte nichts, das Unvermeidliche hinauszuzögern. Sie musste sich dem Tag stellen, der vor ihr lag. Entschlossen straffte sie die Schultern und trat vor die Tür. Ihr Zuhause – wenn man es so nennen wollte – war eines der imposantesten Häuser in Beacon Hill. Drei Stockwerke und unzählige Zimmer. Georgina vergaß immer, wie viele es waren. Trotz der weißen Fensterlaibungen verliehen die vier Erkertürme den grauen Mauern etwas Bedrohliches. Das kunstvoll verschlungene schmiedeeiserne Tor und der dazugehörige Zaun sollten neugierige Touristen abhalten, die im Sommer in Massen durch den historischen Teil der Stadt strömten. Aber gleichzeitig symbolisierte die Einzäunung Georginas Gefängnis. Den goldenen Käfig, in dem sie gefangen war. Sie konnte sich nicht mehr daran erinnern, wie oft sie in den frühen Jahren ihrer Ehe versucht hatte, Theodor davon zu überzeugen, ein Anwesen außerhalb der Stadt zu kaufen. Irgendwo, wo sie frei atmen konnte, sich nicht eingesperrt fühlte. Natürlich hatte ihn das nicht interessiert. Hunter House war der Familiensitz seit 1893. Theodor wiederholte das immer wieder gebetsmühlenartig, als wäre sie ein kleines, minderbemitteltes Kind. Für Theodor Hunter gab es keine Alternative zu seinem Familiensitz. Sie war gezwungen gewesen, hier einzuziehen und mit ihren Schwiegereltern zusammenzuleben. Besonders Teds bösartige Mutter hatte ihr das Leben zur Hölle gemacht. Als die Jungen zur Welt kamen, hatte sich ihre Welt für kurze Zeit aufgehellt. Doch die Momente des Glücks hielten nicht lange an. Schon bald verflog das Hochgefühl.

Georgina schüttelte die dunklen Gedanken ab und betrat durch die Balkontür ihre Suite. Sobald ihre Schwiegermutter das Zeitliche gesegnet hatte, hatte Georgina die Räume des alten Drachen von einer Dekorateurin neu einrichten lassen und war aus dem Teil des Hauses ausgezogen, den sie mit ihrem Ehemann bewohnt hatte. Seitdem waren Ted und sie mehr oder weniger getrennte Wege gegangen.

Das Tablett mit ihrem Frühstück stand bereit. Der Champagner, den sie sich morgens gönnte, um den Tag in Angriff nehmen zu können, perlte in einem ihrer wundervollen Kristallgläser. Sie war nicht süchtig, wie der eine oder andere anzunehmen schien. Sie mochte Champagner einfach. Er weckte ihren müden Geist. Selbstverständlich könnte sie jederzeit auf ihn verzichten. Nur, warum sollte sie? Um sich selbst zu beweisen, dass sie ihn nicht wirklich brauchte, nahm sie sich ein Stück frisch geschnittene Mango aus der Obstschale, die neben dem kalorienarmen Joghurt stand. Sie spürte die Süße der Frucht auf ihrer Zunge, die ganz wunderbar zu dem prickelnden Champagner passte. Sie griff gerade nach dem Glas, als es klopfte. Georgina zog die Hand zurück, setzte ein Lächeln auf und drehte sich zur Tür um. »Ja, bitte.«

Das Hausmädchen trat ein. »Guten Morgen, Mrs. Hunter«, sagte sie mit einem kleinen Knicks. Georgina hatte ihr das nie abgewöhnen können. Inzwischen mochte sie die Geste. Wenigstens die Angestellten behandelten sie mit dem ihr gebührenden Respekt.

»Marisol.« Sie nickte der Frau in ihrem Alter knapp zu. Solange sie den Haushalt führte, würde keine der weiblichen Angestellten jung und schön sein. Natürlich durfte ihre Optik nicht abstoßend sein, damit Gäste standesgemäß empfangen werden konnten. Aber keine der Frauen würde das Interesse ihres Mannes auf sich ziehen. Nicht in ihrem eigenen Haus.

»Ein Anruf für Sie, Mrs. Hunter.« Marisol hielt ihr das Telefon hin. »Ihr Sohn.«

»Danke.« Sie bemühte sich, ihr Lächeln aufrechtzuerhalten, weil Andrew sie zu gut kannte, um sich hinters Licht führen zu lassen. »Drew, mein Schatz. Es ist schön, von dir zu hören«, säuselte sie in den Hörer, während Marisol sich leise entfernte und die Tür hinter sich schloss.

»Ich bin es.«

Georginas Beine gaben nach. Sie sank in den cremefarbenen Ohrensessel neben der Terrassentür. »Niclas?«, fragte sie ungläubig. »Oh mein Gott. Niclas!« Sie atmete tief durch, um zu verhindern, dass sich ihre Stimme überschlug. »Wo steckst du? Wieso hast du dich nicht gemeldet? Und kannst du mir vielleicht endlich erklären, was passiert ist? So kenne ich dich gar nicht.«

Das Schweigen am anderen Ende der Leitung sprach Bände. Denn was sie sagte, war natürlich Blödsinn. Sie kannte ihren jüngeren Sohn. Er hasste sie. Verachtete sie für ihre Schwäche. Aber er war mit einem goldenen Löffel im Mund geboren worden. Er würde sie nie verstehen. Früher hatte sie versucht, mit ihm zu reden, ihm zu erklären, warum sie sich nicht von einem Mann trennte, der ihr Leben mit Füßen trat. Doch sie hatte es längst aufgegeben. Er würde sie nie verstehen. »Wie geht es dir?«, setzte sie leise nach. Vielleicht würde er ihr zumindest diese Frage beantworten.

»Mir geht es gut, Mutter.«

»Das beruhigt mich. Hast du in letzter Zeit von deinem Vater gehört?«

Wieder dieses Schweigen. Niclas hatte also Kontakt zu Theodor gehabt. Die bedeutungsschwangere Stille traf sie wie eine Faust in den Magen. Dagegen kam sie wie immer nicht an. Denn es bedeutete, dass Niclas, wenn er Probleme hatte, lieber mit ihrem Mann sprach anstatt mit ihr. Außerdem hatte Theodor ihr gegenüber mit keinem Wort den Skandal erwähnt, den Niclas ausgelöst hatte. »Was ist mit ihm?«, wich ihr Sohn der Frage schließlich aus.

»Es geht ihm offensichtlich nicht gut«, gab sie weiter, was Andrew ihr berichtet hatte. »Diesmal scheint es nicht nur Erschöpfung wegen der vielen Arbeit zu sein. Drew glaubt, er hat ein ernst zu nehmendes gesundheitliches Problem. Nicht, dass er deinen Bruder an sich heranlassen würde.« Natürlich nicht. Es war schlimm genug, dass Kinder Stellung beziehen, sich auf die Seite des Vaters oder der Mutter schlugen. Andrew hatte schon immer ihr nähergestanden. Er hatte sie gerettet, als … Daran wollte sie jetzt nicht denken. Niclas war immer derjenige gewesen, mit dem Theodor etwas anfangen konnte, auch wenn er die Bank nicht übernehmen würde. Andrews Medizinstudium war in den Augen ihres Mannes reine Zeitverschwendung.

»Davon hat mir Drew schon erzählt. Soll ich mal mit Dad reden?«, bot ihr Jüngster an.

»Das wäre wohl das Beste. Sprich mit ihm, und dann lass mich wissen, wie es gelaufen ist, ja?«

»Sicher«, log er. Sie wussten beide, dass er seinem Vater auf den Zahn fühlen würde. Sie würde aber vermutlich nichts davon erfahren.

Georgina nahm es hin, so wie sie alles hinnahm, was sie nicht ändern konnte. Ihr Therapeut hatte ihr geraten, diese Dinge in ihrem Geist in einer Schublade abzulegen und zu verschließen, und dann mit ihm darüber zu reden. Auch eine gute Möglichkeit, sich über Jahre ein Einkommen zu sichern, dachte sie bitter. Aber immerhin sprach wenigstens er mit ihr. »Verrätst du mir, wo du bist?«, wechselte sie das Thema. Niclas würde sich um Theodor kümmern. Da war sie sich sicher. Er wusste, was zu tun war, und würde die richtige Entscheidung treffen.

»Ich bin …« Wieder schwieg er einen Moment. »Ich bin in Sunset Cove.«

»Du bist …«, Georginas Herzschlag beschleunigte sich, » … wo?«

»Auf Cape Cod.« Niclas' Stimme klang weicher, ein wenig mitfühlender als normalerweise.

»Aber – warum, um Himmels willen?«

Er seufzte. »Ich musste raus aus Boston. Weg von der Presse und diesem verdammten Fall. Sunset Cove erschien mir eine gute Idee.«

Eine gute Idee? Der Ärmel von Georginas Bademantel rutschte ein Stück hoch, und ihr Blick fiel auf die wulstige Narbe auf ihrem Handgelenk. Angewidert von den Erinnerungen an das Strandhaus, zog sie den Frotteestoff über ihre Hand. »Du bist doch ganz allein. Fällt dir nicht die Decke auf den Kopf?« Dabei wollte sie ihn fragen, ob ihn dort nicht die schrecklichen Erinnerungen verfolgten.

Es dauerte einen Augenblick, bis er antwortete. »Jake war für ein paar Tage hier und hat mir Gesellschaft geleistet.«

Georgina verzog das Gesicht bei der Erwähnung des Namens. Schließlich konnte ihr Sohn sie durch das Telefon nicht sehen. Sie konnte diesen Emporkömmling Jake Foster nicht ausstehen. Er geisterte seit der Kindheit ihrer Jungen durch ihr Leben. Der Enkel von Theodors erster Assistentin, Moira. Die Frau war damals schon zu alt gewesen, um die Geliebte ihres Mannes zu sein. Aber offenbar hatte sie genug Geld gehabt, um Jake auf die gleichen Privatschulen zu schicken, die auch ihre Söhne besuchten. Es hatte sich nicht verhindern lassen, dass die drei sich anfreundeten. Auch wenn sie sich immer bemüht hatte, Andrew und Niclas mit Kindern zusammenzubringen, die aus ihrer eigenen Gesellschaftsschicht kamen und deren Bekanntschaft sowohl ihr als später auch ihren Söhnen etwas nützen würde. Je mehr sie versuchte, diese Freundschaft zu Jake zu unterbinden, desto fester schweißte das die Jungen zusammen. Schließlich hatte sie aufgegeben, auch wenn ihr diese Verbindung ein Dorn im Auge war.

Aber Niclas hatte sicher nicht angerufen, um über Jake zu plaudern. »Wie geht es jetzt weiter?«, fragte sie ihren Sohn. Er wusste genau, was sie meinte.

»Ich arbeite an meiner Reputation.«

»Du findest einen Weg, unseren Ruf wieder reinzuwaschen?« Georgina bemühte sich, sich ihre Skepsis nicht zu sehr anmerken zu lassen. Offenbar war sie dennoch nicht zu überhören. Denn Niclas gab die Art von Seufzer von sich, mit der man nur seine Eltern bedachte. Wenn sie einen zu Tode nervten.

»Ich habe bereits einen Plan«, erwiderte er. »Das ist unter anderem der Grund, aus dem ich anrufe. Erinnerst du dich an den Gutachter, den ihr engagiert habt, um die Echtheit der alten Urkunden nachzuweisen, die in eurem Geschichtsverein aufgetaucht sind?«

»Dr. James Walker?«

»Genau, den meine ich. Kannst du mir den Kontakt zu ihm herstellen? Ich benötige seine Hilfe, und zwar schnell.«

»Sicher. Das kann ich natürlich. Aber wozu brauchst du einen Schriftgutachter?« Georgina nahm ihr Handy vom Nachttisch und scrollte durch die Kontakte, bis sie den Namen fand. Ja, sie hatte Dr. Walkers Nummer noch.

»Das zu erklären würde jetzt zu weit führen«, ließ Niclas sie abblitzen. Schon lange fühlten sich diese verbalen Spitzen nicht mehr wie ein Dolch an, der ihr mitten ins Herz gerammt wurde. Diese Empfindungen waren längst zu einem dumpfen Schmerz geworden.

»Ich rufe ihn gleich nachher an.«

»Danke.«

Georgina merkte, dass Niclas sich verabschieden wollte. »Du kommst doch zum Thanksgiving-Empfang?«

Wieder dieses Seufzen. »Natürlich. Wahrscheinlich bringe ich jemanden mit.«

»Was?« Georgina richtete sich in ihrem Sessel auf. »Wen?«

»Ich muss jetzt wirklich Schluss machen, Mutter. Wir hören uns.« Ehe sie eine weitere Frage stellen konnte, hatte er aufgelegt.

Georgina ließ das Telefon sinken, schloss die Augen und lehnte ihren Kopf gegen die Sessellehne. Als sie die Lider wieder hob, fiel ihr Blick auf den Champagner. Sie erhob sich und ließ den Tisch mit dem nahezu unberührten Frühstück links liegen. An der kleinen Bar an der gegenüberliegenden Seite schenkte sie sich einen großzügigen Gin ein. Sie schwenkte ihn kurz im Glas, bevor sie ihn hinunterkippte und nachschenkte. Gleich würde sie Dr. Walker anrufen. Aber zunächst musste sie etwas gegen die Kälte in ihrem Herzen tun.

Georgina nahm die Ginkaraffe mit zu ihrem Platz am Fenster und schenkte noch einmal nach. Der bunte Indian Summer im Garten von Hunter House verschwamm zu einem bunten Gemisch, und ihre Augen fingen an zu brennen. Sie senkte den Blick und strich mit den Fingerspitzen über die Narben an ihrem Handgelenk. Niclas war nach Sunset Cove zurückgekehrt. Wie hatte Theodor immer gesagt? Wir brauchen kein Anwesen außerhalb der Stadt. Unser Familiensitz ist Hunter House. Wenn wir aus der Stadt rauswollen, fahren wir ins Strandhaus. Sie hatte den Sommern entgegengefiebert. Hatte es gar nicht erwarten können, aus ihrem goldenen Gefängnis und der vor Hitze glühenden Stadt herauszukommen. Bis ihr Leben sie auch dort eingeholt hatte. Bis eine junge, billige Schlampe ihr gezeigt hatte, wie wertlos ihr Dasein als Gattin von Theodor Hunter war. Warum hatte sie es damals nicht geschafft, ihr Leben zu beenden? Warum hatte man sie in diese grausame, kalte Wirklichkeit zurückgeholt, wenn man sie doch nur für ihre Schwäche verachtete? Abermals goss Georgina sich etwas ein und kippte den Gin hinunter. Es wäre so viel einfacher gewesen. So viel friedlicher, wenn sie all die täglichen Erniedrigungen ihrer Familie nicht ertragen müsste. Es wäre ein stiller Tod gewesen. Nur danach sehnte sie sich. Stille und Vergessen. Sie wischte die einzelne Träne, die sich aus ihrem Augenwinkel stahl, mit dem Zeigefinger weg. Sunset Cove. Sie sah das wundervolle Haus vor ihrem geistigen Auge. Den Turm, den Witwenausguck. Dachte an den Leuchtturm und den herrlichen Blick über den Ozean. Ihre ganz persönliche Hölle.

*

Niclas lehnte sich gegen das Terrassengeländer und tippte sich nachdenklich mit dem Handy gegen das Kinn. Unvermittelt glitt sein Blick zum Leuchtturm hinüber, und er verspürte ein inneres Vibrieren. Marie war ununterbrochen in seinen Gedanken. Es war ein Reflex, der sich nicht mehr abstellen ließ, seit sie beide in der vergangenen Nacht schonungslos ihre Vergangenheiten voreinander ausgebreitet hatten. Mit ihr zu schlafen war …. Ihm fielen nicht die passenden Worte ein, sie würden nur wie ein kitschiges Klischee klingen. Sie war atemberaubend. Sie überwältigte ihn. Gab ihm so viel. Gab sich ihm hin. Aber sich die sorgsam gehüteten Geheimnisse anzuvertrauen, die sie beide bisher tief in ihrer Seele vergraben hatten, fühlte sich fast noch intimer an. Es glich einem Blick in die Abgründe ihrer Existenzen. Sie hatten Dinge preisgegeben, die sie niemandem sonst erzählten. Ihre Geschichten waren völlig unterschiedlich, und doch verstanden sie einander. Auch wenn Niclas' Leben wesentlich privilegierter als Maries verlaufen und seine Karriere steil nach oben gegangen war, so fühlte sich sein Dasein doch leer an. Da war nichts. Das machte sein Sturz ganz deutlich. Es existierte nur dieses bodenlose Loch, in das er immer noch tiefer hinabfiel. Andrew und Jake waren seine einzigen Rettungsleinen. Im Gegensatz zu ihm folgten sie ihrem Herzen. Sein Bruder lebte sein Helfersyndrom aus und rettete jeden Tag unzählige Menschen, und nachts schlief er bestimmt wie ein Baby. Und Jake träumte von seinem eigenen Unternehmen und hatte beschlossen, Himmel und Hölle in Bewegung zu setzen, damit er seinen Traum verwirklichen konnte. Und Niclas hatte – nichts.

Irgendwie hatte Marie es geschafft, sich in dieses Nichts zu schleichen. Sie spürte seine Einsamkeit, weil sie sie in ihren Augen wahrnahm, wann immer sie in den Spiegel blickte. Sie füllte diese Leere in ihm. Zugegeben, das ließ die Alarmglocken in seinem Hinterkopf schrillen. Aber im Moment kostete er das gute Gefühl, dass sie in sein Leben getreten war, voll aus. Sie hatten nicht noch einmal miteinander geschlafen, nachdem er sie in sein Bett gebracht hatte. Niclas hatte Marie in seinen Armen gehalten und in der Dunkelheit auf ihren leisen Atem und die Brandung gelauscht, die gegen die

Klippe am Leuchtturm schlug. In den ersten Stunden hatte sie unruhig geschlafen, war aber zumindest von Albträumen verschont geblieben. Irgendwann hatte sie sich fest in seine Arme geschmiegt und nicht mehr bewegt. Und auch er hatte dann Ruhe gefunden. Als er am späten Vormittag erwachte, war sie längst aufgestanden und gegangen. Doch zum ersten Mal hatte sie etwas getan, was sie bisher vermieden hatte. Ob er wollte oder nicht, sein Herzschlag beschleunigte sich beim Anblick ihres sauber zusammengelegten Schlafshirts und den Boxershorts auf dem Sessel in der Ecke. Marie hatte sie nicht vergessen. Es war ihre Art, ihm zu sagen, dass sie bleiben würde. Zumindest, bis sie den Prozess gewonnen hatten. Was danach geschehen würde, stand in den Sternen.

Niclas trank einen Schluck Kaffee und verzog das Gesicht. Während des Gesprächs mit seiner Mutter war er kalt geworden. Das Telefonat mit Georgina hatte ihn nachdenklich gestimmt. Nicht wegen ihrem selbstmitleidigen Unterton. Aber er machte sich Gedanken über seinen Vater. Auch sein Bruder hatte schon angedeutet, dass es dem alten Herrn nicht gut ging. Es wurde höchste Zeit, mit Andrew zu reden. Sie mussten nicht nur eine Lösung finden und Theodor Hunter dazu bringen, auf seine Gesundheit zu achten. Niclas musste Andrew von seinen Plänen berichten. Und von Marie. Sie hatten nie Geheimnisse voreinander gehabt. Auch vor Jake nicht. Er durfte es nicht länger vor sich herschieben. Sie mussten sich treffen und reden. Entschlossen wählte er die Handynummer seines Bruders und erreichte wie üblich die Mailbox. Er hinterließ ihm eine kurze Nachricht, dann rief er Jake an.

17

Marie saß in ihrem Pick-up auf dem Parkplatz vor dem Fairway und grübelte. Sie fühlte sich innerlich zerrissen, und die Gedanken rasten durch ihren Kopf, ließen sich nicht abschalten. Sie reichten von Erleichterung, dass sie sich endlich jemandem anvertraut hatte, bis zu: Oh mein Gott, was habe ich getan? Sie hatte sich Niclas geöffnet, hatte ihm erlaubt, tief in ihre Seele zu blicken. Die Dämonen ihrer Familie, die sie seit ihrer Kindheit in ihrem Inneren weggeschlossen hatte, hatte nicht einmal ihr Verlobter gekannt. Und sie war noch weitergegangen und ein Risiko eingegangen. Denn sie hatte mit Niclas geschlafen. Und sie würde es wieder tun. Daran hatte sie als Erstes gedacht, als sie im Morgengrauen in seinem Bett aufgewacht war. Sie war froh, dass er schlief wie ein Toter und auch nicht aufwachte, als sie sich vorsichtig aus seiner Umarmung befreite und sich aus dem Bett stahl. Einen Moment hatte sie den schlafenden Niclas betrachtet, während sie überlegte, ob sie vielleicht eine gemeinsame Zukunft hatten. Sie begriff, dass die Nacht mit Niclas sie zu einem mutigeren Menschen gemacht hatte. Nun war sie bereit, sich wenigstens einen Schritt aus ihrer Komfortzone herauszubewegen. Sie war bereit, sich einer Wiederaufnahme ihres Gerichtsverfahrens zu stellen. Sie war bereit, der furchtbaren Staatsanwältin noch einmal gegenüberzutreten. Und sie war bereit, – aus freien Stücken –, jeden Abend ins Strandhaus zurückzukehren. Damit Niclas das auch verstand, ließ sie ihr Schlafshirt und die Shorts in seinem Schlafzimmer zurück. Einen Augenblick hatte sie gezögert, den Blick noch immer auf Niclas gerichtet, der entspannt auf dem Rücken lag und tief und fest schlief. Sie musste über ihren Schatten springen. Er hatte sie aus dem Dornröschenschlaf geweckt, den sie für sich selbst gewählt hatte. Solange sie sich hinter ihrem Schutzwall verschanzt hatte, war sie mit dem Leben gut klargekommen. Aber jetzt, da sie sich nicht mehr verstecken konnte, da sie mit einem Schlag ins Leben zurückgekehrt war, wollte sie den Schwierigkeiten nicht mehr aus dem Weg gehen. Sie wollte zuversichtlich sein und hoffte, dass sich alles zum Guten wenden würde. Diese neue Energie hatte sie mit Euphorie erfüllt. Bis sie die SMS von Niclas bekommen hatte. Er hatte eine Verabredung und war unterwegs in Richtung Boston. Wann er zurückkommen würde, wusste er noch nicht.

Eine Nacht. Es war nur eine Nacht gewesen, die – zugegeben – ihr bisheriges Leben aus den Angeln gehoben hatte. Trotzdem wollte sie nicht der Typ von Frau sein, der alles hinterfragte, sich Gedanken darüber machte, warum er ausgerechnet heute wegfuhr, obwohl er das vorher nicht erwähnt hatte. Bedeutete ihm der gestrige Abend genauso viel wie ihr? Oder vielleicht gar nichts? Verdammt! Sie hieb mit der Hand auf das Lenkrad und lehnte sich zurück. Sam gab ein Fiepen von sich und kroch von seinem Platz auf dem Beifahrersitz und legte seinen Kopf in ihren Schoß. »Ist schon gut«, beruhigte Marie ihn. »Ich mache mich nur gerade lächerlich.«

Als sie mit ihrer Hand in sein Fell glitt, übertrug sich die gelassene Ruhe ihres Vierbeiners augenblicklich auf sie. »Was meinst du, Sam, bin ich eine Idiotin, weil ich mich auf Niclas eingelassen habe?«

»Ich würde sagen, du bist eine Idiotin, weil du hier draußen herumhockst«, vernahm sie eine Stimme und zuckte zusammen. Sie blickte durch das Seitenfenster in Hollys grinsendes Gesicht. »Was tust du hier draußen?«, wollte sie wissen.

»Darüber nachdenken, ob ich reinkommen, mich an deine Bar setzen und ein wenig rumjammern soll«, gab Marie zu.

Holly lachte. »Was für ein Glück für dich, dass heute mein freier Abend ist. Jackson übernachtet bei einem Freund, und Potter freut sich sicher über Sams Gesellschaft. Vielleicht kann dein Hund mal ein paar Takte mit meinem reden und ihm erklären, dass er nicht alles zerfetzen darf, was er zwischen die Zähne bekommt.«

»Ich wollte nicht …«, begann Marie.

»Ja, ja, du wolltest nicht stören. Das willst du nie, oder?« Holly öffnete die Wagentür. »Jetzt komm schon. Ich schmeiß schnell was in die Pfanne und mach eine Flasche Wein auf.«

Warum glaubten die Leuten eigentlich ständig, sie mit Essen versorgen zu müssen?, dachte Marie. Sam sprang hinaus und begrüßte Holly. Aufgeregt schnupperte er an ihren Hosenbeinen herum. Er roch bestimmt Potter. Sie gingen um das Restaurant herum und erklommen die Hintertreppe zum Apartment, in dem die Clarks lebten. Potter empfing sie an der Tür und verwickelte Sam sofort in einen Ringkampf, den er gutmütig über sich ergehen ließ.

Marie und Holly betraten die gemütliche Wohnküche. Gerade ging die Sonne über dem Atlantik unter und sandte durch die Sprossenfenster die letzten Strahlen ins Zimmer. Hollys rotes Haar leuchtete derart, dass es Marie so vorkam, als stünde es in Flammen.

»Setz dich«, befahl ihre Freundin. »Und dann verrate mir endlich, warum du dich auf jemanden von der verdammten Hunter-Brut eingelassen hast.« Sie nahm eine angefangene Flasche Weißwein aus dem Kühlschrank und stellte Gläser auf den Tisch, an den Marie sich gesetzt hatte. »Ich hoffe, du kannst mit ein paar schlüpfrigen Details aufwarten. Wenn man selbst kein Liebesleben hat, muss man von dem der anderen zehren.«

»Ich …« Marie spürte, wie ihr das Blut in die Wangen schoss. »Ich … Also …«

»Hey!« Holly legte ihre Hand auf Maries und fing ihren Blick auf. »Das war ein Witz.« Sie grinste. »Na ja, ich hätte natürlich nichts gegen ein paar pikante Einzelheiten, von denen sonst niemand etwas weiß. Schon, um Niclas damit bei jeder sich bietenden Gelegenheit aufzuziehen.« Mit dem brennend roten Haarschopf und dem diabolischen Grinsen erinnerte Holly Marie an eine Hexe. »Was ich eigentlich sagen will, ist, dass ich deine Freundin bin. Man kann viel allein schaffen. Man kann sich von den Menschen zurückziehen. Aber manchmal braucht man eine Freundin. Ich bin eine. Ich kann zuhören. Und ich kann unglaublich gute Ratschläge geben. Die Leute zahlen sogar Geld für meine Meinung.«

Marie lachte. »Die Leute zahlen dir das Geld nicht für deine Meinung, sondern für die Drinks, die du über den Tresen schiebst.«

»Ach, verdammt! Hätte mir das nicht mal jemand vor zehn

Jahren sagen können?« Sie stieß ihr Glas gegen Maries und trank einen Schluck. »Wenn du meine Hilfe brauchst oder reden möchtest – ich bin für immer dich da«, sagte sie ernst.

Marie drehte das Glas hin und her. So vieles brannte ihr auf der Seele, aber eine Frage beschäftigte sie besonders, seit sie Holly und Niclas zum ersten Mal zusammen erlebt hatte. »Warum kannst du die Hunters nicht ausstehen?«

Seufzend lehnte Holly sich auf ihrem Stuhl zurück. Sie strich sich eine ihrer wilden Locken aus dem Gesicht und schwieg einen Moment, ehe sie antwortete. »Ich kenne die Hunters schon, so lange ich denken kann. Als wir Kinder waren, gab es kaum einen Unterschied zwischen uns. Ob man über einem Pub wohnte oder in Sunset Cove, war völlig egal.« Sie lächelte leise. »Miss Georgina, wie wir die Herrin des Hauses nennen mussten, machte natürlich immer einen Unterschied zwischen ihren Goldjungen und uns schmutzigen Strandkindern, aber das störte uns damals nicht wirklich. Es war Sommer, die Tage endlos, die Sonne stand hoch am Himmel, und wir verbrachten den größten Teil des Tages auf dem Wasser.« Sie trank von ihrem Wein. »Weißt du, Marie, Kinder werfen keinen Blick über ihren Tellerrand. Sie sind glücklich, wenn sie die Freiheit der Ferien spüren und ein aufregender Sommer vor ihnen liegt. Irgendwann wird man älter. Man merkt, dass es Unterschiede zwischen seiner eigenen Welt und der der anderen gibt. Die Hunters genossen immer noch wilde Sommer, während ich zu jobben begann, damit ich mir das College finanzieren konnte. Dafür hatten die kein Verständnis. Sie wurden auf einmal arrogant und hingen mit den Kids aus ihrer eigenen Schicht rum. Und plötzlich waren aus den Freunden aus Kindertagen eingebildete, geringschätzige Arschlöcher geworden, denen es Spaß machte, kleine Kellnerinnen wie mich zu schikanieren.« Holly presste die Lippen aufeinander, und eine tiefe Falte erschien zwischen ihren Brauen. Für einen Moment starrte sie mit finsterem Blick in die untergehende Sonne, dann entspannte sich ihr Gesicht wieder. »Genug davon. Das ist alles lange her. Und …«, sie hob den Zeigefinger, »Niclas war auf jeden Fall nicht der Schlimmste von ihnen. Aber jetzt will ich wissen, was zwischen euch läuft.« Sie stand auf und kramte eine Tüte Salzbrezeln aus dem Schrank, die sie in ein Schälchen schüttete.

Marie nahm sich eine Brezel. Sie konnte Salzgebäck nicht widerstehen. »Ich habe mit ihm geschlafen«, platzte sie mit einem Mal heraus. »Gestern Abend. Im Leuchtturm.«

Holly lächelte noch breiter und drückte ihren Arm. »Dieser verdammte Leuchtturm«, murmelte sie. »Er hat eine ziemlich sinnliche Wirkung auf die Menschen. Ich vermute, es hat dir gefallen, doch du weißt nicht, was es zu bedeuten hat.«

»So ungefähr«, erwiderte Marie. »Ich meine, es ist einfach passiert. Wir haben über das Haus gesprochen und über damals …«

»Miss Georginas Suizidversuch?«

Marie sah Holly überrascht an. Die zuckte die Schultern. »Jeder hier weiß davon, aber wir reden nicht drüber. Jedenfalls nicht mit Leuten, die nichts davon wissen.«

»Also hat es damals jemand mitbekommen.«

»Oh ja.« Holly wedelte mit einer Brezel herum. »Die Rettungssanitäter. Der Doc. Sogar der Sheriff. Es ging schließlich um einen Selbstmordversuch. Solche Ereignisse verbreiten sich schneller als die Wellen bei Sturmflut. Aber ich wollte dich nicht unterbrechen.«

»Niclas hat es mir erzählt. Irgendwie führte eins zum anderen. Und es war … Es war unglaublich schön.« Marie nahm sich noch eine Brezel und drehte sie nachdenklich zwischen ihren Fingern. »Ich weiß nur nicht – bisher hat er Cape Cod nicht verlassen, seit er hergekommen ist. Und heute hat er ganz plötzlich einen Termin auf dem Festland, den er gestern mit keinem Wort erwähnt hat. Keine Ahnung, wann er zurückkommt.«

»Oder ob er zurückkommt?«, hakte Holly nach. »Ist es das, was dir Sorgen macht?«

»Irgendwie schon. Er hat mir nur eine SMS geschickt, dass sich das auf einmal ergeben hat und ich nicht auf ihn warten soll. Ich habe ihm erlaubt, meinen Fall neu aufzurollen. Und so wie es aussieht, hat er vielleicht sogar schon einen Weg gefunden, wie sich das am besten bewerkstelligen lässt. Aber jetzt bin ich mir nicht mehr so sicher, ob es richtig ist. Ich …« Sie musste es aussprechen. Sie schluckte und sah Holly ernst an. »Es ist mir ein bisschen peinlich, aber ich habe wenig Erfahrung in diesen Dingen. Mein Verlobter und ich …«

»Du warst mal verlobt?« Holly stand abermals auf und kramte in den Schränken herum. »Also ich würde mir an deiner Stelle nicht allzu viele Gedanken machen. Niclas kommt zurück. Und außerdem habe ich das Gefühl, dass es noch eine ganze Menge gibt, das du mir über dich erzählen solltest. Vorausgesetzt, du willst darüber reden. Aber nicht heute Abend, meine Liebe.« Sie betonte das letzte Wort, und Marie wurde warm ums Herz. Als Holly sich wieder umdrehte, hatte sie ein Schneidebrett, ein Messer und einen Salatkopf in den Händen. Sie legte alles vor Marie hin, bevor sie ein zweites Brettchen mit Tomaten und Paprika herausholte. »Der Mann, der dein Herz zum Stolpern bringt, hat heute Abend eigene Pläne. Genau wie mein kleiner Bruder. Das schreit nach einem echten Mädelsabend. Wir machen uns einen Salat und tun so, als ob wir uns total gesund und vernünftig ernähren. Dazu trinken wir jede Menge Wein, und zum Nachtisch verdrücken wir einen Riesenbecher Ben & Jerry's. Und währenddessen lümmeln wir auf der Couch und gucken uns stundenlang Netflix-Serien an. Na, was hältst du davon?« Fragend legte sie den Kopf schief. »Ich würde sagen, du brauchst Bildungsfernsehen. Damit du was fürs Leben lernst. Also entweder *Gilmore Girls* oder *The Walking Dead*.«

*

Drei Stunden später lenkte Marie ihren Pick-up hinter die Garage von Sunset Cove. Der Abend mit Holly war wundervoll gewesen. Sie hatten sich schließlich für *The Voice* entschieden, weil Holly eine ziemliche Schwäche für Blake Shelton hatte, und so viel Eis in sich hineingestopft, dass Marie sich sicher war, einen Zuckerschock zu haben. Außerdem tat ihr Bauch weh. Vom Lachen. Sie konnte sich nicht erinnern, wann sie zuletzt einen so ausgelassenen, fröhlichen Abend mit einer Freundin verbracht hatte. Sie sah zum Haus hinüber. Es lag still und dunkel da. Niclas war offenbar nicht zurück von – was auch immer er trieb. Sam und sie gingen hinein, und einen Moment überlegte sie, wieder auf der Couch im Wohnzimmer zu nächtigen. »Was soll's«, murmelte sie dann und stieg die Treppe hinauf. Sie hatte in der vergangenen Nacht verdammt gut in Niclas' Bett geschlafen.

*

Niclas wurde von leisem Stimmengewirr und dem Geruch nach gegrilltem Hummer und Pommes empfangen, als er die Tür des Waterfront Bar and Grill aufstieß. Die Aromen von Knoblauch, Zitrone und Rosmarin ließen ihm das Wasser im Mund zusammenlaufen, und ihm fiel ein, dass er seit dem Frühstück nichts mehr gegessen hatte. Andrew, Jake und er hatten sich entschlossen, ihr Treffen auf halber Strecke zwischen Boston und Cape Cod abzuhalten, weil sein Bruder und sein Freund ewig brauchen würden, um überhaupt aus der Stadt herauszukommen. Bevor die Dame am Empfang etwas sagen konnte, hatte er die beiden schon entdeckt. Er lächelte die junge Frau an und wies auf ihren Tisch. Dann schlängelte er sich durch das volle Restaurant und ließ sich auf einen der beiden freien Stühle gegenüber von Jake und Andrew fallen. Vor ihm stand neben einer flackernden Kerze eine Schüssel Erdnüsse und ein Pitcher Bier.

Jake nahm ihn und füllte Niclas' Glas. »Harpoon IPA«, erklärte er und schob das Getränk über den Tisch. »Haben ihre ersten Schritte in Boston gemacht, brauen aber inzwischen in Vermont.«

Niclas war das im Moment egal. Er hob das Glas und leerte es zur Hälfte. »Danke, dass ihr gekommen seid«, sagte er, als er das Bier wieder absetzte.

»Kein Problem«, sagte sein Bruder. »Verrätst du uns den Grund dieses geheimnisvollen Zusammentreffens? Hat es was mit Bralvers zu tun? Hat man ihn gefasst?« Andrew sah müde aus. Wahrscheinlich hatte er in der Klinik wieder Doppelschichten geschoben. Umso dankbarer war Niclas ihm, dass er noch die Energie aufgebracht hatte, nach Plymouth zu fahren.

»Mit Bralvers hat es nichts zu tun. Jedenfalls nicht direkt.«

»Hi, ich bin Jasmin und werde heute Abend Ihre Kellnerin sein«, unterbrach ihn ein junges Mädchen mit einer blauen Haarsträhne, Nasenpiercing und einem ansteckenden Lächeln.

»Hallo, Jasmin«, erwiderte er.

»Such dir was aus«, sagte Jake zu ihm. »Wir haben schon bestellt.«

Niclas überflog die Karte, entschied sich für den Schwertfisch und wartete, bis die Kellnerin außer Hörweite war. »Es geht um Gillian Mulhare«, weihte er seinen Bruder und seinen besten Freund ein.

Andrew trank einen Schluck Bier und zog die Augenbrauen hoch. »Was hast du geplant? Die Staatsanwältin genauso reinzulegen, wie sie es mit dir gemacht hat?«

»Stellvertretende Bezirksstaatsanwältin«, korrigierte Niclas ihn. Er sah zu Jake hinüber. »Hast du ihm etwas erzählt?«, fragte er.

Jake hob abwehrend die Hände. »Du hast gesagt, ich soll meine Klappe halten, und das habe ich getan.«

»Von was redet ihr überhaupt?« Andrew nahm sich ein paar Erdnüsse aus der Schale.

»Ich habe eine Frau kennengelernt«, begann Niclas.

»Du hast *was*?« Das ältere Ehepaar am Nachbartisch blickte neugierig zu ihnen herüber, und Andrew merkte, dass er ziemlich laut geworden war. Er beugte sich über den Tisch und fragte leise: »Was willst du damit sagen: Du hast eine Frau kennengelernt? Müsstest du von Frauen nicht ein für alle Mal die Nase voll haben? Oder zumindest für die nächsten zehn bis zwanzig Jahre?«

»Reg dich nicht auf, okay«, versuchte Niclas, seinen Bruder zu beruhigen. »Das war noch nicht der verrückteste Teil an der Geschichte. Ich wollte es euch erzählen, bevor ihr es aus der Zeitung erfahrt. Die Chancen stehen ganz gut, dass die Presse durchdreht, wenn sie Wind von meinen Plänen bekommt.«

»Das klingt nicht so, als ob ich von diesen Plänen hören will«, murmelte Andrew. Er sah zu Jake hinüber. »Du wusstest davon und hast kein Sterbenswörtchen gesagt?«

Jake hob abermals unschuldig die Hände. »Ich nehme an, es geht um Marie. Nic hat sie mir in Sunset Cove vorgestellt. Ich weiß, dass sie eine verurteilte Betrügerin ist. Mehr Details habe ich auch nicht bekommen.«

»Eine verurteilte Betrügerin?« Andrew rieb sich über das Gesicht, dann rief er die Kellnerin und bestellte einen zweiten Pitcher Bier. »Auf diese Geschichte bin ich wirklich gespannt. Ich behalte es mir vor, dich danach auf direktem Weg in die nächstgelegene Psychiatrie einzuweisen.«

Niclas hoffte, Andrew und Jake würden sein Motiv besser verstehen, wenn er ihnen alles erklärt hatte. Er erzählte von seiner ersten Begegnung mit Marie im Badezimmer und endete mit dem, was er vergangene Nacht erfahren hatte. Als er fertig war, starrten ihn Jake und Andrew mit so fassungslosem Gesicht an, dass er beinahe gelacht hätte.

»Hast du mit ihr geschlafen?«, fragte Andrew schließlich.

»Hast du mir nicht zugehört? Es geht darum, einen Prozess gegen Gillian Mulhare zu führen – und zu gewinnen. Ich werde nie stellvertretender Bezirksstaatsanwalt werden. Und ich werde diesem Miststück nie beweisen können, dass sie mich in diese verdammte Falle hat tappen lassen. Aber ich werde diesen Prozess gewinnen. Koste es, was es wolle.«

»Ich frage dich noch einmal: Schläfst du mit dieser Frau?« Andrew lehnte sich zurück und sah ihn abwartend an.

Niclas hielt seinem Blick für einen Moment stand, bevor er ihn senkte. »Ja. Scheiße, ja. Ich schlafe mit ihr. Ist das ein Verbrechen?«

»Lass es mich mal zusammenfassen«, setzte sein Bruder an. »Du erwischst eine verurteilte Straftäterin unter der Dusche, nachdem sie ins Strandhaus eingebrochen ist. Und weil die Staatsanwältin, die gegen sie verhandelt hat, Mulhare war, lässt du dich auf sie ein und glaubst, ihr helfen zu können. Natürlich steigt sie auch noch mit dir in die Kiste. Wie praktisch.« Andrew legte eine Kunstpause ein. »Bist du jetzt völlig durchgeknallt? Hast du das letzte bisschen gesunden Menschenverstand verloren? Du vögelst eine Betrügerin. Eine *Betrügerin*«, betonte er noch einmal. »Und lässt dich von ihr manipulieren.«

Ehe Niclas etwas sagen konnte, schaltete sich Jake ein. »So ist es nicht«, widersprach er Andrew. Er stützte seine Unterarme auf dem Tisch ab und sah Niclas ernst an. »Es ist eher anders herum. Abgesehen davon, dass ich Marie durchaus abkaufen würde, dass sie tatsächlich unschuldig im Knast saß, weiß sie nichts von Nics Racheplänen.«

»Wie soll ich das verstehen?« Andrew blickte zwischen Jake und ihm hin und her.

»Ganz einfach. Dein Bruder hat herausgefunden, dass

Mulhare Marie ins Gefängnis gebracht hat, und beschlossen, dass sich ihr Fall perfekt eignet, um der stellvertretenden Bezirksstaatsanwältin einen Denkzettel zu verpassen. Marie weiß überhaupt nichts davon, dass Mulhare Nic ruiniert hat. Er benutzt sie einfach nur für seinen Rachefeldzug.«

Ein unangenehmes Schweigen breitete sich am Tisch aus, während um sie herum Gelächter, Gläserklirren und Musik zu hören waren.

»Stimmt das?«, fragte Andrew schließlich.

Niclas fuhr sich durch die Haare. »So wie Jake es sagt, klingt es vielleicht ein wenig hart. Ich meine, ja, schon. Irgendwie. Aber es ist zu ihrem Besten. Ich helfe ihr, also benutze ich sie nicht wirklich, oder?« Er hasste es, dass er sich so verteidigen musste.

Andrew leerte sein Glas und schenkte sich nach. »Wir Hunters sind vieles. Keine Frage. Kaputt. Dysfunktional. Wie auch immer du unsere Familie nennen willst. Aber du und ich …« Er wedelte mit der Hand hin und her. »Und Jake. Wir haben uns Frauen gegenüber nie wie Arschlöcher benommen. Wir waren immer anständige Kerle.«

Niclas hätte seinem Bruder problemlos widersprechen können. Der beste Beweis, dass das nicht der Wahrheit entsprach, war Holly Clark. Andrew und sie waren als Jugendliche wie siamesische Zwillinge gewesen. Bis irgendetwas vorgefallen war, woraufhin die Besitzerin des Fairway mit den Hunters nichts mehr zu tun haben wollte. Niclas war sicher, dass es nicht an ihm gelegen hatte. Aber das würde er Andrew nicht vorhalten, weil sein Bruder recht hatte. Er benutzte Marie, unabhängig, ob sie davon profitierte oder nicht. Sie war ihm gegenüber ehrlich. Er jedoch nicht.

»Irgendwann wird dir das mit einem Riesenknall um die Ohren fliegen«, prophezeite Jake.

Ja, das stimmte. Niclas konnte nur hoffen, dass er den Fall gegen Gillian dann bereits gewonnen hatte.

»Ihr könnt mich nicht umstimmen«, sagte er leise. »Ich habe Marie versprochen, den Prozess für sie zu führen. Und ich werde das durchziehen.« Sein Bruder und sein Freund wussten, dass er sich nicht davon abbringen lassen würde. Also wechselte er einfach das Thema und sprach das zweite Problem an, weswegen er die beiden um ein Treffen gebeten hatte. »Ich habe heute mit Mom telefoniert. Sie sagte, dass es Dad wirklich nicht gut geht. Und als ich neulich mit ihm telefoniert habe und du aufgetaucht bist, Drew, da schien es ähnlich schlecht um ihn zu stehen.«

»Ja. Ich konnte ihn leider nicht untersuchen, weil er mich vorher rausgeschmissen hat, aber gesundheitlich steht es weiß Gott nicht zum Besten mit ihm«, pflichtete Andrew ihm bei.

»Hast du eine Ahnung, was ihm fehlt?«, fragte Jake.

Andrew zuckte die Schultern. »Ferndiagnosen sind nicht mein Ding. Aber wenn ich raten müsste, würde ich auf Nierenprobleme tippen. Und so etwas sollte er ernst nehmen. Aber leider hört er nicht auf mich.«

»Auf Mom selbstverständlich auch nicht. Also werde ich versuchen, zu ihm durchzudringen«, sagte Niclas. Er hatte schon befürchtet, dass es seinem Bruder nicht gelungen war, ihren Vater zu untersuchen oder ihn zumindest zu einem Arztbesuch zu überreden. »Wahrscheinlich wird er störrisch sein wie ein alter Esel. Aber vielleicht schaffe ich es ja.« Er zog sein Handy aus der Tasche und schaltete die Diktierfunktion ein. »Sag mir ein paar richtig schlimme Dinge, die passieren können, wenn man was mit den Nieren hat.« Er hielt seinem Bruder das Telefon unter die Nase.

Andrew verdrehte die Augen. »Was wird das? Bereitest du ein Plädoyer für einen Arztbesuch vor?«

*

Es war weit nach ein Uhr, als Niclas seinen Wagen vor der Garage von Sunset Cove abstellte. Im Haus war alles dunkel, und nichts wies darauf hin, dass Marie auf ihn wartete. Er wäre am liebsten einfach ins Haus gegangen, hätte sich gern eingeredet, dass es ihm egal war, ob sie nach der Arbeit hergekommen war. Sie war sicher hier. Schließlich hatte sie ihre Schlafsachen in seinem Zimmer gelassen. Aber seine Nachricht, dass er heute Abend nicht da sein würde, hatte sie nicht beantwortet. »Scheiße«, fluchte er leise, als ihm klar wurde, dass er das Haus nicht betreten würde, ohne vorher zu überprüfen, ob ihr Pick-up in seinem Versteck stand.

Hastig umrundete er die Garage und atmete erleichtert aus, als er ihre alte Rostlaube entdeckte. Marie war hier. Gut. Blieb nur zu hoffen, dass sie nicht auf der Couch übernachtete.

Leise betrat er das Haus und warf einen Blick ins Wohnzimmer. Das verlassene Sofa wurde vom Mondlicht beleuchtet, das gerade durch die dicke Wolkenschicht brach. Er stieg die Treppe hinauf und öffnete vorsichtig die Tür zu seinem Schlafzimmer. Marie lag in seinem Bett, die Decke bis zum Kinn hinaufgezogen, Sam hatte sich an sie geschmiegt. Im Gegensatz zu Marie, die sich nicht rührte, öffnete der Hund ein Auge und blickte zu ihm hoch. »Mein Bett«, flüsterte Niclas. »Verschwinde, mein Freund.«

Der Hund gähnte und stellte sich taub. Niclas zog sein Shirt aus. »Deine Zeit ist abgelaufen, mein Freund«, murmelte er. Er öffnete seine Jeans und zog sie gemeinsam mit den Socken aus. Als er wieder vor sein Bett trat, seufzte Sam herzzerreißend und erhob sich mit einem missgelaunten Brummen. Niclas schlüpfte unter die Decke und nahm Marie in seine Arme. Endlich bewegte sie sich und glitt mit ihrer Hand um seine Hüfte. Mit einem sehnsüchtigen Laut, der ihn wie ein kleiner Blitz in den Magen traf, schmiegte sie sich an ihn. »Du bist wieder da«, murmelte sie schläfrig.

»Ja.« Niclas liebkoste mit seinen Lippen ihren Hals, atmete ihren Duft ein. »Ich bin wieder da.« Er schloss die Augen und genoss es, Marie in seinen Armen zu halten. Andrew und Jake hatten unrecht, sagte er sich im Stillen, als ihm das Gespräch mit den beiden noch einmal durch den Kopf ging. Er hatte Marie nicht von der Wiederaufnahme ihres Verfahrens überzeugt, weil er ein selbstsüchtiges Arschloch war. Zumindest nicht nur. Maries Glück war ihm wichtig. Marie war ihm wichtig.

18

Niclas und Marie verbrachten zwei ruhige Wochen abge-
schieden in Sunset Cove. Im November, mit den kalten
Winden und dem dichten Nebel, hielt der Herbst endgültig
Einzug auf der Halbinsel. Die letzten Touristen suchten das
Weite und überließen Cape Cod denen, die gerne ihre Ruhe
hatten. Als ob man einen Schalter umgelegt hätte, verfielen
die Einheimischen in ihren gemütlichen Wintertrott, zum
Ausgleich zu der Hektik der Sommermonate. Die meisten
Gärten und Sommerhäuser waren inzwischen für die raue
Jahreszeit vorbereitet, und Marie hatte viel zu viel Freizeit.
Sie hatte sich nach einem neuen Job umgesehen, der sie über
die Wintermonate brachte und dabei genug abwarf, um wei-
tere Schulden abzustottern.

Niclas hatte versucht, sie davon zu überzeugen, sich erst
einmal auf ihr Gerichtsverfahren zu konzentrieren. Er zweifelte nicht eine Sekunde daran, zu gewinnen. Und er hatte
das Gefühl, dass sein Optimismus langsam auf Marie ab-
färbte und sich ihre Stimmung hob. Er sagte ihr, dass sie im
Falle eines Freispruchs eine Entschädigung für die vier Jahre
im Gefängnis bekommen würde. Das Geld, mit dem sie im
Moment die Gläubiger ihres Bruders zu besänftigen versuchte, würde sie nicht wiedersehen. Aber zumindest musste

sie ihnen keinen weiteren Penny zahlen, wenn sie siegten. Auch wenn Geld für Marie nur eine untergeordnete Rolle spielte, schien sie erleichtert bei dem Gedanken, von dieser drückenden Last befreit zu werden.

Was aus ihnen werden würde, sobald der Richterhammer auf das Pult gefallen und das Urteil verkündet worden war, wusste er nicht. Seit jenen denkwürdigen Stunden im Leuchtturm hatte Marie keine Nacht mehr auf der Couch verbracht. Sie schlief in Niclas' Bett, geborgen in seiner Umarmung. Es war ein hartes Stück Arbeit gewesen, sie dazu zu bringen, sich ihm zu öffnen. Seitdem schien sie unersättlich nach menschlicher Nähe. Im Gefängnis hatte sie all ihre Gefühle im Inneren weggesperrt, verborgen hinter einer Mauer. Es wunderte Niclas deshalb nicht, wie sehr sie es nun genoss, von ihm berührt zu werden. Sie saugte die Zärtlichkeiten, die sie austauschten, auf wie ein ausgetrockneter Schwamm das Wasser, schien den Hautkontakt zu brauchen wie die Luft zum Atmen.

Trotzdem fühlte Niclas sich nicht ganz wohl in seiner Haut. Er war bereit, ihr so viel Wärme und Sicherheit zu geben, wie sie zuließ und brauchte. Er wollte sich einreden, dass er nicht das Arschloch war, als das sein Bruder ihn bezeichnet hatte. In der Vergangenheit hatte er meist eher oberflächliche Beziehungen geführt. Nicht selten hatten sie eine Nacht nicht überdauert. Aber er hatte einer Frau auch nie mehr versprochen, hatte die Trennlinie immer klar gezogen – und nie überschritten. Sicher, er ging davon aus, sich irgendwann zu verlieben, zu heiraten und eine Familie zu gründen. Aber bestimmt nicht jetzt, wo sein Leben und seine Karriere in Trümmern lagen. Nachdem sich sein Blick auf die Geschehnisse in Boston etwas geklärt und er die Zähne zusammengebissen und all das analysiert hatte, wurde ihm klar, dass seine Zeit bei der Staatsanwaltschaft für immer vorbei war. Er würde nie stellvertretender Bezirksstaatsanwalt werden. Und er würde keinesfalls unter den hämischen Blicken seiner Kollegen – und vor allem nicht mit Gillian Mulhare als Vorgesetzte – in sein Büro zurückkehren. Im Grunde war er genau wie Marie auf der Suche nach einer neuen Aufgabe. Seine Gedanken schweiften häufig von den wirklich notwendigen Entscheidungen, die er treffen musste, zu Marie. Das war vom ersten Moment an so gewesen, musste er sich eingestehen. Wie oft war das Bild ihres nackten Körpers unter der Dusche vor seinem inneren Auge aufgeblitzt? Wie oft hatte er geglaubt, einen roten Kapuzenpulli zu sehen, oder hatte ihr befreites Lachen auf ihrem Segeltörn gehört? Er wollte nicht zu viel für sie empfinden, aber das war leichter gesagt als getan. Sie war ihm nähergekommen, als in der Situation, in der sie steckten, gut war.

Marie war vom Leben gezeichnet. Das Schicksal hatte sie verhärtet, und sie war misstrauisch gegenüber ihrer Umwelt geworden. Auch wenn sie sich geöffnet hatte und die helfende Hand, die er ihr bot, annahm, hatte sie nichts von ihrer inneren Härte verloren. Sie war keine sanfte, weiche Frau. Sie war das willensstärkste, störrischste Wesen, das er kannte. Niclas hatte Marie nichts versprochen, hatte ihr keine Hoffnungen gemacht. Nach ihrem Freispruch würden sich ihre Wege trennen. Denn sie waren beide Einzelgänger, keine Menschen, die für Beziehungen geschaffen waren. Er musste sich Gedanken über seine berufliche Zukunft machen. Wenn er Marie nicht mehr jeden Tag sehen würde – wenn sie nicht mehr jede Nacht in seinem Bett lag – wäre er auch nicht mehr so fixiert auf sie. Den Grundstein dafür hatte er bereits gelegt. Die Akten, die sie ihm zur Verfügung gestellt hatte, hatte er akribisch ausgewertet. Einige Ungereimtheiten hatte er aufdecken können. Der größte Trumpf war nach wie vor die gefälschte Unterschrift auf den Schecks. Viel mehr brauchte er nicht, bis er gegen Gillian Mulhare vorgehen konnte.

Niclas lehnte im Rahmen der Terrassentür und nippte an seinem Kaffeebecher. Er sah Marie dabei zu, wie sie am Strand mit Sam herumtobte. Dem Hund vertraute sie noch immer mehr als jedem Menschen. Sie nahm immer noch ungern etwas an und versuchte, niemandem etwas schuldig zu bleiben. Er wusste, wie schwer es ihr fiel, ihren Fall in seine Hände zu legen, weil sie ihm kein Honorar zahlen konnte. Deshalb nahm sie darüber hinaus keine Almosen – wie sie es nannte – von ihm an. Was bedeutete, dass sie sich weigerte, etwas zu unternehmen, was Geld kostete. Oft gingen sie gemeinsam lange am Strand spazieren, machten sich gemütliche Netflix-Abende auf der Couch und ein Mal sogar ein romantisches Picknick auf dem Leuchtturm.

Ein Klopfen an der Tür riss Niclas aus seinen Gedanken. Er wandte den Blick von dem fröhlich herumrennenden Hund und Marie mit ihren windzerzausten Haaren ab und öffnete die Haustür. Ein UPS-Bote hielt ihm einen Umschlag und den Scanner entgegen. »Mr. Hunter?«

»Ja.«

»Das ist für Sie.« Er ließ Niclas unterschreiben, übergab ihm den Brief und tippte zum Gruß gegen den Schirm seiner Baseballkappe mit dem Logo des Kurierdienstes.

Eilig riss Niclas das Kuvert auf. Sein Puls beschleunigte

sich, als er den Absender sah. Dr. Walker, der Schriftgutachter. Noch an der geöffneten Haustür überflog er die Seiten. »Bingo«, murmelte er und konnte ein zufriedenes Grinsen nicht unterdrücken. Niclas ging in die Küche und kochte sich einen frischen Kaffee. Während die Maschine aufheizte, blickte er auf den Ozean hinaus. Er stellte sich vor, was für ein Gesicht die stellvertretende Bezirksstaatsanwältin Mulhare machen würde, wenn sie Post von ihm bekam. Er würde Gillian vor Gericht so richtig auseinandernehmen. Vielleicht gefiel ihm diese Seite des Gerichtssaals sogar besser. Er könnte eine Anwaltskanzlei eröffnen und seiner Erzfeindin ihr Dasein zur Hölle machen. Zukunftsmusik, dachte er und stellte seine Tasse unter die Kaffeemaschine. Heute Abend würde er mit Marie Dr. Walkers Gutachten feiern. Er würde Steaks und eine Flasche Champagner besorgen und bei einem guten Essen mit Marie anstoßen.

*

Niclas hatte Marie mit einem fantastischen Essen und Champagner überrascht. Und mit der Nachricht, dass die Wiederaufnahme ihres Verfahrens kurz bevorstand. Ihr ganzer Körper kribbelte, als befände sich unter ihrer Haut eine Ameisenstraße. Niclas hatte am Vormittag das Schriftgutachten erhalten, das er in Auftrag gegeben hatte. Die Unterschriften auf den Überweisungsformularen stammten nicht von ihr. Was an sich ja nichts Neues war. Doch jetzt stand das, was ihr letzter Verteidiger mit einer Handbewegung abgetan hatte, schwarz auf weiß in einem Gutachten. Damit bestätigte sich Niclas' Hauptthese. Er hatte das Argument gefunden, auf dem er seine Beweisführung aufbauen wollte. Marie hatte der Wiederaufnahme zugestimmt. Sie hatte Niclas gesagt, sie wolle den Prozess. Und das stimmte auch. Irgendwie. Warum machte sie der Gedanke daran so rastlos? Warum stolperte ihr Herz, sobald sie an den Gerichtssaal dachte?

Nach dem Essen hatten sie sich auf die breite Liege auf der Terrasse gelegt. Eingehüllt in warme Decken, blickten sie zum Leuchtturm und in den seidig schwarzen Nachthimmel. Sam hatte sich auf dem Boden neben Marie zusammengerollt und schnarchte leise. Die Wellen schlugen in einem hypnotisierenden Rhythmus gegen den Strand und die Klippe. Marie hatte sich in Niclas' Arme geschmiegt, ihren Kopf an seine Halsbeuge gelegt. Sein Geruch hatte so eine beruhigende Wirkung auf sie. Niclas tat ihr gut. So gut. Das musste sie sich eingestehen. Sie hatte sich geschworen, immer ehrlich zu sich selbst zu sein. Und das war die schlichte – wenn auch beängstigende – Wahrheit. Er hatte sie aus ihrem Schneckenhaus hervorgelockt. Hatte sie dazu gebracht, ihre Gefühle wieder zuzulassen. So eine schmerzhafte Erfahrung hatte sie sehr selten in ihrem Leben gemacht. Es war nur mit der Erkenntnis vergleichbar, die nächsten vier Jahre hinter Gittern zu verbringen. Sie hatte gar keine Vorstellung gehabt, wie sehr sie durch die Zeit im Gefängnis seelisch verkümmert war. Niclas hatte ihr wieder Leben eingehaucht. Nachdem der Schmerz endlich abgeebbt war, vermochte sie durch diese wiederentdeckte Lebendigkeit Gefühle zu empfinden, die sie nie für möglich gehalten hätte. Gefühle, die sie aber auch zur Vorsicht mahnten. Natürlich ließ sich all das nur schwer kontrollieren, was so plötzlich durch ihre Blutbahn rauschte. Womöglich war sie dabei, sich in Niclas zu verlieben. Auch wenn die Vernunft ihr davon total abriet. Im Gegensatz zu ihrem Herzen, das ihr sagte, dass ihr diese Gefühle guttaten, selbst wenn es eine Illusion war, die am Ende doch zerstört werden würde. So etwas passierte Menschen, die ein gewöhnliches Leben führten. Sie verliebten sich, und irgendwann zerbrachen ihre Träume. Dann verliebten sie sich erneut. Und nichts wollte Marie so sehr, wie normal sein. Auch wenn es wehtat. Sie konnte mit Fug und Recht von sich behaupten, schon Schlimmeres überstanden zu haben.

Niclas tat alles in seiner Macht Stehende, um ihr zu helfen. Aber bisher hatte er nicht darüber gesprochen, was nach dem Prozess geschehen würde. Was aus ihnen werden würde. Auch Marie sprach lieber nicht darüber. Sie wollte im Hier und Jetzt leben, jede Sekunde in Sunset Cove genießen.

»Wie gehen wir denn jetzt vor?«, fragte sie, ihr Gesicht noch immer an seinem Hals geborgen.

»Wir stellen den Antrag und informieren die Staatsanwaltschaft«, antwortete Niclas und streichelte ihren Unterarm. »Der Richter wird darüber befinden, ob das Verfahren wieder aufgenommen wird. Angesichts der Beweise, die wir vorlegen, wird er nicht darum herumkommen.« Er küsste ihre Schläfe. »Deinen Bruder können wir leider nicht als Zeugen laden. Aber mit den Fakten, die wir bis jetzt gesammelt haben, können wir deine Unschuld beweisen. Du wirst dein Geld wahrscheinlich nicht zurückbekommen.« Er strich mit seiner Fingerspitze über den kleinen Höcker auf ihrer Nase. Marie hatte ihm erzählt, wie sie sich das Nasenbein gebrochen hatte. »Einen Teil können wir einfordern, wenn wir viel

Glück haben. Und du bekommst natürlich eine Entschädigung für deine Zeit im Gefängnis. Wenn du vor Gericht erzählst, wie es in der Haft war, können wir auch noch Schmerzensgeld aushandeln.«

»Nein!« Marie setzte sich auf. »Ich werde auf keinen Fall über die Jahre dort sprechen.«

»Die Entschädigung könnte hoch ausfallen«, gab Niclas zu bedenken.

»Ich will es nicht, okay?« Sie schlug die Decke zur Seite und stand auf. Sie stellte sich an das Geländer der Terrasse und blickte auf die Wellenkämme hinunter, die im Mondlicht silbern schimmerten. Ihre Hände umklammerten das vom Wetter verwitterte Holz. »Ich will kein Geld«, sagte sie leise. »Nur meinen Frieden.« Über die Schulter blickte sie zu Niclas, der sich aufgesetzt hatte. »Du hast mich davon überzeugt, den Prozess wieder aufzunehmen. Und du hast recht. Ich will einen Freispruch. Wirklich. Aber mehr verlange ich nicht.« Denn selbst das würde ein harter, nervenaufreibender Kampf werden.

∗

Gillian Mulhare balancierte den Starbucksbecher und ihre Aktentasche mit der linken Hand und schob mit der rechten ihre Magnetkarte durch den Scanner. Das elektrische Schloss summte, und sie drückte die schwere Glastür auf.

»Guten Morgen, Miss Mulhare.«

»Madeline.« Gillian nickte ihrer Assistentin zu und ging an ihrem Arbeitsplatz vorbei in ihr neues, helles Eckbüro. Sie stellte den Kaffeebecher auf den Schreibtisch, schlüpfte aus ihrem Mantel und warf ihn über die Lehne des Besuchersessels.

Ihre Assistentin war ihr gefolgt und legte wie jeden Morgen die Post auf ihren Schreibtisch. Gillian blätterte durch den Stapel, während sie den PC hochfuhr. »Irgendetwas Wichtiges dabei?«, fragte sie.

»Zwei Gutachten, die Sie in Auftrag gegeben haben.« Madeline schob Gillians Mantel auf einen Bügel und hängte ihn in den Schrank hinter der Tür. »Und ein Wiederaufnahmeverfahren.«

»Tatsächlich?« Gillian fand das Kuvert mit der Wiederaufnahme. Sie trank einen Schluck Kaffee und zog den Antrag aus dem Umschlag. »Danke, Madeline. Ich brauche Sie im Moment nicht mehr.« Sie hasste solche Verfahren und fragte sich, wer sich einbildete, ein Urteil, das sie errungen hatte, anfechten zu wollen.

Niclas Hunter, las sie.

Niclas Hunter? Ihr Puls beschleunigte sich.

»Was zum Teufel …«, murmelte sie und blätterte die Seite um. Hunter vertrat Marie McMillan. Gillian überlegte, wer die Frau war. Das Bild einer übergewichtigen Buchhalterin tauchte vor ihrem inneren Auge auf. Das Adrenalin, das durch ihre Adern geschossen war, versiegte langsam, und ihr Herzschlag beruhigte sich. Sie nahm einen Schluck von ihrem Kaffee. Sie hatte keine Ahnung, wo Hunter den Fall aufgerissen hatte oder wie er das Pummelchen dazu gebracht hatte, einer Wiederaufnahme zuzustimmen. Aber sie wusste, warum er es getan hatte. Er wollte gegen sie antreten. Wollte Rache. Gillian hatte damit gerechnet, dass er irgendwann versuchen würde, es ihr heimzuzahlen. Und dafür hatte er den

Gerichtssaal gewählt. Das konnte er haben. Sie machte sich keine Sorgen. Ihr war egal, auf welche Begründung Hunter seinen Antrag stützte. Sie zweifelte nicht einen Augenblick daran, dass sie auch diesen Prozess gewinnen würde. Hunter sollte sich warm anziehen. Denn sie würde ihn plattmachen.

*

Murray Bralver beobachtete Dr. Andrew Hunter in der überfüllten Krankenhauscafeteria. Der Arzt trank Kaffee aus einem erbsengrünen Becher und stocherte in einem undefinierbaren Auflauf herum, während er einer Kollegin zuhörte, die auf ihn einredete.

Murray versuchte bereits seit einigen Wochen herauszufinden, wo sich Niclas Hunter verkroch. Nach dem kleinen Plausch mit der neuen stellvertretenden Bezirksstaatsanwältin gefiel ihm der Gedanke, auch Hunter persönlich für seinen Freispruch zu danken. Allerdings hatte er ihn nicht zu Hause angetroffen, zu welcher Tageszeit er auch bei ihm vorbeigeschaut hatte. Vorsichtig hatte er seine Fühler ausgestreckt, aber bis jetzt nicht herausgefunden, wo er sich herumtrieb. Es wurde Zeit, etwas größere Geschütze aufzufahren. Er zückte das Prepaidhandy, das er sich nur zu diesem Zweck besorgt hatte, und wählte. Entspannt lehnte er sich gegen die Wand und sah, wie Andrew Hunter sein Handy aus der Tasche fischte.

»Hallo?«

»Dr. Hunter?« Murray legte einen besorgten Unterton in seine Stimme.

»Ja.« Er beobachtete, wie der Arzt seinen Kaffeebecher abstellte und mit der Hand sein Ohr abschirmte, um die Umgebungsgeräusche zu dämpfen. »Mit wem spreche ich?«

»Mein Name ist Stricker. Officer Stricker vom Andover Police Department.« Er machte eine kurze Pause, um Hunter Zeit zu geben, die Information zu verarbeiten. »Ihre Eltern hatten einen schweren Unfall. Sie haben darum gebeten, einen Niclas Hunter zu informieren. Ich habe herausgefunden, dass es sich dabei um Ihren Bruder handeln muss. Aber ich kann ihn nicht erreichen. Können Sie mir sagen, wie ich ihn ausfindig machen kann?«

Hunter runzelte für einen Augenblick die Stirn. Dann verzog sich sein Gesicht zu einer wütenden Maske. »Sie mieser Bastard«, zischte er in sein Handy. »Das ist so ziemlich das Mieseste, was sich je einer von euch blutsaugenden Pressearschlöchern ausgedacht hat.« Ohne ein weiteres Wort beendete er das Gespräch.

Es wurde Zeit, dass er Dr. Hunter ein wenig auf die Pelle rückte. Murray stieß sich von der Wand ab, nahm das Tablett mit dem Tee und dem Apfelkuchen, und setzte sich an den Tisch, der gerade neben dem Arzt frei wurde.

Hunter tat genau das, was Murray erwartet hatte. Er wählte die Nummer seiner Mutter und vergewisserte sich in einem kurzen Gespräch, dass bei ihr alles in Ordnung war. Anschließend rief er seinen Bruder an. »Hey, ich bin's.« Er schwieg einen Augenblick, dann fuhr er fort: »Mich hat gerade so ein verfluchtes Arschloch von der Presse angerufen und behauptet, dass unsere Eltern einen Unfall … Nein, nein«, sagte er nach einer kurzen Pause. »Ich habe Mom angerufen. Es geht ihr gut. Also geht es auch Dad gut. Vermutlich. Dieser miese Reporter wollte nur herausfinden, wo du bist ... Was? Selbstverständlich habe ich Sunset Cove nicht erwähnt. Mach dir keine Sorgen. Du hast dir wirklich das perfekte Versteck ausgesucht.«

Murray wandte sich ab. Mehr musste er nicht hören. Grinsend schlenderte er aus der Cafeteria. Diese reichen Jungs hielten sich ja für ach so schlau. Sunset Cove – ein Name, den er noch nie gehört hatte. Kein Problem für ihn. Selbst ein Grundschulkind konnte herausfinden, wo das lag. Leise pfiff er die Filmmelodie von *Der weiße Hai* vor sich hin. Er freute sich auf den Besuch, den er Staatsanwalt Hunter demnächst abstatten würde.

19

Niclas spazierte mit Marie am Strand entlang. Während sie Stöckchen für Sam warf und der Hund mit Begeisterung durch die Tidentümpel raste, ließ Niclas seine Gedanken wandern. Heute Morgen hatte er eine der handgeschriebenen Einladungskarten seiner Mutter erhalten. Er verspürte wenig Lust, zum alljährlichen Hunter'schen Thanksgiving-Empfang zu gehen. Er mochte weder die Leute, die zu diesem Event eingeladen wurden, noch wie seine Eltern sich anlächelten und einen auf heile Familie machten, obwohl sie sich am liebsten gegenseitig umbringen würden. Aber er hatte es seiner Mutter versprochen, als Dank, weil sie sich bei Dr. Walker für ihn eingesetzt hatte. Und es wurde höchste Zeit, den Gesundheitszustand seines Vaters persönlich unter die Lupe zu nehmen.

Der Anruf seines Bruders gab ihm zu denken. Andrew ging davon aus, dass ein Reporter seinen momentanen Aufenthaltsort ausfindig machen wollte. Aber was, wenn es kein Journalist war? Murray Bralvers war noch immer auf freiem Fuß. Der Privatdetektiv, den er auf den Psychopathen angesetzt hatte, hatte es bis jetzt nicht geschafft, ihn aufzuspüren. Bralvers war wie vom Erdboden verschluckt und hatte seine Spuren sorgsam verwischt.

Soweit Niclas wusste, war bisher keine weitere junge Frau ermordet worden. Aber wie lange würde das noch gut gehen? Bralvers hätte bestimmt Spaß daran, sein nächstes Opfer vor Niclas' Tür abzulegen. Das entspräche seinem perversen Humor. Deshalb hatte er kein gutes Gefühl, Marie allein auf der Halbinsel zurückzulassen, während er sich mit der High Society in Boston herumärgerte. »Hast du Pläne für Thanksgiving?«, fragte er Marie.

Sie blieb stehen und sah ihn von der Seite an. Dann brach sie in ein nicht besonders fröhliches Lachen aus. »Die Frage war nicht ernst gemeint, oder?«

»Ähm, nein. Entschuldige.« Niclas zog ihr die Mütze, die ein wenig verrutscht war, tiefer in die Stirn. »Ich habe mich blöd ausgedrückt. Ich wollte nur wissen, ob du dich vielleicht mit Holly verabredet hast.«

»Nein.« Sie wandte sich von ihm ab und warf den Stock, den Sam angeschleppt hatte, in hohem Bogen ins Watt. »Thanksgiving ist ein Familienfest. Um ehrlich zu sein, hat Holly mich gefragt, aber ich habe abgelehnt. Es wäre nicht richtig, da einfach reinzuplatzen.«

Niclas legte den Arm um ihre Schultern und zog sie sanft an sich. »Bestimmt würde Holly sich freuen, wenn du ihr Gast wärst. Aber ich bin froh, dass du ihr abgesagt hast. Denn ich möchte dich bitten, mich nach Boston zu begleiten.«

Marie blieb abermals stehen und drehte sich zu ihm um. »Zu deiner Familie?«, fragte sie ungläubig.

»Na ja, nicht wirklich. An Thanksgiving veranstaltet meine Mutter immer einen großen Empfang, an dem man wichtig in der Gegend herumsteht, Champagner schlürft und Häppchen isst, die die Konsistenz von Pappe haben.«

»Warum sollte ich dann mitkommen? Wahrscheinlich würden mir alle möglichen ehemaligen Klienten meines Bruders über den Weg laufen.« Bitterkeit schlich sich in ihre Stimme.

Sie hatte recht. Die Möglichkeit bestand, dass frühere Anleger, die Philipp McMillan um ihr Geld gebracht hatte, zu dem Fest eingeladen worden waren. »Wir rollen dein Verfahren wieder auf, Marie«, argumentierte er. »Früher oder später wirst du dich sowieso mit diesen Leuten auseinandersetzen müssen.«

»Ich glaube nicht, dass ein Empfang deiner Mutter der richtige Ort dafür ist. Du hast mir inzwischen genug über sie erzählt. Ich kann mir lebhaft vorstellen, was sie dazu sagen wird, wenn wir einen Skandal provozieren.«

Er blickte Marie an. Ihre Augenringe waren in den vergangenen Wochen verschwunden. Sie hatte sogar ein paar Pfund zugelegt, weil er regelmäßig kochte. Trotzdem glich sie in keiner Weise der Marie, die sie vor vier Jahren gewesen war. Niemand würde sie erkennen. Nicht einmal, wenn sie ihren Namen nannte. »Ich bin mir sicher, dass nichts dergleichen geschehen wird. Selbst wenn dich jemand erkennt und mit deinem Bruder in Verbindung bringt, wird er es nicht wagen, im Haus meiner Eltern eine Szene zu machen.« Er küsste sie zärtlich auf die Nasenspitze. »Du musst mich einfach begleiten. Jake kennst du ja schon. Ich will dir meinen Bruder Andrew vorstellen. Gib dir einen Ruck.«

»Ich denke darüber nach«, versprach sie, aber sie klang immer noch nicht überzeugt.

»Na komm.« Er nahm sie wieder in den Arm. »Lass uns Pasta kochen und ein Glas Wein vor dem Kamin trinken.«

»Das klingt nach einer deiner weniger schlechten Ideen«, murmelte Marie an seiner Schulter. »Auf jeden Fall besser als diese Party.«

Niclas legte den Finger unter ihr Kinn und hob es an, und ihre Blicke trafen sich. »Mit dir zusammen zu sein ist immer eine gute Idee«, sagte er und küsste sie sanft.

*

Gillian Mulhare brütete über den Unterlagen zum McMillan-Fall.

Ihre Assistentin klopfte kurz und öffnete die Tür einen Spalt. »Ich mache Feierabend, Miss Mulhare. Brauchen Sie noch etwas?«

»Nein, schon gut.« Gillian hob die Hand, ohne von der Akte vor sich aufzusehen. Als die Tür zugezogen wurde, war sie in Gedanken längst wieder bei dem alten Prozess. Inzwischen konnte sie sich wieder an jedes Detail von damals erinnern. Sie hatte darauf verzichtet, ein Schriftgutachten erstellen zu lassen. Wozu auch? Philipp McMillan war über alle Berge – und würde mit Sicherheit nicht so dumm sein, jemals wieder in einem Land aufzutauchen, das ihn an die USA auslieferte. Blieb seine Schwester. Marie McMillan war der klassische naive Opfertyp. Ihr Bruder hatte sie reingelegt. Keine Frage. Aber sie war Teil der Firma gewesen, und ihre Verurteilung beruhigte die Kläger. Reiche Kläger, auf deren Wohlwollen man künftig angewiesen sein könnte. Zum Beispiel, wenn sie irgendwann Unterstützung brauchte, wenn der Posten der Bezirksstaatsanwältin besetzt wurde. Die Geschädigten hatten ihr Geld nicht zurückbekommen. Bei Marie McMillan war tatsächlich nichts zu holen gewesen. Aber sie hatten einen Sündenbock, der in den Knast gewandert war. Und Gillians Karriere hatte dieses Verfahren keinesfalls geschadet.

Dass Hunter nun ausgerechnet auf dem einen Aspekt herumreiten musste, den sie vernachlässigt hatte! Sie hasste es, wenn ihr jemand unter die Nase rieb, dass sie etwas nicht gründlich in Erwägung gezogen hatte. Hunter wollte Krieg? Den konnte er haben. Im Gerichtssaal und außerhalb. Dummerweise war Walker ein angesehener Schriftgutachter, dessen Meinung etwas zählte. Und diese verdammte Meinung besagte, dass Marie McMillans Unterschrift gefälscht worden war. Sie musste sich also dringend etwas einfallen lassen, damit das Gutachten vor Gericht keine Aussagekraft hatte. Ein Kampf an zwei Fronten, aber nichts, was sie nicht problemlos bewältigen konnte. Sie nahm den Hörer ab und drückte die Kurzwahltaste für den Ermittler, der im Auftrag der Staatsanwaltschaft Informationen einholte und die eine oder andere Untersuchung durchführte.

Nach dem dritten Klingeln meldete sich die raue Stimme. »Blackstone.«

Gillian musste ihren Namen nicht nennen. Er sah ihn auf dem Display seines Handys. »Dr. James Walker. Finden Sie etwas über ihn heraus. Graben Sie so tief, wie Sie können. Liefern Sie mir etwas.« Sie legte ein Lächeln in ihre Stimme, was ihre Worte aber nicht weniger scharf klingen ließ. »Und Nelson«, ergänzte sie. »Melden Sie sich erst wieder bei mir, wenn Sie etwas haben.« Sie legte auf, erhob sich und ging zu ihrem Tresor. Als sie die Zahlenkombination eintippte, war ihr Lächeln echt. Sie nahm die Mappe heraus, die ihre

größten Schätze enthielt. Geheimnisse, die ihr, richtig ange-
wandt, Türen öffneten. Geheimnisse, die ihr das Recht gaben, jeden Gefallen einzufordern, den sie wollte. Sie blätterte durch die Dokumente und Fotos, bis sie fand, wonach
sie suchte. Spencer Cunnings war als Gutachter bei Weitem
nicht so angesehen wie Dr. Walker. Aber er würde für ihre
Zwecke genügen. Sie prägte sich die Adresse ein, die auf der
Rückseite eines der Fotos stand, und verschloss die wertvolle
Mappe wieder sorgfältig im Tresor. Es wurde Zeit, Feierabend
zu machen und einer ganz bestimmten jungen Dame einen
Besuch abzustatten.

*

Am nächsten Morgen vereinbarte sie einen Termin mit Spencer Cunnings und begrüßte ihn gut gelaunt, als er in ihr Büro
trat. »Mr. Cunnings, ich freue mich, Sie zu sehen. Die Staatsanwaltschaft hat einen Auftrag für Sie.« Sie wartete, bis der
Gutachter in ihrer kleinen Sitzecke Platz genommen und ihre
Assistentin ihnen Kaffee serviert hatte. Dann legte sie ihm
Maries Akte vor. Der Schriftgutachter blätterte durch die Seiten, die sie für ihn markiert hatte. Gillian beobachtete, wie
er seine schlichte, randlose Brille, die er aufgesetzt hatte, auf
der Nase nach oben schob. Er war der Innbegriff des ame-
rikanischen Durchschnittsmannes. Zumindest nach außen
hin. Etwas bieder vielleicht. Den Anzug konnte man nicht
unbedingt als modern bezeichnen. Seine Krawatte entsprach
allerdings genau dem, was im Moment angesagt war. Gillian
hätte darauf gewettet, dass sie nicht von seiner Ehefrau ausgesucht worden war. Cunnings Schläfen waren grau gewor-

den, und wenn er sich über die Unterlagen beugte, konnte sie die lichte Stelle am Hinterkopf sehen.

Schließlich hob er den Kopf, und in seinen grau-grün gesprenkelten Augen lag Verwirrung. »Ich verstehe nicht ganz«, begann er mit seiner etwas leisen, kultivierten Stimme. »Es gibt bereits ein Gutachten. Von Dr. Walker«, fügte er hinzu und betonte den Namen mit der gebotenen Ehrfurcht.

Gillian hatte schon ein paar Mal mit Cunnings zusammengearbeitet, und bis jetzt hatte er immer das Ergebnis geliefert, das sie benötigt hatte. Diesmal wäre es anders. Sie stellte ihre Kaffeetasse ab und lehnte sich in ihrem Sessel zurück. Entspannt schlug sie ihre Beine übereinander. »Das Gutachten, das Sie in den Händen halten, interessiert mich nicht, Mr. Cunnings. Was ich brauche, ist Ihre Darstellung. Und die sollte besagen, dass es sich bei der Unterschrift um die von Miss McMillan handelt.«

»Was? Aber das kann ich nicht ...« Er deutete auf die Fotografien der Schriftproben. »Ich kann bereits jetzt ohne entsprechende Analyse sagen, dass diese Unterschriften von zwei verschiedenen Personen stammen.« Seine Wangen hatten sich gerötet. Er schien verärgert, dass Gillian eine solche Stellungnahme von ihm forderte.

»Nun gut. Wenn das so offensichtlich ist.« Mit seinem Einwand hatte er nicht unrecht, musste sie zugeben. Glaubwürdig musste das Ganze selbstverständlich sein. »Dann sagen wir, das Ergebnis Ihres Gutachtens sollte zu dem Ergebnis kommen, dass McMillan als Unterzeichnerin nicht ausgeschlossen werden kann. Das müsste doch zu machen sein, oder?« Sie beugte sich vor und sah Cunnings eindringlich an. »Ich will, dass Walkers Gutachten bedeutungslos wird.«

»Was …?«, begann er.

»Sie haben mich verstanden, Mr. Cunnings.«

Mit einer seltsam bedachten, langsamen Bewegung legte der Sachverständige die Akte zurück auf den Tisch und erhob sich. Er nahm seinen Mantel von der Sessellehne und hängte ihn sich über den Arm. »Ich habe keine Ahnung, was Sie dazu veranlassen könnte, zu denken, ich wäre bereit, ein falsches Gutachten zu erstellen, Staatsanwältin Mulhare. Einen schönen Tag noch.«

Er wandte sich zum Gehen, und Gillian genoss es, ihn noch einen Augenblick in Sicherheit zu wiegen, bevor sie seine heile Welt ins Chaos stürzen würde. Als er seine Hand auf den Türknauf legen wollte, sagte sie: »Nicht ohne Grund habe ich an Sie gedacht. Es gibt doch da dieses kleine Geheimnis, Mr. Cunnings.« Sie wartete einen Moment, ehe sie die Bombe platzen ließ. »Das gehört sicher nicht hierher, schließlich interessieren Sie sich nicht für Frauenangelegenheiten.« Gillian betonte das letzte Wort. »Aber gestern hatte ich einen Termin beim Gynäkologen. Und raten Sie, wen ich im Wartezimmer getroffen habe. Savannah ist eine ganz wundervolle junge Frau. Nicht alle Frauen leuchten so von innen heraus, wenn sie schwanger sind. Im wie vielten Monat ist sie jetzt? Im sechsten? Siebten?«

Der Gutachter erstarrte. Seine Hand blieb in der Luft hängen, einen Zentimeter vom rettenden Türknauf entfernt. Gillian sah nur seine Rückseite, aber sie war sich sicher, dass sein Adamsapfel hüpfte wie verrückt. Sie erhob sich und ging zu ihrem Schreibtisch hinüber. Das Einzige, was auf der spiegelblanken Tischplatte lag, war die Mappe, in der sich die Bilder von Cunnings' achtundzwanzigjähriger Affäre befanden. Mit einer lässigen Bewegung schlug sie den Deckel auf. »Sie küssen gut, Spencer.« Sie lächelte und fühlte sich wie die Spinne, die ihr wunderschönes, grausames Netz gesponnen hatte und dabei zusah, wie ihre Beute sich im nächsten Augenblick darin verfangen und sich ihr ausliefern würde. »Und soweit ich das beurteilen kann, sind Sie ein guter Tänzer. Zumindest, waren Sie das, als Savannah noch zum Tanzen ausgegangen ist. Inzwischen legt sie wahrscheinlich lieber in ihrer hübschen kleinen Wohnung die Füße hoch.« Sie beglückwünschte sich innerlich, dass sie am vergangenen Abend an der Wohnung vorbeigefahren war, die Cunnings' Geliebte früher bewohnt hatte – und in der sie offenbar noch immer lebte. Lange hatte sie im Coffeeshop gegenüber gesessen, bis der Gutachter gemeinsam mit seiner hochschwangeren Freundin aus dem Haus gekommen war. »Wissen Sie, ich habe nichts gegen Ihre Einstellung zum Thema Beziehung. Schließlich leben wir in einer modernen Gesellschaft. Jeder sollte nach seinen Vorstellungen glücklich werden. Aber Sie wissen, wie es ist.« Sie machte eine kunstvolle Pause und wartete, bis Cunnings ihr den Kopf zuwandte. »Des einen Glück, des anderen Unglück. Ich frage mich, ob Ihre Frau eine ähnliche Einstellung hat wie ich. Sie soll sehr engagiert sein in Ihrer Kirchengemeinde.«

»Ich liebe meine Familie«, zischte er. Sein Gesicht war eine Fratze aus Wut und Scham.

»Oh, daran habe ich keinen Zweifel. Würden Sie sie nicht lieben, hätten Sie sich sicher nicht so viel Mühe gegeben, Ihr Doppelleben vor ihnen geheim zu halten. Und genau das ist es, worum es hier geht.« Endlich drehte er sich zu ihr um.

»Wie sehr lieben Sie Ihre Frau?«, sagte Gillian. »Wie wichtig ist es Ihnen, dass ich mich von ihr fernhalte? Ich kann ihr die Bilder noch heute per Kurier zustellen lassen. Ich kann sie jederzeit an Ihren Kirchenvorstand schicken. Wie gesagt, mir ist Ihre moralische Einstellung zum Thema Beziehung so egal wie eine Wasserstandsmeldung in der Wüste. Wenn Ihr persönliches Umfeld das genauso sieht, dann ist ja alles gut. Dann habe ich kein Druckmittel, das Sie dazu bringen wird, das Gutachten genau so zu schreiben, wie ich es will. Falls nicht ...« Sie musste nicht weitersprechen. Cunnings verstand.

»Wenn ich das tue, riskiere ich meinen Job. Meinen Ruf. Alles, was ich bin.« Cunnings klang auf einmal weinerlich.

»Wenn Sie es nicht tun, verlieren Sie alles, was Sie haben«, erwiderte Gillian. »Das garantiere ich Ihnen. Denn ich werde persönlich dafür sorgen.«

»Seien Sie doch vernünftig, Miss Mulhare. Dieses Gutachten wird uns niemand abkaufen.«

Sie schob die Bilder in die Mappe zurück. »Irrtum. Sie werden es so schreiben, dass es niemand anzweifelt. Ich brauche Ihre Stellungnahme bis Freitag, also lassen Sie sich nicht zu viel Zeit. Und jetzt muss ich Sie bitten zu gehen. Ich habe noch einen Termin.«

*

Es war ein Leichtes gewesen, herauszufinden, was sich hinter Sunset Cove verbarg. Es war das Sommerhaus der Hunters. Murray Bralvers schüttelte innerlich den Kopf über sich selbst. Da hatte er gedacht, alles über Niclas Hunter zu wissen – aber offenbar hatte das Haus seit Jahren leer gestanden. Viel mehr war er allerdings erstaunt über die Frau, die das Anwesen verließ. Mit einem Labrador stieg sie in einen heruntergekommenen Pick-up, den sie hinter der Garage geparkt hatte. Interessant, dachte Murray. Er hatte nicht erwartet, dass es im Leben seines Anklägers eine Frau gab. Nicht, nachdem seine Karriere vom weiblichen Geschlecht zerstört worden war. Neugierig folgte er dem altersschwachen Wagen nach Eastham. Er holperte auf den Parkplatz eines Restaurants, wo die Frau mit dem Hund ausstieg. Murray fuhr an ihr vorbei und stellte seinen Mietwagen in einiger Entfernung ab. Eine Stunde wartete er, aber sie kam nicht wieder heraus. Also ging er zum Restaurant. »Fairway« stand über der Tür. Er kam in einen geschmackvoll eingerichteten Empfangsbereich. Ein Glasfenster und eine Kirchenbank fielen ihm sofort auf. Sehr originell. Rasch sah er sich um und registrierte, dass die Frau in der Bar am Tresen saß. Die hübsche Empfangsdame fragte ihn, ob er etwas essen wolle. Mit einem Lächeln ließ er sie wissen, dass er sich lediglich nach einem kühlen Bier am Ende eines anstrengenden Tages sehne.

»Dann sind Sie bei uns genau richtig«, erwiderte das Mädchen und wies ihm den Weg zur Bar. Er wählte am Tresen den Platz neben Hunters mysteriöser Frau und bestellte bei der rothaarigen Bedienung ein Bier.

»Was für eins wollen Sie denn?«, wollte sie wissen.

»Überraschen Sie mich«, sagte er und zwinkerte. Er ließ sich gerne mit ihr auf einen harmlosen Flirt ein. Eines seiner größten Talente. Menschen in Sicherheit wiegen. Harmlos und nett wirken. Sein Bild war tagelang in Boston durch die Medien gegangen. Deswegen hatte er sein Äußeres verändert. Er hatte sich einen dieser Hipsterbärte stehen lassen und eine neue Frisur. Jetzt sah er aus wie einer dieser Idioten, die sich für verdammt cool hielten. Aber man musste ihn schon ziemlich gut kennen, um ihn auf Anhieb wiederzuerkennen. Hunter hätte damit sicher keine Probleme. Die Rothaarige hinter der Bar hingegen hatte nicht den Hauch einer Ahnung, wer er war. Selbst wenn sie ihn in den Nachrichten gesehen hatte.

»Dann empfehle ich Ihnen ein Harbour Beach IPA.« Sie hielt ein Glas unter den Hahn und zapfte routiniert das Bier. »Das wird hier auf der Halbinsel gebraut.« Sie legte einen Untersetzer auf den Tresen und stellte das Bier vor ihn hin. »Zum Wohl.«

»Danke.« Er nippte an dem kühlen Getränk, das tatsächlich gar nicht schlecht schmeckte.

Das Mädchen am Empfang lachte über etwas, das ein neu ankommender Gast zu ihr gesagt hatte, während die Frau neben ihm leise seufzte. »Versuche es einmal so herum. Rechne diesen Betrag durch den hier«, sagte sie. Murray riss sich von dem Mädchen am Empfang los und lenkte seine Aufmerksamkeit auf die Frau, wegen der er hier war.

»Verdammt, Marie«, fluchte der Halbwüchsige, der neben ihr am Tresen lümmelte und in ein Heft kritzelte. »Ich werde das nie kapieren. Mathe ist scheiße.«

»Sagt der Sprössling einer Barbesitzerdynastie.« Die Rothaarige legte sich in einer theatralischen Geste die Hand auf die Brust.

»Du wirst das kapieren«, ignorierte Marie sowohl sein Gemurre als auch den Einwurf der Frau hinter dem Tresen. »Wir rechnen einfach noch einmal von vorn.«

Mit einer Engelsgeduld ließ sie den Jungen die Aufgabe

abermals rechnen. Sie wirkte auf den ersten Blick nicht wie eine Frau, die zu Hunter passte. Kein Make-up, die Haare in einem schlichten Pferdeschwanz nach hinten gebunden und das Gesicht, das Bralvers nur im Profil sah, eine Spur zu kantig. Er bestellte ein zweites Bier und plauderte mit der Barfrau. Ließ sich von ihr Tipps für Ausflugsziele auf Cape Cod geben. Er schaffte es nicht ganz, das Mädchen an der Rezeption auszublenden. Die langen, blonden Haare und großen blauen Augen. Das leuchtende Lächeln und die kleinen Brüste unter ihrem engen Shirt mit dem Logo des Restaurants. Sie war genau sein Typ. Es würde sich lohnen, etwas mehr über sie herauszufinden. Aber sie war nicht der Grund, warum er hier saß, rief er sich zur Ordnung. In dem Augenblick klappte der Junge mit einem erleichterten Seufzer sein Heft zu. »Danke, Marie.«

»Jederzeit.« Sie strich ihm über den Arm.

»Am liebsten würde ich die Schule abbrechen und um die Welt segeln«, murmelte er.

»Solange ich hier das Sagen habe, bleibt das ein Traum. Aber ein schöner, muss ich zugeben«, sagte die Barfrau, von der Murray inzwischen wusste, dass sie Holly hieß. »Möchtest du noch was trinken?«, fragte sie Marie.

»Nein.« Seine Sitznachbarin drehte sich zu der Barfrau. »Ehrlich gesagt brauche ich deine Hilfe.«

Holly zog die Augenbrauen nach oben. Solch eine Bitte schien nicht alltäglich zu sein.

»Niclas hat mich gefragt, ob ich ihn zum Empfang seiner Eltern an Thanksgiving begleite. Ich hasse es, diesen Satz zu sagen, aber – ich habe nichts anzuziehen.«

Holly legte den Kopf in den Nacken und lachte. »Das freut

mich«, sagte sie und drückte liebevoll Maries Hand. »Also nicht, dass du nichts zum Anziehen hast. Das ist selbstverständlich eine mittlere Katastrophe. Es ist einfach schön, dass du dieselben Probleme hast wie alle Frauen. Das ist so ...« Sie wedelte mit der Hand. »Normal.« Woraus Murray schloss, dass irgendetwas im Leben dieser Frau nicht normal war. Er spitzte die Ohren, aber mehr Informationen konnte er nicht aufschnappen.

»Lass uns nach oben gehen und meinen Schrank durchwühlen«, schlug die Barkeeperin vor.

»Aber du kannst doch jetzt nicht einfach weg. Mitten in deiner Schicht«, protestierte Marie.

»Gar kein Problem. Die Leute rennen uns heute nicht gerade die Bude ein«, sagte Holly mit einem Lächeln in seine Richtung. »Rachel«, rief sie dem Mädchen am Empfang zu. »Kannst du rüberkommen und für mich übernehmen?«

»Sicher.« Die junge Frau trat hinter den Tresen.

Rachel. Was für ein schöner Name. Murray lächelte ihr zu. »Würden Sie mir noch eines von diesem regionalen Bier zapfen, Rachel?« Hunter würde also zu Thanksgiving nach Boston fahren. Wie die Frau, die offenbar kein normales Leben hatte und gerade auf der Suche nach einem passenden Outfit war. Gut. Das gab ihm Zeit, die hübsche Rachel ein wenig näher kennenzulernen.

*

Marie folgte Holly in ihre Wohnung über der Bar. Jackson hatte sich verkrümelt, sobald er sein Heft zugeschlagen hatte, und Sam spielte mit seinem Kumpel Potter im Hinterhof.

Marie konnte sich nicht daran erinnern, wann sie sich zum letzten Mal mit einer Freundin zusammen überlegt hatte, was sie für eine Verabredung anziehen sollte. Das war in einem anderen Leben gewesen. Früher hatte sie immer ein Kleidungsstück finden müssen, das die zusätzlichen Pfunde am besten kaschierte, und eine angesagte Frisur war ebenso unabdingbar gewesen. Jetzt ging es nur darum, etwas anderes zum Anziehen rauszusuchen als einen Kapuzenpulli, Jeans und Sicherheitsstiefel.

Holly führte sie in ihr Schlafzimmer, das Marie bis jetzt noch nie betreten hatte. »Wow«, entfuhr es ihr. Über dem weißen, verschnörkelten Metallbett hing ein kleiner Kronleuchter im Shabby Chic – die Wand dahinter war mit einer Tapete voller winziger Rosenknospen tapeziert. Der Rest des Zimmers war hellgrau gestrichen. Die weißen Möbel im Vintage Stil passten perfekt zueinander, obwohl sie alle Einzelstücke zu sein schienen. Und der Blick, der sich durch die Sprossenfenster auf die Bucht bot, war unbeschreiblich. Als Marie die kunterbunten Berge von Klamotten entdeckte, die auf jeder freien Fläche verteilt waren, fühlte sie sich sofort überfordert. Und auch aus dem halb geöffneten riesigen Schrank quollen die Klamotten.

»Sorry.« Holly schob einige Blusen auf dem Bett zur Seite und bedeutete Marie, sich auf den weißen Quilt mit den Spitzeneinsätzen zu setzen. »Ich wusste heute Morgen nicht so richtig, was ich anziehen sollte – und habe ein wenig herumprobiert.«

Ein wenig herumprobiert? Marie war sich sicher, in ihrem ganzen Leben nicht so viele Klamotten besessen zu haben wie Holly. »Du hast jedenfalls die richtige Wahl getroffen.« Sie musste neidlos anerkennen, dass Holly einen eigenen Kleidungsstil hatte, der ihre Persönlichkeit perfekt unterstrich. Die Freundin trug eine Jeans, die auf der linken Seite an mehreren Stellen zerrissen war. Auf der rechten Seite verlief eine Blütenranke aus schwarzer Spitze, die genauso aussah wie das Tattoo über ihrem Schlüsselbein. Über einem Spitzentop trug sie eine weite Tunikabluse. »Ich kenne niemanden, der so viele Klamotten hat wie du«, stellte Marie fest.

»Man könnte meinen, ich bin süchtig nach Kleidern.« Holly ließ sich neben Marie auf das Bett fallen. »Dabei bin ich eher süchtig danach, sie zu nähen. Wenn man sie näht, muss man sie auch tragen.«

»Du hast sie alle selbst gemacht?« Marie wurde klar, wie wenig sie über ihre Freundin wusste, die ihr zwar jederzeit mit Rat und Tat zur Seite stand, selbst aber nicht allzu viel von ihrem Leben preisgab.

»Nicht alles. Aber die meisten Sachen, die ich kaufe, ändere ich ab, bis sie mir gefallen. Und wenn ich etwas sehe, was ich haben will, was aber mein Bankkonto sprengen würde, nähe ich es einfach selbst.«

In der Ecke hinter dem Schrank entdeckte Marie eine Nähmaschine, die halb unter einem Berg von Stoffen verschwand. »Ein praktisches Talent.«

»Weißt du«, Holly faltete eine Bluse mit wenigen Handgriffen akkurat zusammen und legte sie auf ihr Kopfkissen, »ich bin auch nicht mit einem goldenen Löffel im Mund aufgewachsen. Als ich ein Teenager war, bestand die Stranduniform aus Bikinioberteilen und abgeschnittenen Jeans. Je kürzer, desto besser. Aber wenn man tanzen gehen wollte oder sich mit einem Jungen verabredete, brauchte man ein hübsches Top oder ein verspieltes Sommerkleid. Mein Vater war der Meinung, dass ich mit Jeans und T-Shirts gut bedient war. Dass ich sie ständig abschnitt, betrachtete er als mein persönliches Problem. Irgendwann besorgte ich mir eine alte Nähmaschine und lernte zu schneidern. Ich nähte nicht nur für mich die neueste Mode, sondern für kleines Geld auch für die Mädchen in meiner Schule. Damit konnte ich meinen Collegefonds ein wenig aufstocken. Inzwischen bin ich nicht mehr gezwungen, meine Kleider selbst zu nähen. Aber die Leidenschaft ist geblieben. Und das wird dir jetzt zugutekommen.«

»Falls du in diesem Wirrwarr etwas findest, was mir passt.« Skeptisch betrachtete Marie die Kleiderberge.

»Ha!« Zielstrebig griff Holly in ihren Schrank, zog drei Kleider heraus und hängte sie an die Tür. »Nur das Genie beherrscht das Chaos. Hier mag es aussehen, als hätte eine Bombe eingeschlagen, aber ich weiß sehr wohl, was ich wo finde – und was dir steht.« Sie nahm ein weiteres Kleid heraus. »Wir haben in etwa die gleiche Figur. Meine Beine sind allerdings nicht so lang wie deine. Probiere das hier an. Ich mache inzwischen eine Flasche Sekt auf.«

Holly ließ sie allein, und Marie probierte die Kleider an. Zögernd nahm sie das erste Kleid. Sie hatte gehofft, dass Holly ihr helfen würde. Für den Empfang würde sie ein Kleid benötigen, das sie sich weder leisten konnte noch wollte. Nicht einmal im Thrift Store würde sie Geld für etwas ausgeben, das sie nur ein einziges Mal trug. Allerdings hatte Holly recht. Das Kleid saß super, war aber zu kurz. Genauso ging es ihr mit dem zweiten.

Als die Freundin mit zwei Gläsern Sekt zurückkam, hatte

Marie bereits Kleid Nummer drei an. Holly riss begeistert die Augen auf. »Das sieht fantastisch aus«, stellte sie fest. »Auch wenn der Saum ein bisschen oberhalb von sittlich ist.«

»Ja, leider.« Marie sah an sich herunter. Der Carmen-Ausschnitt saß perfekt. Das Kleid im Empirestil mit der schmalen Spitzenborte unter der Brust reichte ihr bis zur Mitte der Oberschenkel. Was oben wie ein Designerstück aussah, wirkte unten nur noch billig. Als sie sich aus dem Kleidungsstück schälen wollte, sagte Holly plötzlich: »Warte! Lass es an.« Sie drückte ihr ein Sektglas in die Hand und wühlte in dem Haufen neben ihrer Nähmaschine herum. Sie kramte eine Stoffbahn hervor, die den gleichen Roséton hatte wie das Kleid. »Tadaa! Wenn wir am Saum noch etwas Spitze dazunehmen ...«, sie hielt die filigrane Borte in die Höhe, » ... bist du die Cinderella auf dem Ball. Allerdings ohne gläserne Schuhe und Kürbiskutsche, versteht sich.«

»Du willst das Kleid umarbeiten?«, fragte Marie verblüfft. »Aber, das geht doch nicht. Dann kannst du es ja nicht mehr tragen. Ich kann das ... Nein! Das geht nicht!«, wiederholte sie entschieden.

»Blödsinn.« Holly winkte ab. »Ich verlängere das Kleid ganz einfach, und wenn du aus Boston zurück bist, trennen wir den Stoff einfach wieder heraus, und ich kann wieder Aschenputtel spielen.« Sie trank einen Schluck Sekt und hängte sich ihr Maßband um den Hals. »Halt still, damit ich anständig Maß nehmen kann.«

20

Niclas quälte sich durch den trägen Verkehr, der das abendliche Boston schon unter normalen Umständen lahmlegte. Am Tag vor Thanksgiving war es eine einzige Katastrophe. Im Schritttempo lenkte er seinen SUV in Richtung Charles River. Marie saß neben ihm, ihre Wange gegen ihren Sitz gelehnt, die Augen auf ihn gerichtet. Als die Fahrzeugkolonne ihn abermals zum Halten zwang, griff er nach ihrer Hand, hob sie an seine Lippen und küsste ihre Fingerspitzen.

»Wenn man auf dem Cape ist, vergisst man leicht, wie die Stadt einem alle Energie aus dem Leib saugt«, sagte sie. Die eine Seite ihres Gesichts wurde von den Rücklichtern des Lexus vor ihnen rot angestrahlt. Die andere lag im Schatten der Dämmerung, die über Boston hereingebrochen war.

»Hast du, nachdem du aus dem Gefängnis rausgekommen bist, wieder hier gelebt?«, fragte Niclas und rückte in der Autoschlange weitere fünf Meter vor.

»Ich hab so schnell wie möglich meine Papiere für den Job auf der Halbinsel organisiert und mich aus dem Staub gemacht.« Sie schwieg einen Moment, offenbar war sie in ihre Erinnerungen versunken. »Ich konnte Boston gar nicht schnell genug hinter mir lassen.«

»Ich verspreche dir, dass es dieses Mal anders sein wird.«

Zumindest hoffte er das. Sie blieben nur zwei Nächte in der Stadt. Nach dem Empfang würden sie gleich am nächsten Tag nach Sunset Cove zurückfahren. Er musste Marie weiter auf den Prozess vorbereiten. Auf die Party bei seinen Eltern hätte er liebend gern verzichtet. Deswegen freute es ihn umso mehr, dass Marie sich bereit erklärt hatte, mitzukommen. Auf Cape Cod igelten sie sich immer so ein, und es war wichtig, unter Leute zu kommen, und heute war es ihr Debüt.

Niclas wollte jede freie Minute mit Marie zusammen sein. Ihr Prozess begann schon bald. Wenn sie ihren Freispruch erreicht hatten, würden sich ihre Wege trennen. Und die Zeit bis dahin schien schneller und schneller zu verfliegen.

Schweigend überquerten sie im Schneckentempo den Fluss. Es war kein unangenehmes Schweigen, wie Niclas fand. Das schätzte er an Marie so, dass sie nicht permanent redete. Sie konnte sehr gut in der Stille verweilen, schien sie hin und wieder regelrecht zu suchen. Niclas lenkte den Wagen in Richtung Back Bay und atmete auf, als der Verkehr endlich ein wenig flüssiger wurde. Wenig später parkte er vor seinem Haus. Ein paar Wochen war es erst her, dass sich die Pressegeier hier getummelt hatten. Heute war alles ruhig. Die Lampen links und rechts der Haustür hatten sich bereits eingeschaltet und warfen einen warmen Schein auf das dunkle Holz. »Da wären wir«, sagte er und zog den Schlüssel aus dem Zündschloss.

*

Marie blickte durch das Wagenfenster auf Niclas' Haus. Sie hatte sich keine Gedanken darüber gemacht, wie er wohnte.

Sunset Cove war keine ärmliche Hütte, und von dem Haus seiner Eltern in Beacon Hill hatte er ihr erzählt. Da sie sich auch in ihren besten Zeiten nur ein Apartment hatte leisten können, war ihr gar nicht in den Sinn gekommen, dass er in so einem stattlichen alten Stadthaus lebte. Die Back Bay war nicht Beacon Hill. Viel schlechter war die Gegend allerdings auch nicht.

»Da wären wir.« Niclas stieg aus und kam um den Wagen herum, um ihr die Tür aufzuhalten. Dann lud er das Gepäck aus dem Kofferraum. Seine Reisetasche, Maries Rucksack und die Kleiderhülle, die Holly ihr geliehen hatte, mit dem umgenähten Kleid. Ihre Freundin war wirklich ein Schatz.

Marie stieg mit Niclas die Sandsteinstufen zum Eingang hinauf. Ohne Sam fühlte sie sich ein wenig verloren. Sie waren zum ersten Mal voneinander getrennt, seit Marie ihn gefunden hatte. Da sie nicht wusste, wie lange der Empfang dauerte und ob sie sich ausreichend um ihn kümmern konnte, hatte sie ihren Liebling in die Obhut von Holly gegeben.

Niclas schloss die Tür auf, und sie traten in eine geräumige Diele mit einem alten Holzfußboden, dessen Farbton an dunklen Honig erinnerte. Genau wie in Sunset Cove, schoss Marie durch den Kopf. An der Wand hingen drei große, gerahmte Schwarzweißfotografien, die das Meer zeigten. Sie war sich fast sicher, dass sie auf Cape Cod aufgenommen worden waren. Niclas ergriff ihre Hand und zog sie hinter sich her in eine große, geräumige Küche. Bei anderen mochte dieser Raum hübsch aussehen und zum Stil des Hauses passen, bei Niclas wurde er auch genutzt. Marie wusste, dass die Kräuter auf der Fensterbank in den Pfannen und Töpfen landeten, die an schmiedeeisernen Haken über dem Herd hingen. Während sie sich staunend umsah, verstaute Niclas die Lebensmittel im Kühlschrank. Er lächelte ihr über die Schulter hinweg zu. Abermals nahm er ihre Hand und sagte: »Komm mit. Ich will dir was zeigen.« Er ging mit ihr durch den offenen Wohnbereich zur Treppe. Der Raum war klar und nüchtern – um nicht zu sagen, typisch männlich – eingerichtet. Ledersofas, ein Couchtisch, der aussah wie eine alte Seekiste, und an der Wand ein riesiger Fernseher. Ein Stockwerk höher befanden sich wahrscheinlich Schlaf- und Badezimmer und ein Büro. Zusammen stiegen sie weiter hinauf und kamen in einen großen, ebenfalls sehr schlicht aussehenden Raum mit einem Pokertisch. Marie nahm einen Hauch von Zigarrenduft wahr. Ein weiterer riesiger Fernseher war mit einer Spielekonsole verbunden, und in die Ecke gab es eine kleine Bar. Lederne Klubsessel und dunkles Holz rundeten das Ambiente ab.

»Was ist das denn hier?«, fragte Marie. »Ein Spielzimmer für große Kinder?«

Niclas drehte sich zu ihr um und küsste ihren Mundwinkel. »So könnte man es nennen. Aber nicht das wollte ich dir zeigen. Wir müssen noch eine Etage höher.«

Über eine weitere, diesmal deutlich schmalere Treppe gelangten sie auf das Dach. Marie stockte der Atem, als sie durch die Tür trat. Vor ihr lag ein Dachgarten. Die Pflanzen waren zwar bereits für die kalte Jahreszeit vorbereitet worden, aber sie konnte sich gut vorstellen, wie hier alles spross und blühte. Wie eine kühlende grüne Schutzhülle schirmte der Dachgarten einen vom Verkehr und der flirrenden Hitze im Sommer ab. Eine Hecke aus Bambus, Kletterrosen und Berberitzen, ein Essigbaum und Zierquitten ergaben ein üppiges, hübsches Arrangement. Jetzt konnte sie durch die kahlen Äste auf den Fluss und die Lichter von Charlestown auf der anderen Seite sehen. Auf den umliegenden Häusern befanden sich ebenfalls Dachgärten. »Es ist atemberaubend schön hier«, sagte sie mit leiser Stimme. Sie sog die geheimnisvolle Atmosphäre ein. Die Gerüche. Die Lichter spiegelten sich im Fluss. Niclas stand hinter ihr und legte seine Arme um sie. Zärtlich zog er sie an sich. Wie von selbst schmiegte sich ihr Rücken an seine Brust.

»Das ist mein Lieblingsplatz in Boston«, flüsterte er. So, als ob er Marie ein Geheimnis anvertraute. Ein warmes Kribbeln breitete sich in ihrem Magen aus. Eine kleine Ewigkeit standen sie so da, bis der Wind auffrischte und kalt über das Dach wehte. Sie erschauderte, als der Luftzug unter ihren Parka fegte. Niclas gab ihr einen Kuss auf die Schläfe. »Na komm«, sagte er. »Lass uns reingehen, bevor wir erfrieren.«

Sie kehrten ins Erdgeschoss zurück. Niclas zog einen der Hocker an der Kücheninsel zurück, und Marie setzte sich. »Auf was hast du heute Abend Lust?«, fragte er. »Wir könnten in eins der netten Restaurants hier in der Gegend gehen.«

Marie schluckte. Niclas wusste sehr wohl, dass sie auf keinen Fall von ihm eingeladen werden wollte. Außerdem waren sie am nächsten Tag eingeladen, und sie würde noch genug fremde Menschen treffen, worauf sie sich sowieso nicht besonders freute. Ihr stand der Sinn eher nach einem gemütlichen Abend mit Niclas. Sie könnten sich auf der Couch lümmeln und einen Netflix-Serienmarathon veranstalten. Sie hatte eine heimliche Leidenschaft für den Streamingdienst entwickelt. »Können wir nicht hierbleiben und einfach etwas bestellen?«, fragte sie.

»Sicher.« Niclas holte ein paar Flyer aus einer Schublade und breitete sie vor Marie aus. »Such dir etwas aus«, sagte er.

Maries Blick glitt über die verschiedenen Angebote und blieb schließlich bei einem Thailänder hängen. Früher hatte sie am liebsten thailändisch gegessen. Sie schob das Blatt zu Niclas hinüber. »Das hier. Egal, was du bestellst. Ich mag alles.«

*

Niclas war dankbar, dass Marie nicht mehr ausgehen wollte. Zwar hätte er ihr gern die Gegend gezeigt und erzählt, wie er lebte. Auf die Ansammlung von Snobs und Scheintoten, die sie morgen auf dem Empfang seiner Mutter treffen würden, hatte er schon jetzt keine Lust. Umso angenehmer fand er es, dass sie wenigstens den heutigen Abend in Ruhe – und in trauter Zweisamkeit – verbringen würden.

Er hatte nicht darüber nachgedacht, wie es sich anfühlen würde, wenn Marie plötzlich in seinen vier Wänden war. In Sunset Cove waren sie jede Nacht zusammen gewesen. Und da Marie jetzt auch nicht mehr viel Arbeit in den Gärten der Sommerhäuser zu erledigen hatte, waren sie auch tagsüber häufig zusammen. Aber hier mit ihr zu sein – das war etwas völlig anderes und viel persönlicher. Wenn Marie durch die Zimmer ging und sich alles anschaute, an seiner Kücheninsel saß. In seinem Zuhause. Mit ihr im Arm in seinem Dachgarten zu stehen, das fühlte sich besonders an. Er wünschte sich unwillkürlich, er könnte ihr das Dach im Sommer zeigen. Sie würde mit den Fingern über die Blütenblätter streichen, hier ein vertrocknetes Blatt abzupfen, dort mit dem Daumen prüfen, ob eine Pflanze mehr Wasser brauchte. Sie würde es lieben, seinen Garten zu pflegen. Aber nächsten Sommer war ihre gemeinsame Zeit längst vorbei.

Es klingelte an der Tür, und er schüttelte den Kopf, um diese verrückten Gedanken, die ihm seit ihrer Ankunft durch den Kopf geisterten, loszuwerden. Er öffnete dem pickelgesichtigen Jungen, der das Essen brachte, und stellte die zwei prall gefüllten Plastikbeutel auf die Kücheninsel. Während Marie die Pappschachteln auspackte, holte er zwei Gabeln und eine Rolle Küchenpapier. »Glaub nicht, dass meine Mutter mir keine Manieren beigebracht hätte«, sagte er und setzte sich neben sie. »aber thailändisches Essen schmeckt nur direkt aus dem Karton.«

»Sehe ich genauso.« Marie probierte, verdrehte die Augen und stieß ein genüssliches Stöhnen aus. »Das schmeckt fantastisch.«

Niclas nahm die Phad-Thai-Nudeln und schob sich eine Gabel voll in den Mund. »Absolut köstlich«, stimmte er kauend zu. Sie teilten sich alles, naschten vom Som Tam und dem Hähnchencurry. Schließlich lehnte sich Marie zufrieden zurück. »Verdammt, war das lecker. Aber ich schaffe keinen Bissen mehr.«

»Geht mir genauso.« Niclas wischte sich die Finger an einem Streifen Küchenpapier ab. »Lass mich schnell aufräumen. Dann holen wir uns ein Bier oder ein Glas Wein und machen es uns vor dem Fernseher gemütlich.« Er hatte längst mitbekommen, dass Marie Netflix-Serien verfallen war.

»Das klingt wunderbar. Aber du hast bestellt. Ich räume auf«, erwiderte sie und begann, die Reste in den Kühlschrank zu räumen. Niclas stand ebenfalls auf und reichte ihr die

Schachteln. Ihre Finger berührten sich jedes Mal, und nachdem er ihr den letzten Karton gereicht hatte und sie ihre Hand abermals ausstreckte, ohne sich zu ihm umzudrehen, ergriff er ihre Hand und zog sie an sich. Er umfasste ihr Gesicht, und endlos langsam näherten sich ihre Lippen, bis sie aufeinandertrafen. Niclas küsste sie sanft, zärtlich, bis Marie einen kleinen Seufzer von sich gab und ihre Kapitulation signalisierte. Niclas vertiefte den Kuss, presste sie eng an sich. Marie fühlte sich so richtig an. Sie passte so perfekt in diese Küche. In dieses Haus. Niclas wollte nicht darüber nachdenken, was das bedeutete. Er löste ihren Haargummi und fuhr mit seinen Händen durch die langen, seidigen Strähnen. Ihr Rücken stieß gegen den Kühlschrank, und Niclas genoss es, dass sie ihm nun voll ausgeliefert war. Er schob ihre Arme über ihren Kopf und hielt sie dort mit einer Hand gefangen. Die andere legte er an ihren Hals. Er spürte ihren wild klopfenden Puls, und erneut küssten sie sich heftig. Er wusste nicht, wie lange sie so dagestanden hatten, Marie zwischen ihm und dem Kühlschrank. Schließlich trat er einen Schritt zurück. Er hob den Kopf ein wenig an und betrachtete sie. Träge hob sie die Lider. Ihre Wangen waren gerötet, ihre Lippen geschwollen. Die Lust fuhr ihm wie ein heißer Ball auf direktem Weg in den Magen. »Festhalten«, murmelte er und hob sie auf die Arbeitsfläche, ehe seine Lippen abermals mit ihren verschmolzen. Maries jetzt wieder freie Hände glitten zu seinem Nacken, durch sein kurzes Haar und zogen ihn für einen erneuten sinnlichen Kuss zu sich heran.

*

Niclas' Lippen verzogen sich zu diesem sinnlichen Grinsen, und er bekam ein Grübchen, das sie bisher nur wahrgenommen hatte, wenn sie sich so nah waren. Wie von selbst breitete sich auf ihrem Gesicht ein Lächeln aus, bevor sie sich wieder an ihn schmiegte und ihn küsste. Seine Bartstoppeln kratzten über ihre Haut und schickten ein Prickeln ihren Rücken hinunter. Seine Hände fanden den Weg unter ihr Shirt und schoben sich nach oben, stoppten aber unterhalb ihrer Brüste und blieben auf ihren Rippen liegen. Schwer. Warm. Vertraut. Und Marie musste sich zusammenreißen, ihn nicht anzubetteln, weiter nach oben zu gleiten. Auf dem Platz auf dem Küchentresen exponierte sie sich geradezu. Niclas stand zwischen ihren gespreizten Schenkeln, aber er machte keine Anstalten, seine Berührungen zu intensivieren. Als sich ihre Lippen das nächste Mal trennten, streifte Marie kurzerhand ihr Shirt über den Kopf und ließ es neben sich fallen. Ihre schlichte Baumwollunterwäsche war alles andere als sexy. Aber Niclas schien das von Anfang an nicht gestört zu haben. Und es schien ihm auch jetzt nichts auszumachen. Denn endlich bedeckte er ihre Brüste mit seinen Händen – und Marie verspürte ein heißes Glühen. Sie schluckte hart. Gerade noch so konnte sie sich beherrschen, aber Niclas trieb sie gefährlich nahe auf die Grenze des zu Ertragenden zu. Noch immer war diese Intimität zwischen ihnen nichts Selbstverständliches.

Niclas griff mit der linken Hand in ihre Haare und zwang ihren Kopf sanft nach hinten, während seine Lippen zu ihrem Ohr und dann an ihrem Hals hinunterwanderten. Zärtlich biss er in ihre empfindliche Haut, und eine Gänsehaut breitete sich über ihren gesamten Körper aus. Seine Lippen streiften das Dekolleté, und Marie nestelte mit zitternden Fingern am Verschluss ihres BHs herum, öffnete ihn und streifte ihn ab, um seine Hände und Lippen auf ihrer nackten Haut zu spüren. Niclas kam ihrer unausgesprochenen Aufforderung nach. Seine Fingerspitzen streichelten über ihre Brüste, reizten ihre aufgerichteten Spitzen, bis seine Lippen das Spiel übernahmen. Er musste nicht mehr an ihren Haaren ziehen. Maries Kopf fiel von selbst in den Nacken, und ihr entschlüpfte ein erregter Laut, in dem ihre ganze Sehnsucht nach ihm lag.

*

Niclas war eingehüllt von Marie. In ihren unschuldigen Duft, den unverwechselbaren Geschmack und ihre unwiderstehliche Anziehungskraft. Wenn sie so weitermachten, würde er sich nicht mehr zurückhalten können. Er würde Sex in seiner Küche haben. Direkt hier. Nicht, dass er damit ein Problem hätte. Aber wenn sie es hier taten, würde er vermutlich nie wieder eine Tomate schneiden können, ohne an Maries nackten Körper zu denken. Sein Mund liebkoste die weiche Haut ihres Dekolletés und suchte den Weg hinauf zu ihrem Hals. »Festhalten«, flüsterte er an ihrem Ohr und schob ihre Beine um seine Hüften. Für ihre gemeinsame Nacht gab es nur einen Ort. Er umfasste Maries Po und trug sie hinauf ins Schlafzimmer, wobei er sie die ganze Zeit leidenschaftlich küsste. Am Fuß der Treppe taumelten sie gegen die Wand. Niclas musste sie loslassen, um nicht das Gleichgewicht zu verlieren. Marie hielt sich an seinem Pulli fest und begann, daran zu zerren. Sie hatte absolut recht. Er hatte zu viel an. Als er sich in den Ärmeln verhedderte, schlüpfte Marie hastig aus ihren Jeans und ließ sie einfach zu Boden fallen. Nur noch mit einem schlichten schwarzen Slip bekleidet, stand sie auf der ersten Treppenstufe. Ihr Anblick raubte ihm den Atem. Sacht fuhr er über ihre Brüste. »Schlafzimmer«, stieß er heiser hervor, ehe sein Mund abermals mit Maries verschmolz. Wieder hob er sie hoch. Ihre Beine um seine Hüften, trug er sie die Treppe hinauf und stolperte zum Schlafzimmer. Er würde Marie nicht mehr loslassen, bis sie in seinem Bett lag.

Sein Schlafzimmer war dunkel und kühl. Niclas ließ sich mit Marie auf das Bett sinken und schaltete mit der linken Hand die Nachttischlampe ein und drückte dann die Fernbedienung des Gaskamins, der mit einem Knistern ansprang. Warme Flammen loderten auf. Hingebungsvoll strich er Marie eine Haarsträhne hinter die Schulter. »Du bist so wunderschön«, flüsterte er und küsste die sensible Stelle unter ihrem Ohr. Mit dem Mund und seinen Händen glitt er über ihren Körper. Liebkoste sie. Streichelte und neckte sie. Nahm das Spiel der Flammen wahr, die rotgoldene Schatten auf ihre Haut warfen. Er schaffte es schließlich, sich aus seiner restlichen Kleidung zu winden und ein Kondom aus der Nachttischschublade zu nehmen. Er zog den Schutz über, verflocht seine Finger mit ihren und nahm sie mit einem tiefen Stoß in Besitz. Sein Atem stockte, als ungeahnte Gefühle über ihn hinwegrollten. Marie erstarrte ebenfalls unter ihm. Flatternd hoben sich ihre Lider, und sie sah ihn mit einem verhangenen, weichen Blick an, der direkt in sein Herz zu zielen schien. Der Drang, sich zu bewegen, wurde übermächtig. Als sie die Augen wieder schloss, küsste er sanft ihre Lider. Sie drängte sich ihm entgegen, während sie in den sinnlichen Rhythmus verfielen, den sie in den vergangenen Wochen zu ihrem gemacht hatten. Niclas kannte ihren Körper. Sie kannte seinen. Und doch: Das, was er gerade erlebte, war etwas völlig anderes. Viel intensiver, intimer. Er verstand nicht, warum. Aber er wollte jede Sekunde davon auskosten. Der träge Tanz ihrer Körper wurde schneller, ihre Schenkel schlossen sich um ihn und trieben ihn an. Niclas konnte die Spannung spüren, die sich in Maries Körper aufbaute. Er konnte sich kaum noch zügeln. Gierig küsste er sie und katapultierte sie über die Klippe der Lust, auf der sie beide balancierten. Er genoss den Augenblick, der sich anfühlte, als flögen sie gemeinsam durch einen luftleeren Raum, bevor sich ihr Körper anspannte und sie sich um ihn zusammenzog. Mit einem leisen Schrei, der sein Herz einen Schlag aussetzen ließ, sank sie in die Erlösung und riss ihn mit sich.

*

Marie lag in Niclas' Armen, sein Körper so eng an ihrem, dass nichts anderes zwischen ihnen Platz hatte. Ihr Kopf ruhte an seiner Brust, und sie hörte sein Herz im selben Tempo dahinjagen wie ihr eigenes. Sie hielt die Augen geschlossen, wartete still darauf, dass die völlig unsinnigen Gedanken, die ihr durch den Kopf schossen, verschwanden. Hoffte, dass die Gefühle, die sie schwindlig machten, abebbten. Doch Niclas' Puls beruhigte sich ebenso wenig wie ihr eigener. Sie konnte seinen Blick auf sich spüren, also blieb ihr schließlich nichts anderes mehr übrig, als die Augen zu öffnen. Er sah ernst aus. Nachdenklich. Sollte ein Mann eine Frau so anschauen, wenn er gerade mit ihr geschlafen hatte? Ein Kribbeln breitete sich in ihrem Körper aus. Nachwehen des Höhepunktes, den er ihr beschert hatte, redete Marie sich ein. Wo war dieses sinnliche Grübchengrinsen geblieben?

»Hey«, sagte sie und versuchte mit einem Lächeln, die Stille zwischen ihnen zu durchbrechen. Eigentlich konnten sie doch sehr gut miteinander schweigen. Es war angenehm, nicht ständig sprechen zu müssen. Aber im Moment wäre es ihr lieber, Niclas würde irgendetwas sagen. Etwas wie: »Willst du noch was essen?« oder »Mach das Licht aus, ich will schlafen.« Irgendwas, damit sich dieser Augenblick nicht so sonderbar anfühlte.

Gewöhnlich tat Niclas selten, was sie sich wünschte. Und so kam er ihrer stummen Hoffnung auch nicht nach. Statt etwas zu sagen, senkte er den Kopf, um sie sanft und zärtlich zu küssen – und Maries Puls noch ein Stück weiter in die Höhe zu treiben. Schließlich löste er sich von ihren Lippen und küsste sie auf die Nasenspitze. »Ich bin gleich zurück«, versprach er und löste sich von ihr. Augenblicklich fühlte sich ihre Herz leer an. Sie fuhr sich über den Brustkorb, um das unangenehme Gefühl zu vertreiben, und ließ sich in die Kissen zurücksinken. Dann sah sie sich in seinem Schlafzimmer um. Denn dazu hatte sie ja bisher keine Gelegenheit gehabt. Niclas rumorte im Bad. Sein intimster Raum war groß und männlich, um nicht zu sagen: spartanisch. Ein Kingsize-Bett mit einem Kopfteil aus dunklem Kirschholz, das sich in den Bodendielen wiederfand, dominierte das Zimmer. An der gegenüberliegenden Wand flackerte ein Gaskamin und verbreitete gemütliche Wärme. Darüber hing ein großer Fernseher. Die Nachttische und ein Sessel in der Ecke waren die einzigen weiteren Möbelstücke. Da sich hinter einer der beiden Türen das Bad verbarg, vermutete Marie hinter der anderen einen begehbaren Kleiderschrank. Hier gab es nichts, womit sie sich beschäftigen konnte. Nichts, womit sie sich von ihren verwirrten Gedanken und Gefühlen ablenken konnte. Ein Knoten saß in ihrem Magen fest. Irgendetwas war geschehen. Sie hatten schon einige Zeit zusammen verbracht, aber diese Momente – in der Küche und in dem riesigen Bett – hatten sich anders angefühlt, hatten ihre Welt erschüttert. Und sie wusste überhaupt nicht, warum. Schließlich kehrte Niclas mit einer Flasche Rotwein und zwei Gläsern in der Hand zurück. Er hatte sich nicht die Mühe gemacht, etwas überzuziehen. Nackt und offenbar mit sich selbst völlig im Reinen, kam er herein. Seine Haare waren von ihren Händen zerzaust. Der seltsam ernste Ausdruck auf seinem Gesicht war verschwunden und einem übermütigen Funkeln gewichen. Und noch bevor er die Decke zurückschlug und sich neben sie legte, wusste sie, was es war. Was sich zwischen ihnen verändert hatte. Liebe. Sie hatte sich in Niclas Hunter verliebt. Statt der Panik, die sie bei dieser Erkenntnis eigentlich überkommen müsste, breitete sich eine tiefe Ruhe in ihr aus. Sicher würde sie diese Gefühle unter die Lupe nehmen müssen. Aber dafür war später noch genug Zeit.

Sie lächelte Niclas an, wartete, bis er sich ein paar Kissen in den Rücken gestopft hatte, um aufrecht sitzen zu können. Dann ließ sie sich in seine Arme sinken und nahm das Glas Wein entgegen, das er ihr reichte. Sie stießen an, und Marie genoss den samtigen, vollen Geschmack auf der Zunge. Ihr Kopf ruhte abermals an Niclas' Brust. Sein Herz schlug wieder stetig und ruhig, wie sie es von ihm gewohnt war. Er schaltete mit der Fernbedienung den Fernseher ein und sah sie fragend an. »*House of Cards* oder *Dexter*?«

21

Niclas tauchte langsam aus einem tiefen, traumlosen Schlaf auf. Der Duft von Kaffee kitzelte ihn in der Nase. Er öffnete zaghaft sein rechtes Auge und schloss es sofort wieder, weil er von der Spätherbstsonne geblendet wurde. Die Kissen, in denen er sein Gesicht vergraben hatte, rochen nach Marie. Marie und Kaffee. Besser konnte ein Morgen nicht beginnen. Er tastete nach ihr, fühlte aber nur das kühle Laken. Er empfand eine leichte Enttäuschung, weil sie vor ihm aufgestanden war und er sie nicht in seinen Armen halten konnte. Nach einer Weile drehte er sich auf den Rücken und öffnete die Augen.

Marie lehnte im Türrahmen und lächelte ihn über den Rand einer dampfenden Kaffeetasse hinweg an. Sie trug lediglich ein T-Shirt mit dem Logo seiner Alma Mater, das sie offenbar aus seinem Schrank geklaut hatte. Ihre Haare waren feucht vom Duschen und ihre Füße nackt. Sie schien darauf gewartet zu haben, dass er aufwachte. Mit einer lässigen Bewegung stieß sie sich vom Türrahmen ab und stellte die Tasse auf dem Nachttisch ab, ehe sie zu ihm unter das Laken glitt. Sie schmiegte ihren verführerischen Körper an seinen und küsste ihn. »Guten Morgen«, murmelte sie. »Ich wollte dich eigentlich mit dem Kaffee wecken. Aber das hier ist noch besser.«

Ihre Finger fuhren über seinen nackten Körper und hinterließen ein heißes Kribbeln auf seiner Haut. Ihre Lippen folgten der Spur ihrer Hände, und Niclas musste sich schwer zusammenreißen, um sie nicht einfach auf den Rücken zu drehen, ihr das T-Shirt über den Kopf zu zerren und dort weiterzumachen, wo sie in der Nacht aufgehört hatten. »Du …«, brachte er mit heiserer Stimme heraus. Selbst nicht überzeugt, ob sie nicht doch … »Ich muss noch ein paar Dinge erledigen, wenn wir schon einmal in der Stadt sind«, fuhr er nicht ohne Bedauern fort. Er nahm ihre Hand, die bedenklich in Richtung seiner Lendengegend rutschte, und genoss die Gänsehaut, die ihre Lippen verursachten, als sie sanft über die Seite seines Halses glitten.

Gerade als er bereit war, seinen Widerstand aufzugeben, seufzte Marie und gab ihm einen Kuss auf sein Schlüsselbein. »Du hast recht.« Ehe er sie zurückhalten konnte, war sie aus dem Bett gesprungen und hielt ihm die Tasse hin. »Trink deinen Kaffee und komm nach unten. Ich mache dir Frühstück.« Ein letztes Mal beugte sie sich über ihn und küsste ihn flüchtig, bevor sie verschwand.

Niclas wartete, bis er Maries Schritte auf der Treppe hörte, dann streckte er sich, lehnte sich gegen das Kopfende des Bettes und nippte an seinem Kaffee. Das Koffein schien innerhalb von Sekunden seine Wirkung zu entfalten. Es raste durch seine Nervenbahnen und wischte die letzten verschwommenen Gedanken an die vergangene Nacht beiseite. Niclas hatte bereits beim Einschlafen das Gefühl gehabt, dass sich etwas verändert hatte. Er hatte nur nicht begriffen, was es genau war. Jetzt wurde es ihm plötzlich klar. Marie hatte sein Zuhause von dem Fluch befreit. Seit Stacy Chambers ihn hier schachmatt gesetzt hatte und er im Nachhinein nicht einmal mehr sagen konnte, ob er wirklich mit ihr geschlafen hatte oder nicht, hatte ihn sein Bett angeekelt. Die Frau war ein hochbezahltes Callgirl, aber trotz allem war sie eine Nutte. Jemand, der sich kaufen ließ und keine Hemmungen hatte, anderer Menschen Leben zu zerstören. Er hatte sein Haus von oben bis unten reinigen lassen, weil er sich wegen der K.-o.-Tropfen, die sie ihm verabreicht hatte, an nichts erinnern konnte. Er hatte keine Ahnung, was die Frau angefasst hatte. Hatte sie ein Glas aus dem Schrank genommen, um etwas zu trinken? Eine Tasse? Hatte sie sich durch seine Kleidung gewühlt? Seine Dusche benutzt? Er wusste es nicht, und das hatte ihn wahnsinnig gemacht. Man sagte, Menschen, die Opfer eines Einbruchs wurden, fühlten sich nie wieder sicher in ihren eigenen vier Wänden. Ihm war es nach Gillian Mulhares Intrige ähnlich ergangen. Sein Zuhause hatte ihn abgestoßen. Deshalb war er unter anderem nach Cape Cod geflüchtet, wie ihm jetzt bewusst wurde. Doch seit er mit Marie hier eingetroffen war, hatte er keine einzige negative Schwingung empfunden. Mit ihr in seinem Bett zu schlafen war, als hätte sie einen magischen Zauberstab gezückt und wäre jeder schwarzen Spinnwebe zu Leibe gerückt, die von der Decke hing und ihm die Luft zum Atmen und das Licht nahm. Jetzt strahlte das Haus wieder das aus, was es ursprünglich ausgestrahlt hatte. Ruhe. Nüchternheit. Vermischt mit dem Geruch nach Marie und Kaffee. Er leerte den Becher und sprang aus dem Bett. Nach einer kurzen Dusche stieg er in ein paar Jeans und ging zu Marie in die Küche.

Sie trug noch immer sein T-Shirt und sonst offenbar nichts, wie er in dem Gegenlicht erkennen konnte, das durch die Fenster über der Küchenzeile fiel. Sie stand mit dem Rücken zu ihm am Herd und drehte den Kopf, als er hereinkam. Er stellte seine leere Tasse im Vorbeigehen auf den Tresen, schlang seine Arme von hinten um ihre Mitte und legte seine Lippen auf ihren Hals. Marie wandte sich zu ihm um und forderte gierig einen Kuss ein. Leicht außer Atem löste sie sich schließlich von ihm und lehnte für einen Moment ihre Stirn gegen seine. »Ich muss mich auf das Frühstück konzentrieren«, murmelte sie.

Genau in diesem Moment fing sein Magen deutlich hörbar an zu knurren, und Niclas ließ Marie los. »Ich bin am Verhungern, also werde ich dich nicht weiter ablenken.« Er trat einen Schritt zurück, um dieses Versprechen auch halten zu können. »Was soll ich machen?«

»Du kannst den Tisch decken. Und mir noch eine Tasse Kaffee einschenken.«

»Zu Befehl.«

*

Marie gab Rührei und Speck auf die Teller, und Niclas stellte sie auf die Kücheninsel, wo bereits Besteck lag und frischer Kaffee stand. Sie war am Morgen in Niclas' Armen aufgewacht. Er hatte noch tief und fest geschlafen, sie hatte die Gelegenheit genutzt und in sich hineingehört. Alles fühlte sich richtig an. In ihrem Herzen glommen die Gefühle für ihn wie ein fröhliches, wärmendes Feuer. Es schmerzte nicht, zu lieben. Es machte ihr keine Angst, diese Gefühle zuzulassen. Fast hatte sie eine Panikattacke erwartet nach all den plötzlichen und vor allem einschneidenden Veränderungen in ihrem Leben. Es war nichts passiert. Sie fühlte sich, als triebe sie in einer windstillen Nacht auf der glatten Oberfläche des Atlantiks.

Sie trank einen Schluck Kaffee und spießte ein wenig Rührei auf. In den stillen Minuten neben dem schlafenden Niclas hatte sie entschieden, ihre Liebe für sich zu behalten. Sie würde sie hüten wie einen Schatz, der nur ihr gehörte. Wenn ihr Prozess vorbei war, würden sich ihre Wege trennen, wenn er nicht das Gleiche wie sie empfand. Falls es ihm ähnlich ging, hatten sie vielleicht die Chance auf eine gemeinsame Zukunft. Wer wusste das schon? Sie war sich nur einer Sache sicher. Sie konnte Niclas vertrauen. Er war für sie da, bot ihr Sicherheit. Sie war bereit, sich auf ihn zu verlassen und ihr Schicksal in seine Hände zu legen. Zum ersten Mal seit vielen Jahren. Sie war ein wenig stolz auf sich selbst. Wie sehr hatte sich ihr Leben zum Positiven entwickelt, seit sie Niclas zum ersten Mal gesehen hatte! Sie stand kurz davor, die Kontrolle über ihr Leben wieder zu erlangen. Noch vor wenigen Wochen hatte sie überhaupt nicht an solch eine Möglichkeit geglaubt. Jetzt träumte sie davon, frei zu sein und ihr Leben wieder selbst bestimmen zu können. »Happy Thanksgiving«, sagte sie und stieß mit ihrer Kaffeetasse gegen seine.

*

Sie hatten einen wunderbaren Tag zusammen verbracht. Einen langen Spaziergang am Charles River gemacht, einen leichten Lunch in einem kleinen Bistro gegessen. Nachdem sie in Niclas' Haus zurückgekehrt waren, hatte er ein paar

Telefonate führen müssen. Marie hatte sich zurückgezogen, um sich für den Empfang umzuziehen. Sie hatte Hollys Kleid übergestreift und die Haare so hochgesteckt wie in dem YouTube-Video, das ihre Freundin ihr gezeigt hatte. Zuletzt schlüpfte sie in die Sling Pumps, die Holly ihr von einer Freundin besorgt hatte, weil ihre eigenen Schuhe Marie zu klein waren. Sie passten einigermaßen, aber sie würde im Laufe des Abends bestimmt trotzdem Blasen bekommen. Nach einem letzten Blick in den Spiegel verließ sie Niclas' Schlafzimmer, ging die Treppe hinunter und trat in das Foyer.

Niclas wartete bereits auf sie. Als er sie erblickte, riss er erstaunt die Augen auf. Sie hatte ihn schon im Anzug gesehen. Auf den Fotos, die sie im Internet gefunden hatte. Aber in natura – in einem Smoking …

»Wow. Du siehst – atemberaubend aus«, sagte er.

»Danke.« Sie lächelte ihn an und schlang die Arme um seinen Hals. »Das kann ich nur zurückgeben.«

Niclas küsste sie auf die Wange, ließ seine Lippen einen Moment länger als nötig dort liegen, bevor er sich von ihr löste und ihr seinen Arm bot. »Auf ins Getümmel«, sagte er und grinste.

Als sie wenig später vor Niclas' Elternhaus vorfuhren, wurde Marie mulmig zumute. Sie hätte darauf vorbereitet sein sollen, aber der Anblick des Hunter'schen Familiensitzes überwältigte sie. Als Niclas seinen Wagen an den Jungen vom Parkservice übergab, sah Marie sich um. Die vier Türme, die die Ecken des riesigen Gebäudes markierten, waren nahezu furchteinflößend. Am Fahnenmast vor dem Haus wehte die amerikanische Flagge im kräftigen Novemberwind. Abermals hakte Marie sich bei ihm unter, und sie gingen auf den

Eingang zu, wo ihnen ein livrierter Angestellter öffnete. Sie traten in ein großes Foyer. Das Licht eines riesigen silbernen Kronleuchters, der an der hohen Decke erstrahlte, spiegelte sich im schwarzen Marmorboden. Marie zählte mindestens dreißig Leute, die in kleinen Grüppchen zusammenstanden. Das Zentrum bildeten Niclas' Eltern, Theodor und Georgina, die sich mit ihrem Sohn Andrew und Jake Foster unterhielten. Als sie sie bemerkten, setzten sie ein höfliches Lächeln auf. Georgina sah bezaubernd aus in ihrem bodenlangen, sanft schimmernden Kleid. Das blonde Haar, das sicher nicht mehr seine natürliche Farbe besaß, war zu einem Knoten im Nacken geschlungen und das Gesicht perfekt geschminkt. Der abweisende Ausdruck, der hinter dieser Fassade lauerte, entging Marie jedoch nicht. Theodor Hunter gehörte zu den Männern, die man ebenfalls nicht so schnell vergaß. Ein großer Mann mit stolzer Haltung und vollem, grauen Haar. Niclas ähnelte ihm äußerlich, sodass man sich vorstellen konnte, wie er in dreißig Jahren aussehen würde.

Niclas steuerte direkt auf seine Eltern zu und küsste seine Mutter auf die Wange, die sie ihm bot. »Mom. Dad.« Er schüttelte seinem Vater die Hand. »Das ist Marie McMillan. Meine Eltern«, sagte er. »Jake kennst du ja. Und das ist mein Bruder Drew.«

Marie schüttelte jedem höflich, aber zurückhaltend die Hand. Unter all diesen Menschen fühlte sie sich plötzlich nicht mehr wohl.

»Marie McMillan?« Theodor Hunter warf ihr einen scharfen Blick zu. »Hast du mich nicht neulich erst nach McMillan Investments gefragt?«, wandte er sich an Niclas und musterte sie dann wieder. Sein Gesichtsausdruck hart und kalt.

Auch wenn er nichts sagte, kam deutlich zum Ausdruck, dass er wusste, wer sie war.

Niclas beantwortete die Frage nicht.

»Mom, Dad, wir sprechen uns später«, setzte Andrew dem unangenehmen Moment ein Ende. »Kommt mit.« Er lotste Marie, Niclas und Jake durch die Gästeschar zum Büfett. Froh, der Situation entkommen zu sein, atmete Marie erleichtert auf. Ständig wurden sie aufgehalten, weil sie jemanden begrüßen und Small Talk halten mussten. Niclas stellte Marie jedem vor, aber niemand schien eine Verbindung zu ihrem früheren Leben herzustellen. Vermutlich weil es wesentlich interessanter war, dass sich Niclas zum ersten Mal seit dem Eklat im Gerichtssaal in der Öffentlichkeit zeigte. Die Leute, die ihn umringten, waren klug genug, den Mund zu halten, aber in ihren Augen brannte die Sensationsgier. Sie waren nur darauf aus, etwas über sein Karriereaus zu hören. Marie erinnerten sie an Hyänen.

»Sie sind wie Hyänen«, flüsterte Niclas' Bruder, der neben ihr stand, ihr ins Ohr, als ob er ihre Gedanken gelesen hätte. Marie lächelte ihn an. Andrew war ihr gegenüber zurückhaltend, warf ihr aber von Zeit zu Zeit prüfende Blicke zu. So als wolle er einschätzen, ob sie gut genug für seinen Bruder war. Schließlich kannte auch er ihre Vergangenheit. Sie wusste, dass Niclas ihm davon erzählt hatte.

Als sie sich endlich bis zum Büfett durchgeschlagen hatten, schaufelten sich die Männer jeweils einen kleinen Berg auf den Teller. Marie hingegen wusste, dass sie nichts herunterbekommen würde, und hielt sich an dem Glas Champagner fest, das ihr unterwegs irgendjemand in die Hand gedrückt hatte.

»Los, beeilt euch«, trieb Niclas Jake und Andrew an. »Wir haben nur so lange Zeit, bis Mom ihren verdammten Ball eröffnet. Dann wird sie verlangen, dass wir uns unter das Volk mischen, charmant sind und die Damen zum Tanzen auffordern.«

»Also Fluchtmodus«, murmelte Jake. Er wies zu den großen Terrassentüren und lief los. Marie folgte ihm, Niclas und Andrew links und rechts von ihr, in den märchenhaft beleuchteten Garten. Sie gingen über den Rasen in Richtung Pool, auf dem flackernde Lichter in Rot, Weiß und Blau schwammen. Die Wege waren von brennenden Fackeln gesäumt. Von hier draußen schimmerten die Fenster des Hauses warm und gelb, die Musik und das Stimmengewirr klangen leise – und irgendwie weit entfernt. Alles wirkte freundlicher. Friedlicher. Was es nicht war. Die eisige Kälte, die bei der Begrüßung zu spüren gewesen war, hatte nicht nur ihr gegolten, sondern auch Niclas. Seine Familie schien genauso eine gescheiterte Familie zu sein wie ihre eigene.

Sie zogen sich ins Poolhaus zurück, das zwischen Büschen und Bäumen versteckt lag. Der Duft von frisch gewaschenen Handtüchern und einem Hauch Chlor lagen in der Luft, was Marie an den Sports Club auf Cape Cod erinnerte. Sie ließen sich in die bequemen Klubsessel fallen und aßen. Jake, Andrew und Niclas zogen sich gegenseitig auf, und ein Teil der Anspannung fiel von Marie ab. Die drei mochten sich. Sie standen sich nahe. Wenn man es nicht besser wusste, konnte man meinen, Jake sei ihr Bruder. Die Zeit, die sie an diesem Zufluchtsort verbrachten, verging viel zu schnell. Ein Klopfen an der Tür unterbrach Andrew, der gerade einen Witz erzählte. Eine ältere Frau in einer Hausmädchenuniform, untersetzt und mit einem herzlichen Lächeln im Gesicht, kam ins Poolhaus.

»Marisol.« Niclas stand auf und umarmte sie. »Schön, Sie zu sehen.«

»Ich wusste, dass Sie sich hier verstecken würden«, sagte sie. Gespielt streng stützte sie die Hände in die Hüften. »Die jungen Herren werden im Saal erwartet.« Von dem Seufzen, das unisono erklang, ließ sie sich nicht beeindrucken. »Keine Widerrede. Ihre Mutter möchte Sie in fünf Minuten auf der Tanzfläche sehen.«

»Danke, Marisol. Wir kommen gleich.« Andrew erhob sich als Erster. Sie schlüpften wieder in ihre Jacketts und rückten ihre Krawatten zurecht. Niclas reichte Marie den Arm. Gemeinsam kehrten sie in das Haus zurück. Inzwischen hatte sich die Gästeschar deutlich vergrößert. Sie unterhielten sich laut, und die Musik hatte man inzwischen auch aufgedreht. Marie wurde schwindelig. Ihr Puls beschleunigte sich, doch sie kämpfte den Impuls nieder, so schnell wie möglich von all den Menschen und dem Lärm flüchten zu wollen. Diesen Abend außerhalb ihrer Komfortzone würde sie schon überstehen. Sie mischten sich unter die Leute am Rand der Tanzfläche. Andrew und Jake kamen sofort ihren Pflichten nach. Sie verteilten Wangenküsse und forderten Frauen zum Tanzen auf, die sie offenbar kannten und die sich zu langweilen schienen.

»Darf ich bitten?«, raunte Niclas ihr ins Ohr. Sie wollte gerade nicken, als sich eine schwere, vom Alter gezeichnete Hand auf Niclas' Schulter legte und ihn ein Stück zur Seite schob. »Ich darf doch bitten, nicht wahr, meine Liebe?« Theodor Hunter. Erschrocken wandte sich Marie zu dem älteren Mann um.

»Was soll das, Dad …?«, begann Niclas.

Marie stoppte ihn. Er sollte sich nicht wegen ihr mit seinem Vater streiten. »Sehr gern«, sagte sie und unterdrückte die Panik, die sich in ihrem Hals festgesetzt hatte.

Zögerlich machte Niclas einen Schritt zur Seite, und Theodor führte sie auf die Tanzfläche. Marie erinnerte sich wieder an den Grund, warum Niclas zu dem Empfang hatte gehen wollen. Er hatte die Befürchtung, dass sein Vater ernsthaft krank war. Auf Theodor Hunters Stirn standen Schweißperlen. Seine Gesichtsfarbe war unnatürlich graugelb, und seine Hand zitterte leicht. Aber er hatte wache Augen. Der Verstand dahinter war messerscharf. Was automatisch wieder ein ungutes Gefühl bei Marie auslöste.

»Nun, Miss McMillan, wie gefällt es Ihnen bei uns?« Theodor legte seinen Arm um ihre Hüfte und bewegte sich im Takt der Musik.

»Sehr gut. Vielen Dank für die Einladung, Sir«, gab sie höflich zurück.

Er lächelte schmal und kalt. »Ich glaube kaum, dass Sie eingeladen waren. Sie mögen sich äußerlich verändert haben, aber ich weiß sehr wohl, wer Sie sind. Und ich kenne Ihren Bruder.« Unwillkürlich bekam Marie eine Gänsehaut auf ihrem Rücken. »Wir laden keine Betrüger in unser Haus ein«, fuhr Theodor fort. »Ganz egal, ob sie ihre Strafe abgesessen haben. Ich weiß nicht, was Sie im Schilde führen. Aber bei uns gibt es nichts zu holen.«

»Ich führe nichts im Schilde, Mr. Hunter«, erwiderte Marie. Die kühle Gelassenheit in ihrer Stimme stand der ihres Tanzpartners in Nichts nach. »Niclas ist mein Anwalt. Er hat mich gebeten, ihn heute Abend zu begleiten.«

»Dann hoffen wir für Sie, dass es dabei bleibt. Für mich ist es ein Leichtes, Sie zu vernichten. Seien Sie sich dessen bitte immer bewusst.« Marie war erstaunt, wie höflich und zivilisiert man eine Drohung aussprechen konnte. »Falls Sie auf die Idee kommen sollten, einen meiner Söhne näher kennenlernen zu wollen, sollten Sie sich das noch einmal überlegen.«

»Sind Sie besorgt um Ihre Söhne, oder geht es hier um Sie selbst und Ihren Ruf, um den Sie fürchten?«, konterte sie.

Hunter blieb stehen. »Machen sie sich nicht die Mühe, das herauszufinden.« Er deutete mit dem Kinn eine Verbeugung an, was eher einer Verhöhnung glich. »Entschuldigen Sie mich, Miss McMillan. Ich habe gerade Freunde gesehen, die ich noch nicht begrüßt habe.« Er drehte sich um und ließ sie stehen. Einen Augenblick später war er zwischen den Tanzenden verschwunden. Er war eiskalt. Genau so hatte Niclas ihn beschrieben. Marie bemühte sich, gleichmäßig ein- und auszuatmen, damit die schwarzen Punkte vor ihren Augen verschwanden. Ihre Knie zitterten. Sie wollte wegen der Drohung von Theodor Hunter keine Panikattacke bekommen. Aber seit sie mit Niclas zusammen war, hatte sie diese Dinge besser im Griff. Langsam, um in den ungewohnt hohen Schuhen nicht zu stolpern, ging sie zum Rand der Tanzfläche zurück. Niclas war nirgendwo zu sehen, also stellte sie sich zu Andrew und Jake, die in ein Gespräch über eine kühle Blondine und ihren Begleiter vertieft waren.

»Das sind Eliza und Greg Woodward?«, frage Jake.

»Ja. Sie gehen nicht oft aus. Aber ich habe gehört, dass sie auf der Suche nach Investments sind. Sie haben so viel Geld, dass sie nicht wissen, wohin damit«, redete Andrew auf Jake ein, und Marie hoffte sogleich, dass diese Leute keinen Cent in das Unternehmen ihres Bruders gesteckt hatten.

»Du meinst …?« Jake beendete seine Frage nicht, aber in seiner Stimme schwang Hoffnung mit.

Andrew zuckte die Schultern. »Vielleicht passt es ja. Ich kann mir gut vorstellen, dass sie in die Brauerei investieren. Also, zumindest Eliza. Das Geld kommt von ihrer Seite der Familie. Ich stelle dich ihr vor. Entschuldigst du uns kurz?«, wandte er sich an Marie.

»Natürlich.« Sie ergriff ein Glas Champagner von einem Tablett, um etwas zu haben, woran sie sich festhalten konnte, und stellte sich in den Schatten einer Säule. Als sie über die Köpfe der Tanzenden hinwegblickte, entdeckte sie Niclas in der Menge. Er stand auf der anderen Seite des Raumes sehr eng mit einer Frau zusammen. Einer sehr schönen, schwarzhaarigen Frau mit milchweißer Haut. Ihre Hand mit den blutrot lackierten Nägeln lag auf Niclas' Brust auf Höhe seines Herzens, und er schenkte ihr ein zaghaftes Lächeln, während sie miteinander sprachen. Einen Moment später ging er auf die Tanzfläche und tanzte eng umschlungen mit ihr zu einer melancholischen Melodie. Marie versuchte, den Stich in ihrem Herzen zu ignorieren, und trank einen großen Schluck Champagner. Es würde ein langer Abend werden. Und er war noch unangenehmer, als sie sich hatte vorstellen können.

*

Niclas beobachtete, wie sein Vater Marie auf die Tanzfläche führte. Ihm war nicht wohl dabei, sie ihm zu überlassen.

»Was hat der alte Mann vor?«, fragte Andrew.

Niclas rieb sich über das Kinn. »Er weiß, wer sie ist. Ich vermute, er fühlt ihr auf den Zahn.«

»Dann hoffe ich, dass sie dich nach diesem Gespräch noch mag«, sagte Jake. »Die Hunters haben so ein seltsames Talent, ihr Gegenüber nur mit einem Blick außer Gefecht zu setzen.«

»Du bist so ungehobelt wie immer, Jake Foster – und solltest dich schämen, so über die Gastgeber zu sprechen, deren Scotch du trinkst. Auch wenn ich von dir nicht wirklich viel mehr erwarte.« Niclas' Mutter stand plötzlich neben ihnen und schenkte Jake ein schmales Lächeln, das ihr ganze Geringschätzigkeit zum Ausdruck brachte.

»Georgina.« Jake schlug die Augen nieder und tat zumindest nach außen hin reumütig. Auch wenn Niclas wusste, dass er innerlich die Augen verdrehte.

»Kannst du einen Moment für mich erübrigen, Niclas?«, fragte seine Mutter.

Niclas sah zur Tanzfläche. Marie und sein Vater sprachen leise miteinander. Er hatte keinen Zweifel, worum sich das Gespräch drehte. »Einen Augenblick ja.«

»Wunderbar.« Georgina hakte sich bei ihm unter und zog ihn am Büfett vorbei auf die andere Seite des Saales. »Ich möchte dir jemanden vorstellen.«

»Mom!«

Sie ignorierte seinen Protest. »Ich kenne eine ganz bezaubernde junge Frau …«

»Mom!« Niclas legte seine Hand auf ihren Arm. »Ich bin mit einer Frau hier. Du hast sie vorhin begrüßt. Erinnerst du dich? Findest du das nicht ein wenig unhöflich, mich ausgerechnet jetzt verkuppeln zu wollen?«

Lächelnd sah Georgina ihn an, und ihre Gesichtszüge verhärteten sich. Obwohl auch heute jede Menge Alkohol floss, war ihr Blick erstaunlich klar. »Wenn es nach mir geht, bist du mit niemandem hier«, zischte sie. »Ihr haltet mich alle für dumm, nicht wahr? Du. Dein Bruder. Und dein Vater. Ihr denkt, ich wüsste nicht, was für ein Subjekt du mir ins Haus geschleppt hast. Ich weiß sehr wohl, wer Marie McMillan ist. Und ich empfinde es als eine Schande, dass du dich mit solchem Abschaum abgibst.«

Niclas stieß innerlich einen Seufzer aus. Wenn seine Mutter in Rage geriet, bremste sie so schnell nichts mehr. »Ich bin ihr Anwalt«, erklärte er ruhig; »Ich dachte, ein kleiner Tapetenwechsel würde ihr ganz guttun. Deshalb habe ich sie gebeten, mitzukommen.« Er bedachte sie mit einem Blick, der klar verdeutlichte, dass er bei diesem Thema keinen Spaß verstand. »Du kannst sie hinauswerfen. Dann gehe ich eben auch.«

Sie näherten sich einer Gruppe Frauen, und mit einem Mal wirkte das Lächeln im Gesicht seiner Mutter fast echt. »Meine Lieben«, begrüßte sie sie mit Küsschen links, Küsschen rechts. »Annabelle, wunderbar, dass Sie meiner Einladung gefolgt sind. Darf ich Ihnen meinen Sohn Niclas vorstellen?« Sie nahm zwei Champagnergläser von einem Tablett und reichte sie der Frau namens Annabelle und ihm.

»Sehr angenehm.« Annabelle sah ein bisschen aus wie Schneewittchen. Rabenschwarzes Haar, schlohweiße Haut und blutrote Lippen. Sie schenkte ihm ein breites Lächeln und hängte sich bei Niclas ein. Sie zog ihn ein paar Schritte weg, während seine Mutter sich mit den anderen unterhielt. »Ich habe schon viel von Ihnen gehört, Niclas, und war ganz gespannt darauf, Sie kennenzulernen. Georgina musste mir versprechen, Sie mir vorzustellen.«

Niclas merkte, wie er ärgerlich wurde. »Lesen Sie die Zeitung, Annabelle?«, fragte er

»Sicher.« Sie sah ihn mit großen Augen an.

»Dann sollten Sie eigentlich wissen, dass ich im Moment nicht zu den goldenen Jungen dieser Stadt gehöre.«

Annabelle legte ihre Hand auf seinen Brustkorb. Eine Geste, die er als unangenehm intim empfand. »Ich stehe auf skandalöse Männer«, säuselte sie.

Niclas zog ihre Hand weg. »Sie können gerne den Tanz haben, Annabelle. Danach müssen Sie sich leider neue Gesellschaft suchen. Ich bin nämlich in Begleitung heute Abend hier.« Und er würde Marie keine Sekunde länger als nötig seinen Eltern überlassen. Suchend wanderte sein Blick umher, bis er sie, allein an eine Säule gelehnt, entdeckte. »Sie sehen das sicher wie ich. Meine Begleitung zu lange warten zu lassen wäre unhöflich.«

Annabelle schenkte ihm ein nachsichtiges Lächeln. »Die Dame ist wirklich ein Glückspilz.«

Eigentlich war er derjenige, der großes Glück hatte, Marie kennengelernt zu haben, dachte er, als er Annabelle zur Tanzfläche führte.

22

Niclas brachte den Tanz mit Annabelle Bradshaw hinter sich und wollte gerade zu Marie zurückgehen, als sein Vater ihn abfing. »Dad, ich habe jetzt wirklich keine Zeit für dich.«, versuchte er ihn abzuwimmeln. Sein Blick glitt abermals über die Menge der Tanzenden, aber Marie war auf einmal verschwunden.

»Auf ein Wort in meinem Arbeitszimmer.« Theodor wies mit der Hand zu dem Flügel des Hauses, in dem seine Räume lagen. Niclas blieb nichts anderes übrig, als sich zu fügen.

Eigentlich hatte er vorgehabt, ihn auf seine Gesundheit anzusprechen. Aber er wollte Marie nicht zu lange allein lassen. »In der Bibliothek«, schlug er deshalb vor. Die lag nicht so weit entfernt. Er ging voraus, und sein Vater folgte ihm. Der Geruch des Kaminfeuers, der unzähligen alten, wertvollen Bücher und der Holzregale, der den Raum mit den gemütlichen Ledersesseln dominierte, hatte Niclas schon immer beruhigt. »Möchtest du dich setzen?«, fragte er seinen Vater. Der alte Herr sah genauso aus, wie Andrew ihn beschrieben hatte. Seine Haut war unnatürlich blass, und er schwitzte. In den vergangenen Tagen hatte Niclas mehrfach versucht, mit Theodor über seinen Gesundheitszustand zu sprechen. Doch jedes Mal, wenn das Gespräch darauf kam, blockte Theodor ihn ab. Niclas hatte die Symptome einer Nierenerkrankung gegoogelt und wusste Bescheid. Er war sich sicher, dass Andrew recht hatte. Sein Vater war krank. Offenbar sehr krank. Niclas bemerkte die Kraftanstrengung, mit der Theodor sich aufrecht hielt. Das hinderte den alten Mann aber nicht daran, seinen Vorschlag, sich zu setzen, mit einer Handbewegung abzutun. Er wandte sich zu dem kleinen Tablett um, auf dem eine Karaffe seines Lieblingsscotchs stand. Er füllte einen Fingerbreit in je zwei Tumbler und reichte Niclas einen.

Niclas ersparte es sich, seinen Vater darauf hinzuweisen, dass Alkohol Gift für seine angegriffene Gesundheit war. »Um was geht es?«, fragte er stattdessen, obwohl er sich das denken konnte.

Theodor schwenkte seinen Whiskey im Glas und sah ihn an. »Mir ist zu Ohren gekommen, dass du die Seiten gewechselt hast und Marie McMillan in einem Wiederaufnahmeverfahren vertrittst.« Er trank von seinem Drink und musterte seinen Sohn über den Rand seines Glases hinweg.

»Stimmt. Deine Spione haben ganze Arbeit geleistet.«

»Ich habe dir einen Job in der Hunter Boston Bank angeboten. Gute Juristen können wir immer brauchen.«

»Und ich habe dir gesagt, dass ich weder ein Finanzjurist bin noch einer sein will. Ich war Staatsanwalt. Auf der anderen Seite zu stehen gefällt mir allerdings auch ganz gut.« Niclas hätte sich gern in einen Ledersessel gesetzt, doch er wollte nicht, dass sein Vater ihn überragte.

»Du hast als Staatsanwalt versagt.« Eins zu null für Theodor. »Glaubst du ernsthaft, du kannst deinen Ruf wiederherstellen, indem du Marie McMillan vertrittst?«

»Ich vertrete Marie, weil sie unschuldig ist. Es geht hierbei nicht um meine Reputation, sondern darum, Gerechtigkeit walten zu lassen. Was im Übrigen die Aufgabe unseres Rechtssystems ist«, antwortete Niclas das, was er auch in das Mikrofon jedes Reporters sagen würde, der nach seinem Sieg gegen Gillian Mulhare ein Interview auf den Stufen des Gerichtsgebäudes von ihm verlangen würde.

Theodor gab ein kaltes Lachen von sich. »Es steckt mehr dahinter. Da bin ich mir sicher. Was hast du vor?«

»Gar nichts«, log Niclas.

»Du wirst nicht deine Haut retten, wenn du diese Frau als Anwalt vertrittst. Eine verurteilte Betrügerin. Glaubst du ernsthaft, dass du diesen Prozess gewinnen kannst? Das wird deinen Ruf noch weiter schädigen. Deine Glaubwürdigkeit wird noch stärker darunter leiden.«

»Ist es nicht vielmehr so, dass du dir Sorgen um deinen eigenen Ruf machst? Sohn des großen Theodor Hunter verteidigt eine Betrügerin. Das ist doch die Schlagzeile, vor der dir graut, oder?« Niclas stellte seinen unberührten Drink ab. »Meine Karriere geht nur mich etwas an. Sie hat nichts mit deiner Bank zu tun. Daraus werden dir keine Nachteile entstehen. Ich bestimme, was ich mit meinem Leben anfange. Und ich bin von Maries Unschuld überzeugt. Und genau deshalb werde ich sie vertreten.« Niclas wandte sich zum Gehen.

»Mein Jobangebot steht noch für genau eine Woche«, ließ Theodor nicht locker.

»Danke, aber ich werde es auch in einer Woche nicht in Betracht ziehen.« Niclas warf einen Blick über die Schulter und sah, wie sein Vater den Rest seines Scotchs hinunterkippte. »Statt dir Gedanken um meine Arbeit zu machen, solltest du auf meinen Bruder hören und dich endlich von einem Arzt untersuchen lassen. Und vielleicht solltest du den Scotch weglassen. Andrew ist nämlich der Meinung, dass mit deinen Nieren etwas nicht in Ordnung ist.« Niclas wartete keine Erwiderung ab, sondern kehrte in den Saal zurück. Es wurde Zeit, die Drachenhöhle zu verlassen. An diesem Abend war ihm zu viel Feuer gespuckt worden. Er entdeckte Jake, der in ein Gespräch mit Eliza Woodward vertieft war, während ihr Ehemann seinen Freund mit einem Blick bedachte, den Niclas nicht einordnen konnte. Wahrscheinlich ging es um die Brauerei. Jake war noch immer auf der Suche nach einem Investor, und Eliza könnte genau die Richtige dafür sein. Hoffentlich biss sie an. Dann hätte diese Party zumindest einen Nutzen gehabt. Andrew drehte sich lachend mit einer Frau, die Niclas nicht kannte, zu den Klängen eines Walzers über das Parkett. Wo steckte bloß Marie?

*

Marie hatte mit Andrew getanzt, der sie noch immer mit skeptischem Ausdruck im Gesicht betrachtete. Sie verstand ihn. Er wollte seinen Bruder schützen. Also setzte sie ihr unschuldigstes Lächeln auf. Nach einem Tanz reichte es ihr, und sie entschuldigte sich, sagte, sie wolle sich frisch machen. Sie musste einen Moment alleine sein. Weg von den Menschen, der lauten Musik, den falsch lächelnden Gesichtern. Hier herrschte eine völlig andere Atmosphäre als in Provincetown auf dem Herbstfestival, wo sie mit Niclas über die Wiese gewirbelt war. Sie betrat einen kühlen Gang, in dem die Lich-

317

ter gedimmt waren. Sicher sollten sich hierhin keine Gäste verirren. Aber das war ihr egal. Am Ende des Flurs lag ein Badezimmer. Sie wusch sich die Hände, kühlte ihre Wangen und ordnete den Haarknoten, der durch das Tanzen ein wenig verruscht war. Schließich blieb ihr nichts anders übrig, als zurückzugehen, wenn sie nicht von Georgina Hunter verdächtigt werden wollte, die silbernen Familienlöffel gestohlen zu haben.

Als sie in den Flur zurückkam, bemerkte sie, dass eine Tür, die vorhin geschlossen gewesen war, auf einmal ein Stück offen stand. Sie hörte Stimmen. Niclas und sein Vater. Es war nicht ihre Art, zu lauschen, aber als sie ihren eigenen Namen hörte, verlangsamten sich ihre Schritte automatisch. Mit angehaltenem Atem blieb sie vor der Tür stehen, durch deren Spalt sie in die Bibliothek sehen konnte.

Theodor schleuderte Niclas ins Gesicht, dass er als Staatsanwalt versagt habe, und Maries Herz zog sich zusammen. Warum war sein Vater nur so grausam?

»Glaubst du ernsthaft, du kannst deinen Ruf wiederherstellen, indem du Marie McMillan vertrittst?« Theodor sprach leise, und doch konnte Marie jedes Wort verstehen.

Ebenso wie Niclas' Antwort. »Ich vertrete Marie, weil sie unschuldig ist. Es geht hierbei nicht um meine Reputation, sondern darum, Gerechtigkeit walten zu lassen. Was im Übrigen die Aufgabe unseres Rechtssystems ist.« Ein Lächeln stahl sich in Maries Mundwinkel. Das war ihr Niclas, der ihr Herz zum Leuchten brachte. Sicher, er war nicht perfekt. Aber er kämpfte für sie, setzte Himmel und Hölle in Bewegung, um ihr zu helfen. Er war der einzige Mensch, dem sie abgesehen von ihrer Tante Annerose blind vertraute. Vielleicht liebte er sie nicht so wie sie ihn. Vielleicht würden sie nie eine Gelegenheit bekommen, herauszufinden, was zwischen ihnen hätte entstehen können. Aber das war egal. Niclas liebte sie. Auf seine Art. Er steckte all seine Leidenschaft in ihren Fall, und das brachte ihr Herz dazu, schneller zu schlagen, als gut für sie war. Sie legte die Hand auf ihren Brustkorb. Es war nicht richtig, zu lauschen. Doch jetzt hatte sie eine Bestätigung, dass Niclas hinter ihr stand. Er verteidigte sie gegen seinen furchteinflößenden Vater. Leise drehte sie sich um und kehrte zu der lärmenden Party zurück. Dort hielt sie es keinen Augenblick länger aus. Andrew und Jake hatten sicher kein Problem damit, wenn sie sich auf Französisch verabschiedete. Und wie seine Eltern das finden würden, spielte für sie verdammt noch mal keine Rolle. Der Abend war sehr aufschlussreich gewesen. In jeder Hinsicht.

Sie ließ sich von Marisol das Jäckchen bringen, das Holly ihr zum Kleid geliehen hatte und das irgendwo in den Tiefen des Hauses verschwunden war. Dann trat sie vor die Tür. Die Luft war kalt, und ihr Atem bildete kleine weiße Wölkchen. Aber es war still, abgesehen von zwei Männern, die sich in ihrer Nähe gedämpft auf Spanisch unterhielten. Die Jungen vom Parkservice, vermutete sie. Sie würde hier draußen auf Niclas warten, egal, wie lange es dauern würde. In dieses Haus bekamen sie keine zehn Pferde mehr.

»Da bist du ja«, erklang mit einem Mal Niclas' Stimme, und schon stand er hinter ihr und schlang die Arme um sie. Er küsste sie auf den Hals, und ihr Haarknoten verrutschte einmal mehr. Doch was machte das schon. »Alles okay, bei dir?«

»Ja.« Sie lehnte ihren Kopf gegen seine Brust. »Der Par-

tylärm ging mir auf die Nerven, und ich bin einfach abgehauen. Ich hab absolut keine Lust mehr, noch einmal in die
Höhle des Löwen zurückzukehren.«

Niclas zog sie noch enger an sich. Sie spürte das Vibrieren in seinem Brustkorb, als er in ihr Ohr flüsterte. »Genau
meine Meinung. Lass uns verschwinden.«

*

Warum sollte sie Thanksgiving feiern, wenn sie die Zeit auch
dafür nutzen konnte, sich auf die Vernichtung ihres Gegners
vorzubereiten? Gillian Mulhare hatte an ihrer Strategie ge-
feilt. Und damit beschäftigte sie sich auch am Black Friday,
während andere in die Einkaufszentren strömten. Sie hatte
fast alles zusammen, was sie brauchte. Nur ein kleines Puz-
zleteil fehlte noch. Wenn sie das nicht bekam, konnte sie ihre
komplette Strategie in die Tonne treten. Sie hatte Blackstone
bereits zwei Nachrichten auf seiner Mailbox hinterlassen. Bis
jetzt hatte sie sich immer auf ihn verlassen können, doch
diesmal stellte er ihre Geduld wirklich auf die Probe.

Es war bereits Freitagabend, als ihr Handy endlich klingelte. »Ich habe gefunden, was Sie suchen«, sagte Nelson
Blackstone mit seiner dunklen Stimme.

»Das wurde aber auch höchste Zeit. Schießen Sie los!«
Mit einem zufriedenen Lächeln ließ sie sich gegen die Lehne
ihres Schreibtischsessels fallen. Niclas Hunter, mach dich auf
was gefasst!

*

Murray Bralvers lehnte an einer Kiefer in einem kleinen Waldstück, das schräg gegenüber von Rachels Haus lag. In der ruhigen Wohngegend mit den breiten Straßen und den gepflegten Einfamilienhäusern konnte man das Meer nicht hören. Das Rauschen um ihn herum stammte vom Wind, der durch die Wipfel der Bäume strich. Die Kiefer hatte auf Höhe seiner Schulter eine Einkerbung, so als hätte sie nur darauf gewartet, dass er sich gegen sie lehnte und sie als Beobachtungsposten nutzte. Er genoss es, Rachel so nahe zu sein. Sie war so ein fröhliches Mädchen. Immer wenn er sie zu Gesicht bekam, strahlte sie. Gestern hatte ein großes Thanksgiving-Essen in ihrem Elternhaus stattgefunden. Ihre Großeltern waren da gewesen, ihre Onkel und Tanten. Und jede Menge Kinder, die den Kiefernhain zu ihrem Spielplatz erkoren – und ihn vertrieben hatten.

Aber heute Morgen war er zurückgekehrt und Rachel und ihren Freundinnen zu einem Black-Friday-Shoppingtrip in die Cape Cod Mall in Hyannis gefolgt. Schwer bepackt mit ihrer Ausbeute waren sie nach Hause zurückgekehrt. Das Licht in ihrem Zimmer brannte, aber Murray hatte das Mädchen nicht mehr zu sehen bekommen. Er überlegte bereits, seinen Posten für heute zu verlassen, als er eine schlaksige Gestalt mit einem ungeduldig an seiner Leine ziehenden Hund die Straße hinunterschlurfen sah. Jackson Clark, der Bruder der Barbesitzerin. Er erkannte den Jungen an seinem Gang. Gespannt hielt er sich im Schatten der Bäume. Wenn er hier auftauchte, dann kam Rachel vielleicht noch einmal aus dem Haus.

Als er vor dem Haus stand, zischte Jackson seinem Hund zu, dass er »Sitz« machen sollte. Was das Tier ignorierte.

Stattdessen begann der Hund, die Blumenrabatte umzugraben. Jackson sammelte ein paar Kiesel vom Weg auf und warf sie gegen Rachels Fenster. Nach dem dritten Stein erschien ihr Gesicht hinter der Scheibe.

Sie schob das Fenster nach oben und lehnte sich heraus. »Jacks, was gibt's?« Sie sprach leise, aber der Wind trug ihre Stimme zu Murray herüber.

»Meine Schwester hat mir befohlen, Potter Gassi zu führen. Kommst du mit?«

»Klar. Versuch, ihn von den Rosen meiner Mutter fernzuhalten, bis ich unten bin.«

Zwei Minuten später kam sie aus dem Haus. Sie zog ihre Haare aus dem Kragen der Daunenjacke und schloss den Reißverschluss. Die Hände in den Taschen vergraben, ging sie neben Jackson und dem Hund die Straße hinunter. Murray folgte ihnen in einigem Abstand. Junge Liebe, dachte er. Der Junge sollte sich langsam überwinden, Rachel zu küssen. Nicht mehr lange, und es würde nie wieder jemand die Gelegenheit bekommen, Rachel zu küssen.

23

Je näher die Wiederaufnahme ihres Verfahrens rückte, desto nervöser wurde Marie. Niclas bemühte sich, ihr mit seiner Zuversicht die Angst zu nehmen. Und Marie hasste es, dass sie nicht gelassener an die Sache herangehen konnte. Nachdem sie sich darauf eingelassen hatte, war ihr erst die Bedeutung dieses Unterfangens bewusst geworden. Welchen Einfluss das Urteil des Richters auf ihr Leben haben würde. In die eine Richtung. Oder in die andere. Vielleicht bekam sie die Chance auf einen Neuanfang. Oder ihr Leben würde vollständig zerstört werden – was nicht passieren würde, wenn sie Niclas Glauben schenkte. Der größte Lichtblick war, endlich ihre Tante wiederzusehen. Annerose konnte nur kurz nach Boston kommen. Als Niclas sie gefragt hatte, ob sie bereit wäre, als Leumundszeugin für Marie auszusagen, hatte sie sogleich ihre Koffer gepackt und war in die USA geflogen. Sie wollte diejenige sein, die für den Charakter ihrer Nichte bürgte. Das war im ersten Prozess versäumt worden. Auch wenn Marie nicht wusste, ob das tatsächlich von Nutzen gewesen wäre.

Am Abend, bevor sie nach Boston fuhren, waren sie auf den Leuchtturm gestiegen, um sich den Sonnenuntergang über dem Atlantik anzusehen und anschließend auf Hollys Wunsch hin im Fairway essen gegangen. Inzwischen war Holly sogar zu Niclas einigermaßen höflich, auch wenn die beiden wahrscheinlich nie Freunde werden würden. Niclas aß genüßlich den Codfish, den er bestellt hatte, während Marie lediglich in ihrer Lasagne herumstocherte. Sie hatte keinen Appetit und wünschte sich nur eines – dass diese nervenaufreibende Achterbahnfahrt in ihrem Kopf endlich aufhörte.

Holly mit ihrer roten Lockenmähne erschien im Durchgang und erlöste Marie und Niclas aus ihrer trüben Stimmung. Mit einem breiten Grinsen kam sie auf sie zu. »Darf ich dir Marie kurz entführen, Nic?«, fragte sie und wartete seine Antwort nicht ab, sondern zog Marie einfach von ihrem Stuhl. »Komm mit.«

Niclas trank entspannt einen Schluck Bier. Marie ging mit Holly in ihre Wohnung. Auf dem Bett lag eine schwarze Stoffhose. Fröhlich drehte sich die Freundin zu Marie um. »Die ist für dich.«

»Die Hose?« Marie starrte das Kleidungsstück an.

»Ich hoffe, sie gefällt dir. Passen müsste sie.«

»Aber, wie …?« Marie wusste nicht, was sie sagen sollte.

Holly winkte ab. »Ich weiß, ich weiß. Du nimmst grundsätzlich nichts von anderen an. Willst niemandem etwas schuldig bleiben und so weiter. Bla bla bla.« Sie lachte über das ganze Gesicht. »Das ändert sich jetzt. Du hast Freunde, ob du es willst oder nicht. Niclas ist für dich da. Ich bin es. Und ich habe eine Hose für dich genäht, weil du eine brauchst. Das ist mein Beitrag zum Prozess. Ich kann dich nicht nach Boston begleiten, aber ich kann dir die Hose als Glücksbringer schenken.«

Marie ließ sich auf das Bett sinken und strich über die

Hose. Sie hatte wohl oder übel einen Teil ihres Einkommens im Thrift Store investieren und eine Bluse und ein Jackett kaufen müssen. In ihren Kapuzenpullis konnte sie unmöglich vor Gericht erscheinen. Aber eine Hose hatte sie nicht auch noch gekauft.

Marie bekam einen Kloß im Hals. »Ich würde gern sagen, dass ich das nicht annehmen kann. Aber – wow ... Danke, Holly!« Sie umarmte die Freundin. »Danke, dass du an mich gedacht hast. Das bedeutet mir sehr viel.«

»Na los, probier sie an.«

Holly wusste, was sie tat, und so saß die Hose wie angegossen und verlieh Marie noch mehr Selbstvertrauen.

*

Am nächsten Morgen packten Niclas und Marie abermals ihre Sachen, um nach Boston zu fahren. Auf dem Weg in die Stadt holten sie Annerose am Logan International Airport ab. Marie trat im Ankunftsterminal nervös von einem Fuß auf den anderen. Der Flieger aus Frankfurt war längst gelandet. Warum dauerte das nur so lange? Als ihre Tante endlich mit ihrem kleinen Trolley durch die Schiebetüren trat, rannte Marie auf sie zu und umarmte sie stürmisch. Zum ersten Mal seit vier Jahren trafen sie sich ohne eine Pexiglasscheibe zwischen sich. Sie war so glücklich, als sie den vertrauten Duft nach Orangen und einem Hauch von Lavendel wahrnahm, den sie ihr Leben lang untrennbar mit Annerose verband. Ihre Tante war gealtert im letzten halben Jahr. Das Haar hatte sie zu einem grauen Knoten zusammengeschlungen, und ihr Körper wirkte schmaler und zerbrechlicher. Annerose hielt Marie lange und fest im Arm, während ihr Tränen über das Gesicht liefen. »Ach, mein Mädchen«, flüsterte sie auf Deutsch. »Ich habe gehofft, diesen Tag noch zu erleben.«

»Und ich bin so froh, dass du gekommen bist.« Marie konnte ihre Tränen ebenfalls nicht zurückhalten, und so standen sie lange mitten im Flughafenterminal und umarmten sich innig. Schließlich räusperte Niclas sich hinter ihnen. Marie machte sich von Annerose los und ließ es zu, dass ihre Tante ihr das Gesicht abwischte und über die Haare fuhr, wie sie es schon getan hatte, wenn sie als Kind hingefallen war.

Dann drehte sie sich zu Niclas um. Er hatte bereits den Koffer genommen, den ihre Tante einfach fallen gelassen hatte. »Annerose, darf ich dir Niclas Hunter vorstellen?«

»Sie sind also der Anwalt, dem wir Maries Rettung verdanken dürfen?« Sie maß ihn mit einem langen, prüfenden Blick, der ihm deutlich zu verstehen gab, dass er mit ihrer geliebten Nichte keine Spielchen treiben durfte.

Die Botschaft kam offenbar bei ihm an. Er nickte ihr zu, dann verzog er seinen rechten Mundwinkel zu einem Lächeln und reichte ihr die Hand. »Niclas Hunter, sehr erfreut.«

»Ach was, Junge.« Annerose ignorierte die Hand. »Wenn meine Nichte bereit ist, ihr Schicksal in deine Hände zu legen, dann ist eine Umarmung das Mindeste.« Sie zog Niclas dankbar an sich. »Und jetzt lasst uns hier verschwinden, wir erregen ja schon Aufsehen.«

Niclas hatte noch ein paar Dinge bei Gericht zu erledigen, also setzte er Marie und ihre Tante an Anneroses Hotel ab. Er hatte Annerose das Gästezimmer angeboten, aber sie wollte lieber im Hotel übernachten. In ihrem Alter bräuchte sie ihre Ruhe. Verständnislos blickte Niclas sie an. Er schien nicht zu verstehen, wovon Annerose sprach. Aber schließlich lebte ihre Tante in Deutschland auch allein und brauchte ein wenig Abstand für ihren Seelenfrieden, selbst wenn das bedeutete, dass sie nicht vierundzwanzig Stunden am Stück mit Marie zusammen sein konnte.

Nachdem sie ihr Gepäck auf das Zimmer gebracht hatten, setzten sich Annerose und Marie auf eines der kleinen Sofas in der Lobby. Sie bestellten Kaffee, und Annerose sah sie mit einem Blick an, aus dem so viel Liebe für ihre Nichte sprach, der aber trotzdem sagte: Es wird Zeit, mit der Wahrheit rauszurücken. Was verheimlichst du mir? Sie griff nach Maries Hand, so als wolle sie sich vergewissern, dass sie tatsächlich hier mit ihrer Nichte saß. »Erzähl mir alles, was passiert ist, seit du aus dem Gefängnis raus bist«, sagte sie.

Und das tat Marie. Sie erzählte von ihrem Job bei der Gartenbaufirma, den sie, wie zu erwarten, inzwischen verloren hatte. Von ihrem grauenvollen Apartment und dem noch schrecklicheren Vermieter. Und davon, wie Niclas sie bei ihrem Einbruch erwischt hatte. Das pikante Detail, dass sie in dem Moment nackt unter der Dusche gestanden hatte, erwähnte sie auch jetzt nicht.

Als sie bei der dritten Tasse Kaffee angelangt waren, endete Marie.

»Was genau ist zwischen Niclas und dir? Bist du in ihn verliebt?«

»Ich liebe ihn«, antwortete Marie unumwunden, »aber das habe ich ihm nicht gesagt. Im Moment ist es gut, so wie es ist. Ich weiß nicht, wohin das alles führen wird, wenn der Prozess vorbei ist. Er kommt aus einer anderen Welt als wir.«

»Tut er dir gut?« Annerose verstand es wunderbar, die Dinge auf den Punkt zu bringen.

»Ja. Ja, er tut mir wirklich gut. Ich kann ihm vertrauen. Und das ist ein kleines Wunder. Außer dir habe ich niemanden mehr an mich herangelassen. Ich bin so glücklich, dass er es geschafft hat, mich aus meinem Schneckenhaus zu holen. Egal, was nach dem Prozess geschieht, ich bin ihm für alles dankbar.«

»Ich bin sehr froh, dass ihr euch getroffen habt«, pflichtete Annerose ihr bei. »Irgendjemand musste dein Einsiedlertum beenden. Ich habe mir wirklich Sorgen um dich gemacht. Aber am wichtigsten ist, dass du ihm vertrauen kannst. Das ist unbezahlbar. Oh, und hatte ich es schon erwähnt? Er sieht wirklich gut aus«, ergänzte sie und schaute zur Drehtür, durch die Niclas gerade schritt. Er war wieder in einen Anzug geschlüpft. Darüber trug er einen teuer aussehenden grauen Mantel, der ihn vor dem launischen Herbstwind schützte.

»Meine Damen«, sagte er mit einem Lächeln. »Kann ich euch noch irgendetwas bringen? Noch eine Runde Kaffee vielleicht?«

Annerose hob abwehrend die Hände. »Nicht für mich. Sonst liege ich die ganze Nacht hellwach im Bett.«

»Ich möchte auch nichts mehr, danke«, sagte Marie.

»Okay.« Er zog einen Sessel heran und nahm ihnen gegenüber Platz. »Dann erkläre ich euch kurz den Zeitplan. Annerose, du wirst deine Aussage am ersten Gerichtstag, also übermorgen, machen. Ihr beide wollt morgen sicher viel Zeit miteinander verbringen. Aber wir müssen uns trotzdem treffen, um dich auf die Aussage vorzubereiten.«

Annerose würde bereits am Abend des ersten Prozesstages wieder nach Hause fliegen. Ihnen blieben also zwei Tage. »Wir können heute Abend essen gehen. Und morgen früh hole ich dich wieder im Hotel ab«, schlug Marie vor.

»Nein, der Flug war sehr anstrengend. Ich gönne mir ein paar Stunden Ruhe, bestell mir einfach was aufs Zimmer und gehe früh zu Bett. Macht ihr euch einen schönen Abend.« Marie wollte protestieren, aber Annerose fuhr fort: »Morgen früh gehen wir die Aussage durch, und dann möchte ich mit meiner Nichte durch die Stadt bummeln. So wie wir es früher gemacht haben.« Sie drückte Maries Hand. »Wir müssen nicht jeden Augenblick, den ich hier bin, zusammen sein. Niclas wird dafür sorgen, dass du schon bald eine freie Frau bist.« Sie blinzelte ihm zu. »Und dann setzt du dich in das nächste Flugzeug und kommst nach Deutschland, um mit mir Weihnachten zu feiern.«

»Das werde ich.« Marie umarmte Annerose. »Ich kann es kaum erwarten.«

*

Niclas fand schnell wieder in seine Rolle als Anwalt, die ihm noch immer passte wie eine zweite Haut. Es tat ihm gut. Akten wälzen, Strategien aufbauen. Wieder verwerfen. Einen neuen Ansatz probieren. Seine Fingerspitzen kribbelten bei dem Gedanken, dass er endlich wieder einen Gerichtssaal betreten würde. Auch wenn er dieses Mal auf der anderen Seite stand, freute er sich auf den Kampf, auf das Kräftemessen. Anwalt zu sein war seine Bestimmung. Anwalt für Menschen, wie er seinem Vater versucht hatte zu erklären, nachdem das Ultimatum abgelaufen war, das der alte Mann ihm gestellt hatte. Theodor Hunter würde nie verstehen, dass er sich nicht mit Zahlen und dem Thema Geld scheffeln beschäftigen wollte. Nicht einmal von der rechtlichen Seite. Eine Gerichtsverhandlung und ein spannender Fall waren da viel interessanter. Wenn er dann noch die Gelegenheit bekam, Gillian Mulhare zu besiegen, hatte er im Moment erst einmal alles erreicht, was er sich wünschte. Was er im Anschluss an den Prozess tun würde, würde er entscheiden, wenn sie gewonnen hatten.

Er hatte am Morgen Annerose auf ihre Vernehmung vorbereitet. Sie würde einen wundervollen Leumund abgeben. Dann hatte er sich noch einmal mit dem Schriftgutachter getroffen. Auch hier lief alles glatt. Trotzdem war er noch einmal akribisch alle Unterlagen durchgegangen. Wenn man es mit einer Schlange wie Gillian Mulhare zu tun hatte, war es besser, auf alles gefasst zu sein. Marie war schon vor Stunden zu Bett gegangen. Sein Schlafzimmer war dunkel, als er es betrat. Er zog sich aus und kroch nackt unter die Bettdecke. Zärtlich zog er die schlafende Marie an sich und küsste ihren Nacken. Sogleich kuschelte sie sich an ihn, wachte jedoch nicht auf. Immer noch pumpte Adrenalin durch Niclas' Adern. Er war noch nicht in der Lage, einfach die Augen zu schließen und zu schlafen. Seine Hand glitt an Maries Bauch nach oben und entlockte ihr ein Seufzen, als sie sich um ihre Brust schloss. Unter seiner Berührung richtete sich die Spitze auf. Marie drehte sich auf den Rücken, und Niclas strich mit seinen Lippen über ihre Halsbeuge. Ihr Körper war warm und weich und Marie noch immer nicht aus dem Land der Träume aufgetaucht. Er küsste sich an ihrem Dekolleté hinunter, reizte ihre aufgerichteten Brustspitzen, bis sich ihr Körper unter seinem wand. Noch immer schien Marie zu schlafen. Niclas ließ seine geöffneten Lippen weiter nach unten gleiten, vorbei an ihrem Bauchnabel. Mit einer sanften Bewegung schob er Maries Schenkel auseinander, und sie öffnete sich ihm bereitwillig. Die Dunkelheit ließ ihn jede Berührung, jeden Seufzer deutlicher wahrnehmen. Es war unglaublich erotisch, nur zu fühlen. Zu schmecken. Niclas berührte mit seinen Lippen Maries sensibelsten Punkt. Der verschlafene, kehlige Laut, der aus ihrer Kehle drang, wirkte wie ein Aphrodisiakum auf ihn. Er streichelte sie mit der Zunge, strich mit den Fingerspitzen über ihre Schenkel, bis er hörte, wie sich ihr Atem beschleunigte. Während sich ihr Körper anspannte, eroberte er sie mit den Fingern und spürte bald, wie sie sich um ihn herum zusammenzog.

»Nic?« flüsterte Marie atemlos. »Was tust du da?«

Anstatt zu antworten, sog er die kleine Perle, die er bis eben noch liebkost hatte, zwischen seine Lippen, und durch Maries Körper ging ein Beben.

*

Marie krallte ihre Finger in die glatten Laken. Sie fand sich in einem erotischen Traum wieder, in dem Niclas die Hauptrolle spielte. Bis sie begriff, dass seine Liebkosungen Wirklichkeit waren, dass er sie mit Händen und Lippen verführte, befand sie sich mitten in einem Höhepunkt, der die Leidenschaft wie Blitze durch ihre Blutbahn schießen ließ.

Um sie herum war es dunkel. Sie hatte kein Zeitgefühl, wusste nur, dass sie in Niclas' großem, bequemen Bett lag. Seine Berührungen waren sanft, tastend. Sie sprachen nicht, als Niclas sich wieder den Weg nach oben suchte. Sie spürte seine Muskeln unter ihren Fingern, streichelte seinen Rücken und schlang die Beine um seine Hüften, als er unendlich langsam in sie eindrang. Ihre Lippen fanden sich, und Niclas bewegte sich bedächtig in ihr. Nichts zu sehen, nur zu fühlen war pure Sinnlichkeit. Die Hände ertasteten den Körper des anderen. Reizten, besänftigten. Haut an Haut, Herz an Herz erreichten sie schließlich gemeinsam die Erlösung.

Niclas rollte sich auf die Seite, ohne Marie loszulassen. Eng aneinandergeschmiegt lagen sie in der Dunkelheit. »Entschuldige, dass ich dich geweckt habe«, flüsterte er und fuhr mit den Lippen über ihr Schlüsselbein.

Marie fühlte sich völlig entspannt. Am Morgen würden sicher Nervosität und die Angst das Kommando übernehmen. Aber jetzt in diesem Moment, in Niclas' Armen, war sie einfach nur glücklich.

*

Maries Herz raste, als sie das Gerichtsgebäude betraten, in dem auch ihre erste Verhandlung stattgefunden hatte. Viereinhalb Jahre war das jetzt her, und doch machte es ihr noch genauso viel Angst wie damals. Ihre Schritte hallten noch genauso. Die Luft war kühl, sodass sie fröstelnd ihre Jacke enger um sich zog. Auch an diesem Morgen schien die Sonne durch die majestätischen Bogenfenster, was sie aber auch nicht optimistischer zu stimmen vermochte. Verzweifelt sehnte sie sich nach den Stränden von Cape Cod zurück. Zumindest fand die Verhandlung in einem anderen Saal statt. Auf dem gleichen Platz zu sitzen, auf dem sie damals verurteilt worden war, hätte sie vermutlich nicht fertiggebracht. Niclas hingegen schien ihren Auftritt in vollen Zügen zu genießen. Die meisten Menschen, die hier herumliefen, kannten ihn. Viele grüßten ihn, riefen ihm zu, dass sie sich freuten, ihn zu sehen. Manche warfen ihnen neugierige Blicke zu. Und natürlich gab es auch Leute, die ihn zu verachten schienen. Schließlich war ein grausamer Mörder auf freiem Fuß, auch wenn er bis jetzt kein zweites Mal zugeschlagen hatte. Niclas ignorierte die Blicke, und Marie fiel auf, wie sehr er hier in seinem Element war. Er schien regelrecht aufgeblüht zu sein, seit er durch die großen, schweren Türen des Gerichtsgebäudes getreten war.

Sie waren nicht die Ersten im Gerichtssaal. Marie schluckte, als sie sah, dass ihre Anklägerin bereits an ihrem Tisch stand und – viel zu entspannt für jemanden, der laut Niclas auf jeden Fall verlieren würde – durch eine Akte blätterte. Als sie sie bemerkte, sah sie auf und lächelte. Nicht überheblich. Nicht siegessicher. Sie lächelte wie die nette Nachbarin, die man im Treppenhaus traf. Dabei war Marie nur allzu bewusst, dass diese Frau Leben zerstörte, ohne mit der Wimper zu zucken. Vielleicht machte das ihren Erfolg aus, dass sie sich harmlos gab und ihren messerscharfen Verstand wie eine Geheimwaffe einsetzte. Allein dass sie sich mit ihr im gleichen Raum befand, jagte Marie einen Schauer über den Rücken.

»Niclas.« Sie streckte ihm die Hand hin. »Wie schön, dich wieder in einem Gerichtssaal zu treffen, auch wenn es merkwürdig ist, dass du auf der anderen Seite stehst.« Sie machte eine Kopfbewegung zum Verteidigertisch.

»Gillian.« Er drückte die dargebotene Hand, so fest, dass die Staatsanwältin kaum merklich zusammenzuckte. Was Marie mit Genugtuung erfüllte.

»Kein besonders Erfolg versprechender Fall, den du dir ausgesucht hast, um wieder in den Ring zu steigen.« Entspannt lehnte sie sich gegen ihren Tisch. Sie schien nicht den Hauch eines Zweifels zu haben, dass sie womöglich verlieren könnte. »Hast du vor, in Zukunft die Seiten zu wechseln?«

»Wer weiß«, sagte Niclas. »Wie es weitergeht, entscheide ich erst, wenn wir den Prozess gewonnen haben. Was kein Problem sein wird, denn diesmal wird das Verfahren sauberer laufen als beim letzten Mal.«

Seine selbstsichere Haltung und seine unumstößliche Überzeugung dämpften ein wenig Maries Ängste. Sie nahm ein paar tiefe Atemzüge, um die Panik im Zaum zu halten.

»Wir werden sehen«, antwortete Gillian. Sie musterte Marie von oben bis unten, und sie hatte das Gefühl, als ob ein eiskalter Wasserstrahl über ihren Körper gleiten würde. Mit einem amüsierten Lächeln wandte die Staatsanwältin sich ab und würdigte Niclas und sie keines Blickes mehr.

Marie bekam eine Gänsehaut. »Hast du dieses Lächeln gesehen?«, flüsterte sie, als sie an den Tisch traten. Sie unterdrückte das Bedürfnis, die Hand auf ihr wild klopfendes Herz zu pressen.

Niclas stellte seine Aktentasche ab und holte seine Unterlagen heraus. »Es ist alles okay, Marie.« Er drückte kurz ihre Hand. »Ich weiß, du bist nervös. Aber mach dir keine Sorgen.«

»Ich mache mir Sorgen«, zischte sie. »Sie führt etwas im Schilde.«

»Was sollte das denn sein? Es läuft alles nach Plan. Sie hat keine Möglichkeit, wie sonst ihre gewohnten Spielchen zu spielen, für die sie berühmt und berüchtigt ist«, beruhigte Niclas sie.

»Findest du nicht, dass sie viel zu ruhig und gelassen ist?« Marie blickte zu ihrer Widersacherin hinüber, die mit einigen Leuten sprach, die als Zuschauer in den Saal gekommen waren.

»Sie versucht nur, den Schein zu wahren. Schließlich kann sie nicht jetzt schon heraushängen lassen, wie schlecht ihre Chancen stehen.« Er legte Marie die Hände auf die Schultern und drückte sie. »Atme durch, Marie. Sonst fängst du noch an, zu hyperventilieren.«

Niclas hatte recht. Sie sog die Luft tief und langsam in ihre Lungen und stieß sie wieder aus. Unauffällig wischte sie ihre schweißnassen Hände an der Hose ab und setzte sich. Der Bezug des Stuhlpolsters war anders als vor vier Jahren. Damals war er glatt gewesen. Dieser hier fühlte sich rau an. Sie rief sich zur Ordnung und sagte sich, dass sie Niclas vertraute und sich auf ihn verlassen konnte. Wenn er keine Gefahr von Staatsanwältin Mulhare ausgehen sah, machte sie sich vielleicht umsonst Sorgen.

Allmählich füllten sich die Zuschauerplätze. Als sich mehr und mehr Menschen in den Saal drängten, merkte Marie plötzlich, dass sie Platzangst bekam. Offenbar hatte sich herumgesprochen, dass Niclas ins Gericht zurückgekehrt war, was die Aufmerksamkeit von vielen Neugierigen und Pressevertretern auf sich zog. Marie krallte die Hände um die Sitzfläche ihres Stuhls und atmete mit geschlossenen Augen ein paar Mal tief ein und aus. Sie würde niemandem, weder der

Staatsanwältin noch den Reportern, eine Show liefern und eine Panikattacke bekommen. Das hatte Niclas nicht verdient, nachdem er so hart für sie gekämpft hatte.

Als der Richter in den Saal trat und sie sich erhoben, hatte Marie den Eindruck, dass die Zuschauerbänke bis auf den letzten Platz besetzt waren.

»Wir verhandeln die Wiederaufnahme des Gerichtsverfahrens gegen Marie McMillan.« Er ließ den Richterhammer niedersausen, und Marie konnte nicht verhindern, dass sie zusammenzuckte. Dann nahm der Richter Niclas ins Visier. »Mr. Hunter, ich bin erstaunt, Sie in meinem Gerichtssaal anzutreffen. Ich erwarte, dass sich in diesem Raum weder Skandale – welcher Art auch immer – ereignen, noch dulde ich Unterbrechungen und Störungen. Haben Sie mich verstanden?«

»Ja, Richter Grant. Von meiner Mandantin und mir haben Sie nichts zu befürchten.« Niclas presste für einen Moment die Kiefer zusammen. Marie merkte deutlich, wie sehr es ihm gegen den Strich ging, vor allen Anwesenden so gemaßregelt und an seine Verfehlung erinnert zu werden. Er hatte sich beneidenswert schnell wieder im Griff.

»Nun gut. Ich hoffe, Sie vergessen das nicht. Kommen wir zum Grund unserer Anwesenheit in diesem Gerichtssaal. Mr. Hunter, bitte beginnen Sie.«

Marie beobachtete Richter Grant, während Niclas darlegte, dass bei ihrer Verurteilung nicht alle Beweismittel ausgewertet worden waren und wie er ihre Unschuld nachweisen wollte. Er beantragte ihren Freispruch. Grant setzte eine Lesebrille auf und überflog den Antrag, der ihm in schriftlicher Form vorlag. Er wirkte streng, aber durchaus objektiv und im Gegensatz zu dem Richter, der sie verurteilt hatte, bereit, ihre Argumente anzuhören. »Miss Mulhare?«

Die Staatsanwältin erhob sich mit einer eleganten Bewegung. »Die Staatsanwaltschaft Boston gibt zu Protokoll, dass es im Prozess gegen Miss McMillan keine Unregelmäßigkeiten gab. Sie wurde von einem Pflichtverteidiger vertreten, der keinen der Anträge, von denen Mr. Hunter spricht, gestellt hat. Von Seiten der Polizei und Staatsanwaltschaft wurden alle für das Verfahren notwendigen Ermittlungen getätigt, um einen ordentlichen Prozess zu gewährleisten. Ich beantrage deshalb die Abweisung des Antrages der Verteidigung.« Gillian Mulhare klang ruhig. Sie wirkte noch immer zuversichtlich, dass dieses Verfahren in ihrem Sinne ausgehen würde. Je gelassener Mulhare blieb, desto mehr wuchs Maries Sorge.

Richter Grant überflog auch die Stellungnahme der Staatsanwältin. Marie hatte den Eindruck, dass Mulhare sich nicht besonders bemühte, die Wiederaufnahme des Verfahrens zu verhindern. Es schien fast, als sei sie mindestens so scharf wie Niclas darauf, alles noch einmal aufzurollen. Marie bemerkte den Blick, mit dem Niclas und die Staatsanwältin sich zu duellieren schienen. Ihrer eine hochmütige Herausforderung. Seiner eiserner Siegeswille. Keiner von ihnen würde nachgeben. Maries Herz klopfte schneller. Auch wenn Niclas sich bemühte, sie zu beruhigen, sagte ihr ihr Bauchgefühl, dass hier irgendetwas ganz und gar nicht stimmte. Hoffentlich wusste Niclas, was er tat.

Grant schlug mit dem Richterhammer auf das Pult. »Ich bin gespannt, was für Beweise Sie uns vorlegen wollen, Mr. Hunter. Ich gebe Ihrem Antrag statt und setze drei Verhandlungstage an. Ich hoffe, das reicht Ihnen, um uns zu überzeugen.« Der Richter nahm seine Lesebrille ab. »Womit beginnen Sie, Mr. Hunter?«

Niclas erhob sich. »Ich rufe als Erstes Annerose Berger in den Zeugenstand.«

»Dann bitte.« Grant wies den Gerichtsdiener mit einer Handbewegung an, Maries Tante hereinzurufen. Sie betrat den Gerichtssaal und nahm im Zeugenstand Platz. Marie erfasste plötzlich eine tiefe Welle der Liebe, doch sofort machte sich ihr schlechtes Gewissen bemerkbar, weil sie ihr diese Prozedur zumutete. Sie konnte die Nervosität ihrer Tante fühlen. Erkannte die Furcht, dass sie etwas Falsches sagen könnte, in ihren Augen. Mit geradem Rücken und ernstem Gesicht beantwortete Annerose Niclas' Fragen, zeichnete das Bild einer herzensguten, vielleicht etwas leichtgläubigen Marie, deren Ziel es niemals gewesen war, sich zu bereichern. Schließlich dankte Niclas ihr, und der Richter sah zur Staatsanwältin hinüber. »Miss Mulhare, Ihre Zeugin.«

Gillian erhob sich abermals und schenkte Annerose ihr nettes Nachbarinnen-Lächeln. »Vielen Dank, dass Sie den weiten Weg aus Deutschland auf sich genommen haben, um hier auszusagen. Es geht nichts über die Familie, nicht wahr?«

Annerose nickte zurückhaltend, während die Staatsanwältin eine Akte von ihrem Tisch nahm und vor den Zeugenstand trat.

»Sie sind die Schwester von Miss McMillans Mutter Sabine. Trifft das zu?«, fragte Mulhare.

»Ja.« Annerose rutschte unruhig auf ihrem Sitz hin und her. Mit dieser Frage hatten sie nicht gerechnet. Sie war nervös, weil sie nicht wusste, worauf die Staatsanwältin hinauswollte. Auch Marie musste sich zusammenreißen.

»Können Sie uns erklären, warum Sie als Leumundszeugin hier auftreten, und nicht Miss McMillans Mutter? Wäre das nicht naheliegend?«

»Das Verhältnis zwischen meiner Schwester und Marie ist sehr angespannt«, versuchte Annerose, die zerrüttete Beziehung möglichst freundlich zu umschreiben.

»Hängt das mit dem Betrug, für den ihre Nichte verurteilt wurde, zusammen?«

Annerose schwieg und knetete nervös ihre Hände.

»Beantworten Sie bitte die Frage«, wies der Richter sie an.

»Zum Teil. Es ist so, dass …«

»Danke«, unterbrach Mulhare sie, bevor Annerose erklären konnte, dass Marie so große Schwierigkeiten mit ihrer Mutter hatte, weil diese ihren verbrecherischen Bruder schützte. Die Staatsanwältin schenkte Maries Tante ihr freundliches Lächeln, bevor sie fortfuhr: »Sie zeichnen ein Bild von Miss McMillan, das fast zu schön ist, um wahr zu sein. Klug, aber nicht berechnend«, begann sie aufzuzählen. »An das Gute im Menschen glaubend, und weshalb sie nicht in der Lage gewesen ist, vorherzusehen, dass ihr Bruder sie als Sündenbock für seine Bereicherungen benutzen würde. Wenn ich mir die Gefängnisakte Ihrer Nichte ansehe, Mrs. Berger, komme ich allerdings zu einem anderen Schluss. Schon am ersten Tag im Gefängnis war sie an einer Auseinandersetzung beteiligt, bei der ihr die Nase gebrochen wurde.«

»Einspruch«, ging Niclas dazwischen. »Irrelevant.«

»Sie waren derjenige, der ein Charakterbild von Miss McMillan zeichnen wollte, Mr. Hunter«, ließ der Richter Niclas wissen, ehe er der Staatsanwältin ein Zeichen gab. »Fahren Sie fort, Miss Mulhare.«

»Und es gibt einen weiteren Vorfall. Miss McMillan erhielt eine Woche Einzelhaft, weil sie einen Wärter angegriffen hat. Für mich klingt das nach einer wenig beherrschten, impulsiven Person. Kennen Sie diese Seite an Ihrer Nichte, Mrs. Berger?«

Maries Atem stockte, als die Erinnerungen an den Übergriff so unerwartet vor ihrem inneren Auge auftauchten. Der Geruch des Mannes, sein feister Körper, der sich gegen ihren presste. Noch immer umklammerte sie fest die Kanten ihres Stuhls. Sie hatte nicht damit gerechnet, dass die Staatsanwältin die beiden Vorfälle in ihrer Haft ausgraben würde. Schließlich hatte sie noch nicht einmal mit Niclas darüber gesprochen.

»Nein. Ich kann aber erklären, wie es dazu kam ...«, begann Annerose.

»Mrs. Berger.« Mulhare hob die Hand und unterbrach sie. »Bitte beantworten Sie nur die Frage. Haben Sie Ihre Nichte schon einmal so erlebt?«

»Nein, habe ich nicht«, räumte Annerose ein.

»Ich bitte, zu Protokoll zu nehmen, dass die Zeugin Miss McMillan offenbar nicht gut genug kennt, um ihren Charakter wirklich beurteilen zu können. Keine weiteren Fragen.«

Annerose sah irritiert zwischen Marie und dem Richter hin und her. »Aber ...« Ihre Tante war genauso überrumpelt wie Marie, weil die Staatsanwältin die Fakten so verdrehte. Es hätte sie nicht verwundern sollen. Ihre Gegnerin war schließlich eine Meisterin auf diesem Gebiet.

»Danke Mrs. Berger. Sie können den Zeugenstand verlassen«, sagte Grant.

Annerose erhob sich und setzte sich mit unglücklichem

Gesicht auf den Platz in der ersten Reihe, den Niclas für sie reserviert hatte.

Marie beugte sich zu Niclas hinüber. »Das lief nicht gut«, flüsterte sie. »Sie hat überhaupt keine Gelegenheit bekommen, zu erzählen, warum ich mich gewehrt habe. Ich habe noch nie jemanden angegriffen.«

»Keine Sorge«, raunte Niclas. »Der Richter kennt deine Gefängnisakte. Er weiß, was wirklich vorgefallen ist. Mulhare macht das nur, weil sie keine anderen Angriffspunkte hat. Das war eine ganz schön schwache Nummer.« Er drückte unter dem Tisch beruhigend ihren Oberschenkel. »Es läuft gut für uns.«

Marie bemühte sich wirklich, die Dinge so positiv zu sehen wie Niclas. Es wollte ihr nicht gelingen. Irgendwie stand sie den ersten Prozesstag durch und brachte dann schweren Herzens Annerose zum Flughafen. Ihre Tante machte sich Vorwürfe, dass sie die Fragen der Staatsanwältin nicht richtig beantwortet hatte, aber Niclas beschwichtigte ihre Befürchtungen. Marie bemühte sich, optimistisch zu wirken, und lächelte ihre Tante fortwährend an. Sie versprach, zum Weihnachtsfest, spätestens aber im Januar zu Besuch nach Deutschland zu kommen. Ein letztes Mal umarmte sie Annerose. Auf einmal verspürte sie heftiges Heimweh, und ihr Herz zog sich zusammen, weil sie Angst hatte, dass sie dieses Versprechen vielleicht nie würde einlösen können. Aber sie wollte ihrer Tante den Abschied unbedingt so leicht wie möglich machen. Erst als sie auf dem Beifahrersitz neben Niclas im Wagen saß, brach sie in Tränen aus.

Er nahm sie in die Arme und tröstete sie. Sicher dachte er, sie weine wegen ihres Abschiedes von Annerose. Aber das war nur der Tropfen, der das Fass zum Überlaufen brachte. Es war alles zu viel gewesen. Der ganze Tag war eine einzige gefühlsmäßige Achterbahn gewesen, und nun fühlte sie sich völlig erschöpft und ausgelaugt. Natürlich hatte Niclas recht. Das Gutachten ihres Sachverständigen war unumstößlich. Und doch schaffte sie es nicht, den dunklen Schatten zu vertreiben, der sich in dem Moment wie eine Last auf ihre Schultern gelegt hatte, als sie die Staatsanwältin im Gerichtssaal lächeln sah.

24

Der zweite Prozesstag begann wie der erste. Nur das Interesse der Medien hatte exorbitant zugenommen. Reporter drängten hinter ihnen in den Gerichtssaal, brüllten Fragen in Niclas' Richtung und ließen sich erst durch Grants Richterhammer zum Verstummen bringen. »Ich lasse jeden, der die Verhandlung stört, aus dem Saal verweisen. Haben Sie das verstanden?« Sein grimmiger Blick richtete sich dabei aber nicht auf die Zuschauermenge, sondern auf Niclas, den er für den Tumult verantwortlich machte. »Rufen Sie Ihren ersten Zeugen auf, Mr. Hunter.«

Niclas erhob sich. Selbstsicher. Siegesgewiss. Marie konnte sich sehr gut vorstellen, dass er zu den besten Staatsanwälten Bostons gehört hatte, bevor ihn der Bralvers-Prozess zu Fall brachte. Er rief Dr. Walker auf und ließ ihn ausführlich und anschaulich erläutern, warum die Unterschriften auf den Überweisungsträgern, mit denen das Geld der Anleger in die Schweiz transferiert worden war, nicht von Marie stammten. Walker war ein vorbildlicher Zeuge. Ruhig und professionell. Was er sagte, hatte Hand und Fuß. Als Niclas seine Befragung beendete, empfand Marie zum ersten Mal, seit sie nach Boston gekommen waren, so etwas wie Zuversicht. Niclas hatte recht. Walker war ein Experte. Er würde das Blatt für sie wenden, so wie ihr brillanter Verteidiger es vorausgesagt hatte. Als Niclas zum Tisch der Verteidigung zurückkehrte, lächelte sie ihn erleichtert an. Aus den Augenwinkeln bemerkte sie, wie sich Gillian Mulhare erhob und vor den Zeugenstand trat. Sie wandte ihren Kopf zu ihnen um. Und zum ersten Mal sah sie Marie direkt in die Augen. Sie ließ das nette Nachbarinnen-Lächeln aufblitzen. Doch diesmal war der Haifisch dahinter deutlich zu erkennen. Zumindest für Marie. Ihr Herz setzte einen Schlag aus, und ihr Körper überzog sich mit einer Gänsehaut. Sie sah es vor sich, sah den schwarzen Abgrund, auf den sie ungebremst zurasten. Gleich würde etwas Grauenvolles passieren. Etwas, wovon sie sich nicht erholen würde. Marie presste die Hand auf ihren Bauch und schluckte mühsam den Speichel hinunter, der sich in ihrem Mund gesammelt hatte.

»Dr. Walker«, begann Gillian Mulhare und wandte sich dem Gutachter im Zeugenstand zu. »Sie genießen einen ausgezeichneten Ruf.«

»Danke, Staatsanwältin.« Walker nickte ihr zu.

»Können Sie uns Ihren Werdegang schildern?«

»Irrelevant«, sagte Niclas neben ihr. »Dr. Walkers Qualifikation ist unbestritten und steht hier nicht zur Diskussion.«

»Abgelehnt. Fahren Sie fort, Staatsanwältin. Aber stellen Sie meine Geduld nicht auf die Probe. Mr. Hunter hat recht. Wir wissen um Dr. Walkers Fähigkeiten. Wenn Sie sie noch einmal rekapitulieren wollen, dann beeilen Sie sich.«

»Selbstverständlich, Richter Grant. Noch einmal meine Frage, Dr. Walker. Können Sie uns Ihren Werdegang schildern?«

»Selbstverständlich.« Der Gutachter begann bei seinem

High-School-Abschluss und zählte vom Collegeaufenthalt bis zu seiner letzten Auszeichnung alles auf. Was tatsächlich eine ganze Weile dauerte. Was war die Intention hinter der Frage? Marie verstand nicht, worauf die Staatsanwältin hinauswollte. Bis jetzt führte das nur dazu, dass sein Gutachten an Gewicht gewann.

Nachdem er geendet hatte, ließ Mulhare eine kunstvolle Pause entstehen, bevor sie fragte: »Könnten Sie uns nun noch erläutern, wie Sie es geschafft haben, zu promovieren?«

Walker blinzelte. Das leichte Flattern seiner Lider bestätigte Maries Befürchtung, dass gleich etwas Furchtbares passieren würde. »Ich verstehe die Frage nicht«, sagte Dr. Walker. Aber Marie verstand sie. Sie begriff, dass Gillian Mulhare einen sehr cleveren Weg gewählt hatte. Da die Staatsanwältin nicht an Walkers Gutachten vorbeikam, hatte sie einen Weg gefunden, den Gutachter auszuschalten.

»Einspruch«, sagte Niclas neben ihr. Marie musste ihn nicht ansehen. Sie konnte es an seiner Stimme hören. Auch ihm war klar, was gerade geschah.

»Abgelehnt. Beantworten Sie die Frage. Und ich warne Sie, Staatsanwältin. Das ist die letzte Frage in diese Richtung.«

Gillian Mulhare drehte sich mit einem Siegerlächeln im Gesicht zu ihrem Publikum um wie eine große Filmdiva. »Ich formuliere die Frage anders, Mr. Walker.« Wieder eine dieser künstlichen Pausen. Unter dem Hemdkragen des Gutachters begann sich die Haut rot zu verfärben, und in atemberaubender Schnelligkeit errötete auch sein Gesicht. »Ist es richtig, dass Sie Ihre Doktorarbeit für zehntausend Dollar von Ihrer Kommilitonin Christin Masterson haben schreiben lassen?«

»Einspruch«, brüllte Niclas über den losbrechenden Tumult im Zuschauerraum hinweg.

»Ruhe!« Richter Grant schlug mit dem Hammer auf den Tisch, und das Stimmengewirr ebbte langsam ab. »Ruhe!«, schrie er ein zweites Mal. »In zehn Sekunden lasse ich den Saal räumen und schließe die Öffentlichkeit aus.« Das sorgte für Ordnung. Die lauten Stimmen verwandelten sich in aufgeregtes Murmeln. Niclas fuhr sich durch die Haare. Er wirkte ratlos. Gillian Mulhare hatte gezielt – und getroffen. Weit unter der Gürtellinie.

»Mr. Hunter.« Er sah auf, als der Richter ihn von seinem Pult aus ansprach. »Ihr Einspruch ist abgelehnt. Wenn der Zeuge keine Qualifikation für das von ihm erstellte Gutachten hat, spielt das eine Rolle. Mr. Walker, beantworten Sie die Frage. Sie stehen unter Eid. Vergessen Sie das nicht.«

»Nein. Ich …« Mr. Walkers Professionalität und Selbstsicherheit waren wilder Panik gewichen. »Das ist …« Er schüttelte heftig den Kopf. Offenbar war gerade sein bestgehütetes Geheimnis ans Licht gekommen.

»Ich lege Beweisstück Nummer dreihundertsechsundachtzig vor.« Mulhare trat an das Richterpult und zog ein Blatt aus ihrer Aktenmappe. »Eine eidesstattliche Versicherung von Christin Masterson, die bestätigt, die Promotion von Mr. Walker verfasst zu haben. Sie steckte in Geldnöten und musste sich um ihren an Krebs erkrankten Vater kümmern. Die zehntausend Dollar kamen ihr mehr als gelegen. Ihre Arbeit war fast fertig, also verkaufte sie sie an James Walker. Ein paar Kontakte hier. Ein bisschen Bestechungsgeld da. Und schon hatte der Doktorvater gewechselt, und das Thema war auf ihn umgeschrieben. Das, ehrwürdiges

Gericht ...« Gillian war ganz in ihrem Element. Sie drehte sich um und sprach nun nicht zum Richter, sondern zur Pressemeute im Saal. »... ist Betrug. Und somit ist Mr. Walker nicht berechtigt, überhaupt ein Gutachten zu erstellen. Außerdem ist das höchst unmoralisch.« Womit sie automatisch den Kreis zu Niclas' Verfahren gegen Bralvers schloss, ohne es aussprechen zu müssen. Sie lächelte zu ihnen herüber. »Ich beantrage, dass Mr. Walker als Sachverständiger ausgeschlossen wird.«

»Atme ruhig«, flüsterte Niclas neben ihr. Erst jetzt wurde Marie bewusst, dass sie kurz davor war, zu hyperventilieren.

Der Richterhammer traf abermals auf das Pult. »Ich unterbreche die Verhandlung für dreißig Minuten.«

»Marie ...« Niclas löste ihre verkrampften Finger von der Stuhlkante, doch sie schüttelte ihn ab. Sie erhob sich und eilte zur Seitentür des Gerichtssaals hinaus, damit sie sich nicht durch die Menge aus Reportern und Schaulustigen drängen musste. Sie sprintete zur nächsten Toilette und schaffte es gerade noch, die Tür der ersten Kabine aufzustoßen, bevor ihr Magen streikte. Sie kniete sich vor die Schüssel und übergab sich, bis nur noch Galle kam. Spuckend und hustend rang Marie nach Atem. Tränen liefen über ihr Gesicht, immer wieder wischte sie über ihre Wangen, doch sie vermochte den Tränenfluss nicht zu stoppen.

Sie wusste nicht, wie lange sie vor der Toilette gekauert hatte. Dankbar, dass sie allein war und keine Zeugen für ihren Zusammenbruch hatte, stemmte sie sich schließlich hoch. Auf zitternden Beinen taumelte sie zum Waschbecken, spülte sich den Mund aus und wusch ihr Gesicht. Als sie ihre brennenden Wangen mit einem Papiertuch trocknete, wurde die Tür zum Toilettenraum doch noch aufgestoßen. Im Spiegel erschien die strahlende Gestalt von Gillian Mulhare. Sie lehnte sich hinter Marie gegen eine Toilettentür und rümpfte die Nase wegen des Geruchs, den das Erbrochene hinterlassen hatte. »Etwas Falsches gegessen?«, fragte sie lächelnd. »Zurzeit soll ja auch ein Norovirus umgehen.«

Marie schwieg. Sie spülte sich noch einmal den Mund aus.

Mulhare wühlte in ihrer Handtasche, bis sie ein Päckchen Pfefferminzpastillen fand. Sie hielt sie Marie hin. »Ein Pfefferminz?«, fragte sie.

»Nein, danke«, brachte Marie mit rauer Stimme hervor. Sie räusperte sich. »Wenn es Ihnen nichts ausmacht, wäre ich gern einen Moment allein.«

Mulhare stieß sich von der Wand ab, und Marie hoffte, sie würde endlich verschwinden, als sie auf einmal neben sie trat. Sie nahm einen Lippenstift aus ihrer Handtasche und schraubte ihn auf. »Sie haben tatsächlich geglaubt, Sie könnten jemandem wie Niclas Hunter trauen? Einem Mann, dessen zweifelhafte Moral einem Sexualstraftäter in die Freiheit verholfen hat? Ich habe Sie schon vor vier Jahren für ein ahnungsloses Mäuschen gehalten, Schätzchen.« Sie malte sorgfältig ihre Lippen nach und schob den Lippenstift in ihre Tasche zurück. Dann zog sie ein Papierhandtuch aus dem Spender und presste ihre Lippen darauf. Das Papier mit dem blutroten Abdruck ihres Mundes ließ sie neben Marie in den Müllschlitz fallen. »Aber das, was Sie jetzt mit sich machen lassen, ist an Naivität nicht zu überbieten. Denn Hunter benutzt Sie nur, damit er seinen Privatfeldzug gegen mich führen kann. Wie süß.«

Marie blickte in den Spiegel. Gillian Mulhare würde nicht

verschwinden, bis sie nicht gesagt hatte, was sie Marie wissen lassen wollte. Das Einzige, was sie im Augenblick tun konnte, war, ihre Fassade aufrechtzuerhalten. Sie würde vor der Staatsanwältin nicht preisgeben, dass ihr Leben gerade um sie herum zusammenbrach. So viel Stolz besaß sie noch, dass sie ihr diese Genugtuung niemals geben würde. Mit ausdruckloser Miene blickte die Staatsanwältin Marie an. Ihre Augen verrieten nichts darüber, was sich in ihrem Inneren abspielte.

Mulhare war noch nicht bereit, aufzugeben. Sie wollte ihr nur eine Reaktion zu entlocken. Dass Marie sich die Seele aus dem Leib gekotzt hatte, reichte offenbar nicht. Vertraulich lehnte sich die Staatsanwältin zu ihr herüber. Maries Sinnesorgane rebellierten, als sie ihr Parfum roch. Channel No.5, ein Duft, der sie an ihr altes Leben erinnerte. Ein Leben, das es nicht mehr gab. Wieder hob sich ihr Magen, und Marie zwang sich, zwischen zusammengepressten Zähnen ruhig ein- und auszuatmen.

»Wahrscheinlich sind Sie sogar in ihn verliebt. Hat er Ihnen zwischen den Laken Versprechungen gemacht? Hat er Ihnen eingeredet, dass er sie rehabilitieren wird?« Sie stieß sich vom Waschtisch ab. »Von der kleinen Verschwörungstheorie, die er sich zurechtgesponnen hat, hat er Ihnen sicher nichts erzählt. Hunter will Rache. Er glaubt, dass ich einen Posten bekommen habe, der ihm zusteht, während seine Karriere sich in Luft aufgelöst hat. Er will Blut sehen. Er will meinen Kopf. Aber den wird er wohl nicht bekommen. Stattdessen wird Ihrer rollen. Ich kann nicht behaupten, dass mich das besonders betroffen macht.« Sie wandte sich zur Tür und warf Marie einen letzten Blick über die

Schulter zu. »Viel Glück bei Ihrem Prozess«, sagte sie und verschwand durch die Schwingtür.

Marie stützte sich ab und atmete zitternd ein. Was meinte die Staatsanwältin damit? Niclas benutzte sie, um sich an dieser Frau zu rächen? Sie glaubte ihr nicht. Gillian Mulhare war eine Meisterin der Manipulation. Wenn sie es jetzt schaffte, einen Keil zwischen Niclas und sie zu treiben, wurde der Prozess zu einer noch größeren Farce. Trotzdem würde sie nicht umhinkommen, Niclas danach zu fragen. Doch das musste bis heute Abend warten. Marie zog ihr Handy aus der Tasche und sah auf die Uhr. In zwei Minuten würde Richter Grant die Verhandlung fortsetzen. Höchste Zeit, an den Ort ihrer Vernichtung zurückzukehren. Sie verließ den Waschraum und lief Niclas in die Arme, der mit besorgtem Gesicht im Flur stand. »Hey«, sagte er und kam auf sie zu. »Geht es dir gut?«

»Nein, mir geht es nicht gut«, erwiderte sie. »Du hast gesagt, dass wir den Prozess problemlos gewinnen. Und jetzt das …« Sie presste die Hand auf ihren Magen, der sich wieder meldete, obwohl er vollkommen leer war.

»Marie, bitte!« Er legte den Zeigefinger unter ihr Kinn und hob es an, zwang sie, ihm in die Augen zu sehen. »Wir geben uns noch nicht geschlagen. Vertrau mir. Noch ist alles offen.«

Vertrau mir, hallten seine Worte hohl durch ihren Kopf. *Wir geben uns noch nicht geschlagen*. Warum? Weil sie tatsächlich noch eine Chance hatten? Oder weil Niclas seine Fehde gegen die Staatsanwältin gewinnen wollte? Sie schüttelte den Kopf, mehr, um sich selbst von ihren Zweifeln zu befreien, aber Niclas dachte, dass sie ihn abwehren und sich nicht von ihm beruhigen lassen wollte.

»Marie«, versuchte er es noch einmal.

»Lass uns hineingehen. Wir sprechen später darüber.« Sie mobilisierte alles, was noch an Stolz übrig war, drückte ihre Schultern durch und setzte ihr ausdrucksloses Gesicht auf, bevor sie die Tür zum Gerichtssaal öffnete. Vier Jahre lang hatte sie es geschafft, niemanden erkennen zu lassen, was in ihrem Inneren vor sich ging. Und daran würde sich auch heute nichts ändern.

*

Niclas hätte es nie für möglich gehalten, dass der Prozess dermaßen aus dem Ruder laufen würde. Als wäre es nicht schon schlimm genug, dass Mulhare es geschafft hatte, die Glaubwürdigkeit seines Gutachters, auf dessen Aussage sich die komplette Verteidigungsstrategie aufbaute, zunichtezumachen. Nach der Pause, die Richter Grant anberaumt hatte, präsentierte sie zudem einen Schriftsachverständigen, der es offenließ, ob die Unterschriften von Marie stammten. Da Niclas' Meinung nach jeder, der Augen im Kopf hatte, die Fälschung erkennen musste, gab es für diese Aussage nur eine Erklärung. Die Staatsanwältin hatte den Gutachter gekauft. Oder sie hatte etwas gegen ihn in der Hand, wofür er bereit war, das Recht ein wenig zu beugen. Genau wie Stacy Chambers. Auch wenn er noch keinen Weg gefunden hatte, das nachzuweisen.

Der Richter hatte offenbar die Nase voll von Niclas und von dem Prozess, der sich zu einer Katastrophe entwickelte. Er teilte ihm mit, dass er aufgrund seiner mehr als zweifelhaften Reputation und des Ausschlusses seines Experten dazu tendierte, Staatsanwältin Mulhares Beweisen mehr Gewicht beimessen werde als seinen. »Für heute reicht es mir mit diesem Drama. Mr. Hunter, Sie bekommen morgen noch eine Chance. Wenn Sie mich mit Ihren Beweisen nicht von Miss McMillans Unschuld überzeugen können, werde ich keinen weiteren Prozesstag verschwenden. Haben Sie mich verstanden?« Er schlug mit dem Hammer auf das Pult. »Die Sitzung ist geschlossen.«

Niclas schwirrte der Kopf. Bis morgen musste er einen Weg finden, um Maries Fall zu retten. Sie saß wie ein Häufchen Elend neben ihm und versuchte, Mulhares hämischen Blicken auszuweichen.

»Einen schönen Abend wünsche ich«, säuselte sie im Vorbeigehen.

Er ignorierte sie. »Komm, Marie. Wir müssen jetzt durch die Pressemeute. Lass es uns hinter uns bringen. Dann fahren wir nach Hause, und ich lasse mir etwas einfallen.«

Sie gehorchte, ihr Blick wieder so leer wie damals, als sie sich kennengelernt hatten. Es schmerzte ihn, dass sie glaubte, sie hätten den Prozess bereits verloren. Andererseits, was sollte sie auch erwarten? Er musste sich selbst beherrschen, damit er das Verfahren nicht als gescheitert betrachtete. Den Arm fürsorglich um ihre Schultern gelegt, geleitete Niclas Marie aus dem Gerichtssaal und durch die Meute der Reporter, die ihnen auf den Treppen vor dem Gebäude ihre Mikrofone und Kameras vors Gesicht hielten und von allen Seiten Fragen brüllten. Niclas beantwortete keine einzige, verschaffte sich Platz, indem er Journalisten, die ihm zu sehr auf die Pelle rückten, den Ellenbogen in die Rippen rammte. Er verfrachtete Marie in seinen Wagen und fuhr los. Glücklicherweise hatte er niemanden verletzt, auch wenn diese Aasgeier ihm bis zum Auto gefolgt waren.

Wenigstens belagerten sie dieses Mal nicht seine Wohnung, stellte er erleichtert fest. Zwei Männer erhoben sich von den Treppenstufen seines Hauses, als er davor einparkte. Andrew und Jake.

Sie sagten nichts, schlugen ihm nur auf die Schulter. Eine Geste, die viel mehr sagte als Worte.

»Wir haben es in den Nachrichten gesehen. Du bist schon wieder in aller Munde«, sagte Drew. Deshalb waren sie also hier.

»Lasst uns erst mal reingehen. Ich brauche einen Kaffee«, erwiderte Niclas. Er öffnete die Tür und ging in die Küche. Während Jake sich sofort an der Kaffeemaschine zu schaffen machte und Andrew sich ein Bier aus dem Kühlschrank nahm, blieb Marie unsicher im Türrahmen stehen. »Entschuldigt ihr mich? Ich würde mich gern einen Moment zurückziehen«, sagte sie leise.

Niclas ging zu ihr. Er nahm ihr Gesicht in seine Hände und strich mit den Daumen sanft über die dunklen Ringe unter ihren Augen. Dann küsste er sie zärtlich. »Wie wäre es mit einem Schaumbad? Schalte die Jacuzzi-Düsen ein, und entspanne dich ein bisschen. Über den Prozess können wir auch später noch sprechen.« Sie nickte, sagte aber nichts weiter. Einen Moment später war sie verschwunden.

Niclas drehte sich zu seinem Bruder und seinem besten Freund um. Beide sahen ihn abwartend an. »Was ist?«, wollte er wissen.

»Du hast es ihr immer noch nicht gesagt?«, stellte Andrew die Gegenfrage.

Niclas entschied, dass Kaffee doch nicht das Richtige war und er jetzt etwas Stärkeres brauchte. Er holte sich ebenfalls ein Bier aus dem Kühlschrank und setzte sich an die Kücheninsel. »Ich hatte noch keine Gelegenheit dazu«, murmelte er. Sie mussten ihm nicht sagen, dass es längst überfällig war, Marie von Mulhares Intrige zu berichten. Er hatte warten wollen, bis sie den Prozess gewonnen hatten. Doch jetzt musste er der Realität ins Auge sehen. Es bestand die Möglichkeit, dass sie nicht gewinnen würden. Wenn er ihr erst danach davon erzählte, würde Marie das sicher nicht gut aufnehmen. »Ich weiß, dass die Zeit langsam drängt«, ergänzte er. »Ich habe keine Ahnung, wie der Prozess heute so aus dem Ruder hat laufen können. Mulhare hat so lange nach einer Leiche in Walkers Keller gesucht, bis sie eine gefunden hat. Ich muss gestehen: Dieser Punkt geht an sie. Ich habe natürlich nicht im Traum daran gedacht, den Gutachter zu überprüfen. Wie sie es allerdings geschafft hat, dass ihr Gutachter solch eine Aussage macht, ist mir ein Rätsel. Er hat gelogen. So viel ist sicher. Im Prinzip habe ich nur eine Chance. Ich muss herausfinden, womit sie ihn erpresst hat. Und dann muss ich ihn dazu bringen, die Wahrheit zu sagen. Und das alles am besten bis morgen früh.« Er sprach mehr zu sich selbst als zu Jake und Andrew.

»Zuerst solltest du aber unbedingt mit Marie reden und ihr sagen, dass du sie benutzt hast, um dich an Mulhare zu rächen, bevor sie es auf anderem Wege erfährt«, sagte Jake ernst.

Andrew nickte zustimmend. »Du kannst sie nicht in ein Gefühlschaos stürzen, nur weil du deine kleine Privatfehde mit deiner Konkurrentin unbedingt austragen willst«, ergänzte er eindringlich.

Niclas presste seine Handballen auf seine müden Augen. Er wusste, dass die beiden recht hatten. Aber im Moment war er absolut nicht in der Stimmung, seinen beschissenen Fehler zuzugeben.

*

Marie war die Treppe hinaufgeschwankt. Ihre Knie hatten nicht mehr aufgehört zu zittern, seit sie aus dem Gerichtssaal und auf die Toilette gestürmt war. Es war eine gute Idee, sich ein Entspannungsbad zu gönnen. Vielleicht konnte sie dadurch wenigstens einen Teil ihrer inneren Spannung abbauen. Sie ging ins Bad und betrachtete sich im Spiegel über dem Waschbecken. Sie sah furchtbar aus. Augenringe, Linien, die sich tief um ihren Mund herum in die Haut gegraben hatten. Ihre Haut, die durch die Arbeit an der frischen Luft einen gesunden Farbton angenommen hatte, wirkte plötzlich fahl und grau. Sie war keine Juristin, aber sie hatte genug gesunden Menschenverstand, um zu wissen, dass sie nur noch gewinnen konnten, wenn ein Wunder geschah. Ein verdammt großes Wunder. Sie hatte all ihre Hoffnungen in den Prozess gesetzt. Aber sie war nicht zum ersten Mal gefallen. Sie würde sich wieder aufrappeln. Einen neuen Job finden und ein neues Leben beginnen. Das würde sie so oft machen, wie es eben notwendig war. Wenn ihre Bewährungsstrafe abgelaufen war, könnte sie vielleicht tatsächlich nach Deutschland fahren. Und vielleicht würde sich dann doch noch alles zum Guten wenden. Es würde keinen Niclas mehr an ihrer Seite geben. Dieser Gedanke versetzte ihr einen unerwarteten Stich in der Herzgegend. Auch das würde sie überstehen.

Menschen verliebten und entliebten sich die ganze Zeit. Mit der Zeit würde Niclas zu einer schönen Erinnerung verblassen. Was sie aber nie vergessen würde, war das, was er für sie getan hatte. Auch wenn sie den Prozess nicht gewannen, er hatte sie aus ihrem Schneckenhaus hervorgelockt. Hatte ihr gezeigt, wie wertvoll das Leben war. Er hatte sie gelehrt, sich wieder auf Menschen einzulassen, Gefühle zuzulassen – und zu vertrauen. Wieder fielen ihr die Worte der Staatsanwältin ein. Niclas benutzte sie, um sich an Mulhare zu rächen. Sie glaubte ihr nicht, und doch konnte sie den Gedanken nicht abschütteln. Ihr wurde klar, dass auch ein Entspannungsbad nicht helfen würde, wenn sie nicht vorher herausfand, was die Staatsanwältin gemeint hatte. Kurz entschlossen drehte sie sich um und verließ das Bad. Sie würde Niclas jetzt sofort fragen, damit sie diese hässlichen Gedanken endgültig loswurde und in Ruhe ein Bad nehmen konnte.

Sie lief die Treppe hinunter und hatte die Küche fast erreicht, als sie hörte, wie Jake ihren Namen sagte. »Zuerst solltest du aber unbedingt mit Marie reden und ihr sagen, dass du sie benutzt hast, um dich an Mulhare zu rächen, bevor sie es auf anderem Wege erfährt«, hörte sie ihn sagen.

Wie angewurzelt blieb sie stehen. Einen Meter von der Küchentür entfernt. Die drei hatten sie nicht bemerkt. Sie glaubten, sie wäre oben im Badezimmer, eingehüllt in duftenden Schaum, während sie die Fragen beantworteten, die ihr die ganze Zeit durch den Kopf gingen. Nur, dass sie die Antworten nicht hören wollte.

»Du kannst sie nicht in ein Gefühlschaos stürzen, nur weil du deine kleine Privatfehde mit deiner Konkurrentin unbedingt austragen willst«, sagte Andrew.

Marie verharrte und hielt den Atem an. Sie erwartete, dass Niclas alles abstritt. Dass er betonte, dass es nur um sie ging in diesem Prozess. Dass er sie nicht benutzt hatte. Als Niclas seinem Bruder und seinem Freund endlich antwortete, zog es Marie den Boden unter den Füßen weg. »Es dreht sich hier nicht um eine kleine Privatfehde. Mulhare hat meine Karriere zerstört. Meinen Ruf, mein Leben. Sie hat eine Prostituierte auf mich angesetzt. Ich wollte sie wenigstens in diesem einen Prozess schlagen. Es hätte so einfach sein können. So eine sichere Sache. Aber sie hat es wieder getan. Hat getrickst und mich über den Tisch gezogen.«

Marie presste die Faust auf ihren Mund. Sie wollte schreien. Sie wollte auf Niclas losgehen. Wollte ihm wehtun. Ihn genauso verletzen, wie er sie verletzt hatte.

»Abgesehen davon finde ich es merkwürdig, dass ausgerechnet ihr beiden Partei für Marie ergreift«, fuhr Niclas fort. »Ihr seid doch diejenigen gewesen, die mir davon abgeraten habt, mich auf sie einzulassen, weil sie eine Betrügerin ist.«

»Das stimmt. Inzwischen glaube ich aber tatsächlich an ihre Unschuld«, ergriff Jake Partei für sie. »Du hättest sie einfach besser behandeln müssen. Das hat sie verdient. Sie sollte nicht als praktische Gelegenheit für deine egoistischen Ziele herhalten.«

»Sie hat mehr verdient als das. Sie vertraut dir schließlich«, meldete sich Andrew zu Wort.

Vertrauen. Das Wort riss Marie aus ihrer Erstarrung. Sie hatte Niclas vertraut. Und er hatte sie manipuliert. So wie ihr Bruder sie für seine Zwecke missbraucht hatte. Sie musste hier weg. Weg von Niclas. Sie ertrug seine Scheinheiligkeit nicht länger. Sie hatte nichts gelernt. Die vier Jahre Gefängnis hatten nichts verändert. Sie hatte sich nicht geändert, war noch genauso naiv und leichtgläubig wie zuvor. Innerhalb kürzester Zeit war sie auf einen Mann hereingefallen und hatte ihm ihr Herz geschenkt, obwohl die Alarmglocken in ihrem Hinterkopf im Dauereinsatz gewesen waren. Langsam drehte sie sich um und ging in das Schlafzimmer im ersten Stock zurück. Ihre Knie zitterten wieder. Aber ihr Kopf war klar. Sie hatte es geschafft, die Panik auszublenden, den Schmerz zu verdrängen. Sie war in der Lage, neue Schutzschilde um sich herum zu errichten. Sie konnte in ihren gefühllosen Modus zurückfallen. Eilig stopfte sie ihre wenigen Habseligkeiten in ihren Rucksack. Dann rief sie sich ein Taxi. Sie blieb am Fenster stehen, bis sie den Wagen in die Straße einbiegen sah. Erst dann ging sie die Treppe hinunter. Sie hörte Niclas telefonieren, als sie an der Küche vorbeischlich. Sie konnte jetzt nicht mit ihm sprechen. Sie würden sich ohnehin morgen im Gerichtssaal wiedersehen. Morgen, wenn ihr Prozess ein unrühmliches Ende nehmen würde. Bis dahin hätte sie sich wieder im Griff – und hoffentlich vergessen, dass sie sich in diesen manipulativen, hinterhältigen Mistkerl verliebt hatte, der keinen Deut besser war als seine Konkurrentin.

Sie schlüpfte aus dem Haus und erreichte das Taxi in dem Moment, in dem es am Straßenrand zum Stehen kam. Als sie die Tür öffnete, hörte sie, wie hinter ihr die Haustür geöffnet wurde. »Marie?«, rief Niclas' Bruder. »Marie!«

Sie drehte sich erst um, nachdem sie die Taxitür hinter sich zugezogen hatte. Der Wagen setzte sich in Bewegung. Andrew rannte die Treppen hinunter. Aber es war zu spät.

Er würde sie nicht einholen. Er würde keine Gelegenheit bekommen, sie umzustimmen. Sie bat den Fahrer, sie zu einem günstigen Hotel zu bringen. Ihr Budget erlaubte es ihr eigentlich nicht, sich eine Nacht im Hotel einzumieten. In Niclas' Haus aber hätte sie es keinen Moment länger ausgehalten.

25

Stacy Chambers kannte den Geruch von Polizeiwachen. Schweiß, abgestandener Kaffee und Bohnerwachs. Sie roch die Desinfektionsmittel ebenso wie die Angst, Sorgen und Verzweiflung, die in der Luft hingen. Ihr Herz schlug schnell, auch wenn sie sich immer wieder sagte, dass alles gut gehen würde. Schließlich wusste sie eine mächtige Verbündete hinter sich. Sie war zum dritten Mal erwischt worden. Und das bedeutete, es wurde brenzlig. Ausgerechnet einem verdeckt ermittelnden Cop hatte sie ihre Dienste angeboten. Dass er dann auch noch ein paar Ecstasy-Pillen bei ihr gefunden hatte, machte es nicht besser.

Sie musste darauf vertrauen, dass auch diesmal alles zu ihren Gunsten ausging, und geduldig warten, bis sie ihren Anruf tätigen durfte. Als der Officer sie aus der Zelle holte, die sie sich mit einer Crystalsüchtigen und einer Taschendiebin teilte, atmete sie tief durch und wählte die Nummer, die sie für Situationen wie diese im Kopf hatte.

»Mulhare«, meldete sich die Staatsanwältin am anderen Ende.

»Hier ist Stacy, Staatsanwältin.«

Sie hörte, wie Mulhare einen genervten Laut von sich gab. »Was wollen Sie?«

»Ich brauche Ihre Hilfe. Die Cops haben mich geschnappt.« Stacy lehnte sich gegen die Wand neben dem Telefon. Hier hatten sich schon so viele angelehnt, dass die Wand an der an der Stelle abgeschabt war.

»Das ist Pech für Sie, Stacy. Ich bin nicht Ihre Amme. Irgendwann müssen Sie aufhören, gegen das Gesetz zu verstoßen. Ich kann Ihnen nicht jedes Mal den Arsch retten.«

»Was soll das heißen? Schließlich habe ich auch für Sie schon gegen das Gesetz verstoßen.« Stacy verspürte einen Anflug von Panik.

»Ich habe keine Ahnung, wovon Sie sprechen. Ich muss jetzt auflegen. Das Le France wird meine Tischreservierung nicht ewig aufrechterhalten.

»Was? Sie Miststück!«, fauchte Stacy. »Sie können mich nicht einfach fallen lassen. Wir haben einen Deal. Wenn Sie mich hängen lassen, lasse ich Sie auffliegen.«

Das Lachen am anderen Ende der Leitung klang hell und fröhlich. »Sie armes Schätzchen.« Gillian Mulhare gluckste. »Was denken Sie, wem man glauben wird? Der stellvertretenden Bezirksstaatsanwältin oder der kleinen Nutte? Drohen Sie mir nie wieder, verstanden?« Mulhare klang so eiskalt, dass Stacy ein Schauder über den Rücken lief. Dann legte sie auf. Ungläubig starrte Stacy auf den Hörer. Hatte die Staatsanwältin sie gerade eben tatsächlich abblitzen lassen? Ihr brach der Schweiß aus. »Darf ich vielleicht noch einmal telefonieren?«, fragte sie die Beamtin, die auf sie aufpasste.

Sie lächelte freundlich, schüttelte aber entschieden den Kopf. »Tut mir leid. Ein Anruf. Das wissen Sie.« Sie erhob sich und wies mit dem Kopf in Richtung des Zellentraktes. »Sie müssen zurück.«

»Ja, sicher.« Immer noch betäubt vor Fassungslosigkeit

ging sie vor der Polizistin her in ihre Zelle. Eine winzige Chance hatte sie noch. Dafür musste sie hoch pokern, aber was blieb ihr sonst übrig? Es war offenbar eine kluge Entscheidung gewesen, sich abzusichern.

Als endlich ein Detective auftauchte, hatte sie bereits über drei Stunden in der Zelle geschmort. Sie wartete, bis sie in den Vernehmungsraum geführt worden war und der Cop ihr gegenüber Platz nahm. Dann stützte sie die Ellenbogen auf den Tisch und lehnte sich nach vorn. »Ich habe eine Story, die Sie interessieren dürfte. Machen wir einen Deal. Straffreiheit für mich. Und den Fall Ihres Lebens für Sie.«

*

Niclas ließ die Schimpftirade seiner Mutter über sich ergehen. Ja, er war schuld daran, dass James Walkers unrühmliche Vergangenheit ans Tageslicht kam. Und ja, sie würde alles, was sie für ihren historischen Verein von ihm hatte begutachten lassen, noch einmal neu in Auftrag geben, weil seine Ausarbeitungen nun wertlos waren. Aber dafür war der Sachverständige selbst verantwortlich. Diesen Schuh würde sich Niclas nicht anziehen. Da konnte sich Georgina noch so aufregen.

Andrew stürzte in die Küche und fuhr sich mit der Handkante über die Kehle, um ihm zu signalisieren, dass er das Gespräch beenden sollte. Sein Gesichtsausdruck schwankte irgendwo zwischen besorgt und ernst. »Mom«, unterbrach Niclas die Tirade seiner Mutter. »Mom. Ich muss jetzt auflegen.« Ohne ihre Erwiderung abzuwarten, drückte er auf den Button mit dem roten Telefon. »Was ist passiert?«, fragte er seinen Bruder.

»Marie ist abgehauen.«

»Was soll das heißen? Sie ist abgehauen?« Niclas begriff nicht, was Andrew da sagte.

Jake kam in die Küche. »Ich habe oben nachgesehen. Ihre Sachen sind weg.«

»Marie ist ... weg!?« Langsam begriff Niclas, was los war. »Aber ... Warum? Ich verstehe es nicht.«

»Ich auch nicht«, sagte Andrew. »Ich habe sie hinausgehen sehen und bin ihr gefolgt. Als ich an der Haustür war, sprang sie gerade in ein Taxi.«

Niclas wählte Maries Nummer. Er wurde direkt zu ihrer Mailbox umgeleitet. Er hinterließ keine Nachricht. Als Nächstes wählte er Hollys Nummer, die sich nach dem vierten Klingeln meldete. »Hast du etwas von Marie gehört?«, fragte er ohne Einleitung.

»Nein.« Sie zögerte einen Augenblick. »Ich habe nur aus den Nachrichten mitbekommen, dass der Prozess nicht so reibungslos verläuft wie erhofft.«

»Sie ist abgehauen. Hat ihre Sachen gepackt und ist in ein Taxi gestiegen. Wenn du was von ihr hörst, gib mir Bescheid, okay? Ich muss wissen, dass es ihr gut geht.«

»Sicher.« Niclas' Sorge übertrug sich auf Holly. »Ich melde mich bei dir.«

Er beendete das Gespräch und sah Jake und Andrew ratlos an. Als sein Handy nur ein paar Sekunden später klingelte, nahm er den Anruf an, ohne einen Blick auf die Anruferkennung zu werfen. »Hallo? Marie?«

»Spreche ich mit Mr. Hunter?«, fragte eine männliche Stimme.

26

Niclas war wie elektrisiert. Sein Herz raste vor Aufregung. Adrenalin schoss durch seine Blutbahn. Ein Cop, Detective Sanchez, hatte ihn angerufen. Er wollte über Stacy Chambers sprechen. Besser gesagt: Stacy wollte mit ihm sprechen.

Er hatte Jake und Andrew zurückgelassen, war zu seinem Wagen geeilt und zu Sanchez' Dienststelle gefahren. Jake und Andrew blieben bei Niclas, falls Marie doch zurückkam. Niclas hatte noch ein paar Mal versucht, sie zu erreichen und mehrere Nachrichten auf ihrer Mailbox hinterlassen. Er hoffte, dass sie einfach nur Muffensausen wegen des Prozesses hatte und ein wenig Zeit für sich brauchte. Wenn Stacy Chambers mit ihm sprechen wollte, musste sich Marie vielleicht keine weiteren Sorgen machen. Möglicherweise geschah gerade das kleine Wunder, um das er gebeten hatte. Er trug sich in die Gästeliste am Empfang ein und reichte dem Ermittler, der bereits auf ihn wartete, die Hand. »Detective Sanchez«, begrüßte er ihn.

»Mr. Hunter.« Sanchez musterte ihn aus klugen, dunkelbraunen Augen. Er war einen halben Kopf kleiner als Niclas. Sein Hemd spannte ein wenig über seinem Bauch, aber das änderte nichts an der Tatsache, dass er einem Respekt einflößte. Dieser Polizist ließ sich nicht für dumm verkaufen. Niclas war sich sicher, dass er sowohl gnadenlos einem Täter gegenüber als auch mitfühlend mit einem Opfer sein konnte. Er führte Niclas durch ein Gewirr von Schreibtischen zu einer Reihe von Vernehmungsräumen, die mit Glastüren vom geschäftigen Großraumbüro getrennt waren. Durch die Scheibe konnte Niclas die Frau erkennen, die er bisher genau zwei Mal getroffen hatte. Einmal, als sie ihn in der Bar angebaggert hatte. Und das zweite Mal im Gerichtssaal. Alle guten Dinge sind drei, dachte er.

Sanchez legte seine Hand auf den Türknauf und drehte sich auf einmal zu ihm um. »Ich muss gestehen, ich bin kein besonders großer Fan von Ihnen gewesen. Dass ein Drecksack wie Bralvers wegen Ihnen auf freien Fuß kommen konnte … Wie die Dinge jetzt stehen, sollte ich mich bei Ihnen entschuldigen.«

»Entschuldigen Sie sich nicht, Detective. Ich bin froh, dass es so ehrliche Polizisten wie Sie gibt. Nichts würde ich mir mehr wünschen, als dass Bralvers endlich hinter Gitter wandert«, sagte Niclas.

Der Ermittler nickte knapp. »Ich habe Staatsanwalt Sheridan hinzugezogen. Ich halte ihn für vertrauenswürdig in dieser Angelegenheit. Da kommt er ja.«

Niclas wandte sich um und sah seinen alten Kollegen Scott Sheridan auf sich zukommen. Der Anzug des Staatsanwalts saß wie immer perfekt. Das Lächeln in seinen Mundwinkeln fiel sparsam aus. »Niclas. Detective Sanchez.« Niclas war sich nicht sicher, zu welchem Lager Sheridan nach seiner öffentlichen Demütigung gehört hatte. Sie hatten nie viel miteinander zu tun gehabt, und er konnte den Staatsanwalt nicht gut einschätzen. Allerdings lag die Vermutung nah, dass er entweder einen ausgeprägten Gerechtigkeitssinn hatte oder Mulhare hasste. Bestenfalls tat er beides.

»Wollen wir?« Sanchez wartete ihre Antwort nicht ab, sondern öffnete die Tür. »Miss Chambers, Mr. Hunter kennen Sie ja bereits. Das ist Staatsanwalt Sheridan.«

Stacy nickte Niclas zu. Ihre Aufmerksamkeit galt allerdings Scott. »Sind Sie ein Freund von ihr?«, wollte sie wissen.

»Ich bin ein Freund von Recht und Gesetz«, gab der Staatsanwalt lapidar zurück und nahm Stacy gegenüber Platz. Sanchez setzte sich neben ihn, sodass für Niclas der Stuhl an der Stirnseite des Tisches blieb.

Der Polizist drückte den Knopf des Aufnahmegerätes und nannte Tag und Datum. »Vernehmung Stacy Chambers«, fuhr er fort. »Anwesend sind Staatsanwalt Sheridan als Vertreter der Staatsanwaltschaft Boston und Detective Sanchez, Boston Police Department. Auf Miss Chambers' Wunsch hin ist außerdem Mr. Niclas Hunter anwesend. Miss Chambers, bitte beginnen Sie. Was möchten Sie uns mitteilen?«

»Ich kann Ihnen Informationen liefern, die beweisen, dass Gillian Mulhare Straftaten begangen und andere Menschen zu Straftaten angestiftet hat, um in das Amt der stellvertretenden Bezirksstaatsanwältin gewählt zu werden. Bei einem entsprechenden Deal bin ich bereit, diese Informationen samt Beweisen an Sie weiterzugeben. Aber zunächst möchte ich mich bei Mr. Hunter entschuldigen. Es tut mir leid, was Ihnen geschehen ist. Und ich hoffe, ich kann es wenigstens im Ansatz wiedergutmachen.«

*

Marie hatte sich in einem schäbigen Motel ein wenig außerhalb der Stadt eingemietet. Der Teppich ihres Zimmers war fleckig, und die Hinterlassenschaften auf der Bettdecke konnte man bestenfalls als fragwürdig bezeichnen. Erleichtert stellte sie fest, dass zumindest das Bad einigermaßen sauber war. Sie ließ sich auf den Holzstuhl sinken und stützte ihre Ellenbogen auf den winzigen Resopaltisch. Ihre Flucht aus Niclas' Haus war überstürzt gewesen. Wenig durchdacht. Jetzt hatte sie Zeit, sich Gedanken zu machen. Am nächsten Morgen musste sie noch einmal im Gericht erscheinen. Sie würde neben Niclas sitzen müssen. Gemeinsam würden sie den Prozess verlieren. Egal, wie sie dieses Desaster durchstand, ihr Leben befand sich an einem Wendepunkt. Sie hatte keinen Job mehr. Ihre Zukunft stand in den Sternen. Erstaunlicherweise verspürte sie nicht das Bedürfnis, allein zu sein. Sie hatte Sehnsucht danach, ihr Gesicht in Sams Fell zu vergraben und auf seinen beruhigenden Herzschlag zu lauschen. Sie wollte mit jemandem reden, jemanden um Rat fragen. Noch vor wenigen Monaten wäre ihr das nie in den Sinn gekommen. Sie nahm ihr Handy aus der Tasche und schaltete es ein. Niclas hatte sich ein paar Mal gemeldet. Und Holly. Sicherlich wusste sie Bescheid. Niclas hatte die Freundin garantiert angerufen, um herauszufinden, wo sie sich versteckte.

Sie drückte die Wahlwiederholung. Holly nahm das Gespräch bereits nach dem zweiten Klingeln an, so als habe sie auf Maries Anruf gewartet. »Marie!«, rief sie. »Gott sei Dank meldest du dich! Wo steckst du?«

»Hat Niclas dich angerufen?«, fragte sie.

»Ja, hat er. Er meinte, du seist abgehauen. Was passiert ist, hat er nicht gesagt. Aber er wollte sichergehen, dass es dir gut geht. Und ich will das, verdammt noch mal, auch! Deshalb noch einmal: Wo steckst du?«

Holly klang sehr aufgeregt, und Maries Augen fingen an zu brennen. Bis jetzt hatte sie die Tränen zurückhalten können, doch nun strömten sie ihr über das Gesicht. »Ich bin in einem kleinen Hotel. Mit mir ist alles in Ordnung«, schluchzte sie.

»Nichts ist okay«, widersprach Holly. »Diese verdammte Hunterbrut! Du erzählst mir jetzt sofort, warum dieser Mistkerl dich zum Weinen bringt und du dich in einem Hotel versteckst.«

Weinend erzählte Marie ihr alles. Holly war erstaunlich gut darin, sie zu trösten und Niclas gleichzeitig zu verwünschen. Womit sie Marie schließlich sogar zum Lachen brachte, während sie sich schniefend die Tränen abwischte.

»Die Sonne geht an jedem Tag von Neuem auf. Vergiss das nie, Marie. Morgen früh sieht die Welt schon wieder ganz anders aus. Wer weiß das heute Nacht schon? Wenn es jemand schafft, aufzustehen und das anzupacken, was auf sie zukommt, dann du.« Marie war sich nicht sicher, ob sie wirklich noch die Frau war, von der Holly sprach. Viel zu sehr hatte sie sich in den vergangenen Wochen und Monaten verändert. Aber es tat ihr gut zu hören, dass die Freundin an sie glaubte.

*

Der Tag, der vielversprechend begonnen und sich innerhalb weniger Stunden in ein Debakel verwandelt hatte, nahm eine erneute Wendung, die Niclas nicht hatte kommen sehen. Er war an einen Punkt geraten, an dem ihm klargeworden war, dass er nur durch ein Wunder den Prozessverlauf herumreißen konnte. Und prompt trat dieses Wunder ein, und er war sich nicht zu fein, mit beiden Händen danach zu greifen. Er wollte Gillian Mulhare einen gehörigen Dämpfer verpassen, und nun bot sich ihm die Gelegenheit, sie vollständig zu vernichten. Die ultimative Rache. Eigentlich wollte er lieber Maries Prozess gewinnen. Das stand für ihn an erster Stelle. Er hatte gar nicht gemerkt, wann sich diese Veränderung vollzogen hatte. Aber es fühlte sich richtig an. Marie vertraute ihm, was ihr nicht leichtfiel. Dieses Vertrauen wollte er auf keinen Fall enttäuschen. Er hatte keine Ahnung, was in sie gefahren war. Warum sie einfach abgehauen war. Wahrscheinlich war ihr alles zu viel geworden, und sie brauchte Zeit für sich. Holly hatte ihm eine Nachricht geschrieben, dass Marie sicher in einem Hotel untergekommen sei und am nächsten Morgen pünktlich im Gericht sein werde. Niclas hoffte, bis dahin einen Weg zu finden, der das Loch in ihrem sinkenden Schiff stopfen würde.

Sanchez reichte ihm einen Pappbecher und setzte sich an seinen Schreibtisch. »Ich habe jeden Detective ins Boot geholt, dem ich vertraue. Wir überprüfen Miss Chambers' Aussage doppelt und dreifach, damit wir ja nichts übersehen. Hoffen wir, dass bis morgen früh keine Informationen durchsickern. Ich will einen Durchsuchungsbeschluss für Mulhares Apartment und ihr Büro, bevor sie es schafft, die Beweise zu beseitigen.«

»Das wollen wir alle.« Niclas nippte an dem Kaffee und bemühte sich, nicht das Gesicht zu verziehen. Das Gesöff schmeckte grauenhaft. Aber er brauchte das Koffein. Die Nacht würde verdammt lang werden. »Wenn wir nachweisen, dass sie Stacy auf mich angesetzt hat, ist das ihr Untergang. Aber im Moment muss ich an den Prozess denken, den ich gerade führe. Meine Mandantin saß vier Jahre unschuldig im Gefängnis. Zu ihrer Verurteilung hat ebenfalls Mulhare beigetragen. Damals hat sie keine Beweise gefälscht, soweit ich das beurteilen kann. Sie hat es lediglich unterlassen, ein paar notwendige Gutachten einzuholen, und die Unfähigkeit eines überforderten Pflichtverteidigers ausgenutzt.« Er rieb sich über die müden Augen. »Jetzt sieht es anders aus. Ich habe den Knackpunkt gefunden. Ein Schriftgutachten, das die Unschuld meiner Mandantin beweist.«

Sanchez nickte. »Ich habe es in den Nachrichten gesehen. Sie hat Ihren Sachverständigen auseinandergenommen.«

»Und auch das ist nicht verboten. Ich bin allerdings der Meinung, die Fälschung ist selbst für einen Laien unübersehbar. Wie kann es dann sein, dass sie mit einem Gutachter aufwartet, der nicht zu diesem Ergebnis kommt?«

»Sie meinen, Mulhare ist nach dem gleichen Prinzip vorgegangen? Hat sich einen Gutachter gesucht, den sie erpressen oder anderweitig unter Druck setzen konnte?«

»Ja. Wie ich es auch drehe und wende, anders kann es nicht gewesen sein. Der Richter hat mir allerdings nur bis morgen Zeit gegeben. Das wird nicht reichen, um herauszufinden, wie sie das angestellt hat.« Niclas wusste, dass er das nicht schaffen würde. Er musste sich etwas anderes einfallen lassen. Oder den Richter dazu bringen, ihm etwas Aufschub zu gewähren.

»Vielleicht gibt es eine Möglichkeit.« Sanchez kramte in

den Unterlagen auf seinem Schreibtisch herum. »Wir müssten uns beeilen. Aber wir können es schaffen.« Er zog ein Blatt aus einem der Stapel, die sich inzwischen zu Gillian Mulhare angesammelt hatten. Er legte es vor Niclas auf den Tisch und tippte mit dem Zeigefinger auf das Foto des Mannes. »Nelson Blackstone. Ermittler der Staatsanwaltschaft.«

»Ich kenne ihn«, sagte Niclas. »Eigentlich könnte man ihn eher als Mulhares Privatermittler bezeichnen.« Es war üblich, dass die Staatsanwälte eigene Ermittler mit Untersuchungen beauftragten, wenn es während eines Prozesses schnell gehen musste oder sie die meist in Arbeit versinkenden Polizisten nicht mit Kleinigkeiten nerven wollten. »Sein Ruf ist hervorragend. Ich habe jedoch noch nie mit ihm gearbeitet.«

»Aber genau das ist der Punkt. Blackstone ist ein pensionierter Cop aus New York. Ein eisenharter Hund, der mit allen Wassern gewaschen ist. Er arbeitet für die stellvertretende Staatsanwältin, weil sie ihm die lukrativen Jobs anbietet. Mit Sicherheit ist es seine Spezialität, in den Geheimnissen anderer Leute herumzuwühlen und Dinge zu finden, die sie am liebsten selbst vergessen würden. Aber Blackstone kennt keine Loyalitäten. Wenn die Hand, die ihn füttert, nicht mehr da ist, wird er ihr nicht den Arsch retten.«

Niclas musste Sanchez recht geben. Der Ermittler konnte sich zu Mulhares Achillesferse entwickeln. »Wo ist eigentlich Sheridan abgeblieben?«, fragte er.

»Telefoniert da hinten.« Der Detective machte eine Kopfbewegung. Der Staatsanwalt hatte sich an eine Wand gelehnt und sprach in sein Handy. Inzwischen war es deutlich ruhiger im Großraumbüro geworden. Auf die Schreibtische fielen kleine Inseln aus Licht. Die Arbeitsplätze der Cops, die es geschafft hatten, pünktlich Feierabend zu machen, lagen verwaist im Halbdunkeln. Schemenhaft machte Niclas die Pinnwände aus, auf denen die Ermittler Fakten zu ihren Fällen sammelten, und die kleine Küchenzeile, wo der unsägliche Kaffee gebraut wurde. Er blickte wieder den Detective an. »Ich glaube, es wird höchste Zeit, den Bezirksstaatsanwalt anzurufen. Er ist nicht besonders gut auf mich zu sprechen, wie Sie sich denken können«, sagte er.

Sanchez grinste und lehnte sich in seinem knarzenden Bürostuhl zurück. »Das kann ich mir gut vorstellen.«

*

Marie schreckte hoch. Einen Moment starrte sie orientierungslos auf den abblätternden Putz an der Wand und atmete die muffige Luft ein. Ehe sie verstand, was sie geweckt hatte, erklang das Geräusch erneut. Ein ungeduldiges Hämmern gegen ihre Zimmertür, das sie zusammenzucken ließ. Sie war in einem Motel, fiel ihr wieder ein. Weil Niclas sie hinterging und sie für einen persönlichen Rachefeldzug benutzt hatte. Statt sich in das schmuddelige Bett zu legen, war sie am Tisch sitzen geblieben und hatte ihre Situation analysiert, sicher, die ganze Nacht kein Auge zuzubekommen. Im Morgengrauen musste sie dann doch eingeschlafen sein.

Sie erhob sich und durchquerte mit wenigen Schritten das Zimmer, weil der Störenfried nicht aufhörte, zu klopfen. Die Hand am Türknauf zögerte sie kurz. Hatte Niclas sie gefunden und wollte sichergehen, dass sie zur Verhandlung kam? Wer sonst sollte sie hier aufgespürt haben? Sie seufzte innerlich. Früher oder später konnte sie ihm nicht mehr ausweichen. Warum es länger herauszögern? Sie hakte die Sicherheitskette aus und drehte den Türknauf. »Holly?«

»Na endlich!« Die Freundin fiel ihr um den Hals.

»Was tust du hier?« Marie schloss die Arme um die deutlich kleinere Frau und hielt sich an ihr fest. Es spielte keine Rolle, warum ihre Freundin hier auftauchte. Hauptsache, sie war da. Das beruhigte sie ungemein.

Schließlich löste sich Holly von ihr und nahm die beiden Styroporbecher, die sie auf dem Geländer hinter sich abgestellt hatte. »Koffein. Bestimmt wirst du das brauchen.«

»Du hast keine Ahnung, wie sehr.« Marie griff nach dem Becher wie nach einem Rettungsring und trank einen großen Schluck des nicht mehr ganz heißen Kaffees. »Aber warum bist du eigentlich hier in Boston?«

»Wegen dir«, sagte Holly schlicht, schob sich an Marie vorbei und schloss die Zimmertür hinter ihnen. »Nette Absteige«, meinte sie, nachdem sie den Blick einmal durch den Raum hatte schweifen lassen. Sie trank von ihrem Kaffee. »Ich wollte heute sowieso kommen, als moralische Unterstützung. Nach unserem Gespräch gestern erschien es mir noch viel dringender.«

»Danke.« Marie umarmte Holly. »Ich bin unglaublich froh, dass du gekommen bist. Meine Nerven liegen echt blank«, gab sie zu. »Und ich möchte Niclas am liebsten gar nicht sehen.«

»Keine Angst. Wir bringen den Tag hinter uns, und dann hauen wir aus der Stadt ab. Da gibt es jemanden, der dich wahnsinnig vermisst. Warte mal.« Holly stellte ihren Becher auf den Tisch und kramte in ihrer riesigen Handtasche, bis sie ihr Handy gefunden hatte. Sie drückte auf dem Display herum und hielt Marie das Telefon hin. Sie hatte ein Video von Sam aufgerufen. Hollys Bruder Jackson hatte ihm die Hand auf den Rücken gelegt und sagte leise: »Na los, großer Junge, wünsch ihr Glück!« Und tatsächlich, Sam bellte zwei Mal und schenkte ihr sein Hundegrinsen, das sie so liebte.

»Ach, Holly, ich bin so froh, dass du hier bist.« Sie wischte über ihre Augen, die schon wieder zu brennen begannen. Dabei dürfte sie inzwischen wirklich keine Tränen mehr haben.

»Ich bin perfekt als Glücksbringer. Aber jetzt, husch, ab unter die Dusche. Wir müssen einer stellvertretende Bezirksstaatsanwältin in den Hintern treten.«

Marie duschte, schlüpfte abermals in ihr Prozessoutfit und checkte aus dem Hotel aus. Sie schaffte es nicht, etwas zu essen, war aber dankbar für einen zweiten Kaffee, den sie unterwegs besorgten. Vor dem Gerichtsgebäude lungerten ein paar Reporter herum, riefen ihr aber nur einige halbherzige Fragen zu. Marie erweckte kaum ihr Interesse. Wirklich interessant für die Meute war hingegen ihr Verteidiger. Ihn wollten sie vor die Kamera bekommen, sich an seinem Skandal laben. Deshalb war es clever, dass sie nicht gemeinsam zum Gericht gefahren waren.

Als sie den Gerichtssaal betraten, saß Niclas bereits an seinem Platz an der Verteidigerbank, blätterte durch ein paar Unterlagen und kritzelte Notizen auf den Rand. Als er ihre Absätze auf dem Parkett hörte, blickte er auf. Er sah schrecklich aus. Mindestens so mies, wie sie sich fühlte. Er war unrasiert, hatte Augenringe, und seine Haare wirkten, als hätte er sie sich gerade eben noch gerauft. Er hatte ihr ebenfalls einen Kaffee mitgebracht, den er ihr hinschob, ohne den Blick von ihr abzuwenden.

Doch Holly funkte dazwischen und umarmte Marie ein letztes Mal. »Zeig's ihnen!« Sie boxte sie gegen die Schulter. »Ich sitze genau hinter dir.« Sie nahm in der ersten Reihe hinter der Verteidigerbank Platz, und Marie ging zu Niclas.

»Bist du okay?«, flüsterte er und nahm sie in seine Arme. »Ich habe mir solche Sorgen gemacht und bin so froh, dass du hier bist.«

Natürlich. Plötzlich überkam sie ein Gefühl von Bitterkeit. Er machte sich nach wie vor Gedanken darüber, wie er den Prozess doch noch gewinnen konnte und seine Rache bekam. Dabei gab es inzwischen kaum noch Hoffnung, dass Richter Grant zu ihren Gunsten entschied.

Als sie die Umarmung nicht erwiderte, ließ Niclas sie los, ließ aber seine Hände auf ihren Schultern liegen. Schwer und tröstlich. »Ich weiß, das Ganze ist sehr nervenaufreibend. Und du hast vielleicht kein gutes Gefühl. Aber ich bitte dich, mir zu vertrauen.«

»Oh, wie süß.« Gillian Mulhare rauschte an ihnen vorbei und warf ihre Aktentasche auf den Tisch. »Weint ihr schon, weil ihr verlieren werdet?«

Niclas ignorierte die Staatsanwältin und sah Marie ruhig und ernst an. »Ich bitte dich nur darum, mir zu vertrauen«, flüsterte er, dann beugte er sich vor und küsste sie auf die Stirn. Marie nickte stumm und nahm Platz. Niclas schien gar nicht aufgefallen zu sein, dass sie nichts gesagt hatte. Aber sie befürchtete, dass er das Zittern aus ihrer Stimme heraushören würde. Wie sollte sie jetzt noch Vertrauen zu ihm haben?

Der Saal füllte sich wieder mit der Horde von Journalisten, die auch am Vortag hier gewesen waren. Grant erschien und eröffnete die Verhandlung. Er blickte noch griesgrämiger drein als am Vortag. Welche Laus auch immer ihm über die Leber gelaufen war, er machte sich nicht die Mühe, es zu verbergen. »Mr. Hunter, sind Sie bereit?«

Marie nahm alles wie durch einen Schleier wahr. Niclas erhob und sagte: »Ja, Sir. Ich möchte meinen ersten Zeugen für heute aufrufen. Nelson Blackstone.«

»Was zum Henker …«, entfuhr es Mulhare. Auch Marie war erstaunt und sah auf. Niclas stand gelassen und selbstbewusst neben ihr. Die Staatsanwältin war für einen Augenblick aus dem Gleichgewicht geraten, um nicht zu sagen, erschüttert. Doch sogleich setzte sie wieder ihr arrogantes, selbstsicheres Lächeln auf. Sie blieb gelassen, als der Richter sie verwarnte und sagte, dass sie es unterlassen solle, im Gerichtssaal zu fluchen. Umgehend entschuldigte sie sich bei Grant und lehnte sich mit verschränkten Armen auf ihrem Stuhl zurück.

»Mr. Blackstone, bitte«, verkündete Richter Grant, und ein Mann trat ein, den Marie noch nie in ihrem Leben gesehen hatte. Wer war das? Und was hatte er mit ihrem Fall zu tun? Auf den ersten Blick wirkte er eher wie ein Polizist als wie ein Sachverständiger. Seinem Gesichtsausdruck nach war er nicht besonders begeistert davon, dass er vor Gericht eine Aussage machen sollte.

*

Für Schlaf war in der vergangenen Nacht keine Zeit gewesen. Niclas hatte es gerade noch geschafft, nach Hause zu fahren, zu duschen und sich einen frischen Anzug anzuziehen. Nicht einmal zum Rasieren war er gekommen.

Scott hatte den Bezirksstaatsanwalt aus dem Bett geklingelt und ein Treffen für Niclas arrangiert. Daniel Benson brach nicht gerade in Begeisterung darüber aus, dass er ihn treffen sollte. Das, was Niclas, Scott und Detective Sanchez berichteten, ließ seine Stimmung vollständig unter den Nullpunkt sinken.

»Wissen Sie, was das für die Staatsanwaltschaft Boston bedeutet?«, hatte er mit einer Erschöpfung in der Stimme gesagt, die Niclas nur zu gut kannte.

»Ja, Sir.«

»Das wird einen Skandal von ungeahntem Ausmaß nach sich ziehen. Die Verteidiger werden uns die Tür einrennen und jeden Fall, den Gillian jemals verhandelt hat, prüfen lassen. Sie werden jedes Gutachten, das sie in Auftrag gegeben hat, infrage stellen.«

»Und das zu Recht. Sie wissen, dass Mulhares Verhalten uns alle und unseren Ruf schädigt«, warf Scott ein.

»Ja, das weiß ich.« Benson rieb sich den Nacken. »Ich besorge Ihnen Durchsuchungsbeschlüsse für ihre Wohnung und ihr Büro. Stellen Sie alles auf den Kopf. Außerdem lasse ich Blackstone kommen. Wenn ich ihn anrufe, wird er keinen Verdacht schöpfen. Und haben wir ihn erst einmal hier, klären wir ihn klipp und klar über die Konsequenzen auf, mit denen er zu rechnen hat, falls er sich weigert, auszusagen. Dann rufen Sie ihn als ersten Zeugen auf, Niclas. Damit dürfte er keine Gelegenheit bekommen, Gillian vorzuwarnen.«

»Richter Grant muss erfahren, was los ist«, führte Niclas die To-do-Liste fort.

»Ich werde mit ihm reden«, entschied Benson. »Niclas, ich würde Sie gern für einen Moment unter vier Augen sprechen.«

»Selbstverständlich, Sir.«

Das Gespräch hinter geschlossenen Türen dauerte über eine halbe Stunde und gewährte Niclas ungeahnte Einblicke. Der Bezirksstaatsanwalt war ein aufrichtiger Mensch. Wie versprochen beorderte Benson Blackstone ins Gericht und nahm ihn gemeinsam mit Niclas in die Zange.

Jetzt saß der Ermittler im Zeugenstand, während der Bezirksstaatsanwalt im Richterzimmer den Verlauf der Verhandlung abwartete.

»Mr. Blackstone«, begann Niclas. »Sie sind Ermittler für die Staatsanwaltschaft Boston. Ist das richtig?«

»Ja.« Blackstone wand sich unbehaglich.

Niclas warf einen Blick zur Verteidigerbank. Marie wirkte immer noch angespannt, so unnahbar. Er war froh, dass Holly sich in der Nacht noch gemeldet hatte. Sie hatte ihn beruhigt, dass Marie gut untergekommen war und selbstverständlich am nächsten Tag bei Gericht erscheinen würde. Er hätte gern mit Marie vor der Verhandlung gesprochen, hätte ihr erklärt, dass er einen Weg aus dem Schlamassel gefunden hatte und sie sich keine Sorgen mehr machen musste. Aber dazu war keine Zeit gewesen. Sie würde also wohl oder übel eine Überraschung erleben. »Schildern Sie uns bitte, wie Ihre Tätigkeit aussieht, Mr. Blackstone«, wandte er sich wieder an den Zeugen.

»Ich erledige Ermittlungsaufträge für die Staatsanwaltschaft.« Blackstone blieb einsilbig.

»Haben Sie Ermittlungsaufträge für die stellvertretende Bezirksstaatsanwältin Mulhare ausgeführt?«

»Einspruch!« Gillian sprang auf. »Irrelevant. Wie die Staatsanwaltschaft arbeitet, ist hier nicht von Belang.«

»Abgewiesen. Setzen Sie sich, Staatsanwältin«, forderte der Richter sie auf. »Und Sie beantworten die Frage, Mr. Blackstone.«

»Ja, ich habe auch schon für Staatsanwältin Mulhare gearbeitet.«

Niclas trat näher an den Zeugenstand heran. »Sind Sie derjenige, der herausgefunden hat, dass James Walker seinen Doktortitel gekauft hat?«

»Ja.«

»Haben Sie von Staatsanwältin Mulhare den Auftrag bekommen, etwas Belastendes über den Gutachter Spencer Cunnings zu finden?« Niclas drehte sich um, und abermals sprang Gillian auf und erhob Einspruch. Auch diesmal lehnte der Richter ab und forderte Blackstone auf, zu antworten.

»Ja«, sagte der Ermittler.

»Und haben Sie etwas herausgefunden?«, zog Niclas ihm den nächsten Satz aus der Nase.

»Einspruch!«

»Ja.«

Mulhare und Blackstone sprachen gleichzeitig.

»Abgelehnt. Und danke, Mr. Blackstone.« Richter Grant seufzte.

Niclas sah zum Richter hinüber. »Keine weiteren Fragen, Euer Ehren.« Er genoss das Adrenalin, das durch seine Adern schoss. Nicht mehr lange und er würde Mulhare den Todesstoß versetzen.

»Staatsanwältin, Ihr Zeuge.«

»Im Moment habe ich keine Fragen, euer Ehren.« Gillians Gesicht war eine Maske aus Eis, unter der Niclas ihre Wut brodeln sah wie einen Vulkan.

»Dann sind Sie aus dem Zeugenstand entlassen, Mr. Blackstone. Wen möchten Sie als Nächstes aufrufen, Mr. Hunter?«

»Gutachter Cunnings.« Niclas wartete, bis der Sachverständige, der Maries Fall gestern fast in Grund und Boden gestampft hatte, zum zweiten Mal vereidigt wurde. »Wir haben gerade von Mr. Blackstone erfahren, dass er ein paar Erkundigungen über Sie eingeholt hat und dabei etwas Belastendes entdeckt hat. Wie ich Miss Mulhare und ihre Gründlichkeit kenne, handelt es sich um etwas, das gravierend genug ist, Ihnen das Genick zu brechen.«

»Einspruch!« Gillians Stimme überschlug sich fast. Sie war dabei, ihre Maske zu verlieren, und vermochte ihren Zorn kaum noch zu zügeln.

»Stattgegeben. Mr. Hunter, bleiben Sie sachlich.«

»Ja, Euer Ehren. Ich ziehe die Frage zurück.« Niclas konzentrierte sich wieder auf den Gutachter. »Ich stelle die Frage anders. Hat Staatsanwältin Mulhare mithilfe der Informationen, die sie über Sie hat, versucht, Einfluss auf das Gutachten zu nehmen, das Sie in diesem Fall erstellt haben?«

»Selbstverständlich nicht!«, empörte sich Cunnings, und Gillian machte erneut einen Einspruch geltend. Es ging ein Raunen durch die Menge der Reporter im Saal.

»Mr. Cunnings, ich möchte Sie daran erinnern, dass Sie unter Eid stehen.« Der Richter ließ seinen Hammer auf das Pult knallen. »Und die Herrschaften im Saal bitte ich um Ruhe, damit wir die Antwort auch verstehen können.«

»Ich …« Cunnings schluckte. »Ja«, gab er schließlich leise zu.

Um Niclas herum brach ein Tumult wie am Tag zuvor los. Der Richter bemühte sich, die Ruhe wiederherzustellen.

Mulhare saß mit kalkweißem Gesicht da, während Marie Niclas mit aufgerissenen Augen anstarrte. Er warf ihr ein kleines Lächeln zu und schleuderte Cunnings seine letzte Frage entgegen. »Kommen wir zu dem Gutachten, das Sie erstellt haben. Sagen Sie uns die Wahrheit, Mr. Cunnings. Gehört die Unterschrift, die Sie auf den Formularen gefunden haben, Miss Marie McMillan?«

Der Gutachter zögerte keinen Moment. Er schien begriffen zu haben, dass das Spiel vorbei war. »Nein, Sir. Die Unterschrift ist nicht die von Miss McMillan.«

»Keine weiteren Fragen.«

»Staatsanwältin, Ihr Zeuge«, bellte der Richter über den Lärm hinweg, der sich nicht mehr kontrollieren ließ.

Gillian schüttelte stumm den Kopf.

»Gut. Der Zeuge ist entlassen.« Noch ein herzhafter Schlag auf das Richterpult. »Staatsanwältin, Verteidiger. In mein Richterzimmer. Sofort!«

Niclas hob innerlich die Faust zum Sieg. Er ließ Gillian den Vortritt, als sie das Richterzimmer betraten, schloss die Tür hinter ihr und lehnte sich dagegen. Wäre doch zu schade, wenn sich die stellvertretende Bezirksstaatsanwältin in ihren letzten Minuten im Amt davonmachen würde.

Es war eng. Außer ihnen und Grant drängten sich auch Benson und Sanchez im Zimmer.

Richter Grant vollführte eine genervte Handbewegung. »Bringen wir es hinter uns, meine Herren.«

»Gillian Mulhare.« Sanchez trat vor und zückte ein Paar Handschellen. »Ich verhafte Sie wegen Amtsmissbrauchs, Erpressung und Anstiftung zu strafbaren Handlungen.«

»Was?«, brauste Mulhare auf und lachte schrill. »Seid ihr

verrückt geworden?« Als niemand antwortete, blickte sie Benson an. »Tu etwas«, zischte sie mit zornesrotem Gesicht. »Ich warne dich. Beende dieses Schauspiel, oder ich garantierte dir, ich lasse dich ins Messer laufen.«

Der Bezirksstaatsanwalt verschränkte die Arme vor der Brust. »Versuchst du, mich zu erpressen, Gillian? Ernsthaft? Vor all den Leuten hier?«

»Das ist mir egal«, keifte sie. Von der überlegenen, siegessicheren Juristin war nichts mehr übrig. »Wir wissen beide, dass ich dich in der Hand habe.«

»Tut mir leid, meine Liebe.« Benson schenkte ihr ein schmales Lächeln. »Meine Frau und ich haben uns nach Thanksgiving getrennt. Ich habe ihr noch heute Morgen erzählt, dass wir eine Affäre hatten.« Er trat so nah vor sie, dass sie den Kopf heben musste. Kalt blickte er sie an. »Ich lasse mich nicht erpressen. Und von jemanden wie dir, der nicht begriffen hat, was unsere Aufgabe in diesem Rechtssystem ist, schon gar nicht.« Er verzog verächtlich den Mund und sah Sanchez an, der hinter Mulhare stand. »Detective, wenn ich Sie bitten dürfte?«

Während der Polizist Gillian ihre Rechte erläuterte, beruhigte sich Niclas' Herzschlag wieder. Er hatte gewonnen. Sein Ruf war wiederhergestellt. Und noch viel wichtiger – Marie würde ihren Fall gewinnen und ihre Unschuld bewiesen werden. Er konnte es gar nicht erwarten, diesen Erfolg mit ihr zu feiern.

27

Marie stand unter Schock. Zumindest fühlte es sich so an. So wie sie vor vier Jahren nicht wusste, wie ihr geschah, als sie verurteilt wurde, so überforderte sie der Moment, in dem sich plötzlich ein Lichtstreifen am Horizont zeigte, den sie nicht mehr erwartet hatte.

Niclas war gemeinsam mit Mulhare und Grant im Richterzimmer verschwunden. Kurz darauf waren er und der Richter zurückgekehrt, ohne die Staatsanwältin. Niclas hatte über das ganze Gesicht gestrahlt, als er neben ihr Platz nahm und der Richter verkündete, dass die Verhandlung geschlossen sei. Einen Augenblick später wurde Gillian Mulhare von einem leicht übergewichtigen Detective mit hoher Stirn in Handschellen aus dem Saal geführt. Ihr Blick blieb an Marie hängen, und eigentlich hätte er ihr einen eiskalten Schauer über den Rücken jagen müssen. Aber das geschah nicht. Die Staatsanwältin hatte keine Macht mehr über Marie. Um sie herum brach das Chaos los. Die Presse rannte sich gegenseitig über den Haufen, um ein Bild und einen Kommentar von Gillian zu bekommen.

Niclas drehte sich zu Marie um und sah sie mit seinen leuchtenden, grau-grünen Augen an. Er ging zu ihr, umfasste ihr Gesicht und küsste sie stürmisch. Für einen Augenblick dachte Marie nicht weiter nach und ließ sich fallen. Ihre starken Gefühle für Niclas überlagerten sogar ihre unbändige Erleichterung, wieder frei zu sein. Doch dann fiel ihr wieder ein, dass er nicht ihre Rehabilitierung feierte, sondern den Sieg über seine größte Feindin. Sacht trat sie einen Schritt zurück. Auch wenn sie nicht wusste, warum er sich letztendlich für sie eingesetzt hatte, so hatte er ihr doch einen Neuanfang in Freiheit geschenkt. »Danke«, sagte sie nur und wehrte sich nicht, als Niclas sie erneut umarmte.

»Noch ist nicht alles erledigt«, sagte er. »Ein paar Termine und einiges an Arbeit warten noch auf uns. Aber das Urteil gegen dich wird auf jeden Fall aufgehoben.« Marie atmete seinen Duft ein. Jede Zelle ihres Körpers sehnte sich nach ihm. »Bezirksstaatsanwalt Benson und ich werden draußen eine Pressekonferenz geben. Holly und du könnt währenddessen durch den Hinterausgang verschwinden. Wir treffen uns später einfach bei mir.«

Ehe sie etwas erwidern konnte, tauchte er in der Menge unter. Alle drängten sich aus dem Saal, und allmählich kehrte Ruhe ein. Plötzlich legte sich eine Hand auf ihre Schulter, und sie zuckte zusammen. Als sie sich umwandte, blickte sie in Hollys fassungsloses Gesicht.

»Hast du gedacht, dass das passieren würde?«, fragte die Freundin.

Marie schüttelte den Kopf. »Nicht einmal im Ansatz. Ich frage mich, wie er das angestellt hat.«

»Na, komm.« Holly griff ihre Hand und zog sie hoch. »Lass uns gehen. Solange sie sich alle um Niclas scharen, machen wir uns unsichtbar.«

Marie schulterte ihren Rucksack, den sie unter dem

Tisch deponiert hatte, und sie verließen das Gerichtsgebäude durch einen Nebenausgang. Der Wind fegte eisig durch die vorweihnachtlichen Bostoner Straßen, aber Marie spürte die Kälte nicht. Sie war viel zu aufgedreht, denn nun stand sie an einem Wendepunkt, an dem sie tatsächlich ein neues, freies Leben beginnen konnte. Schnell gingen sie die vier Blocks entlang zurück zum Parkhaus, wo Holly ihren Wagen abgestellt hatte. Als sie im Auto saßen und die Freundin den Motor startete, sah sie Marie an. »Zu Niclas?«, sagte sie.

Diese Frage hatte eine ernüchternde Wirkung auf Marie, und sie kehrte in die Realität zurück. Niclas hatte ihr zwar geholfen, aber trotz allem ihr Vertrauen missbraucht. Das konnte sie ihm einfach nicht verzeihen. Entschieden schüttelte sie den Kopf. »Lass uns nach Hause fahren.« Auch wenn Niclas es sicher nicht geahnt hatte, der Kuss im Gericht war ein Abschied gewesen.

Holly fädelte sich in den Bostoner Stadtverkehr ein und fuhr in Richtung Süden. Sie lenkte ihren Wagen zügig und voller Selbstvertrauen durch die Straßen. Sie schien nicht zu erwarten, dass Marie etwas sagte, also gab sie der plötzlichen Müdigkeit nach und lehnte ihren Kopf gegen das Beifahrerfenster. Ohne viel wahrzunehmen, starrte sie nach draußen. Erst als sie die Sagamore Bridge überquerten, wurde Marie unruhig. Sie hatte gesagt, sie wolle nach Hause – und hatte dabei automatisch an Sunset Cove gedacht. Aber das Strandhaus war nicht mehr ihr Zuhause. Niclas und sie würden von nun an, abgesehen von einigen weiteren Gerichtsterminen, getrennte Wege gehen. Vielleicht war es dennoch in Ordnung, wenn Sam und sie eine letzte Nacht in dem wunderschönen Haus mit Blick auf den Ozean und den Leuchtturm verbrachten.

Holly parkte hinter dem Fairway und drehte sich zu Marie. »Ich weiß«, sagte sie, »du magst es nicht, Hilfe von anderen anzunehmen. Aber ich habe das einfach ignoriert.« Sie grinste.

Marie wusste nicht, worauf Holly hinauswollte. Aber ihr Lächeln war so frech und ansteckend, dass sie es erwiderte. »So wie du alles ignorierst, das dir nicht in den Kram passt?«

»Ganz genau. Ich habe mich ein wenig umgehört. Ein Freund von mir vermietet ein kleines Apartment. Nur ein Zimmer, aber voll möbliert. Hunde sind erlaubt. Ich habe einen vernünftigen Preis mit ihm ausgehandelt. Heute Nacht bleiben Sam und du bei uns. Wir kochen etwas Fantastisches, köpfen eine Flasche Wein und stoßen auf dich an.«

Der Kloß in Maries Hals wuchs, und sie schluckte. »Holly, ich …« Sie wusste nicht, was sie antworten sollte. Sie hatte keine Ahnung, wie sie der Freundin danken sollte. Für alles, was sie für sie getan hatte, ohne irgendetwas dafür zu verlangen.

Holly strich über Maries Arm. »Nach dem, was gestern in Nics Haus passiert ist, war ich mir sicher, dass du nicht mehr im Strandhaus wohnen willst. Die verdammte Hunterbrut«, konnte sie sich nicht verkneifen. »Jackson schläft bei einem Freund. Du kannst sein Bett haben.«

»Danke.« Marie umarmte Holly. »Und jetzt will ich meinen Hund sehen«, brachte sie schließlich heraus.

»Ein Mal Hund. Kommt sofort.« Holly öffnete die Tür und sprang aus dem Wagen. Sie nahm Maries Rucksack und ging zum Eingang des Fairway. Sam lag gemeinsam mit seinem Kumpel Potter unter der Bar. Als er Marie erkannte, sprang er mit einem Satz auf und raste auf sie zu. Marie ließ ihren Rucksack fallen und sank auf die Knie, um ihren wild mit dem Schwanz wedelnden Hund zu umarmen. Hollys Welpe Potter blinzelte verdutzt wegen all der Aufregung, dann rappelte er sich ungeschickt auf und stürmte ebenfalls auf Marie zu, um sie mit seiner Liebe zu überschütten. Trotz der Freudentränen, die schon wieder über ihre Wangen liefen, lachte Marie auf. Sie war Holly so dankbar.

*

Später am Abend kam der Skandal um die stellvertretende Bezirksstaatsanwältin Gillian Mulhare in den Nachrichten. Marie versuchte, die bitteren Gedanken beiseitezuschieben. Niclas hatte bekommen, was er wollte. Sein Ruf war wiederhergestellt, und Mulhare würde für einige Jahre dort verschwinden, wo einem mal schnell die Nase gebrochen wurde, weil man sich beim Frühstück auf den falschen Platz setzte.

Als ihr Handy klingelte, wusste Marie auch ohne einen Blick auf das Display, wer es war. Sie drehte das Telefon in der Hand, nicht sicher, ob sie rangehen sollte.

»Bring es hinter dich«, schlug Holly vor. »Es wird sich beschissen anfühlen, aber danach kannst du neu anfangen.«

»Du hast recht.« Marie erhob sich. Das Handy in der einen und ihren Rotwein in der anderen Hand, zog sie sich in Jacksons Zimmer zurück, in dem sie heute Nacht schlafen würde. Links von ihr standen ein paar Oldtimer-Modelle neben einem Stapel Comic-Hefte im Regal. Über dem Bett rekelte sich eine fast nackte Schönheit auf der Motorhaube eines Porsche. Neben dem Poster klebten Schnappschüsse von Jackson, seiner Schwester und ein paar Jugendlichen, die Marie nicht kannte. Sie trat ans Fenster. Von hier aus konnte sie den Leuchtturm von Sunset Cove sehen. Die Augen fest auf das Gebäude gerichtet, nahm sie Niclas' Anruf an.

»Marie! Wo steckst du, verdammt noch mal!« Er klang aufgeregt. Besorgt.

»In Eastham«, antwortete sie schlicht.

»In …« Eine kurze Pause entstand. »Auf Cape Cod? Aber – warum? Ist etwas mit Sam?«, erwiderte er verwirrt.

»Mit Sam ist alles in Ordnung.« Sie nippte an ihrem Wein. Für einen Augenblick schloss sie die Augen, sammelte sich. Dann richtete sie ihren Blick fest auf den Leuchtturm. »Hör zu, Niclas. Lass es uns kurz machen. Ich danke dir für alles, was du für mich getan hast. Da wir nun beide erreicht haben, was wir wollten, wird es Zeit, dass jeder sein eigenes Leben lebt. Du deins. Und ich meins.«

»Was …?« Der gewandte Redner, der er vor Gericht gewesen war, schien plötzlich um Worte zu ringen. »Machst du gerade mit mir Schluss?«

Marie lachte trocken. »Man kann nichts beenden, das es nie gegeben hat, nicht wahr? Zu einer Beziehung gehört Vertrauen. Und ich habe dir tatsächlich vertraut. Bis ich gehört habe, wie du mit Jake und Andrew darüber gesprochen hast, warum du mich vor Gericht vertreten hast. Es ging dir nur darum, dich an Gillian Mulhare zu rächen.«

»Du hast das gehört?«, fragte er überrascht. »Deshalb bist du also abgehauen. Ich habe gedacht, mit dir sind einfach die Nerven durchgegangen. Aber ich kann dir alles erklären, Marie. Auf den ersten Blick mag es so aussehen, als ob es nur um Mulhare und mich ging. Aber wenn man es genauer betrachtet …«

»Nein, Niclas.« Marie fuhr mit dem Zeigefinger die Sprossen des Fensters nach, das den Leuchtturm wie ein Bild einrahmte. Niclas war in Gerichtssälen zu Hause. Er konnte mit Worten umgehen wie kein anderer. Und sie wollte sich nicht von ihm einwickeln lassen. »Mach es nicht noch schlimmer. Lass uns einfach einen Strich unter die ganze Geschichte ziehen. Ich bin dir dankbar. Wirklich. Und das werde ich immer sein. Aber …«

»Nein, nein, nein«, unterbrach Niclas sie. »Hör zu, ich komme morgen zum Cape. Heute ist es zu spät. Aber morgen früh sehen wir uns in Sunset Cove und können reden. Okay? Versprich mir, dass du da sein wirst! Bitte, versprich es mir!«, sagte er mit eindringlicher Stimme.

Es würde nichts ändern. Niclas würde sie nicht umstimmen können. Sie fühlte sich in die Ecke getrieben und schloss die Augen. Erschöpft lehnte sie ihre Stirn gegen die kühle Fensterscheibe. »Ich werde da sein«, antwortete sie leise und legte auf.

*

Am nächsten Morgen fuhr Marie nach Sunset Cove. Sie betrat das Haus nicht, sondern ging außen herum. Auf der Terrasse setzte sie sich auf einen Deckchair und starrte auf den Atlantik hinaus. Um zwölf war er immer noch nicht aufgetaucht.

Niclas würde nicht kommen.

*

Marie hatte sein Gespräch mit Jake und Andrew gehört. Nicht nur einmal hatten die beiden ihn gedrängt, ihr reinen Wein einzuschenken. Niclas hatte es nicht getan. Aber er würde ihr alles erklären. Morgen. Er saß im Halbdunkel an der Kücheninsel, ein Bier vor sich, das schal schmeckte. Seine Siegesfeier hatte er sich anders vorgestellt. Er hatte seinen Bruder und seinen Freund abgewimmelt und war nach Hause gefahren, weil er sich sicher gewesen war, Marie hier vorzufinden. Er hatte sich bereits überlegt, wie er Holly loswerden würde. Auch wenn sie sich häufig für Marie einsetzte, gehörte dieser Moment nur Marie und ihm. Sie war frei. Sie konnte ein neues Leben beginnen. Und er wollte es gemeinsam mit ihr beginnen.

Natürlich hatte er am Anfang nur ein Ziel vor Augen gehabt. Er konnte sich nicht mehr daran erinnern, wann sich das geändert hatte. Als er mit Marie den Sonnenuntergang vom Leuchtturm aus betrachtet hatte? Als er zum ersten Mal mit ihr geschlafen hatte? Oder vielleicht, nachdem sie ihm ihre Geschichte erzählt hatte? Er wusste es nicht. Und es war auch egal. Es war ihm eine Herzensangelegenheit gewesen, ihre Unschuld nachzuweisen. Wobei er darüber nachgedacht hatte, was nach dem Ende des Prozesses geschehen würde. Nun war das Ende, schneller als gedacht und mit mehr Aufregung als erwartet, gekommen. Aber das Ende des Prozesses musste doch nicht automatisch das Ende von Marie und ihm bedeuten!

Er würde heute Nacht das Schlafdefizit nachholen, das er in den vergangenen Tagen angesammelt hatte. Morgen früh würde er ausgeruht und mit klarem Kopf nach Cape Cod fahren. Er war Anwalt. Sicherlich würde es ihm gelingen, Marie umzustimmen.

*

Als sein Handy klingelte, griff Niclas danach, ohne die Augen zu öffnen. Sein Daumen wischte über das Display, und er rollte sich auf die Seite und hielt es ans Ohr. »Hallo«, murmelte er schlaftrunken.

»Nic, ich bin's.«

Andrew. Niclas merkte, dass es immer noch dunkel war. Er hatte keine Ahnung, wie spät es war. Die Stimme seines Bruders ließ ihn jedoch aufhorchen, und er war schlagartig hellwach. Er fröstelte unwillkürlich. »Was ist passiert?«, fragte er.

»Komm ins Boston General. Dad wurde eingeliefert«, erwiderte Andrew.

»Was ist passiert?«, fragte Niclas noch einmal. Sein Vater war kein Mensch, der sich in ein Krankenhaus einweisen ließ. Wenn er im Boston General war, dann ... Er wollte nicht darüber nachdenken.

»Das erzähle ich dir, wenn du hier bist. Ich schick dir die Daten aufs Handy.«

»Ich bin schon unterwegs.« Er sprang aus dem Bett und riss wahllos Kleidungsstücke aus dem Schrank. Fünf Minuten später saß er in seinem Wagen und preschte durch die menschenleere Nacht. Es war halb fünf morgens. Nur wenige Nachtschwärmer waren unterwegs. Die Ampeln standen auf Grün. Deshalb dauerte es nur eine knappe Viertelstunde, bis die Glastüren des Krankenhauses vor ihm aufglitten und er in das Foyer stürmte. Das unvergleichliche Geruchsgemisch aus Desinfektionsmittel, kaltem Kaffee und Angst empfing ihn, und er hielt einen Augenblick die Luft an. Andrew hatte ihm getextet, dass sie noch in der Notaufnahme waren, also folgte er dem roten Streifen an der Wand, der ihn direkt in den Warteraum führte.

Nur wenige Leute hatten auf den unbequemen Plastikstühlen Platz genommen. Er entdeckte seine Mutter sofort. Georgina saß an der gegenüberliegenden Wand, das Gesicht kalkweiß und ausdruckslos. »Mom?«

Als er auf sie zukam, sah sie auf und blinzelte, als ob sie ihn nicht erkannte. Dann sprang sie auf und warf sich in seine Arme. Ihr schmaler Körper zitterte. Sie bebte, als ob sie weinte, ohne dass auch nur eine Träne über ihre Wangen rann.

»Was ist los?«, fragte er abermals.

»Ich weiß es nicht«, sagte sie mit rauer Stimme. »Man hat ihn in einem Hotel gefunden. Er ist offenbar zusammengebrochen. Drew spricht gerade mit den Ärzten.«

»Gut. Dann warten wir hier.« Niclas führte seine Mutter zu ihrem Platz zurück und setzte sich neben sie. Es dauerte eine ganze Weile, bis die Türen, die den Untersuchungsbereich vom Warteraum trennten, aufgingen und sein Bruder erschien. Er sah so müde aus, wie Niclas sich fühlte. Er ließ sich auf den Stuhl links neben ihrer Mutter fallen und rieb mit den Handballen über seine Augen. »Er ist stabil«, sagte er so leise, dass Niclas sich vorbeugen musste, um ihn zu verstehen.

Niclas atmete vorsichtig aus. Er hatte gar nicht bemerkt, dass er die Luft angehalten hatte. »Das klingt schon mal gut. Hast du eine Ahnung, was passiert ist?«

Andrew warf ihrer Mutter einen Blick zu, die wie eine Statue zwischen ihnen saß. »Willst du es hören, Mom?«, fragte er sanft und legte seine Hand auf ihren Arm.

Langsam wandte Georgina Andrew den Kopf zu. »Ob ich es hören will? Dass seine verdammte Hurerei ihn fast umgebracht hat?« Mit einem Ruck stand sie auf. »Nein, davon will ich nichts wissen.« Sie straffte die Schultern und ging. Wahrscheinlich in die Cafeteria, auf der Suche nach einem Drink, der sie in ihre imaginäre heile Welt katapultierte, den sie dort jedoch nicht finden würde.

Andrew rutschte neben Niclas. »Unsere Befürchtungen haben sich bestätigt. Es ist eine chronische Nierenentzündung.«

»Er war nicht beim Arzt, nehme ich an.« Niclas starrte auf das grau-olivfarbene Farbmuster des Linoleums vor seinen Schuhspitzen. Er hatte versucht, seinen Vater zu einem Gesundheitscheck zu überreden. Aber Marie und der Prozess hatten ihn zu sehr in Beschlag genommen. Er hätte stärker darauf beharren müssen.

»Nein. Genau genommen ist es sogar noch schlimmer. Er hat die Symptome komplett ignoriert und sich für unsterblich gehalten.« Andrew stützte seine Ellenbogen auf die Oberschenkel und ließ den Kopf hängen. Er wirkte resigniert. An seiner Stimme hörte Niclas allerdings auch deutlich, wie sauer er war. »Er glaubte, er muss sich etwas beweisen. Einen Theodor Hunter kann nichts aufhalten«, fuhr er fort. »Du hast alles versucht. Ich bin ihm permanent in den Ohren gelegen. Und sogar sein Hausarzt hat auf meine Bitte hin mit ihm gesprochen. Wenn ich etwas sage, hat das natürlich genauso viel Wert, wie wenn seine Putzfrau die Diagnose gestellt hätte.«

Niclas hatte schon vor vielen Jahren aufgehört, über seine kaputte Familie nachzudenken. Sowohl Andrew als auch er hielten sich so weit wie möglich von dem Hunter'schen Irrsinn fern. Bei Anlässen wie dem Thanksgiving-Empfang oder in solch einer Situation ging das jedoch nicht. »Dass Mom gegangen ist und Dad in einem Hotel gefunden wurde, spricht dafür, dass er sich ziemlich unsterblich gefühlt hat, würde ich sagen.« Die Türen zur Notaufnahme öffneten sich, und eine Ärztin im OP-Kittel blickte sich müde im Warteraum um. Niclas' Herz begann heftig zu schlagen, doch sie sah an ihnen vorbei und ging auf ein älteres Ehepaar zu, das sie mit grauen Gesichtern anstarrte und sich an den Händen hielt. Die Ärztin sprach mit gesenkter Stimme, und die Frau brach in leise Schluchzer aus. Als sein Bruder weitersprach, wandte Niclas sich ihm wieder zu.

»Ja.« Andrew schüttelte den Kopf, als könne er nicht glauben, was die Ärzte ihm gesagt hatten. Es musste eine Frau im Spiel gewesen sein, sonst wäre Georgina jetzt nicht auf der Suche nach etwas Stärkerem als Kaffee, und sein Bruder würde nicht so zwischen Fassungslosigkeit und Wut schwanken.

»Klärst du mich jetzt auf«, sagte Niclas.

Andrew seufzte. »Zu den Symptomen, die er sowieso schon hatte, kam letzte Woche eine Grippe hinzu. Er hat sich wie immer überarbeitet und zu wenig getrunken. Und weil das noch nicht reicht, hatte er geplant, heute Nacht eine kleine Privatparty zu feiern. Er hat Viagra eingenommen, weil er sich mit seinem aktuellen Flittchen, ich glaube, sie heißt Angelique, im Hotel getroffen hat. Das ist das, was wir bisher herausgefunden haben. Jemand hat anonym an der Hotelrezeption angerufen und mitgeteilt, dass er bewusstlos in seiner Suite liegt. Ich vermute, das war sein Date. Sie hat kalte Füße bekommen, als die Kombination aus Nierenentzündung, Grippe und Potenzmittel ihn ausgeknockt hat. Das Personal hat ihn gefunden und den Notarzt gerufen.« Er fuhr sich mit den Händen durch die Haare. »Es stand auf Messers Schneide. Sie haben ihn wirklich erst im allerletzten Moment in die Klinik eingeliefert.«

»Das heißt, er hat eine Nierenentzündung. So wie du es gesagt hast. Aber wie geht es jetzt weiter?«

»Die Entzündung ist längst nicht mehr das Hauptproblem. Inzwischen hat sich daraus eine Niereninsuffizienz entwickelt.«

»Ein akutes Nierenversagen?« So viel Medizinerlatein besaß Niclas gerade noch.

»Ja. Zusätzlich leidet er an Urämie«, ergänzte Drew.

»Übersetz das für Medizindummies.«

»Eine Harnvergiftung.«

Niclas verzog das Gesicht. »Ist das so übel, wie ich es mir vorstelle?«

Sein Bruder warf ihm einen vielsagenden Blick zu.

»Scheiße«, murmelte Niclas. »Und was jetzt?«

»Wir hoffen, dass er die Nacht übersteht. Er wurde auf die Intensivstation verlegt, und wir müssen abwarten. Wie auch immer, seine Nieren sind beschädigt. Wir wissen nur noch nicht, wie stark. Schlimmstenfalls …« Er sprach nicht weiter.

»Schlimmstenfalls was?«

»Dialyse oder sogar eine Nierentransplantation«, sagte Andrew. »Hoffen wir das Beste.«

*

Es war ein Wink des Schicksals. Eine andere Erklärung fiel Murray Bralvers nicht ein. Er war auf Cape Cod geblieben, während Hunter in Boston Schlagzeilen gemacht hatte. In den Nachrichten hatte er verfolgt, wie er Mulhare fertiggemacht hatte. Was ihm tatsächlich Respekt abverlangte. Er kam nicht umhin, zuzugeben, dass er diesen Moment gern live im Gerichtssaal erlebt hätte.

Er hatte sich so darauf gefreut, ein wenig mit dem Leben der hübschen Rachel zu spielen. Murray war sich sicher, er würde Hunter damit treffen, wenn er sich jemanden aus seinem persönlichen Umfeld schnappte. Inzwischen kannte er all ihre Gewohnheiten, ihre Freundinnen. Ihre Vorliebe für Countrysongs genau wie ihr Lieblingsessen: Pommes Frites mit Käsesoße. Und er wusste, dass sie in den Bruder der Barbesitzerin verknallt war.

Doch dann war etwas geschehen, das all seine Pläne über den Haufen warf. Er hatte gerade das Haus verlassen, in dem er sich für einen Monat eingemietet hatte, als ihm Marie McMillan über den Weg lief, die im Begriff war, seine neue Nachbarin zu werden. Hunter war bisher nicht nach Cape Cod zurückgekehrt. Das hatte Murray überprüft. Aber die Kameras, die im Gerichtssaal auf den Anwalt gerichtet gewesen waren, hatten den Kuss eingefangen, den er seiner Mandantin – und Freundin – gegeben hatte, nachdem er Mulhare zu Fall gebracht hatte.

Nun wohnte besagte Freundin in der Wohnung schräg über seiner. Gerade eben kam sie ihm entgegen und hielt ihm mit einem ahnungslosen Lächeln die Tür auf. Der Hund schnüffelte an seiner Hand und rannte dann an ihm vorbei die Treppen hinauf. Das Vieh war harmlos wie ein Baby. Er unterhielt sich kurz mit Marie, bot ihr seine Hilfe an, was sie höflich ablehnte. Dann tippte er an den Schirm seiner Baseballkappe und ging nach draußen. Während sie unterwegs gewesen war – offenbar, um einzukaufen –, hatte er einen Blick auf ihre Türschlösser geworfen. Schlechter als mit diesen billigen Dingern konnte man sein Leben nicht schützen. Zugegeben, die Haustür war nicht von schlechten Eltern. Aber was nützte das, wenn die größte Gefahr ein Stockwerk tiefer wohnte? Diese Schlösser luden geradezu ein, Marie einen Überraschungsbesuch abzustatten.

28

Marie bemühte sich, so wenig wie möglich an Niclas zu denken. Sie hatte das hübsche Apartment, das Holly für sie organisiert hatte, am Tag nach dem Prozess bezogen und inzwischen einige ruhige, erholsame Tage hier verbracht. Es lag in einem kleinen Gebäudekomplex, in dem sich hauptsächlich Ferienwohnungen befanden. Von ihren Fenstern konnte sie den Sunset-Cove-Leuchtturm nicht sehen – und wurde damit auch nicht ständig an die gemeinsame Zeit mit Niclas erinnert. Wofür sie sehr dankbar war. Sie hatte sich mit Billie und ihrem ehemaligen Boss geeinigt. Über die Entschädigung, die sie für die vier Jahre, die sie unschuldig im Gefängnis gesessen hatte, erhalten würde, musste noch verhandelt werden. Aber man hatte ihr bereits signalisiert, dass sie hoch genug ausfallen würde, dass sie als Partnerin bei *Green Dreams* einsteigen konnte. Ihr Boss war bereit, mit der Übernahme zu warten, bis sie das Geld hatte. Sie würde in absehbarer Zeit Teilhaberin einer eigenen Firma sein und weiterhin einer Arbeit nachgehen, die sie sehr gerne machte. Wer hätte das vor einem halben Jahr gedacht?

Sie hielt nichts davon, sich selbst zu belügen. Natürlich verdankte sie all das Niclas. Und doch fühlte es sich richtig an, dass sie getrennte Wege gingen. Dass sie ihm nicht ihr

Vertrauen schenken sollte, hatte sich einmal mehr bestätigt, als er nicht wie versprochen zum Strandhaus gekommen war. Seitdem ignorierte sie seine Anrufe. Sie hatte Sam. Und sie hatte Holly. Sie brauchte Niclas nicht. Im Moment genoss sie einfach ihre neue Freiheit in vollen Zügen. Sie würde sich ein tolles Essen kochen und eine Flasche Wein aufmachen, ohne allzu sehr auf ihren Geldbeutel zu achten, und anschließend mit Sam auf der Couch kuscheln. Manchmal ertappte sie sich dabei, wie ihre Gedanken zu Niclas schweiften, und plötzlich verspürte sie ein unbeschreibliches Gefühl der Einsamkeit, das sie sofort wieder verdrängte.

Beschwingt steckte sie den Schlüssel ins Schloss und drückte mit der Schulter die Haustür auf. Dann trat sie mit einem Lächeln im Gesicht zur Seite, um den Mann durchzulassen, der die Treppe herunterkam. Sie kannte ihn flüchtig. Er wohnte im Haus und aß hin und wieder im Fairway.

»Kann ich Ihnen helfen?«, fragte er mit einem Blick auf ihre schweren Einkaufstüten.

»Vielen Dank. Es geht schon.«

Er tippte mit dem Zeigefinger an den Schirm seiner Baseballkappe. »Einen schönen Abend, Ma'am.«

»Ihnen auch.« Sie wartete, bis er an ihr vorbeigegangen war, und ließ die Tür dann hinter sich zufallen. Sam galoppierte vor ihr die Treppen hinauf, als könne er es kaum erwarten, nach Hause zu kommen. Sie gingen hinein, und sie stellte die Tüten auf den kleinen Tresen, der die Küchenzeile vom Wohnzimmer trennte. Die Wände waren in einem freundlichen Lindgrün gestrichen und mit hübsch gerahmten Schwarzweißfotografien mit Motiven von der Halbinsel dekoriert. Die graue Couch, die gleichzeitig als Schlafsofa diente, war bequem, und das große, bodentiefe Fenster bot ihr einen Blick über den Strand und den kleinen Hafen von Harbour Beach. Links konnte sie sogar das Backsteingebäude der Brauerei erkennen, die Jake kaufen wollte. Ob er wohl noch immer Interesse daran hatte?

Marie blieb am Fenster stehen, bis die Sonne hinter dem Horizont verschwand. Dann drapierte sie die leuchtend pinkfarbenen Rosen, die sie gekauft hatte, in Ermangelung einer Vase in ein großes Wasserglas und platzierte sie auf dem kleinen Couchtisch. Anschließend schaltete sie den Fernseher ein. Sam lag bereits auf dem Sofa und wartete auf seine Sendung. Aus irgendeinem Grund war er total verrückt nach *The Voice,* und Marie mochte es, dass die Stimmen und die Musik die Stille in Schach hielten. Sie ließ Sam fernsehen, während sie Wasser für die Spaghetti aufsetzte. Für einen Moment hielt sie inne und warf noch einen Blick aus dem Fenster. Immer noch setzte ihr Herz einen Schlag aus, wenn sie daran dachte, dass sie ab jetzt ein völlig normales, unabhängiges Dasein führen konnte. Dass sie ihr Leben zurückhatte.

*

Der erste Tag und die folgende Nacht nach der Einlieferung von Niclas' Vater in die Notaufnahme bestanden aus Hoffen und Bangen. Erst am folgenden Morgen hatte sich Theodors Zustand so weit stabilisiert, dass sie aufatmen konnten. Eine Dialyse spülte die Gifte aus seinem Körper, die sich in den vergangenen Wochen angesammelt hatten. Er wurde auf die Privatstation verlegt und begann bereits wieder, in seine alten Verhaltensmuster zurückzufallen. Demut oder Dankbarkeit, überhaupt noch am Leben zu sein? Fehlanzeige bei jemandem wie Theodor Hunter. Stattdessen ließ er Niclas und Andrew permanent spüren, dass er sich zu Tode schuften musste, weil seine Söhne versagten, wenn es um die Übernahme der Bank und seine Nachfolge ging.

Sie verdrehten die Augen, schwiegen aber. Andrew stand im ständigen Kontakt mit den behandelnden Ärzten, und Niclas pendelte zwischen dem Hunter Bank Building und dem Krankenhaus hin und her, führte Telefonate, brachte seinem Vater Akten, an denen er dringend arbeiten musste, und unterstützte Theodors Assistentin, so gut er konnte.

Als Niclas die Tür zum Zimmer seines Vaters leise hinter sich zuzog, obwohl er sie am liebsten ins Schloss geknallt hätte, summte sein Handy, weil er eine Nachricht bekommen hatte. Er drehte sich weg, damit er keinen Ärger mit den vorbeieilenden Schwestern bekam, und las den Text. Der Privatdetektiv, den er auf Murray Bralvers angesetzt hatte, hatte noch immer keine Spur von dem Mistkerl gefunden. Niclas hatte Maries Prozess gewonnen. Er hatte seinen Namen reingewaschen, und Gillian würde sich für all das verantworten müssen. Aber das änderte nichts daran, dass Bralvers noch immer wie vom Erdboden verschluckt war. Das flößte Niclas ein unbehagliches Gefühl ein. Offenbar hatte es kein weiteres Opfer gegeben. Bestimmt war der Mörder so narzisstisch, dass er mit seiner Tat prahlen würde. Aber Niclas spürte, dass es nicht mehr lange dauern würde, bis er das nächste Mal zuschlug, wenn der Mann, dem er dafür verdammt viel Geld zahlte, ihn nicht bald ausfindig machte.

Sein Bruder kam den Krankenhausflur herunter, und Niclas schob das Handy zurück in die Hosentasche. Mit hochgezogenen Brauen blickte Andrew zum Zimmer des alten Herrn.

»Frag nicht«, murmelte Niclas.

»So schlimm?« Andrew setzte sich auf einen der Plastikstühle an der Wand.

»Unerträglich miese Laune. Ich hoffe, dass dieses Drama bald ein Ende hat.«

*

Murray aß im Fairway und sah Rachel fast ein bisschen wehmütig bei der Arbeit zu. Vielleicht konnte er ja noch ein wenig Zeit für sie erübrigen, sobald er mit Marie fertig war. Nach dem Essen gönnte er sich einen langen Strandspaziergang. Während er durch die Dunkelheit schlenderte, malte er sich aus, wie er die gemeinsamen Stunden mit Marie McMillan verbringen würde. Sie war nicht sein bevorzugter Typ Frau. Dazu war sie nicht mehr jung und unschuldig genug. Aber er würde Hunter damit eins auswischen. Murray würde ihre Schreie aufnehmen und sie dem Anwalt schicken. Bei dem Gedanken begann seine Haut zu prickeln. Seine Fingerspitzen kribbelten, und seine Hose begann, eng zu werden.

Er kehrte zu dem Apartmenthaus zurück und ließ seinen Blick an der Fassade nach oben gleiten. Es war bereits weit nach Mitternacht. In Maries Fenstern brannte kein Licht mehr. Der Zeitpunkt war einfach perfekt. Seine Hand schloss sich in der Hosentasche um das Chloroform-Fläschchen und das Taschentuch, das er für alle Fälle immer bei sich trug.

Um diese Zeit des Jahres standen die meisten Ferienwohnungen im Haus leer. Murray begegnete niemandem, als er sich in Marie McMillans Stockwerk schlich. Alles war ruhig. Er hörte nicht einmal seine eigenen Schritte. Als er vor ihrer Tür stand, schoben sich die Wolken auseinander, und fahles Mondlicht fiel in den Flur. Genug Helligkeit, um das Schloss zu knacken. Mit angehaltenem Atem wartete er auf das leise Klicken, als es aufsprang. Voller Vorfreude drehte er den Knauf und betrat die Wohnung. Sie sah genauso aus wie seine. Er machte einen Schritt in das Zimmer hinein und hielt inne, als er auf einmal ein Geräusch vernahm. Ein leises Knurren kam vom Schlafsofa. Als er näher heranging, steigerte es sich zu einem tiefen Grollen. Im Halbdunkeln konnte Murray erkennen, dass der Hund sich aufrichtete. Die Frau murmelte etwas, das er nicht verstand. Er wagte noch einen Schritt – und das Grollen wurde noch lauter. Hunde mied Murray wie die Pest. Er hatte nicht gedacht, dass dieser sonst so harmlose Köter sich plötzlich zum Beschützer aufschwingen würde. Aber er war natürlich weder besonders scharf darauf, sich beißen zu lassen, noch wollte er, dass McMillan aufwachte und gewarnt wurde. Auf leisen Sohlen trat er den Rückzug an und zog die Tür hinter sich ins Schloss. Schweißperlen standen auf seiner Stirn. Diese Situation war verdammt erregend gewesen. Er würde sich weiter gedulden und auf den perfekten Moment warten. Kein Problem für ihn. Das beflügelte seine Vorfreude nur noch.

*

Am nächsten Nachmittag machte sich Marie auf den Weg ins Fairway, um Jackson Nachhilfe zu geben. Sie öffnete die Beifahrertür ihres Pick-ups, und Sam sprang ins Auto.

Als sie die Tür hinter ihrem Hund zuschlug, entdeckte sie ihren Nachbarn, der mühsam etwas Schweres aus seinem Kofferraum wuchtete. »Kann ich Ihnen helfen?«, rief sie über den kleinen Parkplatz, der bis auf ihre beiden Autos leer war.

Er winkte ab und geriet dabei dermaßen aus dem Gleichgewicht, dass er beinahe stürzte. Er fing sich gerade noch und seufzte etwas gequält. »Danke, aber ich kann unmöglich eine Frau um Hilfe bitten.«

»Ach was«, erwiderte Marie und ging zu ihm. Wenn er wüsste, was sie den ganzen Tag an schwerem Gerät durch die Gegend schleifte, wäre er nicht so zaghaft und würde ihr Angebot annehmen. »Kommen Sie, ich helfe Ihnen«, sagte sie und stellte sich neben ihn.

Er hatte die eine Seite eines großen Sacks Blumenerde angehoben. »Sie wollen etwas pflanzen?«, fragte sie. Sie musste sich in den Kofferraum beugen, um das andere Ende zu erwischen.

»Der Vermieter hat mich gebeten, mich ein wenig um die Rabatte vor dem Haus zu kümmern, bevor der Winter kommt.«

Marie betrachtete den schmalen, bepflanzten Streifen vor dem Haus. »Eine gute Idee«, sagte sie. Als sie wieder nach dem Sack griff, nahm sie Sam aus dem Augenwinkel wahr. Die Lefzen hochgezogen, die Zähne entblößt, warf er sich knurrend gegen die Beifahrertür ihres Pick-ups. So aggressiv hatte sie ihren Hund noch nie erlebt. Augenblicklich hielt sie inne. Etwas stimmte nicht. Sie ließ den Sack los und wollte zurückweichen, aber es war bereits zu spät. Der Mann hatte einen behänden Satz hinter sie gemacht, umklammerte mit einer Hand ihren Nacken und presste ihr mit der anderen ein Tuch über Nase und Mund. Marie versuchte, den süßlichen Geruch nicht einzuatmen, und schnellte nach oben. Ihr Kopf knallte gegen den Kofferraumdeckel. Sternchen tanzten vor ihren Augen. Trotzdem stieß sie ihm reflexartig den Ellenbogen in die Rippen. Dann rammte sie ihm die Hacke ihres Arbeitsstiefels in sein Schienbein, woraufhin er einen Laut, irgendwo zwischen Wut und Schmerz, von sich gab. Doch er ließ nicht locker. Sam tobte im Wagen. Er hatte recht. Sie musste kämpfen. Noch einmal holte sie mit ihrem Arm nach hinten aus. Unkoordiniert und kraftlos. Bevor sie verstand, was gerade geschah, stürzte sie kopfüber in ein schwarzes Loch, aus dem es kein Entkommen gab.

*

Nach vier Tagen in der Klinik war klar, dass Theodor Hunter in Zukunft ein fast normales Leben würde führen können. Seine Nieren würden sich erholen. Eine Zeit lang würde er eine Dialyse brauchen. Wenn er sich an die Vorgaben der Ärzte hielt und einen gesünderen Lebenswandel pflegte, konnte er noch immer so alt werden wie Methusalem.

Niclas hatte ein paar Mal versucht, Marie zu erreichen. Sie hatte seine Anrufe nicht angenommen. Zuerst war er zu sehr mit den Problemen seiner Familie beschäftigt gewesen. Inzwischen wurde ihm bewusst, dass sie seit dem Telefonat, als sie ihn in die Wüste geschickt hatte, nicht mehr miteinander gesprochen hatten. Dass sie ihn ignorierte, machte ihn von Tag zu Tag unruhiger. Als er am fünften Tag gemeinsam mit Andrew das Krankenhaus verließ, klingelte sein Handy.

Er holte es aus der Tasche und erkannte Maries Namen auf dem Display. »Endlich«, murmelte er und nahm den Anruf an.

»Hallo«, sagte eine Stimme, die er nur zu gut kannte, die er im Gerichtssaal viel zu oft gehört hatte – und eine Schockwelle jagte durch seinen Körper. »Sie haben sich bestimmt gefragt, wie lange es dauern wird, bis ich wieder von mir hören lasse. Und wen ich mir beim nächsten Mal aussuche. Raten Sie mal.« Es klickte in der Leitung. Der Anrufer hatte aufgelegt.

Marie. Er hatte Marie. Sie passte nicht in das Beuteschema dieses Psychopathen, war das Erste, was Niclas durch den Kopf schoss. Aber was wusste er schon über Psychopathen? Er hatte Marie auf dem Cape in Sicherheit gewähnt. In Boston wussten so wenige Menschen von Sunset Cove. Wie hatte es Bralvers also geschafft …? Egal! Auch wenn er wusste, dass ihn am anderen Ende der Leitung niemand hörte, brüllte er in sein Handy. »Hallo? Hallo! Rede mit mir, du verdammtes Schwein!«

»Niclas? Nic!« Andrew schüttelte ihn heftig. »Was ist los?«

»Bralvers.« Er starrte blind auf sein Handy und schluckte, weil ihm auf einmal übel war und er befürchtete, sich gleich übergeben zu müssen. Wenn er den Satz aussprach, der durch seine Gedanken raste, wurde er Realität. Und doch öffnete er seinen Mund und sagte es. »Er hat Marie!«

»Hey, Leute!«, rief plötzlich jemand.

Niclas zuckte zusammen und fuhr herum, die Hände zu Fäusten geballt.

»Ho.« Jake hob abwehrend die Arme. »Alles klar? Drew hat angerufen und erzählt, dass es Theodor besser geht, also dachte ich, ich treffe euch hier und wir gehen ein Bier trinken. Ihr habt es sicher mehr als nötig.«

»Ich …« Niclas' Kopf war für einen Augenblick wie leergefegt. Bralvers hatte ihn von Maries Telefon angerufen. Er hatte gelacht. Auf einmal fröstelte er, und Speichel sammelte sich in seinem Mund. Das Bedürfnis zu kotzen wurde übermächtig. Er sah Bralvers' erstes Opfer vor sich, wusste bis ins kleinste Detail, was er seinem letzten Opfer angetan hatte. O Gott!

»Was ist los?« Jake sah ihn verwirrt an, und auch Andrew schien noch gar nicht richtig begriffen zu haben, was gerade geschehen war.

»Er hat Marie. Bralvers hat Marie entführt«, schrie Niclas. Er musste etwas unternehmen. Irgendetwas. Sein Handy begann erneut in seiner Hand zu vibrieren. Er blickte auf das Display und wischte über den grünen Punkt. »Holly!« Holly war in Eastham. Dort, wo eigentlich auch Marie sein sollte. Sie musste wissen, was passiert war.

»Nic? Gott sei Dank erreiche ich dich!« Sie klang atemlos und ängstlich. »Ich bin vor Maries Haus. Ich … Sie wollte Jackson Nachhilfe geben – und jetzt …«, stammelte sie. Etwas gefasster fuhr sie fort: »Sam saß im Auto. Er hat getobt. Und ihr Rucksack lag vor dem Beifahrersitz. Es ist – als ob sie losfahren wollte und sich dann einfach in Luft aufgelöst hat.« Beim letzten Teil des Satzes sprach sie so leise, dass Niclas sie kaum noch verstehen konnte. Er stützte die Hand auf sein Knie und beugte sich nach vorn, weil ihm so übel war. Marie hatte sich nicht in Luft aufgelöst. Sie war entführt worden. Gekidnappt vom Albtraum einer jeden Frau. Gekidnappt von einem Monster.

»Hallo? Holly?« Jake riss ihm das Handy aus der Hand. »Was ist los?« Er hörte einen Moment zu. Niclas konnte keinen klaren Gedanken mehr fassen. Wieder schossen ihm die Bilder der misshandelten Frau durch seinen Kopf, bevor Bralvers sie …. Sein Verstand weigerte sich, sich das überhaupt nur vorzustellen. Aber dieser Gedanke brachte ihn dazu, dass er ein wenig seine Fassung zurückgewann. Er stand vor dem Klinikum, in dem sein Vater seit vier Tagen lag. Anstatt auf den nassen Asphalt zu starren, sollte er sich endlich zusammenreißen und etwas unternehmen. Mit einem Ruck richtete er sich auf und sprang einen Schritt zur Seite, als Andrews Wagen schlitternd neben ihm zum Stehen kam. Er hatte gar nicht mitbekommen, dass sein Bruder das Auto geholt hatte. Eilig setzte Niclas sich auf den Beifahrersitz, während Jake, immer noch Niclas' Handy am Ohr, hinten einstieg. Er musste Marie finden. Noch bevor er die Wagentür zugezogen hatte, schoss Andrew vom Parkplatz.

Niclas hörte, wie Jake zu Holly sagte, dass sie den Sheriff anrufen und sich um Sam kümmern solle. Mit angespannter Miene raste sein Bruder in einem mörderischen Tempo durch Boston. »Verschwinde, Arschloch!« brüllte er, als ein Honda vor ihm auszuscheren wagte. Er schlug auf das Lenkrad und hupte das kleine Auto einfach weg. Als sie an der Fahrerin vorbeischossen, bemerkte er ihr vor Entsetzen verzerrtes Gesicht. Das sich jedoch nicht einmal ansatzweise mit der Angst vergleichen ließ, die ihn quälte.

29

Marie nahm den Gestank von verrottetem Holz und altem Fisch, feuchtem Schimmel und Bootslack wahr und erwachte schlagartig aus dem dämmrigen Zustand, in dem sie sich gerade eben noch befunden hatte. Sie versuchte, sich daran zu erinnern, was vorgefallen war. Wo sie war. Dunkelheit umgab sie. Nur eine funzelige Glühbirne erhellte den Raum und schaffte es nicht, die Schatten zu verdrängen. Wellen schwappten irgendwo in ihrer Nähe gegen eine Mauer. Sie musste sich irgendwo am Wasser befinden. Wahrscheinlich in einer alten Bootswerkstatt, deren Betrieb man schon lange eingestellt hatte. Jedenfalls hatte sich niemand mehr die Mühe gemacht, zu heizen, um die nasse Kälte zu vertreiben.

Sie lag mit dem Rücken auf einer unbequemen, alten Matratze. Ihre Hände waren über ihrem Kopf an die Wand gefesselt. Und plötzlich fiel ihr alles wieder ein. Sie hatte ihrem Nachbarn geholfen. Sam hatte versucht, sie zu warnen. Sie zerrte an dem Strick, der in ihre Handgelenke schnitt. Ihr Brustkorb hob und senkte sich in beängstigender Schnelligkeit. Ihr Herz raste, und sie atmete hektisch und flach. Panik. Blanke Todesangst saß wie ein zentnerschweres Gewicht auf ihrem Brustkorb. Marie war kurz davor, ihr Bewusstsein abermals zu verlieren. Aber diesmal hatte sie es selbst in der

Hand. Sie konnte sich von diesen Attacken befreien, konnte es schaffen, sich zu beruhigen. Sie atmete tief ein, zählte bis drei und presste die Luft wieder aus ihren Lungen. Sie wiederholte die Prozedur so lange, bis sie nicht mehr Gefahr lief, zu hyperventilieren. Ihr Herz hämmerte noch immer, aber ihr Gehirn arbeitete wieder. Nur eine Frage beherrschte ihr Denken. Sie war entführt worden. Aber warum?

Wahrscheinlich würde sie gleich eine Antwort erhalten, denn sie hörte Schritte. Schwere Stiefel, die auf sie zuhielten. Der Strahl einer Taschenlampe tanzte durch den Raum und stand erst still, als er sich auf ihr Gesicht richtete. Sie blinzelte und drehte den Kopf zur Seite.

»Herzlich willkommen zu unserer kleinen Party, meine Schöne«, sagte eine Stimme. Die Taschenlampe wurde ausgeschaltet, und Marie erkannte ihn. Es war der Mann, der in ihrem Haus wohnte. Dem sie die Tür aufgehalten hatte. Mit dem sie über das Wetter geplaudert hatte, wenn sie sich über den Weg gelaufen waren. Allerdings hatte er sich rasiert. Der fehlende Hipsterbart veränderte seine Gesichtszüge vollkommen und machte aus ihm einen anderen Mann. Einen, den sie ebenfalls kannte. Mit einem Mal erfasste sie blankes Entsetzen, und sie hatte das Gefühl, als würde ihr Herz im nächsten Moment aus dem Brustkorb springen. Vor ihr stand Murray Bralvers. Er war frei, obwohl er ein Mädchen auf grausame Weise umgebracht hatte. Und er war hier – um ihr das Gleiche anzutun.

Er setzte sich neben sie auf die Matratze, und eine modrige Wolke stieg auf und nahm ihr den Atem. Ehe sie von ihm wegrutschen konnte, legte er die Hand auf ihren Mund. Mit der anderen zog er ihr Handy aus seiner Hosentasche und wählte. Er wartete einen Moment, bis auf der anderen Seite abgehoben wurde. Dann verzog sich sein Gesicht zu einem Lächeln, und er sagte: »Sie haben sich bestimmt gefragt, wie lange es dauern wird, bis ich wieder von mir hören lasse. Und wen ich mir beim nächsten Mal aussuche. Raten Sie mal.«

Niclas. Das konnte nur Niclas sein, mit dem er sprach. Marie wollte sich bemerkbar machen, doch mehr als ein dumpfes Stöhnen brachte sie nicht heraus, weil die große Hand ihr Gesicht bedeckte. Sie wand sich, versuchte, Bralvers zu treten, doch er wich ihr geschickt aus und beendete das Gespräch. Er nahm die Hand von ihrem Mund und erhob sich.

»Damit werden Sie nicht durchkommen«, fauchte Marie und zerrte wieder an ihren Fesseln. Sie wusste nicht, ob der Strick gerade tatsächlich ein wenig nachgegeben hatte oder ob sie sich das nur einbildete.

Bralvers lachte. »Wer sagt das? Es wäre nicht das erste Mal. Wenn man weiß, worauf man achten muss, ist es ein Kinderspiel.« Er öffnete eine Reisetasche, die er ein paar Meter von ihr entfernt abgestellt hatte. Marie war sie bis jetzt noch gar nicht aufgefallen. Er zog ein Messer hervor. Die Klinge blitzte in dem trüben Licht kurz auf. »Aber bevor es so weit ist, wird noch ein wenig Zeit vergehen, die wir sicher auf sehr unterhaltsame Weise miteinander verbringen werden. Nebenbei warten wir auf deinen Ritter, der bestimmt gerade auf sein weißes Ross springt, um dich zu retten.«

»Tja, da täuschen Sie sich.« Marie begriff, dass Bralvers hoffte, Niclas hierher zu locken. Er glaubte, Niclas wäre verliebt in sie. »So viel bedeute ich ihm gar nicht. Er war mein

Anwalt. Also erwarten Sie keinen Prinzen in schimmernder Rüstung.« Sie schmeckte die Bitterkeit, die die Worte auf ihrer Zunge hinterließen, und schluckte. Ihr blieb vielleicht nicht mehr viel Zeit. Was hatte sie also davon, wenn sie noch länger einen Groll gegen Niclas hegte? Er hatte ihr nie etwas versprochen. Er hatte sie benutzt, das stimmte. Aber im Gegenzug hatte er ihr ein paar der schönsten Stunden ihres Lebens beschert. Und daran wollte sie sich festhalten, während Bralvers sie quälte.

Ihr Entführer legte den Kopf in den Nacken und lachte. »Was für ein süßer Versuch. Er wird kommen, Miss McMillan. Ich habe euch in Sunset Cove zusammen gesehen. Ich habe beobachtet, wie er dich angesehen hat, wie er dich im Gericht geküsst hat. Glaub mir. Er ist bereits unterwegs.«

*

Andrew schaffte es in Rekordzeit über die Sagamore Bridge. Holly meldete sich regelmäßig und hielt sie auf dem Laufenden. Die Polizei suchte überall auf der Halbinsel nach Marie. Was sonst klein, gemütlich und nachbarschaftlich wirkte, war auf einmal zu einem riesigen, unübersichtlichen Gebiet mutiert. Und womöglich war Bralvers mit Marie sogar auf das offene Meer hinausgefahren. Niclas wusste alles über diesen Menschen, wusste, wie pervers er veranlagt war. Wusste, was er mit seinen Opfern anstellte. Aber er hatte keinen Schimmer, ob der Mistkerl segeln konnte.

»In Sunset Cove und im Leuchtturm war Marie nicht«, sagte Jake auf der Rückbank, nachdem er erneut mit Holly telefoniert hatte.

»Nein, natürlich nicht.« Niclas stützte sich am Armaturenbrett ab, während sein Bruder eine weitere Kurve in todesmutigem Tempo nahm. »Er will sich nicht von den Cops erwischen lassen. Er will, dass ich ihn finde, es darf jedoch kein Kinderspiel sein. Aber wenn er Marie bis dahin ...« Er ließ den Rest des Satzes offen.

»Bralvers ist ein Narzisst«, meinte Andrew. »Er will dir zeigen, dass er am längeren Hebel sitzt. Du hast ihm ans Bein gepisst. Deswegen will er sich rächen. Aber vor allem will er prahlen mit dem, was er tut. Er wird Marie nicht wehtun, bis du ihn gefunden hast.«

Das hoffte Niclas auch. Aber er war sich nicht sicher, ob sein Bruder recht hatte. Es stimmte, Bralvers war ein Narzisst und ganz nebenbei ein sadistisches, perverses Arschloch. Je mehr er darüber nachgrübelte, wo Bralvers Marie versteckt haben könnte, desto weniger konnte er noch einen klaren Gedanken fassen. Immer wieder schob sich Maries Bild vor sein inneres Auge. Die rote Kapuzenjacke, die offenen Haare, mit denen der Wind, der vom Ozean herüberwehte, so gern spielte. Ihre ernsten Augen und ihr ansteckendes Lachen. Im ersten Moment waren seine Motive nicht ganz aufrichtig gewesen. Aber das hatte sich schnell – und ohne, dass er es gemerkt hatte – geändert. Das, was zwischen Marie und ihm geschehen war, war außergewöhnlich. Sie schleppten beide Ballast mit sich herum. Ein Päckchen, das sich plötzlich ganz leicht und unbedeutend anfühlte, wenn Marie in seiner Nähe war. Und deshalb lohnte es sich, darum zu kämpfen – notfalls auf Leben und Tod.

Niclas liebte Marie – von ganzem Herzen. Das hatte er ihr nie gesagt. Und bisher noch nicht einmal selbst begriffen. Aber in den letzten Stunden war ihm das klar geworden. Ohne sie konnte er nicht leben. Dieser Gedanke nahm Niclas die Luft zum Atmen. »Er darf ihr, verdammt noch mal, nichts antun«, sagte er mit brüchiger Stimme. »Wenn er ihr auch nur ein Haar krümmt ...«

»Das wird er nicht.« Jake legte ihm die Hand auf die Schulter.

Andrew sah zu ihm herüber. Eine unerschütterliche Zuversicht im Blick. »Wir werden dem verdammten Bastard ein für alle Mal das Handwerk legen«, versprach er.

*

Bralvers lief in dem dunklen Raum, in dem er Marie gefangen hielt, ungeduldig auf und ab. Sie beobachtete jede seiner Bewegungen. Sie kannte Menschen wie ihn. Narzissten. Denen ihre sadistische Seite nicht genügte. Die nicht einfach nur töteten. Sie prahlten damit. Bralvers wollte Marie nicht nur missbrauchen und umbringen. Er wollte Niclas damit peinigen. Deswegen hatte sie vermutlich eine Schonfrist. Etwas Zeit, bis Niclas auftauchte. Denn er würde bestimmt kommen, ungeachtet seines Rachefeldzuges gegen Mulhare. Schließlich hatte er auch mit Bralvers eine offene Rechnung. Und Marie konnte ihm vielleicht nicht ihr Vertrauen schenken, aber er ließ keine Frau im Stich, die sich in den Händen eines irren Mörders befand. So war Niclas Hunter nicht gestrickt. Doch was würde dann geschehen, wenn Niclas durch die alte Holztür trat? Würde Bralvers Niclas überwältigen, zwingen, bei ihrer Ermordung zuzusehen und ihn dann ebenfalls töten? Bralvers war einmal damit davongekommen. Er war größenwahnsinnig und glaubte, dass es auch beim nächsten Mal klappte – immer wieder.

Aber Marie würde keinesfalls kampflos aufgeben. Sie legte sich vorsichtig anders hin, um ihre Arme ein wenig zu entlasten. Vielleicht war ihr Leben heute zu Ende. Doch in den letzten Wochen hatte sie eine innere Verwandlung vollzogen, ihre Mauern waren eingerissen worden, und sie hatte zu sich selbst zurückgefunden. Deshalb würde sie sich nicht einfach in ihr Schicksal ergeben. Solange sie atmete, würde sie sich mit aller Kraft wehren. Bralvers durfte sie nicht unterschätzen. Er hatte vielleicht ein paar Wochen in Untersuchungshaft gesessen. Doch das war nichts im Vergleich zu vier Jahren Frauenknast. Sie hatte ein paar wirklich schmutzige Tricks auf Lager. Und sie würde nicht eine Sekunde zögern, sie anzuwenden.

Sie wusste nicht, wie lange ihr Entführer auf und ab gelaufen war, als er einen Blick auf die Uhr warf und sich zu ihr umdrehte. »Lange müssen wir sicher nicht mehr warten, bis Mr. Hunter uns Gesellschaft leistet. Wir sollten anfangen.« Er griff nach dem Messer, das er neben ihrem Bett so auf den Boden gelegt hatte, dass sie es die ganze Zeit sehen konnte. Ein Versprechen auf das, was kommen würde. Er setzte sich abermals neben Marie auf die Matratze – mittlerweile hatte sie gemerkt, dass sie auf einer rostigen Liege lag – und strich über ihr Gesicht. »Kennst du die kleine Rachel aus dem Fairway? Ich habe sie die ganze Zeit beobachtet.«

Marie schauderte bei dem Gedanken, dass er diesem wunderbaren, unschuldigen Mädchen etwas antun könnte.

»Sie ist hübsch, nicht wahr? Ich mag lange, blonde Haare. Besonders wenn sie nach einem fruchtigen Shampoo duf-

415

ten.« Er wickelte sich eine von Maries Haarsträhnen um den Finger. »Deine Haare sind nicht besonders ansprechend, muss ich sagen. Dumpf. Eine Kurspülung würde ihnen ein wenig mehr Glanz verleihen. Und ein paar Highlights würden auch nicht schaden.«

»Was sind Sie? Friseur?«, konnte sich Marie nicht verkneifen.

Er zog an der Strähne, bis Maries Kopfhaut zu brennen begann, dann spürte sie einen Lufthauch, und der Druck ließ nach. Bralvers betrachtete die Strähne, die sich noch immer um seinen Zeigefinger ringelte. Sein Messer war so scharf, dass sie es kaum gespürt hatte. »Nein, ich bin kein Friseur«, flüsterte er an ihrem Ohr. »Ich mag eben gepflegte Frauen. Ich mag schöne Haare, genauso wie wohlgeformte Brüste.« Er richtete sich auf und ließ das Messer unter die Knopfleiste ihrer Bluse gleiten. Mit einem leisen Plopp sprang der erste Knopf ab. Der zweite folgte. Der dritte.

Marie schluckte, als er mit der Messerspitze ihre Bluse auseinanderschob. Das Messer glitt zwischen ihren Brüsten unter den Stoff ihres BHs und durchtrennte ihn. An der Stelle, an der sich die Spitze des Messers in ihre Haut gebohrt hatte, quoll Blut. Bralvers legte das Messer neben ihrem Oberschenkel ab und betrachtete ihn einen Moment mit einer beinahe kindlichen Faszination, bevor er den roten Tropfen mit dem Zeigefinger verrieb.

Marie zog noch einmal an ihren Fesseln. Sie lösten sich nicht. Bralvers war vielleicht einen Meter achtzig groß und hatte einen normalen Körperbau. Wenn sie es schaffte, ihn vom Bett zu stoßen und er mit dem Kopf auf den Boden traf, war er vielleicht lange genug benommen, dass sie mit dem Messer den Strick durchtrennen konnte. Sie hatte nur eine Chance. Den Überraschungsangriff. Mit aller Kraft, die sie aufbieten konnte, schwang sie ihre Beine nach vorn und traf Bralvers am Kopf und der Schulter. Er stürzte tatsächlich zu Boden, und Marie versuchte sofort, das Messer mit ihren Füßen zu greifen, um es irgendwie über ihren Kopf zu bekommen. Doch Bralvers war schneller wieder auf den Beinen als erhofft. Mit einem Fluch entwand er ihr das Messer und ließ die Klinge mit einer blitzschnellen Bewegung einmal der Länge nach über ihre Wange gleiten. Brennend vermischte sich das Blut mit ihrem Angstschweiß. Der Schmerz trieb ihr die Tränen in die Augen.

Bralvers legte die Hand auf ihr Gesicht und drückte sie in die Matratze. »Versuche so etwas noch einmal, und du wirst wesentlich langsamer und qualvoller sterben, als ich es für dich geplant habe«, flüsterte er. »Es liegt ganz bei dir.« Er küsste sie auf die Stelle unter dem Hals, an der Nilcas' Lippen pure Erregung in ihr ausgelöst hatten. Ekel erfüllte Marie, und sie bemühte sich, ihren Kopf nicht angewidert zur Seite zu drehen. Je weniger sie reagierte, desto besser.

*

Holly hatte im Fairway eine Art Kommunikationszentrale eingerichtet, von der aus sie die freiwilligen Helfer dirigierte, die die Halbinsel nach Marie absuchten.

Niclas hatte keine Ahnung, wie oft sie auf der Fahrt nach Eastham miteinander gesprochen hatten. Auch jetzt sprach er wieder mit ihr – es gab verdammt noch mal nichts Neues.

»Er hält Marie irgendwo gefangen und will, dass ich sie finde. Denk nach, Holly. Vielleicht ist es eine abgelegene Höhle oder so etwas.«

»Ich weiß es nicht, Niclas«, erwiderte sie verzweifelt. »Ich habe wirklich schon in jede Richtung gedacht.«

»Sein erstes Opfer hat er in einen alten Schuppen gebracht. Ziemlich heruntergekommen, aber nur eine halbe Meile von ihrem Wohnhaus entfernt«, sagte Niclas. »Gibt es so etwas in der Nähe von Maries Apartment?«

»Nein.« Holly stockte. »Doch«, brach es plötzlich aufgeregt aus ihr heraus. »Doch, in der Nähe ist die alte Bootswerkstatt der Tipton-Brüder. Sie steht seit Jahren leer und soll im Frühjahr abgerissen werden. Sie ist nicht weit entfernt von Maries Wohnung, sie kann sie sogar von ihrem Apartment aus sehen.«

»Wo ist das?« Niclas konnte sich nicht erinnern, jemals etwas von den Tipton-Brüdern gehört zu haben.

»In Harbour Beach. Am Hafen.« Sie nannte Niclas die Adresse, und er gab sie an Andrew weiter.

Sein Bruder nickte und wendete in halsbrecherischem Tempo auf der menschenleeren Straße. »Ich weiß, wo das ist.« Er gab Gas und raste in Richtung Harbour Beach.

»Fällt dir sonst noch irgendein Ort ein, der infrage kommen könnte, Holly?«, fragte Niclas.

»Nein. Das ist der einzige.«

»Gut. Dann ruf den Sheriff an und sag ihm, dass Marie wahrscheinlich dort festgehalten wird.«

»Das mache ich sofort. Niclas?«

»Ja?«

»Seid vorsichtig. Und – bring sie zurück«, bat sie.

»Keine Sorge. Das werde ich.« Das wollte er zumindest glauben. Alles andere war indiskutabel.

Andrew raste durch Harbour Beach, bis er den Hafen erreichte. Er schlängelte sich durch einige kleine Gassen und kam schließlich schlingernd vor einem heruntergekommenen Gebäude mit blinden und gesprungenen Fenstern zum Stehen. Eine Hälfte des Daches war eingestürzt. Zumindest sah es im ersten Moment so aus. Denn genau in diesem Augenblick verschwand der Mond hinter einem dicken Wolkenband und hinterließ nichts als Schwärze. Niclas starrte durch die Windschutzscheibe. Er glaubte, im Inneren der Werft einen schwachen Lichtschein ausmachen zu können. Noch bevor Andrews Wagen anhielt, sprang er heraus und rannte auf das Gebäude zu. Die Tür war nicht verschlossen, und er riss sie auf und stürmte hinein. Nichts konnte ihn aufhalten, bis er Marie gefunden hatte. Dämmriges Licht und der modrige Geruch nach altem Fisch und Schimmel empfingen ihn.

Plötzlich ertönte ein Schrei. »Niclas!« Marie lag mit weit aufgerissenen Augen gefesselt auf einer Pritsche. Blut lief über ihr Gesicht, ihr Oberkörper war entblößt, aber sie lebte. Er schickte ein Dankgebet zum Himmel und eilte zu ihr.

*

Murray Bralvers hatte nicht einen Moment daran gezweifelt, dass Niclas Hunter hier auftauchen würde. Er hatte in seinem Gesicht lesen können wie in einem Buch. Vielleicht wusste es der Anwalt selbst noch nicht, aber er war definitiv verliebt in die etwas farblose, aber durchaus taffe Miss McMillan.

Als er gehört hatte, wie der Wagen auf die Werft zupreschte und schlitternd zum Stehen kam, zog er sich lächelnd in die Schatten der Halle zurück. Gleich darauf hastete Hunter durch die Tür. Ganz der furchtlose Ritter.

Hunter tat genau das, was er erwartet hatte. Murray war wirklich erstaunt, was für eine Macht er über die Menschen hatte. Der Anwalt stürzte sich auf seine Liebste, um sie zu retten – und gab ihm damit die Möglichkeit, ihn zu überraschen und ihm das Messer in den Bauch zu rammen. Er stellte sich vor, wie es wäre, Marie McMillan zu foltern und zu quälen, während Hunter ihm dabei zusah. An einer Bauchverletzung zu sterben dauerte Stunden. Er könnte die Frau genau so lange am Leben lassen, wie Hunter durchhielt, und sie dann im gleichen Moment über die Klinge springen lassen.

Mit einer schnellen geschmeidigen Bewegung und gezücktem Messer trat er aus dem Schatten.

»Hinter dir!«, schrie das verdammte Weib und verdarb ihm seine Überraschung.

*

Maries Warnung ließ Niclas herumfahren. Im letzten Augenblick wich er dem Messer aus, das auf seinen Bauch gerichtet war. Er verlor das Gleichgewicht, fing sich aber wieder und wich einem erneuten Angriff aus. In dem Moment, in dem das Messer an seiner Seite vorbeizischte, holte er zum Gegenschlag aus. Er traf Bralvers mit der Faust im Gesicht und hörte das Knirschen seines Nasenbeins. Ein wutentbrannter Schrei entfuhr seinem Gegenüber. Gut. Niclas setzte nach. Nutzte Bralvers' vorübergehende Schwäche. Diesmal platzte die Haut über Bralvers' Augenbraue. Aber sein Gegner fing sich schnell wieder, und das Messer verfehlte Niclas nur um Haaresbreite. Bralvers ließ sich schwer gegen Niclas fallen, der stolperte und mit den Armen ruderte. Rücklings stürzte er mit Bralvers zu Boden. Als Niclas auf den abgenutzten Dielen aufschlug, raste der Schmerz wie eine Schockwelle durch seinen Körper. Er war auf irgendetwas gefallen. Etwas hatte sich in seinen Rücken gebohrt. Bralvers lag auf ihm, und der Gegenstand rammte sich noch tiefer in seinen Rücken. Benommen blinzelte Niclas, als sich Bralvers über ihm auf alle viere erhob. Das Lächeln in seinem mit Blut verschmierten Gesicht schien auf direktem Weg aus der Hölle zu kommen.

»Nein!« Das war Maries Stimme, und die Panik rüttelte Niclas auf. Bralvers hielt nicht mehr das Messer in seiner Hand. Er musste es so gehalten haben, dass Niclas hineingestürzt war. Es steckte in seinem unteren Rücken. Das war nicht gut. Das war … überhaupt nicht … gut.

Die Sicht vor Niclas' Augen verschwamm. Er blinzelte und versuchte, seinen Blick auf Marie zu richten. Da war etwas, was er ihr unbedingt sagen musste. Sie musste es einfach wissen. »Marie.«

Ihre Blicke verhakten sich, hielten einander fest. »Bleib ruhig liegen«, sagte sie mit einem panischen Unterton in der Stimme. Ihre Augen waren weit aufgerissen, und sie zerrte wie verrückt an ihren Fesseln. »Hör auf zu reden und spar deine Kräfte.« Tränen rannen ihr über die Wangen und tropften in ihr Haar. »Halt durch, okay?«

Als ob das in seiner Macht lag. Niclas hätte sie gern angelächelt. Stattdessen atmete er zischend ein und bemühte sich, den brennenden Schmerz auszublenden, der sich durch seinen Körper fraß. Sternchen tanzten hinter seinen Lidern, als er die Augen schloss. Er zwang sich, sie wieder aufzumachen und den verschwommenen Blick auf Maries Gesicht wieder scharf zu stellen. Sie musste einfach wissen, was er selbst erst vor Kurzem begriffen hatte. »Ich – liebe dich!«

Bralvers stand breitbeinig über ihm und sah auf ihn herab. Als er Niclas' Geständnis hörte, legte den Kopf in den Nacken und brüllte vor Lachen. Niclas wollte wegkriechen. Nur weil das Messer dieses Irren jetzt in seinem Rücken steckte, war er nicht weniger gefährlich. Vielleicht hatte er noch ein zweites Messer. Oder er brachte ihn mit seinen bloßen Händen um. Mit einem belustigten Funkeln in den Augen beugte sich Bralvers zu Niclas herunter. Im nächsten Moment flog sein Kopf zur Seite, und er kippte um wie ein nasser Sack. In Niclas' Blickfeld erschien Jakes verschwommene Gestalt, eine Brechstange in den Händen. »Das ist für Marie«, knurrte er wütend.

Niclas versuchte, sich aufzurichten, schaffte es aber nicht, sich zu bewegen. »Wurde Zeit, dass du auftauchst«, murmelte er in Jakes Richtung. »Ich glaube, ich – brauche Drew. Wo – ist er?«

»Ich bin hier.« Sein Bruder tauchte neben Jake auf. Die Gesichter der beiden nur noch ein heller Fleck. »Scheiße. Gottverdammte Scheiße«, brüllte Andrew.

»Ist es – schlimm?«, brachte Niclas heraus und schloss die Augen.

»Du verdammter Idiot, warum konntest du nicht auf uns warten?«

Der Unterton in Andrews Stimme hätte Niclas alarmieren müssen, doch das Brennen in seinem Körper ließ nicht nach. »Das waren doch nur – Sekunden«, verteidigte er sich schwach. »Hilfst du – mir?«

»Wenn du endlich deine verdammte Klappe hältst und mich meinen Job machen lässt.«

Andrew sorgt dafür, dass der Schmerz aufhört, dachte Niclas, bevor er in eine Schwärze stürzte, die gnädigerweise diese Aufgabe übernahm.

30

Jake band Bralvers' Arme auf dem Rücken zusammen, bevor er sich um Marie kümmerte. Sobald er ihre Fesseln durchtrennt hatte, sprang sie auf. Jake legte ihr seine Jacke um, um ihren entblößten Oberkörper zu bedecken. Und wahrscheinlich auch, weil sie zitterte wie Espenlaub. Die Jacke spendete etwas Wärme. Aber nicht genug, um die eisige Kälte in ihrem Inneren zu vertreiben.

Jake und Andrew waren nur Sekunden nach Niclas in die Halle gestürmt. Sekunden zu spät.

Andrew kniete neben seinem Bruder und prüfte fieberhaft seinen Puls und die Atmung. Es war wahrscheinlich Niclas' Glück, dass er ein Arzt war, der den größten Teil seines Lebens in der Notaufnahme verbracht hatte. Marie kniete sich neben Nick auf den Boden. Die Blutlache, die sich unter seinem Rücken bildete, wurde immer größer. Sie legte ihre Hände an seine Wangen, die sich klamm und kalt anfühlten. Erst als eine Träne auf sein Gesicht traf, wurde ihr bewusst, dass sie weinte. »Er hat sich verletzt, als er zu Boden gefallen ist«, schluchzte sie und sah Andrew flehentlich an. »Du kannst ihm doch helfen?«, wiederholte sie.

»Was denkst du, was ich hier tue?«, fuhr Andrew sie an und beugte sich wieder über seinen Bruder.

Erschrocken zuckte sie zurück und sah zu Jake auf, der ihr die Hand auf die Schulter legte. In seinem Blick lag so viel Zuneigung zu dem Mann, der auf dem grauen Betonboden lag. Jake schenkte ihr ein leises Lächeln, das beruhigend wirken sollte. »Mach dir keine Sorgen. Andrew weiß, was er tut.«

Das hoffte sie.

»Was ist mit dir? Soll ich deine Wange verarzten?«, fragte er Marie.

Erst jetzt fiel ihr der Schnitt in ihrem Gesicht wieder ein. Als sie ihr Gesicht berührte, klebte auf einmal Blut an ihren Fingerspitzen. »Nein«, sagte sie und legte ihre Hand wieder an Niclas' Wange. »Geht schon.«

»Jake, Marie, ich brauch euch.« Andrews Stimme klang trotz des Befehlstons brüchig. »Ihr macht jetzt genau, was ich euch sage.« Er zog in Windeseile seine Jacke aus und zerrte sich sein T-Shirt über den Kopf. »Marie, du fühlst Nics Puls. Sag Bescheid, wenn er sich verändert. Jake, komm auf meine Seite.« Andrew hob den Oberkörper seines Bruders leicht an und schob das Shirt darunter. »Halt das fest.«

Stumm taten sie, was Andrew verlangte.

Jake presste den Druckverband auf Niclas' Rücken. »Komm schon Alter, lass uns jetzt nicht hängen. Komm schon. Komm schon«, murmelte er wie ein Mantra. Als er aufsah, bemerkte Marie, dass ihm Tränen in den Augen standen.

Andrew untersuchte Niclas auf weitere Verletzungen, während Marie die Finger an Nilcas' Hals presste. Sein Puls war unregelmäßig. Ihre andere Hand lag an seiner Wange. Wieder und wieder gingen ihr seine Worte durch den Kopf, die Niclas zu ihr gesagt hatte, bevor er das Bewusstsein verloren hatte. Er war nicht nur hergekommen, wie Bralvers es prophezeit hatte, er hatte ihr seine Liebe gestanden. Sie beugte sich zu ihm hinunter. »Jetzt wäre ein äußerst ungünstiger Zeitpunkt, den Löffel abzugeben«, flüsterte sie. »Ich liebe dich nämlich auch. Also bleib bei mir. Bitte«, flehte sie.

Sie wusste nicht, was Andrew in den nächsten Minuten genau tat. Kurz nachdem der Sheriff mit seinen Deputies eintraf, wurde Niclas zu einem wartenden Rettungshubschrauber transportiert und, mit Andrew an seiner Seite, nach Boston geflogen. Marie blieb mit Jake zurück, um der Polizei Rede und Antwort zu stehen. Alles um sie herum versank in einem Nebel. Benommen bekam sie mit, wie Bralvers weggebracht wurde. Jakes Schlag hatte ihn ausgeknockt, aber er lebte. Gut, dachte sie. Diesmal würde er die Strafe bekommen, die er verdiente.

Jake sorgte dafür, dass sie in einem Streifenwagen zu einem Arzt gefahren wurde. Dr. Hennings, ein netter älterer Herr, reinigte die Schnittwunde und nähte sie. Mit einem fürsorglichen Lächeln versicherte er ihr, dass sie keine Narbe zurückbehalten würde. Er deckte die Verletzung mit einer Kompresse ab und gab ihr ein paar Schmerztabletten. Sie schob sie in die Tasche ihrer Jeans. Sie wollte einen klaren Kopf behalten. Schmerzen waren ihr lieber als ein benebeltes Gehirn. Als Marie kurz darauf in den Warteraum der Praxis ging, fiel ihr die völlig aufgelöste Holly um den Hals. Außer sich vor Freude sprang Sam an ihr hoch und drängte sich zwischen sie und die Freundin. Marie kniete sich vor ihn hin, vergrub ihr Gesicht in seinem Fell und atmete seinen Geruch ein.

»Was habe ich Ihnen zum Thema Hund gesagt, Holly?«, tadelte Dr. Hennings. Er stand im Türrahmen seines Behandlungszimmers und versuchte, streng auszusehen.

»Tut mir leid, Doc.« Holly lächelte ihn breit an. »Er hat einfach seinen eigenen Kopf. Komm mit rüber ins Fairway, Marie. Der Sheriff kann dich dort befragen.« Sie zog sie hoch, und sie verabschiedeten sich von dem Arzt.

Marie folgte der Freundin in ihr Restaurant auf der gegenüberliegenden Straßenseite und beantwortete die Fragen der Polizisten. Sie schilderte, wie Bralvers sie gekidnappt hatte. Und wie Niclas in die Bootswerkstatt gestürmt war, und gleich darauf auch Jake und Andrew. Glücklicherweise waren sie noch rechtzeitig gekommen, denn Niclas' Leben hatte auf der Kippe gestanden.

Als die Cops keine Fragen mehr hatten und endlich abzogen, wollte Holly Marie dazu überreden, sich etwas hinzulegen. Doch sie weigerte sich. Sie duschte in Hollys Wohnung und wechselte ihre Kleidung. Ihre Wange brannte wie Feuer, deshalb steckte sie die Schmerztabletten von Dr. Hennings in die Tasche ihres Pullis. Noch war sie nicht bereit, eine zu nehmen.

Jake sagte, er fahre sie nach Boston zu Niclas ins Krankenhaus. Schweren Herzens ließ sie Sam bei Holly zurück. Denn Hunde hatten natürlich keinen Zutritt im Krankenhaus. Die Sonne ging bereits hinter den Wolkenkratzern der Stadt auf, als Jake durch Bostons Straßen fuhr. Als sie die Klinik betraten, wartete Andrew bereits auf sie. Niclas war operiert worden, außer Lebensgefahr und stabil.

Maries Knie gaben nach, als sie das hörte, sie sank auf einen Stuhl und atmete tief durch. »Darf ich zu ihm?«, fragte sie.

Andrew nickte. »Lass mich mit seinem Arzt sprechen.«

Ein paar Minuten später betrat Marie Niclas' Krankenzimmer und nahm in dem Sessel Platz, den irgendjemand neben sein Bett geschoben hatte. Blass und mit geschlossenen Augen, an unzählige Geräte und Monitore angeschlossen, lag er da. Sein Oberkörper hob und senkte sich leicht. Seine Herzkurve sah normal aus, und Marie beruhigte sich ein wenig. Sie rückte den Sessel ganz nah an das Bett. Dann drückte sie eine Schmerztablette aus dem Blister und spülte sie mit einem Schluck Wasser herunter. Solange Niclas schlief, konnte sie sich selbst ein wenig ausruhen. Sie ergriff Niclas' Hand und verschränkte ihre Finger mit seinen. Alles würde gut werden. Es musste einfach alles gut werden.

*

Niclas tauchte langsam aus der schwarzen Tiefe auf, in die der Schock ihn gestoßen hatte. Er fühlte sich ein wenig, als schwebe er, auch wenn die Schmerzen als dumpfes Pochen in seinem Körper zurückkehrten. Auf seinem Oberschenkel lag etwas Schweres. Er wandte vorsichtig den Kopf, und sein Herz wurde leicht. Marie. Ihre Hand mit seiner verschränkt saß sie in einem Sessel, den Kopf auf seinem Bein, und schlief tief und fest. Er legte ihre Finger an seine Lippen und küsste sie.

Sie regte sich, versteifte sich kurz, weil sie erst nicht wusste, wo sie war. Dann hob sie den Kopf.

»Marie.« Erschrocken strich er über den Verband in ihrem Gesicht.

»Ist nicht so schlimm«, flüsterte sie, beugte sich vor und küsste ihn sanft auf den Mund.

Genau in diesem Moment kamen Andrew und ein Arzt herein, und Marie fuhr zurück.

»Wie ich sehe, geht es dir schon wieder verdammt gut, Brüderchen.« Andrew legte ihm die Hand auf die Schulter. »Das ist Dr. Powers. Er hat dich operiert.«

»Operiert?« Niclas konnte sich nur noch entsinnen, dass Bralvers mit einem Messer auf ihn losgegangen war. Dann ließ ihn seine Erinnerung im Stich.

»Sagen wir mal so: Mit den Nieren haben wir in unserer Familie zurzeit nicht besonders viel Glück«, spielte Andrew auf die Krankheit ihres Vaters an. »Doc?«, sagte er zu seinem Kollegen.

»Hallo, Mr. Hunter. Die Stichverletzung, die Sie erlitten haben, hat Ihre linke Niere verletzt. Wir konnten sie leider nicht retten und mussten sie entfernen.«

Niclas schluckte. »Aber mit einer Niere kann man doch leben, oder?«

»Ganz wunderbar sogar.« Der Arzt lächelte freundlich. »Ich wollte Sie nur davon in Kenntnis setzen, dass so weit alles gut gelaufen ist.« Dr. Powers wandte sich zum Gehen. »Ich komme später wieder, und wir besprechen die Einzelheiten.« Andrew folgte ihm. Bevor er hinausging, drehte er sich noch einmal um. »Ich komme auch später wieder. Marie, er soll sich nicht überanstrengen.«

Niclas verdrehte die Augen, als sich die Tür hinter ihnen schloss. »Ich bin so froh, dass du hier bist«, sagte er. »Du bist okay, oder? Ich meine, bis auf den Schnitt.« Er strich über ihren Verband. »Bralvers hat dich doch nicht …«

»Nein.« Sie schüttelte den Kopf. »Ich bin okay.«

»Gott sei Dank.« Er spürte, wie die Erschöpfung ihn übermannte und er schläfrig wurde. Aber da war noch etwas, was er unbedingt erklären wollte, ehe er wieder einschlief. Er lehnte sich in die Kissen zurück und ließ das Kopfteil nach oben fahren, um aufrecht sitzen und Marie ansehen zu können. Sie war hier. Sie sorgte sich um ihn. Also würde sie ihm vielleicht eine zweite Chance geben. »Ich muss dir etwas sagen«, begann er und griff nach ihrer Hand. »Ich kann das nicht rückgängig machen, was du in meinem Haus gehört hast. Ich wollte mich tatsächlich an Mulhare rächen. Deswegen habe ich dich zur Wiederaufnahme des Verfahrens überredet. Aber irgendwie war es so schnell viel mehr als das. Ich wollte es auch für dich tun. Ich wollte, dass du frei bist. Und am Ende ...« Er schluckte. »Am Ende wäre es mir egal gewesen, was mit Gillian passiert wäre. Ich wollte nur, dass du Gerechtigkeit bekommst.«

Sein Arm war schwer wie Blei, trotzdem hob er ihn an und steckte ihr eine verirrte Haarsträhne hinter das Ohr.

Marie presste seine Hand gegen ihre Wange. »Glaub nicht, dass ich dir jetzt einfach vergebe, nur weil du fast gestorben bist«, sagte sie sanft.

»Verdammt.« Mühsam brachte er ein Lächeln zustande. »Ich dachte, das ist genau der richtige Weg. Hättest du mir das nicht sagen können, bevor ich das Messer im Rücken hatte?«

Marie lächelte nicht zurück. Ihr Gesichtsausdruck blieb ernst, auch wenn sie ihre Wange noch immer in seine Hand schmiegte. »Ich war sehr verletzt, als ich herausgefunden habe, dass du mich benutzt hast«, sagte sie. »Und dann wolltest du mich in Sunset Cove treffen und bist nicht gekommen ...«

»Marie.« Niclas musste sich zwingen, wach zu bleiben. »Ich weiß, wir müssen noch über vieles sprechen. Ich konnte nicht aus Boston weg. Mein Vater wurde in die Klinik eingeliefert. So viel ist passiert. Aber ich will, dass du weißt, dass ich dich liebe.«

Marie ließ ihre Hand sinken. Sie beugte sich über ihn und flüsterte an seinen Lippen: »Du hast mir wehgetan. Aber das ändert nichts daran, dass ich mich in dich verliebt habe.« Sie verschlang ihre Finger mit seinen. »Ich liebe dich.«

»Das ist gut«, murmelte er. Er legte ihre miteinander verbundenen Hände auf sein Herz. »Das ist sehr gut.« Langsam driftete er in den Schlaf zurück, sicher, dass Marie noch hier war, wenn er die Augen wieder aufschlug.

Epilog

Marie nahm ihren Mantel von der Sofalehne und schlüpfte in ihre Stiefel. Sie sah ein letztes Mal nach Sam, der vor dem Kamin tief und fest schlief. Er hatte den ganzen Nachmittag mit Niclas am Strand herumgetollt. Jetzt schlief er den Schlaf der Gerechten. An seinem Lieblingsplatz. Marie knöpfte ihren Mantel zu, zog leise die Terrassentür auf und schloss sie hinter sich. Mit voller Wucht schlug ihr der eisige Wind entgegen. Sie wickelte ihren Schal fester um den Hals und zog die Schultern hoch. Dann stemmte sie sich gegen den Sturm und lief zum Leuchtturm hinüber.

Niclas hatte die Tür zum Wärterhäuschen offen gelassen. Als sie sie hinter sich zumachen wollte, riss der Sturm sie ihr fast aus den Händen. Mit aller Kraft schloss sie sie mit einem dumpfen Knall. Außer Atem stieg sie die Treppe hinauf.

Als sie durch die Bodenluke in die Leuchtturmkanzel kletterte, entfuhr ihr ein erstaunter Laut. »Nic«, sagte sie. »Was hast du getan?«

Er lehnte an der Glasfront, die den Raum umschloss. Lässig in Jeans und einem Rollkragenpulli. Das Licht der unzähligen Kerzen, die er im ganzen Raum verteilt hatte, warf warme Schatten auf sein Gesicht. Er lächelte. Mit sanftem Blick sah er sie an. Nichts erinnerte daran, dass er noch vor

Kurzem dem Tod von der Schippe gesprungen war. Nicht einmal einen Monat war es her. Maries Rücken überzog sich bei dem Gedanken mit einer Gänsehaut. Entschlossen schüttelte sie die Erinnerungen ab.

Der Sturm rüttelte an den Mauern des Leuchtturms. Aber hier drinnen fühlte sie sich wie in einem sicheren Kokon. Marie ging zu Niclas hinüber. Sie hob ihm ihr Gesicht entgegen, und er enttäuschte sie nicht.

Zärtlich legte er die Hand an ihre Wange und beugte sich herunter und küsste sie sanft. »Zieh deinen Mantel aus«, murmelte er.

Marie wickelte ihren Schal ab, knöpfte ihren Mantel auf und warf beides auf die Matratze, auf der sie sich zum ersten Mal geliebt hatten. Es war warm. Was nicht nur an dem Meer aus Kerzen lag, sondern auch an dem Heizlüfter, den Niclas in der Ecke aufgestellt hatte.

Niclas nahm die Champagnerflasche aus dem Kühler und füllte zwei Gläser. Er reichte ihr eines und stieß mit ihr an. »Auf eine ganz besondere Frau und einen ganz besonderen Ort«, sagte er feierlich.

Marie nippte an ihrem Glas und sah in die blauschwarze Nacht hinaus. Das Sternenzelt glich einem gigantischen Teppich aus samtigen Lichtern. Der Mond hing tief über der Wasseroberfläche, und schwarze Wolkenbänder jagten über dem Himmel dahin. Sie spürte Niclas' warmen Körper, noch bevor er hinter sie trat und sie an seine Brust zog. Er legte seine Wange an ihre Schläfe und schlang die Arme fest um sie.

Still blickten sie über den Ozean. So viel war in den letzten Wochen passiert. Niclas hatte Bralvers' Angriff überlebt. Er würde keine gesundheitlichen Probleme zurückbehalten, solange er auf sich achtete. Und auch Theodor Hunter hatte die lebensbedrohliche Situation, die ihn ans Bett gefesselt hatte, überstanden. Er war zumindest für die nächste Zeit von einer Dialyse abhängig. Die Ärzte sprachen davon, dass sich sein Körper sogar erholen könnte. Für die kommenden Wochen hatte er angekündigt, dass er ein wenig kürzer treten werde, was die gesamte Familie in Staunen versetzt hatte. Marie und Niclas hatten den Abend des vierundzwanzigsten Dezember bei seinen Eltern verbracht. Theodor war zu sehr mit sich selbst beschäftigt, um allzu viele Gedanken an Marie zu verschwenden. Georgina machte allerdings keinen Hehl daraus, dass sie sie nicht ausstehen konnte. Marie war das ziemlich egal, schließlich lebten sie weit genug voneinander entfernt und konnten sich aus dem Weg gehen.

Niclas und sie fuhren noch in der Nacht nach Sunset Cove zurück, holten Sam bei Holly ab und hatten den folgenden Morgen vor dem Kamin im Strandhaus verbracht. Die kommenden Tage waren wie sachte Wellen an ihnen vorbeigedriftet und hatten sie zur Ruhe kommen lassen.

Heute würden sie das neue Jahr begrüßen.

Als ein leiser Knall hinter ihnen ertönte, drehte sich Niclas mit ihr in seinen Armen um. »Ich wollte mit dir an einem Ort sein, an dem wir beides haben«, sagte er. »Den Atlantik und die Sterne auf der einen Seite. Das Feuerwerk über Eastham und Sunset Cove auf der anderen.« Glitzer, Funkenregen und Sterne in allen Farben explodierten in der Schwärze und tauchten das Strandhaus in bunte Helligkeit. Durch die großen Fenster konnte sie den leuchtenden Weihnachtsbaum, den sie gemeinsam aufgestellt und geschmückt hatten, sehen.

Niclas warf einen Blick auf seine Armbanduhr und küsste Marie auf die Schläfe. »Frohes neues Jahr«, flüsterte er.

Marie drehte sich zu ihm um und küsste ihn. »Das wünsche ich dir auch.« Noch einmal stießen sie an und tranken, dann nahm sie Niclas' Champagnerglas und stellte es zur Seite. Sie schlang ihre Arme abermals um seinen Nacken und zog ihn zu einem sinnlichen Kuss zu sich herunter. Der Beginn des neuen Jahres war gleichzeitig der Start in ein neues Leben. Marie war sehr aufgeregt, weil sie ihren Reisepass zurückbekommen hatte. In zwei Tagen würden Niclas und sie für eine Woche zu Annerose nach Deutschland fliegen. Wenn sie zurückkamen, würde Marie die Verträge bei *Green Dreams* unterschreiben. Billie und sie wurden Partner. Sie würde sich auf die Suche nach einem kleinen Bungalow oder einem hübschen Apartment auf der Halbinsel machen.

Niclas hatte noch keine eindeutige Vorstellung von seiner Zukunft. Zur Staatsanwaltschaft in Boston würde er nicht zurückkehren. Aber darauf wollten sie jetzt keinen Gedanken verschwenden. Sie waren zusammen. Das war alles, was zählte. Sie hatten Zeit. Zeit für die Liebe, die zwischen ihnen aufgeblüht war.

Marie kuschelte sich wieder in Niclas' Arme und betrachtete das Feuerwerkspektakel über der Stadt. Das neue Jahr hielt viele wunderbare Versprechen bereit.

Leseprobe

HEYNE‹

ELLA THOMPSON

SOMMERTRÄUME AUF CAPE COD

ROMAN

Lighthouse
SAGA

*Durch einen einzigen Augenblick kann
dein ganzes Leben aus den Fugen geraten.*

1

Boston schlief nie. Auch um vier Uhr morgens sah die Stadt aus wie das Spiegelbild des Sternenhimmels. Wenn man sie von oben betrachtete. Zum Beispiel aus einem der Flugzeuge, die den Logan Airport ansteuerten. Oder vom Dach des Boston General Hospital, das sich vierzehn Stockwerke über den glitzernden Lichtern befand.

Der kalte Wind besaß bereits einen Hauch von Frühling und trug nur gedämpfte Fetzen des Bostoner Nachtlebens zu ihm herauf. Das Dach glich einer Oase im sonst herrschenden Chaos. Dr. Andrew Hunter hatte das zumindest immer so empfunden. Er sah an seinen in der Luft baumelnden Beinen vorbei nach unten. Ein Rettungswagen preschte mit blau, weiß und rot blitzenden Lichtern in die Auffahrt, wo die Notfälle angeliefert wurden. Er müsste jetzt eigentlich dort unten stehen und einen Patienten in Empfang nehmen, schoss es Andrew durch den Kopf. Eigentlich.

Seine Hände umfassten die Kante der breiten steinernen Brüstung fester, auf der er saß und ins Ungewisse starrte. Er spürte die raue Kante unter seinen Fingern. Als die stählerne Feuerschutztür hinter ihm mit einem Quietschen aufging und nur Sekunden später mit einem dumpfen Knall wieder ins Schloss fiel, überlegte Andrew, ob es sich lohnte, den Kopf zu drehen, um herauszufinden, wer ihm Gesellschaft leisten wollte. Er entschied, sich nicht die Mühe zu machen, und starrte weiter auf die Stadt und den Inner Harbour hinaus. Wer ihn stören wollte, tat das so oder so.

»Hey, Drew«, erklang Schwester Jessica Philipps' sanfte Stimme. Sie lehnte sich neben ihm an die Brüstung.

»Jess.« Er sah sie nicht an. Das Letzte, was er im Moment brauche konnte, waren besorgte Menschen, die zu wissen glaubten, was mit ihm los war.

Jessica legte ihre warme Hand in einer freundschaftlichen Geste auf seinen ausgekühlten Unterarm und schuf damit eine Nähe, die Andrew nur bei sehr wenigen Menschen duldete. Vor zwei oder drei Jahren waren sie ein paar Mal miteinander ausgegangen, ohne dass der Funke zwischen ihnen übergesprungen war. Wahrscheinlich weckten ihre fröhlich wippenden, blonden Locken und die Sommersprossen auf ihrer Nase in ihm eine lang vergangene, romantische Erinnerung, mit der sie schlussendlich nicht hatte konkurrieren können. Seit dieser Zeit waren sie irgendwie – Freunde. Wenn auch keine engen. »Es tut mir leid, was passiert ist«, sagte sie leise. »Ich kann dich verstehen.« Einen Moment zögerte sie, nicht sicher, ob sie die imaginäre Bombe, die Andrew in seinen Händen hielt, mit ihrem nächsten Satz zündete. »Sie hätten dich nicht suspendieren sollen«, fuhr sie schließlich fort. »Wenn du möchtest, trinken wir nach dem Dienst eine Tasse Kaffee und reden darüber.«

Das brachte Andrew endlich dazu, den Kopf in ihre Richtung zu drehen und ihn leicht zu schütteln. Soweit er sich erinnern konnte, war Jessica seit einem halben Jahr mit einem netten, unaufgeregten Banker verlobt. Er wollte nicht, dass sie in Erklärungsnöte geriet. Im Moment gab es schon genug Gerede über seine Person, weil er in der Notaufnahme, in der er seit sechs Jahren arbeitete, ausgerastet war. »Das ist lieb von dir.« Seine Stimme klang so heiser, dass er sie fast selbst nicht wiedererkannt hätte. »Ich gehe einfach nach Hause und schlafe mich ordentlich aus. Wenn ich wieder einen klaren Kopf habe, überlege ich mir, wie es weitergeht.«

Jessica strich über seine Schulter, und Andrew merkte, dass er noch immer seine Krankenhauskluft trug. Wie lange saß er wohl schon hier oben?

Jessica nickte. Sie verstand, dass er seine Ruhe wollte. »Wenn ich etwas für dich tun kann, ruf mich einfach an, okay?«

»Sicher«, log er.

Die Schwester verschwand durch die Feuerschutztür, die kurz darauf abermals aufgestoßen wurde. Andrew seufzte innerlich. Früher hatte man hier oben wesentlich mehr Ruhe gehabt. Er drehte sich nach dem Störenfried um.

»Sie wollen doch nicht springen, Doc?«, fragte ein junger Pfleger, den er flüchtig aus der Inneren kannte. Er riss eine Red-Bull-Dose auf und trank gierig. »Soll ich für Sie vielleicht einen Psychologen anpiepsen?« Die Hilfsbereitschaft konnte die Sensationsgier in seiner Stimme kaum überdecken.

Andrew wandte sich wieder um und verdrehte die Augen. Ein Klugscheißer, dem zu viel Koffein-Taurin-Gemisch durch die Blutbahnen schoss, hatte ihm gerade noch gefehlt. Den Blödmann zu ignorieren war vermutlich am besten.

Als sein Handy klingelte, fischte er es aus der Hosentasche und warf einen Blick auf das Display. Eine Handbewegung, die sich bei einem Arzt in der Notaufnahme längst in einen Reflex verwandelt hatte. Bei dem Namen, der weiß auf dem schwarzen Hintergrund leuchtete, stockte ihm für einen Augenblick der Atem. Er wischte über das grüne Telefon. »Dad? Ist alles in Ordnung.« Theodor Hunter rief Andrew nie an. Also was brachte ihn dann dazu, um vier Uhr morgens …? Sein Puls beschleunigte sich, und sein Brustkorb zog sich zusammen, während er darauf wartete, dass sein alter Herr etwas erwiderte. Als es in der Leitung still blieb, fragte er noch einmal: »Dad? Bist du das?«

»Mr. … Dr. Hunter?«, verbesserte sich eine leise Frauenstimme. Sie klang jung und zitterte vor Angst.

»Ja. Wer sind Sie? Und warum benutzen Sie das Telefon meines Vaters?« Noch ehe er den Satz beendet hatte, kannte er die Antwort. Plötzlich wurde ihm kalt, und sein Herzschlag schien kurz auszusetzen.

»Ich – bin … Ich bin Alessia Michalson, die – ähm – Assistentin Ihres Vaters.«

Was bedeutete, sie war seine aktuelle, vermutlich zweiundzwanzigjährige Geliebte.

»Wir sind auf Cape Cod«, fuhr sie fort, der panische Unterton war nicht zu überhören. »In diesem Strandhaus … Sunset Cove? … Theodor hat … Ich weiß auch nicht. Er ist – irgendwie zusammengebrochen. Aber er weigert sich, einen Arzt zu konsultieren.«

»Wie sind seine Vitalwerte?«

»Ich … Ich weiß nicht.« Sie schien mit der Situation völlig überfordert.

»Ist er bei Bewusstsein?«

»Ja!«, schrie sie.

»Achten Sie darauf, dass das so bleibt. Sobald er ohnmächtig wird, rufen Sie einen Rettungswagen. Haben Sie mich verstanden?« Er wartete ihre Erwiderung nicht ab. »Ich bin unterwegs.« Obwohl sein eigenes Leben gerade in eine gefährliche Schieflage geraten und er sowieso der Letzte war, den sein Vater am Krankenbett sehen wollte, schwang er die Beine über die Brüstung, hastete an dem neugierig dreinblickenden Pfleger vorbei und die Treppe zum obersten Stockwerk hinunter. Ungeduldig hämmerte er auf den Knopf des Fahrstuhls, der ihn zu seinem Wagen in die Tiefgarage brachte. Um diese Tageszeit konnte er es in unter zwei Stunden auf die Halbinsel schaffen.

*

Holly Clarks Herz schwoll an vor Mitgefühl. Mitgefühl für ihren siebzehnjährigen Bruder Jackson, der, die Hände in seine rostroten Locken gekrallt, am Tresen der Bar hockte. Er stöhnte, als ob er seelische Schmerzen litte, ehe er seinen Kopf theatralisch auf sein Algebraheft fallen ließ. »Ich hasse Mathe«, tat er zum gefühlten tausendsten Mal kund.

Holly öffnete ein Mountain Dew, füllte es in ein Glas voller Eiswürfel und schob es neben das mitgenommen aussehende Heft.

Ihre Freundin Marie McMillan, die es sich seit dem letzten Jahr zur Aufgabe gemacht hatte, Jackson den Umgang mit Zahlen näherzubringen, zwinkerte ihr zu. Ihr Labrador Sam lag gemeinsam mit Hollys Retriever Potter, der zwar körperlich ausgewachsen, im Kopf aber noch immer ein Kind war, unter dem Tresen.

Während Marie noch einmal mit unendlicher Geduld Schritt für Schritt alles mit Jackson durchging, ließ Holly den Blick durch ihre kleine Welt schweifen. Sonnenstrahlen fielen durch die Sprossenfenster auf den dunklen Holztresen, über den seit Jahrzehnten regionale Biere und ausgesuchte Whiskeys wanderten. Rachel stand am Empfang und bedachte ein älteres Ehepaar mit ihrem einnehmenden Lächeln, ehe sie sie in den Restaurantbereich des Fairway führte. Seit Holly den Laden vor einem Jahr von ihrem Vater übernommen hatte, hatte sie viel Zeit und Kreativität in die Einrichtung, die Speisekarte und Getränkeauswahl gesteckt. Nur das Codfish-Rezept hatte sie gelassen, wie es war. Schließlich war das Restaurant genau dafür bis weit über die Halbinsel hinaus bekannt. Die Geschäfte liefen gut, auch wenn sie während des Winters nach wie vor nicht ohne einen Nebenjob über die Runden kam. Aber das machte nichts. Holly konnte ihren Traum leben und schaffte es inzwischen sogar hin und wieder, einen freien Nachmittag oder Abend herauszuschinden und mit ihren Freunden auszugehen. Freunden wie Marie McMillan. Vor einem Dreivierteljahr hätte sie nicht im Traum damit gerechnet, dass dieses spröde Wesen überhaupt menschliche Bindungen einzugehen vermochte.

In dem Moment legte Marie Jackson die Hand auf die Schulter und lächelte Holly über den Tresen hinweg an. Ihr Bruder klappte das Heft zu und verschwand mit Lichtgeschwindigkeit aus der Bar. Als er an der hübschen lächelnden Rachel vorbeirannte, errötete er bis in die Haarspitzen. Holly seufzte innerlich. Ihr Bruder war ein süßer Kerl, aber eben auch ein typischer, siebzehnjähriger Trottel, der nicht begriff, dass er nur seinen Mut zusammennehmen müsste, um das Herz seiner schönen Mitschülerin zu gewinnen. Der sehnsüchtige Blick, den das Mädchen Jackson hinterherwarf, sprach Bände.

»Man würde ihm am liebsten einen Schubs in die richtige Richtung geben«, sagte Marie. Sie war Hollys Blick gefolgt.

»Aussichtslos«, beschied Holly. »Teenager wissen nämlich grundsätzlich alles besser.« Sie zwinkerte Marie zu, füllte Cola in ein Glas und stellte es mit einer Schale Brezeln auf den Tresen. In der Bar war im Moment nicht viel los, und Marie und sie konnten ein wenig tratschen.

Vor einem halben Jahr hätte Marie es nicht im Traum für möglich gehalten, jemals eine Freundin wie Holly zu finden, sich in einen Mann wie Niclas Hunter zu verlieben oder einfach nur wie ein normaler Mensch zu leben.

Mit glitzernden Augen lehnte sich die Freundin vor. »Hast du es schon gehört? Andrew ist auf Cape Cod.«

Holly erstarrte, als wäre sie in flüssigen Stickstoff getaucht worden, und hielt den Atem an.

»Holly? Hast du gehört, was ich gesagt habe?«, fragte Marie.

»Was?«, erwidert Holly und zwang sich zu einem Lächeln. Marie sah sie besorgt an. »Ja …« Sie rieb sich über die Stirn und machte eine diffuse Handbewegung. »Ich war in Gedanken noch bei meinem Lieferanten. Entschuldige. Du hast gesagt, Andrew …« Der Name brannte wie Säure auf ihrer Zunge. » … ist auf Cape Cod. Andrew Hunter?«

»Der einzige Andrew, den wir beide kennen.« Marie legte den Kopf schräg und betrachtete sie. Holly war sich sicher, dass die Freundin in den vier Jahren, die sie im Gefängnis gesessen hatte, gelernt hatte, selbst die kleinste Regung im Gesicht eines Menschen wahrzunehmen.

Sie wollte ihr in diesem Augenblick keinen Einblick in ihre Gefühlswelt geben. Sie wollte erst einmal selbst verstehen, was es bedeutete, dass Andrew Hunter und sie sich auf demselben Stückchen Erde aufhielten. Die Halbinsel war einfach zu klein für sie beide. Sie drehte sich zu den Regalen hinter dem Tresen um und begann, die Gläser geradezurücken, bis sie sich wieder gefasst und eine gleichmütige Maske aufgesetzt hatte. »Was ist los mit dieser verdammten Hunterbrut?«, sagte sie in ihrer gewohnt schnippischen Art, die sie sich nicht verkneifen konnte, wenn es um diese speziellen Bewohner von Sunset Cove ging. »Haben sie vor, die Insel zu übernehmen?« Sie wandte sich wieder zu ihrer Freundin um.

Marie knabberte an einer Brezel. »Vielleicht. Wer kann das bei den Hunters schon wissen?« Sie lächelte und war in Gedanken offenbar bei Andrews Bruder, Niclas, der zwar nicht die Halbinsel, dafür aber Marie erobert hatte. »Ich weiß nur, dass er ziemlich spontan im Strandhaus aufgekreuzt ist. Nic fährt gerade zu ihm und bringt ihm ein paar Klamotten.«

Holly zuckte die Schultern in einer gleichgültigen Geste, von der sie hoffte, dass Marie sie ihr abnahm. »Ich bin tatsächlich ein wenig erstaunt. Ich hätte nicht gedacht, dass es ihn in diesem Leben noch einmal auf die Halbinsel zieht.« Sie warf Marie einen Blick zu. »Eines ist jedenfalls so sicher wie das Amen in der Kirche. Andrew Hunter wird keinen Fuß über die Schwelle meines Restaurants setzen.«

Marie legte die Hand sanft auf ihre, und Holly merkte, dass sie das Geschirrtuch, mit dem sie die Gläser polierte, zwischen ihren Fingern zerknüllte. »Du weißt, dass du mir jederzeit erzählen kannst, warum Drew auf deiner Abschuss-liste ganz oben steht.«

»Ja, das weiß ich.« Holly drückte Maries Hand kurz, bevor sie nach dem nächsten Glas griff und es polierte. »Es ist so, wie ich es dir erzählt habe.« Teilweise hatte sie Marie schon eingeweiht, den Rest jedoch verschloss sie tief in ihrem Inneren und behielt ihn für sich. »Reiche kleine Jungen, die Menschen nur in die Kategorien ›Kann segeln‹ und ›Kann nicht segeln‹ einteilen, entwickeln sich zu arroganten Arsch-löchern, die diejenigen mobbten, die nicht zu ihrem elitären Kreis gehören. Wie du dir denken kannst, gehörte ich nicht zu diesem Zirkel. Das ist auch schon alles.«

Das war bei Weitem nicht die ganze Story. Marie lehnte sich zurück und trank einen Schluck von ihrer Cola. Ihr Blick machte sehr deutlich, dass sie Holly nicht glaubte. Aber sie war ihre Freundin. Sie würde sich in Geduld üben, bis Holly bereit war, ihr die ganze Wahrheit zu erzählen.

ENDE DER LESEPROBE